古典文獻研究輯刊

四 編

潘美月・杜潔祥 主編

第23冊

《霓裳續譜》研究

張 繼 光 著

國家圖書館出版品預行編目資料

《霓裳續譜》研究／張繼光著 — 初版 — 台北縣永和市：花木
蘭文化出版社，2007〔民96〕

目 6+236 面：19×26 公分（古典文獻研究輯刊 四編：第 23 冊）

ISBN：978-986-6831-23-2（全套精裝）
ISBN：978-986-6831-16-4（精裝）
1. 中國戲曲－作品研究
853   96004475

ISBN - 9866831164

9 789866 831164

古典文獻研究輯刊
四 編 第二三冊
                          ISBN：978-986-6831-16-4

《霓裳續譜》研究

作　　者　張繼光
主　　編　潘美月　杜潔祥
企劃出版　北京大學文化資源研究中心
出　　版　花木蘭文化出版社
發 行 所　花木蘭文化出版社
發 行 人　高小娟
聯絡地址　台北縣永和市中正路五九五號七樓之三
　　　　　電話：02-2923-1455／傳眞：02-2923-1452
電子信箱　sut81518@ms59.hinet.net
初　　版　2007 年 3 月
定　　價　四編 30 冊（精裝）新台幣 46,500 元

《霓裳續譜》研究

張繼光　著

作者簡介

張繼光

中國文化大學中國文學博士，靜宜大學中國文學系教授。擅於明清俗曲、民間音樂及台灣傳統戲曲方面之研究，著有《霓裳續譜研究》、《明清小曲研究》、《民歌茉莉花研究》等學位論文及專書，並發表有〈〔玉娥郎〕與〔粉紅蓮〕曲牌初探〉、〈民歌〔十八摸〕曲調源流初探〉、〈明清小曲曲文傳衍之類型及原因析探〉、〈小戲《蕩湖船》源流初探〉、〈台灣北管細曲與明清小曲關聯初探〉、〈台灣北管與日本清樂關聯探究〉……等期刊論文數十篇。

提　　要

　　「俗曲」在明已極盛行，至清代承明餘風更是蔚為大觀。自清初以來，《絲絃小曲》、《霓裳續譜》、《白雪遺音》、《曉風殘月》……等俗曲集的相繼問世，即是明證。其中尤以《霓裳續譜》不僅收輯了乾隆以前北方流行的俗曲，其內容之豐富、份量之龐雜，更屬空前。且由於輯曲者為曲部曲師，所輯皆其一生所習，更能確切反應當時俗曲演出之原貌。因此，今日我們欲研究當時北方流行之俗曲、曲藝及曲部演出情況，便非得憑藉此書不可。此由李家瑞在《北平俗曲略》中的屢加徵引可為證明。

　　本論文分七章，主要即針對《霓裳續譜》一書所收錄之曲詞、曲牌等資料，作詳盡的分析與歸納，並蒐輯相關資料以作印證。試圖對此書作一全面而深入的探討。

　　本論文的撰述，除了注重研究的深度外，也兼重其廣度，故對此書所涵蓋的各層面皆盡力顧及。但由於時間所限，在某些方面自然仍有未能深入或訛誤錯漏者，前者將於來日續作探述；後者則祈博雅方家賜以指正。

目

錄

第一章 緒 論

第一節 性質、版本與指例

一、性 質

《霓裳續譜》是一部清初所輯的俗曲總集〔註1〕其所收錄皆爲當時京華曲部優童所唱的曲詞，就其性質而言，由於京師爲四方輻輳之區，來自各地及各類身份、職業者靡不畢集；聆賞優童演出的客人，自然也就品味迥殊，嗜好各異，爲了投諸所好，優童們所唱曲詞，也因此繁雜多樣，其作品「或撰自名公鉅卿逮諸騷客，下至衢巷之語，市井之諺，靡不畢具。」〔註2〕包含了文人雕鏤堆砌以至村蕪俚俗各類風格；在內容上，也是兼容並蓄，除曲部本爲聲色場合，所唱自多屬情詞以外，舉凡寫景、抒懷、詠古、敘事等一應俱有。但儘管如此繁複變化，卻存在有一共同現象，即：除少數直接拆自戲曲者外，所用皆爲俗曲曲調，而與傳統南北曲曲牌迥殊！

〔註1〕所謂「俗曲」，據楊蔭深，《中國俗文學概論》（臺北：世界書局，民國74年11月6版），頁3）云：「歌曲可以分爲合樂與不合樂的兩種，而不合樂的，依通常習慣，又有『歌』與『謠』的分別。……合樂的，普通即稱爲『俗曲』。」同書（頁18）又云：「『俗曲』就是通俗的歌曲，普通又稱爲『小曲』、『小調』，或『時曲』、『時調』。因爲他都是平民所作的，故稱『小』；他又是隨時隨地在產生，舊的過去了，新的又起來了，故稱爲『時』。」劉半農在《中國俗曲總目稿》（臺北：文海出版社，民國62年2月，序頁1）序中也云：「『歌謠』與『俗曲』的分別，在於有沒有附帶樂曲：不附帶樂曲的……叫做『歌謠』；附樂曲的……叫做『俗曲』。」《霓裳續譜》中所收錄都是北京一帶曲部優童演出時所唱的曲詞，自然是合樂的歌曲。在書中雖雜有公卿文人的作品，但除了極少數拆自戲曲中夾有原來戲曲曲牌以外，幾乎全部都用民間通俗流行的曲調，故本論文稱之爲「俗曲」。
〔註2〕見《霓裳續譜》王廷紹序。以下略稱「王序」。

此書曲詞是三和堂曲師顏自德將其一生所習「覓人寫入本頭」而來，在時代上縱貫了康熙末至乾隆末的七十餘年〔註3〕，且顏氏為天津人，其所收幾乎皆為當時河北、山東一帶北方所流行俗曲曲詞，故確切的說，《霓裳續譜》應是一部清代前半期北方俗曲總集。它除了前面所述諸性質外，筆者認為又有以下幾個特性頗值注意：

1. 曲詞皆甚簡短。此乃是因其用於優童演唱之故〔註4〕。
2. 展現俗曲同一類曲牌的多種變調〔註5〕。
3. 演出形態包括獨唱、對唱、合唱等多樣變化。
4. 使用單支曲、牌子曲、套曲等各類曲體。
5. 涵蓋多種曲藝形式。

由於以上諸特性，使《霓裳續譜》成為內容豐富而具代表性的一部俗曲集，也成為今日要瞭解當時曲部演出的實況，所必須研究的資材。

二、版　本

乾隆十六年，《霓裳續譜》由王廷紹點訂之後付梓行世，卷首並附有王氏及盛安、葛霖三人之〈序〉、〈跋〉。王氏之〈序〉末署云：「乾隆六十歲次乙卯春二月上浣秣陵楷堂王廷紹撰」，可知王氏撰〈序〉時是乾隆六十年二月，則《霓裳續譜》之實際剞劂成書，當在二月以後。但在此年所剩短短十個月間，《霓裳續譜》卻作了兩次刊刻。據蒲泉、羣明所編《明清民歌選甲集》云：

> 《霓裳續譜》，清顏自德輯，王廷紹訂。有清乾隆六十年（1795）北
> 京文茂齋原刻初印本；又集賢堂重刻本。〔註6〕

可知乾隆六十年所刊刻之版本有二：其一為北京文茂齋的原刻初印本；其二為集賢堂重刊本。《明清民歌選甲集》書前並附有北京文茂齋原刻本此書書面的書影。其中刻有「乾隆六十年新鐫」、「秣陵王楷堂點訂」及板存前面外楊梅竹斜街中間路南文茂齋刻字舖。」等字〔註7〕。可見最早付梓的是文茂齋原刻本，刻完之後，其板並存於文茂齋刻字舖裡。其後在同年中，集賢堂又再次刊行，而有所謂「集賢堂重刊本」的問世。

為何在同一年中，會刊行了兩次？其原因因文獻闕乏，已難加以考知，但由點訂者王廷紹的點訂心態來看，或可窺其一、二；蓋《霓裳續譜》所收，皆是當時被

〔註3〕同前序及參考本章第二節。
〔註4〕參見第三章第五節。
〔註5〕參見第三章第四節。
〔註6〕蒲泉、羣明，《明清民歌選甲集》（上海：上海出版公司，1956年1月），頁164。
〔註7〕同前註，書前所附書影。

衛道人士視爲「淫詞」的俗曲曲詞，王氏雖出面點訂了此書，心中卻仍有所顧忌，以其當時方中舉不久（王氏爲乾隆五十七年舉人）〔註8〕，正值功名仕途大有可爲之時，自然不願因點訂此書而妄遭非議，故曾於點訂完成之後「竟秘之篋中」〔註9〕，後雖經盛安的質問與鼓勵，終於拿出剞劂，但仍在〈序〉中爲自己的點訂此書僅「不過正其亥豕之訛，至鄙俚紕繆之處，固未嘗改訂」提出說明〔註10〕。就王氏的此種點訂心態而論，筆者懷疑所以乾隆六十年一年之中會有兩次刊刻，可能即因在此種心態影響之下，王氏雖拿出經其點訂之《霓裳續譜》交付剞劂，但仍不欲多示於人，故所刊數量極少，而此原刻本（即：文茂齋本）刊行後，或因大受曲部歡迎，而所遭之非議也未如王氏所顧忌般嚴重；或又經友朋之鼓勵；或其他因素，使王氏再將此書拿出作第二次較大量的刊梓，而產生了集賢堂重刊本。以上所述雖僅屬筆者所懷疑之「可能」，但由今傳之本除《明清民歌選甲集》提及有文茂齋原刻本以外，其餘各家著錄幾乎皆爲集賢堂〔註11〕，可見文茂齋原刻本確屬罕見。

有關《霓裳續譜》今所存乾隆六十年刊本（包括文茂齋本與集賢堂本）的藏書著錄，除文茂齋原刻本如前所述外，集賢堂重刻本的著錄則較多，如：傅芸子的《白川集》〔註12〕；傅惜華的《北京傳統曲藝總錄》、《西廂記說唱集》〔註13〕；蒲泉、羣明的《明清民歌選甲集》〔註14〕；《東京大學東洋文化研究所漢籍分類目錄》〔註15〕……等皆是，1959 年中華書局所出版之排印本，也是據傅惜華和路工收藏的集賢堂初刻本排印〔註16〕。

此外，也有一些著錄，雖疑極可能也是乾隆六十年刊本中之一種，但著錄上並未詳細註明者，如：鄭振鐸《西諦書目》載云：

　　《霓裳續譜》　八卷，清王廷紹輯，清刊本，四冊。

〔註8〕見本章第二節。
〔註9〕見《霓裳續譜》前所附盛安序。以下略稱「盛安序」。
〔註10〕同註8。
〔註11〕羅錦堂，《中國戲曲總目彙編》（香港：萬有圖書公司，1966 年 6 月，頁 48）雖亦有著錄，但疑是據《明清民歌選甲集》所述而來；鄭振鐸所藏雖也可能其中有文茂齋本，但未能確定，見下述。
〔註12〕傅芸子，《白川集》，《中國學術類編》（臺北：鼎文書局，民國 68 年 7 月），頁 240。
〔註13〕傅惜華，《北京傳統曲藝總錄》（上海：中華書局，1962 年 1 月）；傅惜華，《西廂記說唱集》（臺北：明文書局，民國 70 年 12 月）。
〔註14〕同註6。
〔註15〕東京大學東洋文化研究所，《東京大學東洋文化研究所漢籍分類目錄》（東京：汲古書院，昭和 56 年 3 月），頁 855。
〔註16〕顏自德輯，王廷紹點訂，《霓裳續譜》，《明清民歌時調叢書》（上海：中華書局，1959 年 12 月）趙景深序。

　　《霓裳續譜》　八卷附一卷，清王廷紹輯，清刊本，九冊。〔註17〕

鄭氏《中國俗文學史》卷末所附《參考書目》則云：

　　《霓裳續譜》　王廷紹編，有原刊本，有國學珍本文庫本。

鄭氏此兩處著錄，若合併來看，其《中國俗文學史》中所謂「原刊本」，或者即指《西諦書目》中四冊及九冊兩種清刊本，假設如此，則此兩種清刊本可能也爲乾隆六十年刻本〔註18〕。我們由《西諦書目》中也可知道在清刊本中，就已有八卷本與八卷附一卷本的分別，也就是附卷「萬壽慶典」已有被摘除者。又如：李家瑞《北平風俗類徵》所附《徵引書目》僅載云：

　　《霓裳續譜》　王廷紹，木刻本。

李氏所云之本，疑即爲今中央研究院歷史語言研究所傅斯年圖書館所藏之本（以下略稱「史語所藏本」），也是現今臺灣各公私立圖書館僅藏之一部清刊本《霓裳續譜》，此本在《臺灣公藏普通本線裝書目》〔註19〕及傅斯年圖書館的藏書卡中，皆記爲：「清乾隆六十年刊本」，由於本論文中所徵引即以此爲底本，故將其版本款識載記於下：此書版匡高十三點五公分，廣十點五公分〔註20〕，每半葉十行，行二十字，白口本，雙邊，單魚尾。分裝六冊，線裝，封面已脫，書中之〈序跋〉、〈目錄〉、各卷之頁次皆分計：第一冊所收依序爲：王廷紹〈序〉（頁1～7）、盛安〈序〉（頁8～11）、葛霖〈跋〉（頁12～14）、〈目錄〉（頁1～17）；第二冊爲：《萬壽慶典》（頁1～18）、卷一（頁1～25）；第三冊爲：卷二（頁1～26）、卷三（頁1～16）；第四冊爲卷四（頁1～35）；第五冊爲：卷五（頁1～25）、卷六（頁1～25）；第六冊爲：卷七（頁1～25）、卷八（頁1～26）。

　　欲知史語所藏本之版本爲何？必須將之與他處所藏文茂齋或集賢堂本實際加以比對才行。日本東京大學東洋文化研究所藏有集賢堂刊本（以下略稱「東大藏本」），承蒙該所笠井先生惠印書影數頁，筆者持與史語所藏本比對，兩者之版式、刻字完全相同，雖然東大藏本分裝五冊，史語所藏本爲六冊，但此種分冊上的出入，疑爲書賈所爲，故史語所藏本應與東大藏本出自同一版本，也即皆爲集賢堂重刊本。

　　自乾隆六十年發行兩種刊本以後，直至清末似乎並不見有其他刊本問世，以致

〔註17〕鄭振鐸，《西諦書目》，《書目類編》第44冊，（臺北：成文出版社，民國67年7月），頁19643。

〔註18〕是否爲文茂齋刻本則不得而知？

〔註19〕國立中央圖書館特藏組，《臺灣公藏普通本線裝書目書名索引》（臺北：國立中央圖書館，民國71年元月），頁1056。

〔註20〕其版匡高各頁互有參差，自13至14公分不等，此13.5公分爲舉其平均數。

到了民國初年，此書已極罕見，劉半農在爲章衣萍校訂本所作序中即云：

　　　　這部書實在不容易找，找到了價錢也很貴，若要找到一部印得清清楚

　　　楚的，更是難之又難。

章衣萍亦在其《校點後記》中云：

　　　　余在京肆舊舖尋找是書，久久不獲。聞書賈言，東瀛人士出重價收買

　　　是書者極多。國內所存之《霓裳續譜》善本亦僅矣！

在當時已極少見，及於周作人、胡適之等人的推崇之下，章衣萍於民國 20 年取得自其友王品青處之一部《霓裳續譜》，並參與借自日本友人之「良版」加以校刊刊誤〔註21〕，初將其稿售與大東書局，以老宋鉛字排版，其後轉收入「國學珍本文庫」第一集（以下略稱「國珍本」）。但此書所印之數量似乎也並不多，一般圖書館的藏書著錄中也甚爲少見〔註22〕。不過在《國立北京大學中國民俗學會民俗業書》中所收《霓裳續譜》即是影自「國珍本」〔註23〕；新文豐出版公司所出「零玉碎金集刊」第十三種之《霓裳續譜》，也是「國珍本」之影本〔註24〕。此種「影國珍本」是在臺灣最常見之版本。

　　由於乾隆六十年刻本之不易見，而造成「影國珍本」之通行，但「國珍本」雖然在《霓裳續譜》一書的普及上功不可沒，不過本身卻有很多嚴重的缺點：

　　1. 多誤字、漏字。如：卷四「怕的是賓鴻叫」一曲中「夢兒裡敲」誤作「夢兒裏敵」；「新人說奴與舊人厚」一曲中「新人俊俏」誤作「羞人俊俏」；「相思害的我難移步」一曲中「一回精爽」誤作「一回清爽」；「玉美人兒嬌模樣」一曲中「推開紗窗往外望」誤作「推開紗窗在外望」；「獨步閒遊」一曲中將所用〔秧歌〕曲調誤爲〔秋歌〕；「梧桐葉落金風送」一曲中將所用〔螺螄轉〕曲調誤爲〔螺螄調〕；卷五「洋子江心」一曲中〔粉紅蓮〕誤作〔採紅蓮〕、〔尾聲〕誤作〔嬌聲〕；卷六「窗櫺上的紙兒响」一曲誤作「窗櫺上的紙兒啊」……等，誤字之多，實舉不勝舉。在漏字方面，也很多，如：卷四「我想你你不信」一曲之曲末闕一「重」字；「我不怕誰誰不怕我」一曲中「也是你自己誇」漏「你」字，而成「也是自己誇」；「昨夜

〔註21〕見《國學珍本文庫》本（即：章衣萍校訂本）所附章氏之《校點後記》。

〔註22〕雖然《叢書子目類編》（臺北：文史哲出版社，民國 75 年 6 月再版），頁 1715 中有載錄，但一般圖書館藏書目中卻很少見有此版本，筆者遍查各地書目，也僅查得蔣振玉所編許紹南先生贈書目錄（新加坡：新加坡大學，1966 年）中有著錄，但卻也僅註《國學珍本文庫》第一集，而未註出出版書局。

〔註23〕章衣萍校訂，《霓裳續譜》，《國立北京大學中國民俗學會民俗叢書》第六七、六八冊，（台北市，東方文化供應社，民國 59 年複刊）。

〔註24〕章衣萍校訂，《霓裳續譜》，《零玉碎金集刊》第十三種（臺北：新文豐出版公司，民國 67 年 9 月）。

晚上燈花兒爆」一曲中「開開門却是情人到」漏「開」字，而成「開門却是情人到」……
等。此外，還有許多爲版上闕字。如：卷二「半萬賊兵」一曲中「一見了張琪也留
情」闕一「情」字；卷四「一見情人朝後退」一曲中「從今後不許你」闕一「不」
字……等。此種版上闕字，在版上雖闕漏某字，但却留下空格，應爲排版時所造成
之闕字。

2. 刪去清乾隆刊本中所附王廷紹、盛安、葛霖三人序跋，而代之以劉半農、周
作人之〈序〉及章氏之〈校點後記〉等，使後人不知王廷紹之點訂原委及此書之來
源。同時也刪去原刊本目錄中所註「秣陵王楷堂點訂」數字，容易使人誤以爲此書
爲王廷紹所編輯。

3. 刪去《萬壽慶典》，而不加任何說明。此種刪除附卷《萬壽慶典》的作法，
雖然在清代即有（見前所述鄭振鐸藏本著錄），但劉半農在〈序〉中稍有提及，李家
瑞在《北平俗曲略》中也常徵引，章氏不可能不知道有此附卷，但在其〈校點後記〉
中，却不加任何說明而逕行刪除。此與前條所說刪去原〈序跋〉的作法，對文獻本
身造成極大戕害。以上所舉，只是其缺失中犖犖之大者，其他如乙誤字、闕註曲牌
符號、隨意斷句……等，不勝枚舉，使用此版本者，不可不加留意。

1959 年，上海中華書局出版據傅惜華和路工所藏集賢堂初刻本排印的《霓裳續
譜》，此書收入《明清民歌時調叢書》中，書中除附有乾隆刻本所原有的王廷紹、盛
安、葛霖三人〈序〉〈跋〉外，並添入〈出版說明〉及趙景深作於 1959 年 7 月之〈序〉，
此一排印本爲線裝，共分四冊，排校點訂尙稱精良，但僅印了 1650 部，流傳並不普
及，且因此版發行至今已近三十年，學者欲得此書甚爲不易。故 1987 年 9 月，上海
古籍出版社又據《明清民歌時調叢書》重印，並改正顯著錯誤，重新排版發行，同
時將〔掛枝兒〕、〔山歌〕、《夾竹桃》、《霓裳續譜》、《白雪遺音》五種合稱爲《明
清民歌時調全集》〔註25〕。

三、指 例

欲瞭解一部書的編輯方式及全書梗概，〈凡例〉實屬必要，但《霓裳續譜》原書
並不附〈凡例〉，加上其曲詞是由一個不識字的民間曲師長年積累而得，且內容、形
式、風格等方面皆豐富繁複，使得全書顯得紊亂而不嚴謹，對有心研究或檢閱者實
爲不便，故筆者不揣淺陋，試大略分條擬其指例，並加說明於下：

1. 全書分八卷，另附《萬壽慶典》一卷，共九卷。

〔註25〕清，顏自德輯，王廷紹點訂，《霓裳續譜》，《明清民歌時調全集》，（上海：上海古籍出
　　　　版社，1987 年 9 月），出版說明。

2. 前三卷所收皆〔西調〕〔註26〕曲牌，故除於卷首註名〔西調〕外，卷中曲詞不另註曲牌名。後五卷因各卷皆雜有多種曲調，故於卷首註明「雜曲」，並於卷中曲詞加註曲調名。

3. 較文人化而「情詞兼麗者列之於前，可以供騷人文士之娛」〔註27〕，因〔西調〕曲詞絕大部份皆如此，故分三卷列於前。

4. 卷四雖雜有多種曲調，但絕大部份為各類〔寄生草〕。

5. 演出時帶角色之曲詞，皆集中收載於卷五，並於曲詞中註明演唱角色。

6. 前五卷皆可看出有刻意輯纂，後三卷則較無特性，乃雜纂而成。

7. 前三卷中曲詞有重句者，皆曰「疊」，後五卷則用「重」。《霓裳續譜》是輯若干曲本合纂而來〔註28〕，可見前三卷與後五卷應來自不同曲本。

8. 對同一取材而作不同改編之曲詞，儘量併列一處，以供比對。如：卷五的兩曲「暗中偷覷」，皆以《西廂拷紅》為取材；兩曲「王瑞蘭進花園」皆以《拜月亭》為取材……等皆併列一處。但此條體例並不嚴謹，仍有許多例外，可見此種併列可能出自顏曲師原輯成曲本時所排定，後來將若干曲本合纂成書時，即依原曲本順序，而未再重新詳作編輯，故有此現象。指例第七所述前三卷用「疊」，後五卷用「重」的現象，也可證明《霓裳續譜》之卷別，應是據原曲本而分。

9. 所收曲調為流行於河北、山東一帶俗曲，但有些原流行於南方，後來流傳至北方者，也一併收錄，如：〔南詞〕、〔攤黃〕……等是。

10. 《萬壽慶典》所用曲調雖仍以俗曲為主，但在整個演出的性質上仍有別於一般俗曲，故另列為附卷〔註29〕。

第二節　輯曲者與點訂者

一、輯曲者

《霓裳續譜》曲詞的收輯者，是一個默默無聞的曲部曲師，據點訂者王楷堂為此書所作《序》得知：他姓顏，為三和堂曲師，津門人。另據《霓裳續譜》卷首所

〔註26〕卷一及卷二兩卷之末，雖各另附一曲〔黃瀝調〕為曲頭之牌子曲，但疑為排版時補版面之空所致。

〔註27〕見盛安序。

〔註28〕王楷堂序云：「三和堂顏曲師……檢其篋中，共得若干本，不自秘惜，公之同好諸部，遂醵金謀付剞劂，名曰霓裳續譜。」可見此書乃合若干曲本編成。

〔註29〕筆者認為《霓裳續譜》中附上《萬壽慶典》，不但可提高此書價值，而且點訂者王廷紹也可能是借以來堵人之口實。（參見本章第二節點訂者）。

附《萬壽慶典》末署有：「留詞人天津顏自德訂」可知輯曲者即顏自德。由於他只是一個普通的民間藝人，因此其生平不詳，而在所有的文獻載籍中也是無片紙隻字言及的，雖然如此，但我們只要透過王〈序〉等少數資料細加探尋，仍然可以對顏氏得到一個約略的瞭解。

王〈序〉作於乾隆六十年，〈序〉中云：顏曲師「今年已七十餘」，由此推知顏自德應生於康熙五十六年（1717 年）至雍正三年（1725 年）之間，顏氏自幼即工音律，且彊記博聞〔註 30〕，由於《霓裳續譜》中曲詞，都是他將平日所習「覓人寫入本頭」〔註 31〕而來，因此可見他並不識字。在《萬壽慶典》末附有一首顏氏署名的七言詩云：「排演慶典幾數年，乾隆辛未已爲先，南巡山東直隸處，在景換式朝聖顏。」辛未是乾隆十六年（1751 年），那時高宗第一次南巡，顏氏當時年齡約在三十歲左右，已參加了萬壽慶典演出的排演工作，一直到乾隆五十五年的八旬壽慶，他已有近四十年排演萬壽慶典時曲部演出的經驗，以他的年齡資歷，在曲部應已是一個有名望的曲師。

由王〈序〉及《萬壽慶典》末顏氏的自署，僅能得知他是天津人，但在《萬壽慶典》「獨流鄉景」一曲中卻是很特別，曲詞本身在敘述獨流一地的風土民情，獨流位於河北省靜海縣的西北，是天津的一個小鎮，據曲詞可知當地產蘆蒲，人民以編蒲席維生，生活極爲清苦。何以在《萬壽慶典》如此愼重的演出中，會選用此以介紹一個毫不足奇小鎮生活爲主的曲詞呢？而且在《霓裳續譜》卷四中有一曲「俺家住在楊柳青」，也是在詠述獨流的生活情形，甚至所用曲調也有以〔獨柳調〕（即〔獨流調〕）爲曲牌！可見獨流一地與顏氏應有很密切的關係，筆者懷疑顏自德或許就是天津獨流人。若是如此，則以其家鄉生活編爲曲詞以作萬壽慶典時演出，及《霓裳續譜》中所收錄詠述此地之曲詞、曲調，也就不足爲奇，且近情理了。

在王楷堂點訂《霓裳續譜》時，顏曲師寓於「三和堂」〔註 32〕，而且由王〈序〉也可得知此「三和堂」應在京華。根據撰於道光三年的《燕台集艷》〔註 33〕所載伶人中，就有「四喜部丁春喜、號梅卿，又號小蓉，安慶人，寓三和堂。」及「四喜部王四喜，號花農，又號荔香，深州人，寓三和堂。」另外，道光年間藥珠舊史的《長安看花記》記嘉慶二十年後所生，而擅名於道光十年後的伶人時云：

〔註 30〕見王廷紹序。（以下略稱「王序」）。

〔註 31〕同前註。

〔註 32〕同註 30。

〔註 33〕清，播花居士，《燕臺集艷》，《清代燕都梨園史料續編》（臺北：傳記文學出版社，民國63 年 4 月）頁 180：189。

……惟眉仙、珆霞猶作籠中鸚鵡，二人皆居韓家潭，珆霞居極西道北
曰春和堂，眉仙居極東道南曰三和堂，相去數十弓，……三和堂主者曰葉
老四，太湖人，其弟子在眉仙前者，有皖人丁春喜……四喜部寓韓家潭三
和堂……〔註34〕

可知「三和堂」在韓家潭極東道南，道光時其堂主爲葉老四，且所寓如：丁春喜、
王四喜、眉仙皆爲四喜部人，藥珠舊史的小字註也云：「四喜部寓韓家潭三和堂」，
因此也可知三和堂在道光時所寓皆四喜部中人。王〈序〉所提及顏自德的三和堂是
在乾隆六十年〔註35〕，不知與道光時葉老四所主持的三和堂是否同指一處〔註36〕？
假若相同，則可知顏氏的詳細住處是在韓家潭極東道南。又據作於乾隆五十年之《燕
蘭小譜》〔註37〕中所載並無四喜部，及《北京梨園金石文字錄》〔註38〕所錄，立於
乾隆五十年之北平崇文門外精忠廟《重修喜神祖師廟碑》所署捐貲戲班名目中，也
無四喜部，可知此部應成立於乾隆五十年以後；而據作於嘉慶八年的《日下看花記》
〔註39〕中，所載卻已有多人屬四喜部，可知四喜部應成立於此以前。另據藥珠舊史
撰於道光二十二年的《瓊華瑣簿》云：

四喜在四徽班中得名最先、《都門竹枝詞》云：「新排一曲《桃花扇》，
到處鬨傳四喜班。」此嘉慶朝事也，而三慶又在四喜之先。乾隆五十五年
庚戌高宗八旬萬壽入都祝釐，時稱三慶徽，是爲徽班鼻祖。〔註40〕

若此記載正確，則四喜部的成立時間，更延至乾隆五十五年以後。顏自德在乾隆六
十年時在三和堂，這時正是四喜部初立或欲立的時期，若如前所述，假設後來四喜
部所寓之三和堂即顏氏之三和堂，而顏曲師至嘉慶時也尚在的話，則筆者疑原屬清
音班的顏曲師，後來許也曾成爲四喜部的曲師。由於目前並無直接資料足以證明，
故只能提出此可能性，盼日後能有新資料，再續作考證。

〔註34〕清，藥珠舊史，《長花看花記》，《京塵雜錄》卷四，《中國近代小說史料續編》（臺北：
　　　　廣文書局，民國75年5月），頁5～6。
〔註35〕王序云：「三和堂顏曲師……。」而王序作於乾隆六十年，故知此時顏氏在三和堂。
〔註36〕兩者皆在京師，且時間上只差了三十多年，有可能相同。
〔註37〕清，西湖安樂山樵，《燕蘭小譜》，《清代燕都梨園史料》第一冊（臺北：傳記文學出版
　　　　社，民國63年4月）。
〔註38〕張次溪輯，《北京梨園金石文字錄》，《清代燕都梨園史料》第三冊（臺北：傳記文學出
　　　　版社，民國63年4月），頁1675～1676。
〔註39〕清，小鐵篴道人，《日下看花記》，《清代燕都梨園史料》第一冊（臺北：傳記文學出版
　　　　社，民國63年4月）。
〔註40〕清，藥珠舊史，《瓊華瑣簿》，《京塵雜錄》卷四（臺北：廣文書局，民國70年5月），
　　　　頁4。

二、點訂者

《霓裳續譜》雖爲顏曲師所輯，由於原稿錄自口傳，舛誤不少，故委請王廷紹加以點訂。王氏雖非輯者，但對《霓裳續譜》一書，除了點訂之功外〔註41〕，於俗曲之流傳，實有其不可磨滅的地位。因爲一般民間口傳文學，保留相當不易，即使由民間藝人以文字記錄成稿本，但亦必訛俗滿紙，且其地位低微，作品亦難獲重視，因此也就無法流傳久遠，歷史上多少民間藝人的心血結晶，都因此湮滅無存，其能保存的，眞如鳳毛麟角。《霓裳續譜》一書由於經王氏出面點訂，書前並附有王氏及盛安、蘭坡等〈序〉，使其地位在當時文人眼中提高了不少，而非一般民間俗曲集所能比，故得流傳至今〔註42〕。王氏雖點訂此書，然其「不過正其亥豕之訛，至鄙俚訛繆之處，固未嘗改訂。」〔註43〕，此種點訂態度反能保存了俗曲的特色與原始面貌〔註44〕，這正是此書主要之價值所在。因此對王氏之生平、地位及點訂心態，實有深入瞭解的必要。

有關王氏的資料，早期學者所知甚少，如鄭振鐸《中國俗文學史》云：「編訂者的王廷紹，字楷堂，金陵人，生平亦未知。」不但所知僅此，且將王氏誤爲金陵人〔註45〕。直到 1959 年中華書局出版的《霓裳續譜》前附趙景深〈序〉〔註46〕，才對王氏生平有了較多的認識，不過由於趙〈序〉僅屬略談性質，雖然提供了一些資料出處，卻也並未多作探討，以下試就趙氏所提之資料及筆者另行發現的相關資料加以綜合，來對王廷紹的生平，作較詳細的考述。

王廷紹，字善述，號楷堂，又稱澹香齋主人，直隸順天府大興縣人〔註47〕。其

〔註41〕 另由盛安序中云：「楷堂先生點訂《霓裳續譜》一書……今以其情詞兼麗者列之於前，可以供騷人文士之娛；下此者亦足悅俗流之耳。」疑楷堂可能除點訂外，還曾參與「編」的工作。

〔註42〕 連民國以來，許多書目的著錄，如：《西諦書目》、《叢書子目類編》、《東京大學東洋文化研究所漢籍分類目錄》、《京都大學人文科學研究所漢籍目錄》、《中國戲曲總目彙編》等，皆誤以爲王廷紹即輯者，可得到證明。

〔註43〕 見王序。

〔註44〕 《霓裳續譜》所收錄曲詞，據楷堂序云：「或從傳奇拆出；或撰自名公鉅卿，逮諸騷客，下至衢巷之語、市井之諺，靡不畢具。」可知作者至爲複雜，其中不乏文人作品，甚至有些可能即楷堂自作。但這些曲詞除有些拆自傳奇者外，皆用俗曲曲牌，且皆用爲優童演唱，仍不失俗曲原貌。

〔註45〕 《霓裳續譜》書前所附王序末署「秣陵，楷堂王廷紹撰」。按：《三國志》注引《晉虞溥江表傳》云：「張紘謂孫權曰：『秣陵，楚武王置，本名金陵，地勢岡阜連接石頭，秦始皇東巡，望氣者言金陵地形有王者都邑之氣，故掘連岡，改名秣陵。』」鄭氏可能即據此，而誤爲王楷堂所署「秣陵」即「金陵」。

〔註46〕 此文亦刊於 1959 年 9 月 27 日光明日報及曲藝叢談中，但標題爲「略談《霓裳續譜》」。

〔註47〕 清，朱汝珍輯，《詞林輯略》，《清代傳記叢刊》（臺北：明文書局，民國 74 年 5 月），頁

祖父名諱已不可考，但由《覺生詩鈔》卷四〈楷堂得子爲作長歌〉〔註48〕云：「楷堂蕭然一貧士……几上積詩千首餘，插架紛列萬卷書，乃祖乃父世德儲。」可知應亦爲一文人，其父王繼燿，字鸞坡，號澹山，爲乾隆十七年舉人〔註49〕，曾於乾隆三十八年七月至四十八年十二月間任直隸正定府贊皇縣訓導〔註50〕，著有《不自收拾集》二卷，據達椿在爲此書所作序中云：「先生少負不羈之才，博極羣書，歷游齊豫江淮，涉湖湘，走黔中，凡數千里，性嚴正高氣重義，讀書無間寒暑，詩根柢三唐，出入宋元諸大家，以神韻勝，不以刻畫爲工。」〔註51〕，此種家學淵源及個性作風，後來對楷堂自然造成影響。

　　關於楷堂生年，鮑桂星《覺生感舊詩鈔》卷二〔註52〕云：「比部王楷堂同年……君長余一歲，鄉、會試皆同舉。」鮑覺生（桂星）爲楷堂摯友，其言自屬可信。鮑氏生於乾隆二十九年（1764年），可知楷堂生年應爲乾隆二十八年（1763年）。

　　乾隆五十七年（1792年）楷堂爲鄉試舉人，當時年齡已三十歲〔註53〕，在此之前有關其行蹤的記載非常缺乏。其父任贊皇縣訓導的十年間，可能應同住過該地。《覺生詩鈔》卷九《戲贈楷堂詩》〔註54〕云：「王郎奇氣塞乾坤，卅載狂名動薊門。」，薊門就在大興縣隔鄰的宛平縣〔註55〕，或許楷堂後來也住過。乾隆六十年（1795年時年三十三歲）楷堂點訂了顏曲師所輯的《霓裳續譜》，同年並曾兩次刊行〔註56〕。嘉慶四年（1799年時年三十七歲），參與會試，名列三甲第二十八名，並經朝考，被選入翰林院庶常館〔註57〕，三年後散館，時年四十歲，改授刑部主事。此後一直

246：清，陶樑輯，《國朝畿輔詩傳》六十卷，中央研究院歷史語言研究所所藏清道光十八年刊本，卷五十六，頁1～3。

〔註48〕清，鮑桂星，《覺生詩鈔》十九卷，中央研究院歷史語言研究所所藏嘉慶二十五年（序）刊本。卷四，頁4。

〔註49〕清，黃彭年等撰，《畿輔通志》（臺北：華文書局，民國57年12月清宣統二年刻本重印）卷二二六，頁7209；《國朝畿輔詩傳》，同註47，卷四十，頁8。

〔註50〕《河北省贊皇縣志》（臺北：成文出版社，民國58年臺1版，據清周晉堃等編修，趙萬泰等纂，清光緒二年刊本影印）卷十四「職官」之「訓導」條中知：王繼燿於乾隆三八年七月到任，而四十八年十二月換另一舉人侯懰接署，可知應於此十年間任職於贊皇縣。

〔註51〕《國朝畿輔詩傳》，同註47，卷四十，頁8。

〔註52〕清，鮑桂星，《覺生感舊詩鈔》，附於《覺生詩鈔》後，同註48，卷二，頁12。

〔註53〕同前註。

〔註54〕同註48，卷九，頁1。

〔註55〕明蔣一葵《長安客語》云：「今都城德勝門外有土城關，相傳古薊門遺址，亦曰薊丘。」讀史方輿紀要「直隸順天府宛平縣」條云：「薊邱，在舊燕城西北隅，古薊門也。」可知薊門在宛平縣。

〔註56〕乾隆六十年有北京文茂齋刻本及集賢堂重刻本。參見本章第一節。

〔註57〕《增校清朝進士題名碑錄附引得》，《哈佛燕京學社引得特刊》十九，（臺北：成文出版

滯留於秋曹十八年，官至刑部員外郎，於嘉慶二十五年（1820年）去世，時年五十有八〔註58〕。《覺得感舊詩鈔》卷二雖云：「比部王楷堂……滯秋曹二十載」又云：「翰苑曾三載，雲司且廿年」，《國朝畿輔詩傳》及《畿輔通志》等皆援引此說，但此「廿年」應是舉其成數而言，不足爲據，由年齡推算，實際應祇十八年。在此十八年間，他曾兩次參與禮闈分校〔註59〕。嘉慶二十年（1815年），其父所著《不自收拾集》刊刻，楷堂應也參與其事。嘉慶二十二年（1817年），楷堂已五十五歲，由於僅有一女，苦於無嗣，遂以其姪當時爲孝廉的王汝弼之子過繼爲子〔註60〕；同年冬，並與鮑覺生互相切磋訂業從事詠史詩的寫作。次年（嘉慶二十三年）二月，取所錄而輯成《澹香齋詠史詩》一卷，但此時仍爲鈔本，並未付梓〔註61〕。嘉慶二十五年（1820年），楷堂五十八歲，三月曾參加大通河二牐的修禊〔註62〕。其《詠史詩》也在此年刊刻〔註63〕，同時參加禮闈分校，並任第一房，由於其力薦，使門下陳繼昌能得魁，而成清朝第二個連中三元的狀元〔註64〕，此事曾成爲當時佳話，

〔註58〕 同註52。

〔註59〕 同註52。

〔註60〕 《覺生詩鈔》卷四〈楷堂得子爲作長歌〉（同註48）云：「楷堂行年五十五，掌上未有驪龍珠，朝來眉間上黃氣，好事昨夜徵書閣，石麟何斑斑，鷺鶴庭前趨，雲旗翠旌光有無，滿室笑語啼聲俱……昔思付託今有雛，難弟有子子有孫，左戈右印相提扶……。」《覺生感舊詩鈔》卷二（同註52）云：「比部王楷堂……艱於嗣，以姪孝廉汝弼子爲子……。」另外，由《增校清朝進士題名碑錄附引得》（同註57，頁153）中知，其姪王汝弼於道光二年壬午恩科會試中二甲第三十二名進士。

〔註61〕 見《澹香齋詠史詩》序（中央圖書館所藏手鉢本）。

〔註62〕 清，麟慶，《鴻雪因緣圖記》《二牐修禊》條（《筆記小說大觀》第四十二輯，臺北，新興書局，民國75年3月，頁35。）云：「大通河，舊名通憲……東流出便門爲大通橋，自橋至通州石壩……中設五牐，蓄水爲分運京倉要道，其二牐一帶……頗饒逸致，以故春秋佳日，都人士每往遊焉，庚辰上巳，鍾仰山學士……因文時荃駕部……家丙舍臨河，遂同招余及彭春農學士……王楷堂比部名廷紹，順天進士……凡十有六人，挈膠楻載吟筆，修禊河干……。」此庚辰即嘉慶二十五年，「巳」是三月巳日，可知楷堂於三月曾參與此事。

〔註63〕 孫殿起，《販書偶記續編》卷十八（臺北：漢京文化事業有限公司，民國73年7月初版），頁291。

〔註64〕 見《覺生詩鈔》卷九（同註48，頁15～16）、《國朝鼎甲徵信錄》（《明清史料彙編》第八集，臺北，文海出版社，頁255～256）及清，梁紹壬，《兩般秋雨盦隨筆》卷七（《筆記小說大觀》第二十八輯，臺北，新興書局，民國68年7月，頁1～2）。其中尤以後者對有關楷堂部份之記載最詳細：「……陳會試，卷在第一房王楷堂比部廷紹所薦。薦之夜，總裁黃左田宗伯鈔，夢有人持阮元名帖來拜。及定元，竟以廣西卷書牓，知得兩元。大司農盧南石先生謂黃曰：『夢合矣！』楷堂札述其備細於阮宮保。宮保答詩云：『第一房中蓉鏡開，薦賢我亦夢中來。事從天定必成瑞，喜入人心眞是才。魁首早知掄桂嶺，姓名端合借雲臺。憑君入格非常事，應有朱衣暗裏回。』眞一則玉堂佳話也。」

其摯友鮑桂星即為之賦詩云：

> 吾友平生著直聲，早承家學上蓬瀛，清心廻與冰相映，老眼猶堪比月明，沆瀣古來皆一氣，門牆天許冠羣英，王馮自昔傳衣鉢，他日過藍更擅名。〔註65〕

梁章鉅的《楹聯續話》卷三也記載云：

> 王楷堂比部廷紹，北直人，層與春秋闈分校，所得多南省佳士。陳蓮史三元，即出其門，林少穆督部贈以聯云：「南士淵源承北學，秋曹門館坐春風。」〔註66〕

此時，應該是楷堂最為活躍的時期，但不知何故，竟於同年遽然去世？其死因為何？記載中皆未提及，尤其令人產生疑竇的是其摯友鮑桂星在《覺生感舊詩鈔》卷二中云：

> 比部王楷堂同年，諱廷紹……以員外郎終，年五十有八……艱於嗣，以姪孝廉汝彌子為子，子甫四齡，而君遽捐館，嗣孫與孤女並殤，可勝痛悼。〔註67〕

可知不只他去世，連其嗣孫與女兒都一起夭逝，原因為何不得而知？此只有留待他日再作探討了！

在學識方面，楷堂早承家學，其父祖數代皆文人，尤其其父王繼燿「少負不羈之才，博極羣書」且「詩根柢三唐，出入宋元諸大家，以神韻勝，不以刻畫為工。」〔註68〕，楷堂不僅能傳詩學，且「詩學少陵，沉著痛快」〔註69〕時人「譬之杜甫之宗文」〔註70〕。由於如此，故對仿西崑體的詩極加排斥，連對其好友鮑桂星都如此，《覺生詩鈔》卷九就有一首「戲贈楷堂」的詩云：

> 王郎奇氣塞乾坤……詩摹杜老天應泣，飲劇劉伶海可吞，底事醉中饒白眼？不留餘地處西崑。余論詩兼採崑體，君醉輒唾罵之。〔註71〕

其詠史詩也全以杜法寫成，劉大觀在為此書所作〈序〉中說：

> 澹香齋主人沈酣于老杜三十餘年，以杜法詠史，才雄力厚，矯矯然別創一格……此以超脫之筆作起句者也……此以精警之筆作對句者也……

〔註65〕同註48，卷九：頁15～16。
〔註66〕清，梁章鉅，《楹聯續話》（臺北：世界書局，民國59年8月），頁220及229。在《楹聯三話》中也有相似記載。
〔註67〕同註52。
〔註68〕見前文所引達椿序。
〔註69〕同註48，卷二，頁12。
〔註70〕徐世昌，《大清畿輔先哲傳》（臺北：大通書局，民國57年10月），傳二十五。
〔註71〕同註48，卷一，頁1。

此以悽惋蒼涼之筆作收句者也，神龍變化不可測度，要皆取法於老杜，得
其法，則直書婉譬，悉寓樞機，且字字有光燄也。〔註72〕

楷堂的著述甚多，盛安在為《霓裳續譜》所作〈序〉中云：「先生以雕龍繡虎之才，平居著述幾於等身」，《覺生詩鈔》卷四〔註73〕也說：「几上積詩千首餘」〔註74〕，但由於一向貧窮，因此刊刻的著作不多，其死後遺書大多散佚〔註75〕。今所存除了點訂的《霓裳續譜》以外，僅《澹香齋詠史詩》一卷及《澹香齋試帖》一卷而已〔註76〕。

楷堂的個性警敏多才，狂傲而帶詼諧，鮑桂星形容他「負氣傲睨一切」是最佳的評斷〔註77〕，他才氣橫溢，時發高論，且「音吐宏亮，所至驚其座人」，在家中，則常「狂歌泥飲」瀟灑異常〔註78〕，但在如此狂放中，卻時時不忘詼諧，如《浪跡叢談》卷七即載云：

嘉慶年間大考，翰林有已開坊，因名在三等改部郎者五人，惟白小山
鎔得免，內有彭寶臣浚，乃乙丑殿撰，亦改部，王楷堂比部為作一對云：
「三等狀元苦矣，老彭辭柱下；五人郎署危哉，小白射鉤邊。」〔註79〕

由於此種個性，使他也常得罪人，曾「以詼諧忤某司寇，幾為所中，同僚咸為惴惴，而廷紹夷然不顧」〔註80〕，可見其個性的狂傲不拘。他家藏有長七尺餘的古端硯，阮

〔註72〕見《國朝畿輔詩傳》，同註47。
〔註73〕同註48。
〔註74〕此雖有些可能為父、祖作品，但楷堂自己的應不在少數。
〔註75〕見《國朝畿輔詩傳》卷五六所引《紅豆樹館詩話》，同註47。
〔註76〕《澹香齋詠史詩》除嘉慶廿三年鈔本外，嘉慶廿五年另有刊刻行世，並曾被收入《國朝五家詠史詩》中。《澹香齋試帖》則後來又經多家加上評註，而分別收入於《七家試帖輯註彙鈔》、《國朝名家試律詩鈔》、《增註七家詩彙鈔》、《詳註七家詩》中。以上見：《販書偶記續編》（同註63）頁291；《叢書子目類編》（臺北：文史哲出版社，民國75年）頁382；《京都大學人文科學研究所漢籍目錄》（京都大學）頁595……等書。
〔註77〕同註52。
〔註78〕同註52。
〔註79〕清，梁章鉅，《浪跡叢談》（臺北：漢京文化事業有限公司，民國73年6月初版），頁116。清，姚元之，《竹葉亭雜記》，《筆記小說大觀》第三十三輯（臺北：新興書局，民國72年5月）卷二，頁29，載有此事：「開坊翰林大考三等，非降職即改官，壬申（嘉慶十七年）二月六日大考，黃左田庶子鉞考列三等第二十七名，同年瞿子皋贊善昂三等二十六名，恐懼見於顏色。旨下，黃庶子以上俱照舊供職。瞿得無虞……戊寅（嘉慶二十三年）二月十三日翰詹大考，瞿子皋，以庶子考列三等，仍符上次名數，官階則與黃同，乃改郎中。福建楊蓉峯侍講以三等九名、衡山聶鏡圃洗馬以三等二十名俱改郎中，同年彭寶臣修撰以侍講考三等三十名改員外，揚州程漱泉宮贊壽齡以三等三十四名改主事。……白小山學士考三等第五未改，信乎其有數也。修撰之改部，則彭寶臣一人而已。」
〔註80〕同註70。

元曾為作長歌，中云：「器大反與恆清乖，楷堂寶此休輕開。」即是借此來規勸他。〔註81〕也許由於此種個性所致，雖然在刑部滯留長達十八年，但卻一直不得意，至其終年，僅由正六品的主事升為從五品的員外郎而已。薪資薄〔註82〕加上清廉自守，家境一向清貧，鮑桂星〈楷堂得子為作長歌〉〔註83〕說：「楷堂蕭然一貧士，一官落拓金門裏，家無酒錢酒如水」，雖然如此清苦，但他淡然處之，還是處處表現詼諧的本性，如《楹聯續話》卷四載云：

> 王楷堂老於曹郎，家計甚窘，宅邊馬棚，門臨大道，自撰一聯懸於門柱云：「馬骨崚嶒，喫豆喫麩兼喫草；車聲歷碌，拉人拉馬不拉錢。」過而見者，無不囅然。〔註84〕

他在《霓裳續譜》序中自署「秣陵」，可能即是由此馬棚想起來的〔註85〕。

　　由於長年在朝廷任職，楷堂的交游對象多為朝中人，當代聞名的紀曉嵐曾為其座師〔註86〕，而以勇於諫諍著稱的盛安司寇，也為其點訂的《霓裳續譜》寫過序，其餘如劉大觀、阮元、達椿、林少穆等人也與他有過交往〔註87〕而最瞭解他，跟他莫逆的摯友則為鮑桂星，兩人不但鄉試、會試皆同舉〔註88〕，且鮑氏「才氣冠時」「傲兀凌人」〔註89〕的個性，正與楷堂相近，故楷堂晚年與他交往甚密，在

〔註81〕見《國朝畿輔詩傳》（同註47）；《大清畿輔先哲傳》（同註70）。

〔註82〕據《京秩王公大小官員每歲俸銀考》，佚名，《近代中國史料續編》第六十三輯（臺北：文海出版社，民國68年2月），頁16～19，知各部院主事為正六品，歲支正俸銀六十兩，恩俸照支；各部院員外郎為從五品，歲支正俸銀八十兩，恩俸照支。《兩般秋雨盦隨筆》卷二（同註64，下冊，頁1）「京官苦況」條云：「余屢次入都，皆寓京官宅內，親見諸公窘狀。領俸米時，百計請託；出房租日，多方貸質。偶閱宋稗類鈔章伯鎮學士云：『任京職有兩般日月：望月初請料錢，覺日月長；到月終供房錢，覺日月短。』可見此風自古已然矣！」。另外《藤陰雜記》卷二也引載了乾隆三十一年由翰林改吏部的韓春湖所作司嘲一曲，專描述當時京官各類窘狀，甚生動，因文長此處不錄。

〔註83〕同註48。

〔註84〕同註66，頁256。

〔註85〕此說參見趙景深，〈略談霓裳續譜〉一文，《曲藝叢談》（北平，中國曲藝出版社，1982年），頁20。

〔註86〕清，紀曉嵐，〈閱微草堂筆記〉（臺北：文光圖書有限公司，民國66年5月），卷二十二《灤陽續錄》，頁420，云：「門人王廷紹言：『忻州有……』」可知。

〔註87〕劉大觀為《澹香齋詠史詩》作過序；阮元也曾作歌借端硯來規勸其狂傲不拘的個性；達椿為其父所撰《不自收拾集》撰過序；林和穆也因連中三元的陳繼昌出其門而贈聯祝賀。參見：《國朝畿輔詩傳》卷五六（同註51）、《大清畿輔先哲傳》（同註70）、《畿輔通志》卷二百二十六（同註49）、《楹聯續話》卷三、《楹聯三話》卷下（同註66）。

〔註88〕同註52。

〔註89〕《楹聯叢話》！同註66，頁135，卷十云：「鮑覺生先生桂星，才氣冠時，徒以傲兀凌人，為世所嫉，臨終自撰輓聯云：『功名事業文章，他生未卜；嬉笑悲歌怒罵，到此皆

鮑氏所撰《覺生詩鈔》、《覺生感舊詩鈔》等作品中，就有多首專詠楷堂或與其和韻酬謝之作，由其中可知楷堂間暇時嗜種花竹〔註90〕，曾多次贈花與鮑，並教其種花術〔註91〕。其學問上，彼此並互相勸勉切磋〔註92〕，尤其嘉慶二十二年，兩人同時寫作《詠史詩》〔註93〕，楷堂在《澹香齋詠史詩》〈自序〉中云：

> 丁丑冬，與同年鮑覺生相訂業，此雪夜篝燈，冰晨呵管，或發豪情於
> 酒琖琳漓之下，或寄苦調於五更臥被之中……每成一首，互為品評指摘，
> 俱無怒調，彼標榜之習，不慮人譏，終貽鬼誚耳！〔註94〕

不僅可見其做學問的勤勉嚴謹態度，更可看出兩人關係的密切。故楷堂死後，鮑覺生曾作一首感懷詩云：

> 翰苑曾三載，雲司且廿年，緣中無蔡女，門下有彭宣，不復高談共，
> 誰將苦句傳，故人頭似雪，長慟酒罏邊。〔註95〕

表達了對故友的無限追思與哀慟之情。

《霓裳續譜》所收為當時京華曲部優童所唱的俗曲，其中多為出自民間的俚俗作品，傳統士大夫的觀念中，對此多極為鄙視並視之為「淫詞」，楷堂在乾隆六十年二月為《霓裳續譜》寫了〈序〉，故點訂此書可能是在乾隆五十九年至六十年二月之間，當時楷堂已是舉人，以其身分地位而從事點訂此俗曲的工作，除了可能受其父「以神韻勝，不以刻畫為工」的影響外，應與其「狂放」的個性有關。但此種舉動自然容易引起道學派士大夫的譏議，對此，楷堂不能不有所顧忌〔註96〕，且楷堂雖然不排斥俗曲，甚至喜歡欣賞俗曲〔註97〕，但他終究是數代書香的文人，多少仍存

休。』遺命懸於靈几之前，則仍是本色語也。」
〔註90〕《覺生感舊詩鈔》卷二，同註52，言楷堂：「斗室中雜蒔花竹」。
〔註91〕如《覺生詩鈔》中收有楷堂見貽盆草侑以四詩依韻奉謝，楷堂雨中見訪兼贈盆玩杞菊口占報謝等詩（同註48，卷九，頁6、9）；而《晚晴簃詩匯》所收鮑氏種花詩（徐世昌，《清詩匯》，臺北，世界書局，民國52年5月2版，卷一一四，頁8）中也云：「吾友王秋曹楷堂，教我種花術……。」
〔註92〕如《覺生詩鈔》卷四王文成公硯歌為溫雲心孝廉啟輔賦末附註云：「前作示楷堂，以為詩境太平。憮然自失者累日，欲改作而不能也。一夕於枕上偶得之，詰朝以質楷堂，大加歎賞，謂奇岩若長吉，精嚴若退之。吾無間然！因並存之，以見良友切磋之益。」
〔註93〕鮑氏亦有《覺生詠史詩鈔》三卷（見中央圖書館藏本）。
〔註94〕同註61。
〔註95〕同註52。
〔註96〕盛安在為《霓裳續譜》所作序中即云：「楷堂先生點訂《霓裳續譜》一書……書成之後，意甚惡然。先生之意豈不以薰猶並採遺大雅之譏，其中捧腹噴飯之作，閱者將以之為口實哉！」
〔註97〕《霓裳續譜》王序云：「當紅豆花開之下，綠窗人靜之餘，手把是編，旋呼名部，循聲核字，愷我天懷。」

有幾分傳統文人輕視村蕪的觀念，他所眞正欣賞的是那些出自名公鉅卿、諸騷客所謂「情詞兼麗」〔註98〕的作品。因此，在序中楷堂特別爲其點訂此書之舉作了辯白：

> 是編特優伶口技之餘，其足供諷咏者僅十之二三，雖強從友人之命，不過正其亥豕之譌，至鄙俚紕繆之處，固未嘗改訂，題籤以後，心甚不安，然詞由彼製，美不能增我之妍，惡亦不能蓋吾之醜，騷壇諸友想有以諒之矣！

甚至於完書之後，「竟祕之篋中」〔註99〕，不願公示於人，對於此種心理，盛安頗不以爲然，故於〈序〉中提出質問〔註100〕並爲楷堂的作法做了辯護：

> 朝菌不知晦朔，蟪蛄不知春秋，人之於聲也，何獨不然，故村謠野諺，每見鄙於文人，繡口錦心，亦難誇於市井，好尚不同而雅俗共賞之爲難也！……夫曉風殘月，難諧之丈六琵琶；而細管繁絃，又未可調大江東去，古人嚼微含商，形之楮墨，音節各臻其妙，尚有不能強而同者，況此譜流傳僅爲曲部之衣鉢，按節者不盡定字櫻桃，聞歌者豈盡江東公瑾，必刪其村蕪，訂其疵類，於吾輩之閒居展卷則可矣！其如微歌者不盡吾輩何！

筆者以爲，楷堂終將其點訂的《霓裳續譜》付梓，而能流傳至今，或許就是受了盛安的鼓勵，否則可能一直「祕之篋中」，而與其他遺作一同散佚無存了！

第三節　演出者

《霓裳續譜》所收皆優童演唱之曲詞，點訂者王廷紹在卷首所附〈序〉云：

> 京華爲四方輻輳之區，凡玩意適觀者，皆於是乎聚，曲部其一也。妙選優童，延老技師爲之教授，一曲中之聲情度態、口傳手畫，必極妍盡麗，而後出於誇客。故凡乘堅策肥而至者，呼名按節，俾解纏頭，紅氍匝地，燈廻歌扇之光；綵袖迎人，聲送明眸之睞。

此對優童之習曲方式及演出情況，已做了說明。所謂「優童」當時所指多爲男性歌童，乾隆時所刊《燕蘭小譜》所收即皆此類男優〔註101〕。但優童中，由於其表演性

〔註98〕見盛安序。

〔註99〕同前註。

〔註100〕盛安序云：「先生以雕龍繡虎之才……制菽詩歌而外，偶寄閒情，撰爲雅曲……竟秘之篋中，抑又何也？於序是譜也，問之？」

〔註101〕清，西湖安樂山樵，《燕蘭小譜》五卷，《清代燕都梨園史料》第一冊（臺北：傳記文學出版社，民國63年4月），頁67～68。

質或所屬曲部的不同，又有分別：有以演出戲劇為主者；有以演唱俗曲為主者。有於梨園粉墨演出者；有赴私人府邸歌舞侑觴者；有出賣男色者；有僅靠演出時聲情媚態誘人而不賣色者；也有兼含上列中數類者。性質繁雜，不一其類。顏曲師所屬曲部，到底屬其中何者？其演出情況大致如何？在研究《霓裳續譜》曲詞、曲調以前，似乎應先有所瞭解。

乾隆間，京師有一種以演唱俗曲為主的優童團體，名為「檔子」，又稱「清音」。，潘深亮先生在〈故宮裡的小戲臺和曲藝演出〉一文中〔註102〕認為《霓裳續譜》所收應即「清音」，但未能提出任何證據。筆者同意其說法，並舉以下四點以為證：

1. 前引王〈序〉所云老技師教授優童習曲，注重一曲中之聲情度態，口傳手畫必極妍盡麗；及其習成後，演唱之情景，皆與乾隆間有關北京「檔子」演出之記載相近似。例如：乾隆二十七年刻本蔣士銓《忠雅堂詩集·唱檔子詩》云：

> 作使童男變童女，窄袖弓腰態容與。暗廻青眼柳窺人，活現紅妝花解語，憨來低唱想夫憐。怨去微歌奈何許，童心未解夢為雲，客恨無端淚成雨，尊前一曲一魂消，目成眉語師所教。燈紅酒綠聲聲慢，促柱移弦節節高。富兒估客逞豪俠，鑄銀作錢金縷屑。一歌脫口一纏頭。買笑買嗔爭狎褻……。〔註103〕

又如《水曹清暇錄》、《都城紀勝》等也皆有類似的記載。（詳見後引）

2. 《霓裳續譜》所收各曲曲詞皆甚短小，且全為當時流行的俗曲（按：俗曲又稱「小曲」、「時調」……等，見本章第一節〔註1〕。），而檔子班也是專唱小曲的表演團體。在今存乾隆時代京師有關優童曲部演出的資料記載中，僅「檔子班」有如此現象。如：乾隆間汪啟淑《水曹清暇錄》云：

> 曩年最行檔子，蓋選十一、二齡清童，教以淫詞小曲，學本京婦人裝束，人家宴客，呼之即至，席前施一氍毹，聯臂踏歌，或溜秋波，或投纖指，人爭歡笑打彩，漫撒錢帛無算，為害非細，今幸已嚴禁矣！〔註104〕

不祇說明了所唱專為「小曲」，且其所述演出方式、情況，也正與王〈序〉所云優童

〔註102〕潘深亮，《故宮裡的小戲臺和曲藝演出》，《曲藝藝術論叢》第三輯（北京：中國曲藝出版社，1982年）頁98～99。

〔註103〕李家瑞，《北平風俗類徵》（臺北：古亭書屋，民國58年10月臺1版）遊樂門，頁345所引；藤陰雜記（《筆記小說大觀》第十四輯，臺北，新興書局，民國72年10月），卷五，頁6168，亦引載此註。

〔註104〕同前註。由此記載可知「檔子」在乾隆間在北京曾被禁演，但此種禁令，在整個清代中屢見不鮮，且越禁越盛（參見第三章第二節）。

演唱情形相符。此外，在乾、嘉間王志沂所撰，敘述其於乾隆年間在京師任職時見聞的《都城紀勝》一書〔註105〕中，也有檔子班演唱「時調小曲」的記載。

3. 《霓裳續譜》所收曲詞之內容，經筆者仔細分析，雖所收多為男女情詞，但卻皆能保持一定水準之風格，絕無露骨刻劃的淫蕩作品〔註106〕。據王志沂《都城紀勝》所述；乾隆年間其親身在京師欣賞檔子演出時，也是令人銷魂而廢寢忘食，但其歌詞雖皆為情詞，卻並不淫蕩〔註107〕。此正與《霓裳續譜》所收曲詞的風格相符〔註108〕。

4. 王志沂《都城紀勝》也述及：京師檔子演唱時，每班有二人唱時調小曲。在《霓裳續譜》卷五中就收錄了二十三曲帶有腳色扮演的曲詞，其中除「鄉裏親家」一曲為三人的演出，較為特別以外，其餘廿二曲全分兩腳色，且全為兩旦角（小旦與老旦或小旦與正旦），演出時透過對唱、合唱、對白等方式來充分表達曲情。此種二人的組合，正與《都城紀勝》所述相同。

「檔子」或「當子」又名「清音」，蓋源於明代中葉興起的「小唱」〔註109〕，明沈德符《萬曆野獲編》卷二十四「小唱」條云：

> 京師自宣德顧佐疏後，嚴禁官妓，縉紳無以為娛，於是小唱盛行，至今日幾如西晉太康矣！……其艷而慧者，類為要津所據，斷袖分桃之際，費以酒貲仕牒，即充功曹，加納候選，突而弁分，旋拜承簿而辭所歡矣……大抵此輩俱浙之寧波人……近日又有臨清、汴城以至真定、保定兒童，無聊賴亦承乏充歌兒，然必偽稱浙人……。〔註110〕

明史玄《舊京遺事》云：

> 唐宋有官妓侑觴，本朝惟許歌童答應，名為小唱。而京師又有「小唱不唱曲」之諺，每一行酒止，傳唱上盞及諸菜，小唱伎倆盡此焉……小唱

〔註105〕 澤田瑞穗，〈清代歌謠雜稿〉，《天理大學學報》（第五八期，1968 年 3 月）頁 78 所意譯。

〔註106〕 見第四章第一節。

〔註107〕 同註 105，由於該文為意譯，故不引錄。

〔註108〕 《水曹清暇錄》所云「教以淫詞小曲」，此乃衛道文士鄙視詆諑俗曲之言，此觀點由其末所云「為害非細，今幸已嚴禁矣！」之語可知，故不足為據。

〔註109〕 光按：此「小唱」應與宋、元之「小唱」不同。據南宋耐德翁都城紀勝（《東京夢華錄外四種》，臺北，大立出版社，民國 69 年 10 月，頁 96）云：「唱叫、小唱，謂執板唱慢曲、曲破。大率重起輕殺，故曰淺酌低唱，與四十大曲舞旋為一體。」宋吳自牧夢梁錄卷二十（臺北：廣文書局，民國 75 年 5 月，下冊卷二十頁 10）亦有類似記載。可知宋元之「小唱」屬大曲一類。與明、清以優童唱曲侑觴有別。

〔註110〕 明，沈德符，《萬曆野獲編》（臺北：新興書局，民國 72 年 10 月），頁 621。

出身山東臨清、浙江之寧紹，朝士有提挈之者，或至州縣佐貳，次則為伶人。〔註111〕

萬曆間謝肇淛《五雜俎》卷八云：

今京師有小唱，專供縉紳酒席。蓋官伎既禁，不得不用之耳。其初皆浙之寧紹人，近日則半屬臨清矣！故有南北小唱之分。然隨羣逐隊，鮮有佳者，間一有之，則風流諸縉紳莫不盡力邀致，舉國若狂矣！〔註112〕

可知當時所謂「小唱」，原盛於浙江寧紹，其後又行於山東臨清、汴城一帶，皆以歌童為之，主要在於侑觴。此種以優童唱曲侑觴的方式，亦數見於嘉靖左右成書的《金瓶梅詞話》中，如第十六回：

……又叫了兩個小優兒彈唱。遞畢酒，上坐之時，西門慶叫過兩優兒，認的頭一個是吳銀兒兄弟，名喚吳惠，那一個不認的。跪下說道：「小的是鄭愛香兒的哥，叫鄭奉。」……〔註113〕

在《金瓶梅詞話》中「小優兒」均是清唱，並不演戲，此與後來「清音」的演出相同。

隨著「小唱」系統的發展，優童中又漸產生一種雖偶侑觴，但以表演小曲歌舞為主；甚或專門表演而不侑酒的團體，即所謂「清音」，其確切年代已不易查考，但到了清初，專演唱戲曲選段的清唱和市井流傳時調小曲的「清音」已很盛行，在《康熙萬壽圖》畫卷中，就繪有清音演員在台上演唱，旁有各種樂器伴奏的場面〔註114〕。乾隆時，此種曲藝的發展，更達到了高峯，在乾隆十六年及二十六年太后六旬、七旬萬壽盛典的慶祝活動中，就疑有盛大的此種曲藝演出〔註115〕。據前引《忠雅堂詩集》、《水曹清暇錄》及日人澤田瑞穗在《清代歌謠雜稿》一文中所引王志沂《都城紀勝》這些資料可知：當時京師的「檔子」〔註116〕所選皆為十一、十二歲之清童，教以時調小曲〔註117〕，每班二人，打扮成京師婦人妝束，但不纏足，主要在人家宴

〔註111〕明，史玄，《舊京遺事》，《筆記小說大觀》第九輯（臺北：新興書局，民國64年9月），頁5124。

〔註112〕明，謝肇淛，《五雜俎》，《斷袖編叢談》（臺北：坊印本，未註出版者及日期），頁92～93。

〔註113〕明，蘭陵笑笑生，《金瓶梅詞話》十卷（東京：大安株式會社，1963年5月據日光山輪王寺慈眼堂及德山毛利氏棲息堂兩處明萬曆刊本配補影印）卷二，頁375～376。

〔註114〕同註102。

〔註115〕見本論文第六章第二節所述。

〔註116〕隨地域的不同，各處檔子性質皆有差異，此處僅述京師一地。

〔註117〕當時教唱優童非常嚴格，常有因學曲不佳而被毆死之案件發生。如：清代地方劇資料集（一）華北地方（田仲一成編，《東洋學文獻センター叢刊》第二、三輯，東京，東

客時演出，演出時在席前施一氍毹，聯臂踏歌，或溜秋波、或投纖指，極為注重聲情度態〔註118〕。《都城紀勝》作者王志沂曾親身聆賞，以文人立場認為起初聽來並不好聽，但經二、日後，就會使人銷魂而廢寢忘食，自然爭相打彩，漫散錢帛，費盡一切金錢了！其歌詞多為情詞，但卻不淫蕩，王志沂曾於書肆中買得《檔曲》一冊，其意纏綿，其詞穎秀，故王氏稱讚其為天地間至妙之文。此書所指是否《霓裳續譜》不得而知？但可證明當時輯錄這一類曲詞的書籍，在民間甚為流行。而《都城紀勝》中也提及檔子班的優童們，有不賣身的規矩，是一種純以演出之聲情媚態取勝的團體。除了以上資料以外，藥珠舊史《京塵雜錄》卷四《癭華瑣傳》亦云：

> 嘉慶初年，開戲甚早，大軸子散後，別有「清音小隊」曰「檔子班」登樓賣笑，浮梁子弟迷離若狂，金錢亂飛，所費不貲。今日雖有檔子班，但赴第宅清唱，如打軙包之例，不復赴園般演矣！京城舊日頓子房皆打軙包赴人家，保定則班中諸伶亦打軙包。又近來……內城無戲園，但設茶社，名曰雜耍館，唱清音小曲……。〔註119〕

又云：

> 舊時檔子班打采，多在正陽門外鮮魚口內天樂園，今為小戲園矣！〔註120〕

可知嘉慶初年，檔子班不但赴宴演唱，也有些在戲園中演出，其受歡迎的盛況，不減於前，到道光時就只剩赴宅清唱，而不再於戲園演出了！

乾、嘉時，不僅京師盛行「檔子」，其實各地也有。如：嘉慶二十三年捧花生《畫舫餘譚》卷一記秦淮情況云：

> 清音小部，曩有單廷樞、朱元標、李錦華、孟大綬等，今亦次第星散。後起堂名。則為九松、四松、慶福、吉慶、餘慶諸家，而腳色去來，亦鮮定止，就余所見，慶福堂之三喜、四壽、添喜；餘慶堂之巧齡、太平品藝俱精，遊畫舫者，攜與並載……餘慶堂復有登場大戲……不設砌末者，推孟元寶之慶福，近亦添置玻璃燈球燈屏……。〔註121〕

京大學東洋文化研究所附屬東洋學文獻センター，昭和四三年十二月，頁 3）引錄成案新編二集卷十所載乾隆二十六年直隸總督之疏稱：「乾隆二十五年正月內，王立中、王斌典當幼童劉尚義、傅小六、傅小七三人，延孫奇教習小曲……因劉尚義學曲不會，並走步未能合式，陸續用戒尺毆打，並用手捧……劉尚義傷重，移時殞命。」

〔註118〕 此與王序所述曲部教曲注重聲情儀態之情形相同，更可證明顏曲師之曲部亦為檔子。

〔註119〕 清，藥珠舊史，《京塵雜錄》四卷，《中國近代小說史料續編》（臺北：廣文書局，民國75年5月）卷四，頁6。

〔註120〕 同前註，頁3。

〔註121〕 清，捧花生，《畫舫餘壇》，《香艷叢書》第十八集第九冊（臺北：古亭書屋，民國58年4月），頁4968。

此雖亦爲「檔子」，但由於時代及地域之別，與乾隆間京師之「檔子」已有所不同，最主要的差別是有些登場演大戲，並不再只清唱了！此外，在杭州也有，嘉慶間袁潔《蠡莊詩話》卷五云：

> 優伶之外，又有所謂「當子」者，杭州陸君《應宿當子詩》云：「一片氍毹貼地紅，雙鬟粧束內家工，不須曲記相思豆，但看坤靈扇子中，此夥分明禁臠看，當筵未許侑杯盤，任教誦遍摩登咒，戒體依然著手難。」蓋「當子」所歌之曲，書之扇上，且度曲而不侑酒，陸詩可謂刻劃入妙。〔註122〕

此演出頗同於京師，也是以聲情度態誘人而不侑酒，也絕不賣身。由此記載也可知當時「檔子」演出時不須背曲，而將所歌之曲書於扇上。

到了道光以後，「檔子」更爲盛行，甚至有「女檔」的產生〔註123〕，性質也多所變化，此風氣一直延續到清末方歇。雖然此段期間有關「檔子」發展之資料繁多，但因與《霓裳續譜》關係不大，此處不再贅言，後日當另撰文詳論。

〔註122〕 清，袁潔，《蠡莊詩話》（臺北：廣文書局，民國66年1月），頁387。

〔註123〕 「女檔」應產生於嘉慶年間，據道光元年三月《清實錄》卷十四（臺北：華聯書局，民國53年6月，頁288。）所載云：「又諭，那清安等奏……已革知府王履泰，於國服期年內，傳喚『女檔』進署唱曲……據稱大名府城，接壤東豫，常有『女檔班』往來流寓等語。此等惰民，攜帶幼女沿途賣唱漁利，最爲風俗人心之害，直隸、山東、河南境內，時有『女檔班』流寓，甚至出入官署，不可不嚴行禁止…各嚴飭地方官，逐加查察，如有『女檔班』在其境內，即行驅逐或遞回原籍，勒令改業，勿使輾轉流染，以挽澆風。」由道光元年「女檔」已流行於直隸、山東、河南一帶，可知嘉慶年間「女檔」必已產生。清代地方劇資料集（一）華北篇河南地方所收錄有道光五年序之宋州從政錄（同註117，頁28）亦云：「戲子，男當、女當、花鼓戲、道情、走索等項……不分何等人家，俱不許容留……。」

第二章　產生背景

　　人是群體性、社會性的動物，由人所產生出來的所有文化活動，自然也離不開群體，而受其所處境遇背景的影響。所以要瞭解此種文化活動，也就非得先探討其背景不可。《霓裳續譜》所收錄的，是清代雍正、乾隆間北方京華一帶優童所唱的俗曲。此曲集的產生，正代表了當時此種俗曲的盛行。以下筆者即針對其所以盛行的原因，分由政治、社會及歷史承傳三方面分別加以探討。

第一節　政治背景

　　俗曲是民間大眾生活中調適心靈的產物，而影響民眾生活最鉅的就是政治，所以政治的變遷，自然與俗曲的盛衰密不可分，尤其是帝制時代，主政者的一切政治措施，甚至個人好惡，都會對俗曲的發展造成極大影響。溯觀清初俗曲的發展，自清廷入主中原以後，俗曲便日漸盛行，到了乾隆朝，更是如日中天，達到了前所未有的高峯，考其政治原因，實與以下三點有關：

一、政治清明，民生富裕

　　順、康、雍三朝，皆以養民生息爲主，尤以聖祖，更是勤政愛民〔註1〕，世宗雖遠不如其父寬大，但仍以吏治民生爲首〔註2〕，加上其性儉樸，不嗜聲色，故國境承平，民生富裕。《嘯亭雜錄》卷一「世宗不興土木」條即云：

　　　　憲皇在位十三載，日夜憂勤，毫無土木、聲色之娛，余嘗聞內務府司
　　　員觀豫言：查舊案檔，雍正中惟特造風、雲、雷、雨四神祠，以備祈禱雨

〔註1〕孟森，《清代史》（臺北：正中書局，民國49年11月臺初版）。
〔註2〕同前註，第三章，頁191。

-23-

暘外，初無特建一離宮別館以供遊賞，故當時國帑豐盈，人民富庶，良有
以也。〔註3〕

同卷「理足國帑」條又云：

> 憲皇即位後，綜覈名實，罷一切不急之務，如河防海塘等巨費，皆罷
> 不修，體卹民力，特置封椿庫於內閣之東，凡一切贓款羨餘銀兩，皆貯其
> 內，至末年至三千餘萬，國用充足。每令直省將天下正供糧米隨漕以入，
> 故倉庾亦皆充實，積貯可供二十餘年之用，眞善爲政理也。〔註4〕

到了乾隆朝，承此前代福蔭，加上高宗早年英明豁達，爲政寬嚴並用〔註5〕勤政愛
民不遜其父祖，故國勢強盛，達於頂峯，《嘯亭雜錄》卷一「純皇初政」條亦載云：

> 純皇帝即位時，承憲皇嚴肅之後，皆以寬大爲政，罷開墾、停捐納、
> 重農桑、汰僧尼之詔累下，萬民歡悅，頌聲如雷……故爲一代極盛之時
> 也。〔註6〕

此種政治清平，人民豐裕的時期，自然成爲俗曲發育、成長、茁壯的溫床。

二、貴族士子，皆好戲劇

清以異族入主中國，爲了鞏固其統治權，採取了高壓與籠絡並行的政策。在高
壓政策方面，厲行薙髮、禁結盟社、摧抑紳權等措施〔註7〕，尤以文字嶽更爲慘酷，
文人動輒得咎；另方面清廷也採多項籠絡政策，其中仿行科舉、編纂鉅著等，促成
了文治的興起，在既注重文學而又不能隨意暢言的情況下，除了經學考證外，詞曲
自然成了文人士子抒發情感的最佳工具，尤其各類戲劇、俗曲，成了士大夫於暇時
創作或欣賞、怡情的心靈寄託。如：袁枚《隨園詩話》云：

> 乾隆己未，京師伶人許雲亭名冠一時，群翰林慕之，糾金演劇……。〔註8〕

錢泳《履園叢話》卷十二「度曲」條云：

> 近士大夫皆能唱崑曲，即三絃、笙、笛、鼓板亦嫻熟異常。余在京師
> 時見盛甫山舍人之三絃，程香谷禮部之鼓板，席子遠、陳石士兩編修能唱
> 大小喉嚨俱妙。〔註9〕

〔註3〕 清，昭槤，《嘯亭雜錄》（臺北：弘文館出版社，民國75年11月），頁9。
〔註4〕 同前註。
〔註5〕 汪大鑄，《中國近代史》（臺北：中國民族文化研究所，民國57年7月2版），第五章，
　　　　頁143。
〔註6〕 同註3，頁13。
〔註7〕 鄺士元，《國史論衡》（臺北：里仁書局，民國68年12月）第二十九章，頁1063。
〔註8〕 清，袁枚，《隨園詩話》（臺北：宏業書局，民國76年3月再版），頁64。
〔註9〕 清，錢泳，《履園叢話》（臺北：大立出版社，民國71年），頁331。

同書卷七「醉鄉」條亦云：

> 時際昇平，四方安樂，士大夫俱尚豪華，而尤喜狹邪之遊。在江寧
> 則秦淮河上；在蘇州則虎丘山塘；在揚州則天寧門外之平山堂，畫船簫
> 鼓，殆無虛日。妓之工於一藝者，如琵琶、鼓板、崑曲、小調，莫不童
> 而習之。〔註10〕

卷六「秋凡尚書」條亦云：

> 鎮洋畢秋帆，負重海內外，文章政績自具國史。乾隆五十二年，先生
> 為河南巡撫……高宗皇帝大加獎賞，不數日即擢授兩湖總督，兼理巡撫事
> 務，泳時在幕中，親見其事……家蓄梨園一部，公餘之暇，便令演唱，余
> 少負戇直，一日同坐觀劇，謂先生曰：「公得毋奢乎？」先生笑曰：「吾嘗
> 題文文山遺像，有云：『自有文章留正氣，何曾聲妓累忠忱。』所謂大德
> 不踰閑，小德出入可也。」余始服其言。〔註11〕

此「大德不踰閑，小德出入可也」，正是當時士大夫對戲曲的心態。其實不僅士子
如此，連許多王公貴戚也都有此雅好，如：《嘯亭雜錄》卷六「和王預凶」條云：

> 和恭王，諱弘晝，憲皇帝之五子也……最嗜弋腔曲文，將琵琶、荊釵
> 諸舊曲皆翻為弋調演之，客皆掩耳厭聞，而王樂此不疲。〔註12〕

同卷「恆王置產」又云：

> 恆恪親王，諱弘晊，仁皇帝〔註13〕孫也，幼襲父爵，性嚴重儉樸，時國
> 家殷盛，諸藩邸皆畜聲伎……。〔註14〕

卷七「質王好音律」條又云：

> 質恪郡王諱綿慶，質莊王子也……王自辛酉夏始親音律，其後九宮譜
> 調，無不諳習，較之深學者，尤多別解，時有優童王月峯，髫齡穎俊。王
> 每佳時令節，於漱潤齋紅牙檀板，使月峯侑酒而歌，王親為之操鼓，望之
> 如神仙中人。〔註15〕

《南亭筆記》卷一亦云：

> 清朝以異姓封王者，三藩而後，福康安一人而已……福既至，則笙歌
> 一片，徹旦通宵，福喜御茶色衣，善歌崑曲，每駐節，輒手操鼓板，引吭

〔註10〕同前註，頁193。
〔註11〕同註9，頁149～150。
〔註12〕同註3，頁178。
〔註13〕即聖祖（康熙帝）。
〔註14〕同註3，頁179。
〔註15〕同註3，頁18。

高唱……。」〔註16〕

在上行下效之下，此種風氣很快就蔓延各地，爲戲曲的興起，帶來了大好生機。

三、清帝嗜樂，優遇伶人

清初數帝，由於國基未定，都勤於治國而無瑕於聲色娛樂，但只要不影響政治，其本身大多持著不排斥，甚至喜好的態度，如：康熙帝不僅懂音律，能彈琴，且能評優伶所演崑、弋兩調之優劣〔註17〕。甚至有地方官員組成弋腔戲班，打算送進宮中獻技，但苦於找不到好教習，康熙即派教習前往〔註18〕；而雍正雖甚嚴苛，有優伶因過問政治，竟慘遭杖殺〔註19〕。但大臣有觀劇遭言官彈劾者，世宗卻反批准其觀劇，該大臣奉旨觀劇之事，一時傳爲美談〔註20〕。清帝的這種態度，直接或間接

〔註16〕 清，李伯元，《南亭筆記》，《清代歷史資料叢刊》（上海：上海古籍書店，1983 年 1 月據 1919 年 7 月大東書局石印本影印），頁 6。

〔註17〕 清，高士奇，《蓬山密記》，《滿清野史》第四編第四種（臺北：文橋書局，民國 61 年 6 月）第七冊，頁 2456～2457，載其於康熙癸未（四十二年）四月十八日獲帝召見經過云：「午後，召至淵鑑齋。先喻云：『今日只可談笑，不可說及離情涕泣使不盡歡。』因閒談許多，說及律呂如何探討，頗得其要。有内造西洋鐵絲琴絃一百廿根，上親撫普菴咒一曲，因云：『箜篌唐、宋有之，久已失傳，今得其法。』命宮人隔簾彈一曲。又云：『内中人凡絃索精者，令各呈其藝。』，次令彈虎拍，次彈琵琶，次彈三絃子。又云：『朕近以琴譜平沙落雁勾作琵琶、絃子、虎拍、箏四種樂器同彈。因令彈之，四樂合成一聲，仍作琴音，聲甚清越，極其大雅。彈畢，上云：『此宮人自幼精心彈箏，至亡寢食，今已十餘年，盡得神妙。』再令彈變調月兒高，宛轉悠揚，所謂『此曲祇應天上有，人間能得幾回聞』也。……上云：『今日止可盡歡，弗動悲戚，内中女優，令爾一觀。』就坐畢，弋調演一門五福。上云：『爾漢人遇吉慶事皆演此。』次崑調，演琵琶上壽。上云：『爾年老之人，不妨觀看，莫有迴避。』次弋調，演羅卜行路；次演羅卜描母容。上云：『此女唱此齣，甚得奧妙，但今日未便演出關目。』令隔簾清唱，真如九天鶯鶴，聲調超群。次演崑調三溪。上云：『此人乃内教習也』且屢諭云：『爾在外見得多莫笑話。』次演弋調琵琶盤夫，上指蔡邕曰：『此即項隔簾清唱之人也。』次演崑調金印封贈。上云：『此齣文詞做法皆無取，只取今日吉兆耳。』……。』

〔註18〕 田仲一成編，《清代地方劇資料集》，《東洋文獻センター叢刊第二、三輯（東京：東京大學東洋文化研究所附屬東洋學文獻センター，昭和四三年十二月）華中篇引康熙三十二年十二月蘇州織造李煦奏摺云：「管理蘇州織造員外郎臣李煦謹奏……今尋得幾個女孩子，要教一班戲送進，以博皇上一笑，切想崑腔頗多，正要尋個弋腔好教習，學成送去，無奈遍處求訪，總再沒有好的，今蒙皇恩，特著葉國楨前來教導……」

〔註19〕 《嘯亭雜錄》（同註3，頁12）卷一云：「世宗萬歲之暇，罕御聲色，偶觀雜劇，有演繡襦院本鄭儋打子之劇，曲伎俱佳，上喜賜食，其伶偶問今常州守爲誰者，戲中鄭儋乃常州刺史。上勃然大怒曰：『汝優伶賤輩，何可擅問官守？其風實不可長。』因將其立斃杖下，其嚴明也若此。」

〔註20〕 徐珂，《清稗類鈔》（臺北：臺灣商務印書館，民國 72 年 10 月臺 2 版）恩遇類「奉旨觀劇」條（一），頁 22）：「巡撫李某，雍正時人，由軍官轉至巡撫者，性喜觀劇會有言官具疏劾之，世宗遂諭其明白回奏，李乃與幕府磋商……余本係武夫，不知禮數，觀劇可

的都對民間音樂戲劇的興起有所影響。到了乾隆，由於帝本身對音樂的嗜好和熱愛，更是帶起了民間，尤其是京師一帶演戲娛樂的高峯，由以下幾件事可看出乾隆帝此種對音樂戲曲的偏好：

1. 高宗深諳音律。李岳瑞《春冰室野乘》云：

> 乾隆一朝，每歲暮祀竈於坤寧宮，室中正炕上設鼓板，皇后先至，上駕繼到，坐炕上，自擊鼓板，唱《訪賢》一曲，執事官鵠立環聽，唱畢送神，上起還宮，六十年中無歲不然，至嘉慶始罷。〔註21〕

《清稗類鈔・帝德類》「高宗邃於音律」條亦云：

> 高宗邃於音律，凡樂工進御鈞天法曲，時換新聲，每盼晴，則令奏「月殿雲開」之曲。〔註22〕

可見高宗不但懂音樂，且能演奏音樂。

2. 南巡帶回民籍伶工進京承差。據《清嘉錄》卷七「青龍戲」條云：

> 老郎廟，梨園總局也，凡隸樂籍者必先署名於老郎廟。廟屬織造府所轄，以南府供奉需人，必由織造府選取故也。〔註23〕

《清昇平署志略》亦云：

> 乾隆時南府……蓋設立之初，原爲悉用內臣等充演劇之人，自南巡以還，因善蘇優之技，遂命蘇州織造挑選該籍伶工，進京承差。此事除見《清嘉錄》外，凡現存之老伶工，類能言之，僉謂乾隆打江南圍，始將南方演戲之人，攜至京師。〔註24〕

3. 南巡時各地演戲承應，競求新奇討好，甚至於御舟開行時，亦不輟演戲。如：

《清稗類鈔・巡幸類》「高宗南巡供應之盛」條云：

> 高宗第五次南巡時，御舟將至鎮江，相距約十餘里。遙望岸上，著大桃一枚，碩大無朋，顏色紅翠可愛，御舟將近，忽烟火大發，光焰四射，

藉以習禮，余又未讀書，於前代人物茫然不知，觀劇即可知某爲善人，某人惡人，擇其善者從之，惡者戒之……幕府乃本其意爲之擬稿。疏既上，世宗親批准其觀劇，但囑其不可有誤政務，一時遂傳爲奉旨觀劇焉。」

〔註21〕 清，李岳瑞，《春冰室野乘》，《近代中國史料叢刊》第六輯（臺北：文海出版社，民國56年5月），頁28 姚元之《竹葉亭雜記》（《筆記小說大觀》三三輯，新興書局，民國72年5月，頁2）亦有相類似記載。

〔註22〕 同註20，第一冊，頁15。

〔註23〕 清，顧鐵卿，《清嘉錄》，《筆記小說大觀》正編（臺北：新興書局，民國49年7月），頁3837。

〔註24〕 王芷章，《清昇平署志略》（臺北：新文豐出版公司，民國70年2月影民國26年4月版），頁8。

蛇挐霞騰，幾眩人目。俄頃之間，桃恭然開裂，則桃內劇場中峙，上有數
百人，方演《壽山福海》新戲。……又南巡時須演新劇，而時已匆促，乃
延名流數十輩，使撰《雷峯塔》傳奇。然又恐伶人之不習也，乃即用舊曲
腔拍，以取唱演之便利；若歌者偶忘曲文，亦可因依舊曲，含混歌之，不
至與笛板相迕。當御舟開行時，二舟前導，戲臺即架於二舟之上，向御舟
演唱，高宗輒顧而樂之。〔註25〕

梁廷枏《曲話》卷三云：

　　乾隆中，高宗純皇帝第五次南巡，族父森時服官浙中，奉檄恭辦梨園
雅樂。先期命下，即以重幣聘王夢樓編修文治填造新劇九折，皆即地即景
為之……選諸伶藝最佳者充之，在西湖行宮供奉。每演一折，先寫黃綾底
本，恭呈御覽，輒蒙褒賞，賜予頻仍。〔註26〕

《履園叢話》卷十二「演戲」條云：

　　梨園演戲，高宗南巡時為最盛，而兩淮鹽務中，尤為絕出，例蓄花雅
兩部，以備演唱。〔註27〕

　　4. 宮廷演戲頻繁，尤以萬壽節時為甚。清初宮廷中專司奏樂演戲之機構原襲
明教坊司之舊制。雍正七年改為和聲署，至乾隆七年設樂部，和聲署隸屬之。自
高宗南巡帶回伶人後，而有內、外學等分別〔註28〕，內學在南府，外學則南府、
景山皆有〔註29〕。高宗並命張照編製大戲劇本，以供各節令奏演，稱為「月令承
應」〔註30〕。由於高宗喜聲色，故宮中演戲頗為頻繁，除了平時應皇帝需要有臨

〔註25〕同註20，頁6。
〔註26〕清，梁廷枏，《曲話》，《歷代詩史長編》二輯八冊（臺北：鼎文書局，民國63年2月），
　　　　頁265。
〔註27〕同註9，頁332。
〔註28〕吳志勤，〈昇平署之沿革〉，《文獻特刊、論叢、專刊合集》（臺北：臺聯國風出版社，民
　　　　國56年10月），頁155～176。
〔註29〕同註24，頁5～40。
〔註30〕《嘯亭續錄》卷一「大戲節戲」（同註3，頁377）條云：「乾隆初，純皇帝以海內昇平，
　　　　命張文敏製諸院本進呈，以備樂部演習，凡各節令皆奏演。其時典故屈子競渡、子安題
　　　　閣諸事，無不譜入，謂之『月令承應』。其於內庭諸喜慶事，奏演祥徵瑞應者，謂之法
　　　　宮雅奏；其於萬壽令節前後奏演羣仙神道添籌錫禧，以及黃童白叟含哺鼓腹者，謂之九
　　　　九大慶；又演目犍連尊者救母事，析為十本，謂之勸善金科，於歲暮奏之，以其鬼魅雜
　　　　出，以代古人儺祓之意；演唐玄奘西域取經事，謂之昇平寶筏，於上元前後日奏之，其
　　　　曲文皆文敏親製，詞藻奇麗，引用內典經卷，大為超妙。其後又命莊恪親王譜蜀、漢三
　　　　國志典故，謂之鼎峙春秋；又譜宋政和間梁山諸盜及宋、金交兵，徽、欽北狩諸事，謂
　　　　之忠義璇圖，其詞皆出日華遊客之手，惟能敷衍成章；又抄襲元、明水滸、義俠、西川
　　　　圖諸院本曲文，遠不逮文敏多矣。

時承應外〔註31〕，各節令都必演戲〔註32〕，內外大臣、王公貴戚等也常被賜命聽戲！如：《國朝宮史》卷七「紫光閣錫宴儀」：

> 謹按乾隆二十六年正月初二日紫光閣武成殿落成，錫宴於閣下，欽命大學士忠勇公傅恒、尚書武毅、謀勇公兆惠暨滿漢文武大臣、蒙古王公、吉、回部等一百七人入宴內務府……左右皆冪，樂舞、善撲、回部樂舞、雜技、百戲人等畢集……是時樂舞、善撲、回部樂舞、百技並作，承應宴戲畢；各退所司進徹。〔註33〕

同卷又云：

> 皇帝萬壽及元旦、上元、端陽、中秋、重陽、冬至等節，乾清宮曲宴王公大臣……丹陛清樂作，奏「海宇昇平日」之章。樂止，承應宴戲……每歲新正，特召內廷大學士、翰林於重華宮茶宴聯句……宮殿監豫請所司，具茶果、承應宴戲。〔註34〕

《養吉齋叢錄》卷十三亦云：

> 同樂園在圓明園大宮門東，轉東樓門乘舟里許乃至，乾隆間年例，自正月十三日起在園酬節，宗室、王公及外藩、蒙古王公、臺吉、額駙、屬國陪臣，俱命入座賜食聽戲。又萬壽慶節前後數日，亦於此演戲……乾隆五十九年，駕駐熱河，賜扈蹕諸臣觀劇於清音閣，自七月二十四日始，至八月十五日，凡二十日，每日卯刻入班，未正散出，日賜茶果，克什三次。〔註35〕

諸節令中，尤以三大節日（萬壽、元旦、多至）之首的萬壽聖節，戲劇的演出，更為隆重盛大〔註36〕。這種情況，造成清廷君臣嗜戲的狂熱，也激起了戲曲的急遽發展。此外，清代對民間的戲劇俗曲，雖然為了政治或社會因素曾下過許多禁令〔註37〕，但因帝王本身的喜好，卻很矛盾的這些民間戲曲，反而常在宮廷中演出，例如：清初民間即盛行「秧歌」，清廷屢頒禁令〔註38〕，但康熙帝本身卻在元霄節燈火慶

〔註31〕同註24，頁131。
〔註32〕同註30。
〔註33〕清，于敏中等，《國朝宮史正緒編》五冊（臺北：臺灣學生書局，民國54年11月）第一冊，頁233。
〔註34〕同前註，頁222。此記載又見《嘯亭續錄》（同註3）卷一，頁374。
〔註35〕清，吳仲雲，《養古齋叢錄》，《筆記小說大觀》第四三輯（臺北：新興書局，民國75年9月）卷十三，頁158。
〔註36〕詳見第六章第二節。
〔註37〕見本章第二節。
〔註38〕同前註。

祝中，觀賞秧歌小隊表演〔註39〕；甚至到了清末光緒時，還專選「秧歌教習」入內承應〔註40〕，而乾隆朝的幾次萬壽慶典中，也大量雇請歌童曲部於京師輦道所經承應演出小曲〔註41〕。此種情況，自然使得禁令如同虛設。同樣地，清代民間伶人原甚受鄙視，其子弟連科考都被禁參加〔註42〕，但進入宮廷中承應的伶人卻屢屢受優遇，尤以乾隆朝爲甚，例如南府中外學，除賞給錢糧，並按月關領公費銀兩外，高宗體恤南來伶人，不慣食用京倉之老米，特於內務府官三倉中設白米倉，賞給外學學生食用；同時又於南府外，沿皇牆建築房屋，賞給外學學生居住；而對於外學學生病故者，也賞給治喪銀拾兩，並賜給塋地（在京北黑山），此種待遇，實甚優厚；甚至乾隆三十七年，高宗還下諭頒定原只准文職二品以上、武職三品以上才能穿用的外翻貂皮海龍皮掛，內外學教習學生亦得蒙此賞賜〔註43〕。

　　諸如以上高宗的種種措施，不但直接影響宮廷優伶，對於民間戲曲的發展，實起著極大的激勵作用。

第二節　社會背景

　　雍、乾時期，由於政治承平，國內戰亂不興，人民無流離之苦，加上輕稅薄賦，即使遇上荒年、水禍等天災，施政者也常能體恤黎民，而有賑濟、蠲免、減賦等措施〔註44〕，故社會繁榮，民生富裕，富人特多，飽暖之餘，不免招集優伶，聲色歡娛，如：《嘯亭續錄》卷二「本朝富民之多」條云：

> 本朝輕薄徭稅，休養生息百有餘年，故海內殷富，素封之家，比戶相望，實有勝於前代。京師如米賈祝氏，自明代起家，富逾王侯，其家屋宇至千餘間，園亭瓌麗，人遊十日，未竟其居；宛平查氏、盛氏其富麗亦相仿……懷柔郝氏，膏腴萬頃，喜施濟貧乏，人呼爲『郝善人』，純皇帝嘗駐蹕其家，

〔註39〕《養古齋叢錄》卷十三（同註35，頁156～157）引《毛西河詩話》：「康熙乙丑元夕，南海子大放燈火，臣民縱觀於行殿外……及駕奉兩宮從永定門赴行殿，諸王羣臣次第至……別有四兒，花裲襠，杖鼓拍板，作秧歌小隊，穿星戴焰，破箱而出……。」

〔註40〕同註24，頁57。

〔註41〕見第六章第二節。

〔註42〕Colin P Mackerres 著，馬德程譯，〈清代伶人的社會地位〉，《文藝復興月刊》（六三期，民國64年6月），頁51。

〔註43〕同註28，頁160～161。

〔註44〕鄺士元，《國史論衡》（臺北：里仁書局，民國68年12月），頁993引清王慶雲《石渠餘記》云：「本朝田賦役素輕，二百餘年以來，未曾增及銖黍；而詔書停放，動至數千百萬，飲從其薄，施從其厚，所以上培國本，豈唐、宋以來所可同年而語？」

進奉上方水陸珍錯至百餘品……一日之餐，費至十餘萬云。王氏初爲市販弄

童，後以市帛起家，築室萬間，招集優伶，耽於聲色……。〔註45〕

不僅富人能享聲色歡娛，一般平民也因衣食無憂，流連於歌臺舞榭者自然不乏其人，
此種情景，尤以京師爲甚，如：有乾隆廿三年作者自序的《帝京歲時紀勝》「夜八出」
條云：

帝京園館居樓，演戲最盛。酬人晏客，冠蓋如雲，車馬盈門，歡呼竟

日。〔註46〕

不只都城如此，連鄉間百姓亦多沈迷於戲曲演出，尤以各類俗曲曲藝，更受歡迎。
對於此種情況，自清初以來，清廷鑑於政治或社會風俗等因素，曾屢下禁令，如：
《于清端公政書》卷五（有康熙二十二年〈序〉）「畿輔書驅逐流娼檄」云：

本院蒞任以來，禁止奢華，以敦習尚，嚴飭官方，以明政體，業經申

飭，在案迺聞，習尚紛靡，官常敗壞，未有如廣平一府；若是其甚者也，

如溪澤縣之柳下、永平縣之南胡、賈西岩村等處，女戲雜沓，娼婦繁多……

將一切流來女戲、娼婦，嚴檄各該地方官，盡行驅逐出境。〔註47〕

《定例成案合鐫》卷二十五云：

刑部議管順天府尹事施〔世綸〕條，奏〔第四款〕應行令宛〔平〕、

大〔興〕兩縣并五城司坊官員，將秧歌腳隋民婆速行盡驅回籍，毋令潛往

京城……康熙四十五年九月奉旨依議……。〔註48〕

《新示雜抄》載康熙五十七年江蘇所頒禁令云：

時逢歲旦，節慶元宵，唱秧歌、舞把戲……亟須查究，以靖地方〔註49〕

《撫豫宣化錄》卷四云：

凡大街小鎮，遇有賣藥、拆字、說書、唱曲、打卦……槩行嚴逐出境……

雍正五年正月。〔註50〕

此類禁令，在乾隆朝時，因高宗本身之特別偏愛，曾較爲少見〔註51〕，但到了道光

〔註45〕 清，昭槤，《嘯亭續錄》（臺北：弘文館出版社，民國75年11月），頁434。
〔註46〕 清，潘榮陛，《帝京歲時紀勝》，《筆記小說大觀》第十二輯（臺北：新興書局，民國65年6月），頁298。
〔註47〕 田仲一成編，《清代地方劇資料集》，《東洋文獻センター叢刊》第二、三輯（東京：東京大學東洋文化研究所附屬東洋學文獻センター，昭和四三年十二月）華北篇，頁2。
〔註48〕 同前註。
〔註49〕 王克芬，《中國舞蹈史話》，《中國舞蹈史初編三種》（臺北：蘭亭書店，民國74年10月），頁86所引。
〔註50〕 同註47，頁25。
〔註51〕 但由第一章第三節所引《水曹清暇錄》可知，在乾隆間，京師也曾禁過檔子班的演唱。

以後，又屢頒行，如：

《宋州從政錄》（有道光五年〈序〉）云：

戲子、男當、女當、花鼓戲、道情、走索等項……俱不容留。〔註52〕

《勉益齋續存稿》卷十六載江蘇於道光十九年十二月的「禁陋習條示」云：

花鼓淫戲，不準演唱，違者將容留之人，同該處地保，立拏治罪……。

〔註53〕

由這些禁令之頒行，相反地，可看出民間對通俗戲曲的狂熱，使得這些禁令，形同虛設，證明了民心之所趨，即使用政治力量都無法加以遏止。此種狂熱，一若星火燎原，非但無法撲熄，而且越燃越熾，流行層面也越流越廣，不僅供於暇時觀賞怡情，甚至連喪葬場合，也設宴演戲，如：《培遠堂偶存稿》卷十九載乾隆十年陝西「巡歷鄉邨興除事宜檄」云：

喪中宴飲，已屬非禮，而陝省更有喪中演戲之事……嗣後應先從紳士

爲始，凡有喪事，禁止演戲。〔註54〕

同書卷四十五又載乾隆二十四年三月「江蘇風俗條約」云：

喪葬大事……佛戲歌彈，故違禁令，舉殯之時，設宴演劇，全無哀

禮……立即拿究。〔註55〕

此種情況，確實有違禮俗，自然也遭禁止，但卻可看出民間戲曲的盛行，不但掌握了民眾的心靈生活，甚至也能侵入改變傳統禮俗，其力量不可謂不大。

造成民間戲曲蓬勃發展的社會背景，除了以上所述外，大致上還與以下原因有關：

1. 迎神賽會的盛行。雍正帝性情雖甚精嚴，但偏喜於侈談符瑞，欲求長生之術，故禱祠林立〔註56〕，高宗雖非如此，但大臣文人們卻普遍的並不排斥鬼神報應等迷信思想，由袁枚《新齊諧》、沈起鳳《諧鐸》、紀昀《閱微草堂筆記》、長白浩歌子《螢窗異草》……等志怪筆記的產生，可見一般。此種思想反映於民間，自然淫祠林立，迎神賽會、演戲酬神因此也隨之盛行，如：《湖南省例成案刑律》卷十云：

乾隆八年六月十四日，奉署撫部院蔣□爲曉諭事……演戲酬神，亦屬

人情之常，但須節止有期。〔註57〕

〔註52〕 同註47，頁28。

〔註53〕 同註47，華中篇，頁6。

〔註54〕 同註47，頁31。

〔註55〕 同註47，華中篇，頁3。

〔註56〕 同註44，頁1092。

〔註57〕 同註47，華中篇，頁46。

同書卷十二云：

> 乾隆十年七月十八日……結會迎神、演戲報賽之事，彼此鬥勝，鼓吹
> 相聞，晝夜喧鬧……。〔註58〕

《培遠堂偶存稿》卷四十五載乾隆二十四年三月「江蘇風俗條約」云：

> 江南媚神信鬼，錮蔽甚深，每稱神誕，燈綵演劇……技巧百戲，清歌
> 十番，輪流疊進……擡神遊市，爐亭旗傘，備極鮮妍，擡閣雜劇，極力裝
> 扮。〔註59〕

2. 讌客集會多以歌舞演戲侑酒娛賓。自明代以來，此種風氣即非常盛行，如：
《客座贅語》卷九云：

> 南都萬曆以前，公侯與縉紳及富家凡有讌會小集多用散樂，或三、四
> 人；或多人，唱大套北曲……後來乃變而盡用南唱……今則吳人益以洞簫
> 及月琴，聲調屢變……。〔註60〕

直到滿清入關，由於戰亂初定，加上世祖所下禁筵宴、饋贈的諭令，此風一度中息，但隨著國勢的安定，此種聲色娛樂自又興起。順、康間張宸所撰《平圃雜記》云：

> 近來士大夫日益貧，而費用日益侈。世祖皇帝時禁筵宴饋遺，當時以
> 爲非所急，及禁弛，而追嘆爲不可少也。壬寅冬，予奉使出都，相知聚會
> 止清席用單束。及癸卯冬還期，則無席不梨園鼓吹，無招不全東矣！梨園
> 封賞，初止青蚨一、二百，今則千文以爲常矣！〔註61〕

到了乾、嘉間，宴客演戲的風氣更是普及，連禮部主辦的瓊林宴上也演出小戲〔註62〕，甚至接待外賓也，也是鑼鼓喧天，日夜不停。於乾隆五十八年來中國向高宗賀壽的英國使者喬治・馬戛爾在《英使謁見乾隆記實》中云：

> 十二月二十日，星期五。早起，戲園已經演戲，金鼓齊鳴，演員粉墨
> 登場了。初時我還以爲是綵排，那有這樣早就做戲呢？後來中國人對我
> 說：官場接待上賓，當於賓客到館舍之日起，至離去之日止，從早到晚演
> 戲不停，停就失禮。〔註63〕

〔註58〕同前註。

〔註59〕同註47，華中篇，頁3。

〔註60〕明，顧起元，《客座贅語》，《金陵叢刻》第一函，《百部叢書集成》第一百種（臺北：藝文印書館，民國58年），頁25～26。

〔註61〕清，張宸，《平圃雜記》，《庚辰叢編》（臺北：世界書局，民國65年12月），頁268。

〔註62〕清，姜炳璋，《尊行日記》（臺北：中華叢書委員會，民國44年9月）卷四八，頁245載乾隆十九年其中進士時：「赴瓊林宴，宴設禮部堂上，以禮部尚書爲主人，凡讀卷等官並在……演小戲。」

〔註63〕喬治・馬戛爾尼撰，秦仲龢譯，《英使謁見乾隆記實》，《近代中國史料叢刊》第八八輯

此種讌客娛賓必戲的狂風，急速促進了戲班的發展，使雄霸劇壇兩百餘年的所謂「雅部」崑曲，在臺眾求新求變的心理下，逐漸走入末途，「花部」諸腔則趁機興起，而在京師有所謂「京腔六大班」、「四大徽班」的產生〔註64〕。至於俗曲也在此種有利背景下，獲得快速成長。檔子、十不閑、攤黃、八角鼓、太平鼓、花鼓……等曲藝由茲而興，俗曲曲調風靡了各地。如：乾隆末李斗《揚州畫舫錄》卷十一云：

> 小唱以琵琶、絃子、月琴、檀板合動而歌……以〔劈破玉〕為最佳。
> 有于蘇州虎邱唱是調者，蘇人奇之，聽者數百人。明日，來聽者益多。唱
> 者改唱大曲，羣一噱而散。〔註65〕

嘉慶間箇中生《吳門畫舫續錄》卷下云：

> 未開讌時先唱崑曲一、二齣，合以絲竹鼓板，五音和協……今則略唱
> 崑曲，隨繼以〔馬頭調〕、〔倒板漿〕諸小曲，且以此為格外殷勤，醉客
> 斷不能少。聽者亦每樂而忘反，雖繁絃急管，靡靡動人。〔註66〕

此風氣直延至清末不歇。如：咸豐八年成書之厲秀芳《眞州竹枝詞引》云：

> 紳士宴客曰請春卮；鋪家宴客曰做財神會，豪者演戲，否則清音、十
> 番、說書、雜耍，必有一以娛賓。〔註67〕

3. 歲節習俗各類曲藝競演，百戲雜陳。我國歷來民間對節日非常重視，不僅節日繁多，且每逢重要節令，都有各形各樣的慶祝活動，其中以上元、新年等節特別熱烈，而諸類活動中尤以曲藝、百技的表演，最能表現節日的歡樂氣氛，也最受民眾歡迎。明劉侗《帝京景物略》中，即記載了許多明代歲節北京一帶的民俗曲藝活動。如：上元燈節時：

> 樂則鼓吹、雜耍、絃索，鼓吹則橘律、陽撼、東山、海青、十番；雜
> 耍則隊舞、細舞、筒子、斛斗、蹬罎、蹬梯；絃索則套數、小曲、數落、
> 打碟子。〔註68〕

可謂熱鬧非凡。到了清代，各歲節慶祝情況，並不亞於前朝，如：清初查慎行〈新年詞〉云：

（臺北：文海出版社，民國62年2月），頁308。

〔註64〕見《藤陰雜記》卷五，《筆記小說大觀》第十四輯（臺北：新興書局，民國72年10月）頁6167；《揚州畫舫錄》卷五（臺北：世界書局，民國68年10月再版），頁107、130、131；《中國戲劇發展史》（臺北：學藝出版社，民國66年4月），頁475～633。

〔註65〕同前註，卷十一，頁257。

〔註66〕清，箇中生，《吳門畫舫續錄》（臺北：清流出版社，民國65年10月），頁3。

〔註67〕清，厲惕齋，《眞州竹枝詞》（臺北：中華叢書委員會，民國47年6月），頁25。

〔註68〕明，劉侗，《帝京景物略》，《北平地方研究叢書二輯》（臺北：古亭書屋，民國59年1月）。

萬歲山前百戲陳，內城排日作新春……。〔註69〕

乾隆間潘榮陛《帝京歲時紀勝》「上元」條記燈節亦云：

> 至百戲之雅馴者，莫如南十番。其餘裝演大頭和尚、扮稻秧歌、九曲
> 黃花燈、打十不閑、盤槓子、跑竹馬、擊太平神鼓、車中絃管、木架詼
> 諧……。〔註70〕

不僅北京一隅如此，其實全國各地，皆有不同的曲藝活躍於節日的歡慶中，如：乾
隆間李斗《揚州畫舫錄》卷十一云：

> 鑼鼓盛於上元、中秋二節，以鑼鼓鐃鈸，考擊成文。有七五三、鬧元
> 宵、跑馬、雨夾雪諸名。〔註71〕

生於乾隆五十九年的厲秀芳，在咸豐八年回溯其舊遊，而撰的《眞州竹枝詞》中，
則對眞州各歲節演出的民俗曲藝，也有很詳細的記述。如：

> 十五日上元節……猶憶昔年張聖木、童實夫兩埠行龍燈，十三、四歲
> 短童，一律金抹額月白杭紬短襖，翩然戲舞，笙管隨之……龍燈外，俗尚
> 花鼓燈，其前八人，塗面扎抹額，手兩短棒，曰「大頭和尚」，與戴方巾，
> 穿紅綠褻，曰「猷公子」者，互相跳舞，厥後曰「連相」、曰「花鼓」、曰
> 「侯大娘」、曰「王二娘」……相率串各戲文，於其中擇喉齒清脆者，唱
> 滾燈。所操皆本地時調，名〔剪剪花〕。手執蓮蓬燈，頭頂小紅涼篷，曰
> 「猴子頭」，唱惟此腳色最多，旁有彈絲絃佐唱者，曰後場……。〔註72〕

這些每年皆有的歲節民俗曲藝活動，由於其主要觀賞對象爲普通民眾，所用演
出的曲調自以俗曲爲主，對俗曲的發展，提供了極有利的環境。

4. 直接或間接靠演劇唱曲生活之小民，爲數頗眾。此亦爲清廷對民間戲曲之禁
令屢禁不彰的原因，蓋雍、乾之際，雖甚富足，但隨著民眾對戲曲之喜好，爲應需
求，戲子優伶也急速增多，凡歌館酒樓或廟會演戲等場合，自然也成爲人羣叢聚之
處，此正是許多賣漿市餅等小販衣食之所在，若一旦禁止，則優伶戲子與此般人必
將斷炊，而流爲遊民、盜賊，爲害地方至鉅，故宅心仁厚或有識於此之地方官，多
不願阻其生路。如：《履園叢話》卷一「爲政不相師友」條云：

> 雍正間，朱文端公軾以醇儒巡撫浙江……禁燈棚、水嬉、婦女入寺燒

〔註69〕見《宸垣識略》，《近代中國史料叢刊》第七六輯（臺北：文海出版社，民國61年4月）
　　　　卷十六，頁1078。
〔註70〕清，潘榮陛，《帝京歲時紀勝》，《筆記小說大觀》第十二輯（臺北：新興書局，民國65
　　　　年6月），頁270。
〔註71〕《揚州畫舫錄》（同註64）。
〔註72〕同註67，頁26～27。

香、遊山、聽戲諸事，是以小民肩背資生，如賣漿市餅之流，弛擔閉門，默默不得意。迨文端去後，李敏達公衛莅杭，不禁妓女，不擒拆蒲，不廢茶坊酒肆，曰：「此盜線也，絕之則盜難踪蹟矣！」……一切聽從民便，歌舞太平，細民益頌禱焉。〔註73〕

同卷「安頓窮人」條又云：

治國之道，第一要務在安頓窮人……胡公文伯爲蘇潘，禁開戲館，怨聲載道。金閶商賈雲集，晏會無時，戲館酒館凡數十處，每日演劇，養活小民不下數萬人，此原非犯法事，禁之何益于治？……阻之不得行，其害有不可言者。……如寺院、戲館、遊船、青樓、蟋蟀、鵪鶉等局，皆窮人之大養濟院，一旦令其改業，則必至流爲遊棍，爲乞丐、爲盜賊，害無底止，不如聽之。〔註74〕

以上所述社會背景遍及全國，而《霓裳續譜》所收俗曲出自首善之區的京華一帶，除上列背景外，在地緣上更有其獨特的優越性，如：王楷堂於《霓裳續譜・序》中云：

京華爲四方輻輳之區，凡玩意適觀者皆於是乎聚，曲部其一也。

小鐵篴道人撰於嘉慶八年的《日下看花記・自序》也云：

有明肇始崑腔，洋洋盈耳，而弋陽、梆子、琴、柳各腔南北繁會，笙磬同音，歌詠昇平、伶工薈萃莫盛於京華。〔註75〕

由於京華爲清廷畿輔所在，上自王公巨卿，下至販夫走卒、里巷小民，各色人口融聚於此，加以清廷爲求鞏固政權，力行籠絡政策，除例行之科考外，每逢國家大慶，更是恩科不斷〔註76〕，各地士子匯於京師，造成都城繁華、士商雲集，此種種因素不僅促成曲部的興盛，而爲迎合這些不同階級、不同身份、不同地域者的特異需求，其演出曲詞、曲調、形態也就繁富多變，此由《霓裳續譜》所收的曲詞包羅萬象、曲調種類龐雜，形態變化多端及風格用語的雅俗兼蓄可獲得證明。此外，萬壽慶典的舉行，各地雖皆有慶祝活動，但遠不及京師的盛大隆重〔註77〕，各地戲班、各類曲藝，競入獻技祝壽，自然也將戲劇、曲藝，帶向發展的高峯，故王芷章先生即在《清昇平署志略》中云：

吾嘗考京師一隅，其演戲之風獨盛於中國者，實由高宗啓之。蓋每

〔註73〕清，錢泳，《履園叢話》（臺北：大立出版，民國71年），頁25。
〔註74〕同前註，頁26。
〔註75〕清，小鐵篴道人，《日下看花記》，《清代燕都梨園史料》（臺北：傳記文學出版社，民國63年4月），頁169。
〔註76〕見清史稿，（臺北：香港文學研究社，未註日期）。
〔註77〕見第六章第一節。

當壽節，各省疆吏，除獻奇巧貢物外，仍選本地優伶進京，以應此役，高朗亭之得以二簧入都，即爲閩、浙總督伍拉阿命浙江鹽商偕之以俱者也。在四、五十年之際，滇、蜀、皖、鄂伶人，俱萃都下，梨園中戲班數目有三十五，總論三百年間，前後莫與倫比，則亦化於諸萬壽演戲之效也。〔註78〕

第三節　歷史背景

任何一種新文學的流行，絕非是突發的，除了須具當代在政治、社會等各方面有利背景外，其本身也必已在前代有所蘊釀發展。此種歷史背景，如同一粒種子到幼苗的滋長。有了發育良好的幼苗，再遇到適當的環境，才能茁長壯大，前者是先天的條件，後者則爲後天的培養，兩者缺一不可。俗曲之發展，自然也是如此，《霓裳續譜》所收諸曲，除少數「拆自戲曲」部份，雜用了原戲曲所用傳統南北曲曲牌；及如〔南詞〕、〔吹腔〕、〔秦吹腔〕、〔京調〕等屬其他聲腔或曲藝之曲調外，其餘都是明代以來所謂的「小曲」，其中不但有些曲詞取自前朝，且所用曲調也有許多早就流行於明代，故欲研究《霓裳續譜》，其歷史背景也必須有所瞭解。本節僅將明代以來俗曲流行情況，作一概述，以見其源流演變。

元燕南芝菴《唱論》云：

成文章曰「樂府」；有尾聲名「套數」；時行小令喚「葉兒」。套數當
有樂府氣味，樂府不可似套數，街市小令唱尖新倩意。〔註79〕

此「街市小令」蓋即指當時街市里巷所流行的歌謠俗曲〔註80〕。到了明代，此類作品更受到民眾歡迎，流行範圍越見普及，同時爲了適應不同時代、不同地域及各類不同民眾的需求，其曲調本身也不斷的繁衍擴張，舊的曲調漸漸被淘汰了，但卻有更多的新曲調產生，明沈德符在《萬曆野獲編》卷二十五中即有詳細記載：

〔註78〕王芷章，《清昇平署志略》（臺北：新文豐出版公司，民國70年2月），頁122。

〔註79〕明，顧曲散人，《太霞曲語》、《新曲苑》第一冊（臺北：臺灣中華書局，民國59年8月臺1版），頁2。

〔註80〕元，周德清《中原音韻正語作詞起例》中「作詞十法」，《歷代詩史長編》二輯第一冊（臺北：鼎文書局，頁232）云：「拘肆語。不必要上紙，但只要好聽、俗語諺語、市語皆可，前輩云：『街市小令唱尖新茜意』、『成文章曰樂府』是也。樂府、小令兩途，樂府語可入小令，小令語不可入樂府。」；明，王驥德，《曲律》卷三論小令（《歷代詩史長編》二輯第四冊，臺北，鼎文書局，民國63年2月，頁133）云：「周氏謂樂府、小令兩途，樂府語可入小令，小令語不可入樂府，未必其然，渠所謂小令，蓋今市井所唱小曲也。」

　　元人小令行於燕趙，後浸淫日盛。自宣、正至成、弘後，中原又行〔鎖南枝〕、〔傍粧臺〕、〔山坡羊〕之屬。李崆峒先生初自慶陽陡居汴梁，聞之，以爲可繼《國風》之後；何大復繼至，亦酷愛之。今所傳「泥捏人」及「鞋打卦」、「熬髹髻」三關，爲三牌名之冠，故不虛也。自茲以後，又有〔耍孩兒〕、〔駐雲飛〕、〔醉太平〕諸曲，然不如三曲之盛。嘉、隆間，乃興〔鬧五更〕、〔寄生草〕、〔羅江怨〕、〔哭皇天〕、〔乾荷葉〕、〔粉紅蓮〕、〔桐城歌〕、〔銀紐絲〕之屬，自兩淮以至江南，漸與詞曲相遠，不過寫淫媟情態，略見抑揚而已。比年以來，又有〔打棗竿〕、〔掛枝兒〕二曲，其腔調約略相似。則不問南北，不問男女，不問老幼良賤，人人習之，亦人人喜聽之，以至刊布成帙，舉世傳誦，沁人心腑，其譜不知從何來？眞可駭歎！又〔山坡羊〕者，李、何二公所喜，今南、北詞俱有此名，但北方惟盛愛〔數落山坡羊〕，其曲自宣、大、遼東三鎮傳來，今京師妓女慣以此充絃索北調，其語穢褻鄙淺，并桑濮之音亦離去已遠，而羈人游婿，嗜之獨深，丙夜開樽，爭先招致，而教坊所隸箏、簇等色及九宮十二則，皆不知爲何物矣！俗樂中之雅樂，尚不諧里耳如此，況眞雅樂乎！〔註81〕

　　沈氏爲萬曆間人，所載已概括說明了自元末迄明萬曆之間俗曲在各地流行、繁衍及受各階層民眾歡迎的情形，其中關於李、何二公推崇、酷愛俗曲的記載亦見於李開先《詞謔》〔註82〕。此外，在明代與俗曲有關記載的尚爲數不少，今依時間先後，大致輯錄於下，以概見其流行情況：嘉靖萬曆間范濂《雲間據目抄》卷二云：

　　　　歌謠詞曲，自古有之，惟吾松近年特甚……而里中惡少燕閒，必羣唱〔銀絞絲〕、〔乾荷葉〕、〔打棗竿〕，竟不知此風從何而起也。〔註83〕

徐渭《南詞敘錄》云：

　　　　夫南曲本市里之談，即如今吳下〔山歌〕、北方〔山坡羊〕，何處求取宮調？〔註84〕

萬曆間王驥德《曲律・雜論》卷三云：

〔註81〕明，沈德符，《萬曆野獲編》（臺北：新興書局，民國72年10月），頁647。

〔註82〕明，李開先，《詞謔》，《歷代詩史長編》二輯第三冊（臺北：鼎文書局，民國63年2月），頁286。

〔註83〕明，范濂，《雲間據目抄》，《筆記小說大觀》第廿二輯（臺北：新興書局，民國67年9月），頁2635。

〔註84〕明，徐渭，《南詞敘錄》，《歷代詩史長編》二輯第三冊（臺北：鼎文書局，民國63年2月），頁241。

北人尚餘天巧，今所傳〔打棗竿〕諸小曲，有妙入神品者，南人苦學之，決不能入。蓋北之〔打棗竿〕，與吳人之〔山歌〕，不必文士，皆北里之俠，或閨閫之秀，以無意得之，猶詩鄭、衛諸風，修大雅者反不能作也。〔註85〕

同書卷四云：

小曲〔掛枝兒〕即〔打棗竿〕是北人長技，南人每不能及。昨毛允遂貽我吳中新刻一帙，中如「噴嚏」、「枕頭」等曲，皆吳人所擬，即韻稍出入，然措意俊妙，雖北人無以加之。〔註86〕

同書卷一云：

至北之濫流而爲〔粉紅蓮〕、〔銀紐絲〕、〔打棗竿〕；南之濫流而爲吳之〔山歌〕、越之〔採茶〕諸小曲，不啻鄭聲，然各有其致。〔註87〕

顧啓元《客座贅語》卷九云：

里衖童孺婦媼之所喜聞者，舊惟有〔傍妝臺〕、〔駐雲飛〕、〔耍孩兒〕、〔皂羅袍〕、〔醉太平〕、〔西江月〕諸小令。其後益以〔河西六娘子〕、〔鬧五更〕、〔羅江怨〕、〔山坡羊〕。〔山坡羊〕有沉水調、有數落，已爲淫靡矣！後又有〔桐城歌〕、〔掛枝兒〕、〔乾荷葉〕、〔打棗竿〕等，雖音節皆傚前譜，而其語益爲淫靡；其音亦如之。視桑間濮上之音，又不翅相去千里，誨淫導慾，亦非盛世所宜有也。〔註88〕

同書卷十云：

晉南渡後，採入樂府者，多取閭巷歌曲爲之。亦若今〔乾荷葉〕、〔打棗竿〕之類。〔註89〕

袁宏道《袁中郎文鈔·敘小修詩》云：

吾謂今之詩文不傳矣！其萬一傳者，或今閭閻婦孺子所唱〔擘破玉〕、〔打草竿〕之類。猶是無聞、無識眞人所作，故多眞聲。不效顰於漢魏；不學步於盛唐，任性而發，尚能宣于人之喜、怒、哀、樂、嗜、好、情慾，是可喜也。〔註90〕

〔註85〕《曲律》，同註80，頁149。
〔註86〕《曲律》，同註80，頁181。
〔註87〕《曲律》，同註80，頁181。
〔註88〕明，顧啓元，《客座贅語》，《金陵叢刻》第一函，《百部叢書集成》第一百部（臺北：藝文印書館，民國58年），頁25～26。
〔註89〕同前註，頁9。
〔註90〕明，袁宏道，《袁中郎文鈔》，《袁中郎全集》，《中國文學名著》第六集第十五冊（臺北：

《袁中郎尺牘》給其兄伯修書中云：

　　　　世人以詩爲詩，未免爲詩苦。弟以〔打草竿〕、〔劈破玉〕爲詩，故
　　足樂也。〔註91〕

同書《致江進之書》中云：

　　　　今人所唱〔銀柳絲〕、〔掛鍼兒〕之類，可一字相襲不？〔註92〕

萬曆以後至明末有：凌濛初《譚曲雜箚》云：

　　　　今之時行曲，求一語如唱本〔山坡羊〕、〔刮地風〕、〔打棗竿〕、
　　〔吳歌〕等中一妙句，所必無也。〔註93〕

沈寵綏《度曲須知》卷上云：

　　　　予猶疑南土未諧北調，失之江以南，當留之江以北，乃歷稽彼俗，所
　　傳……惟是散種如〔羅江怨〕、〔山坡羊〕等曲，彼之篆、箏、渾不似即
　　今之琥珀諸器者，彼俗尚存一、二，其悲慘慨慕，調近於商，惆悵雄激；
　　調近正宮，抑且絲揚則肉乃低應，調揭則彈音愈渺，全是子母聲巧相鳴和；
　　而江左所習〔山坡羊〕，聲情指法，罕有及焉！雖非正音，僅名「侉調」，
　　然其愴怨之致，所堪舞潛蛟而泣釐婦者，猶是當年逸響云。〔註94〕

顧曲散人《太霞曲語》云：

　　　　按曲品：秦大夫，亳州人，最工情語，然每帶北路〔粉紅蓮〕腔，然
　　北之〔粉紅蓮〕、南之〔掛枝詞〕其佳者語多眞至，政自難得。〔註95〕

同書又云：

　　　　則今日之曲，又將爲昔日之詩……勢必再變而之〔粉紅蓮〕、《打棗
　　干》矣！〔註96〕

張岱《陶庵夢憶》卷四云：

　　　　諸妓……或發嬌聲唱〔劈破玉〕等小詞……。〔註97〕

　　世界書局，民國 67 年 2 月再版），頁 6。
〔註91〕明，袁宏道，《袁中郎尺牘》，《袁中郎全集》，《中國文學名著》第六集第十五冊（臺北：
　　世界書局，民國 67 年 2 月再版），頁 30。
〔註92〕同前註，頁 36。
〔註93〕明，凌濛初，《譚曲雜箚》，《南音三籟》，《善本戲曲叢刊》第四輯（臺北：臺灣學生書
　　局，民國 76 年 11 月據明末原刊本配補清康熙增訂本影印），頁 23～24。
〔註94〕明，沈寵綏，《度曲須知》，《歷代詩史長編》二輯第五冊（臺北：鼎文書局，民國 63
　　年 2 月），頁 199。
〔註95〕同註 79，頁 184。
〔註96〕同註 79，頁 183。
〔註97〕明，張岱，《陶庵夢憶》，《四部刊要》子部、小說類、雜錄之屬（臺北：漢京文化事業

陳宏緒《寒夜錄》卷上云：

> 友人卓珂月曰：「我明詩讓唐，詞讓宋，曲又讓元，庶幾〔吳歌〕、
> 〔掛枝兒〕、〔羅江怨〕、〔打棗竿〕、〔銀鉸絲〕之類，爲我明一絕耳。」
> 卓名人月，杭州人。〔註98〕

　　上列諸記載所述及流行的曲調，在今存當時所輯曲集中，即收載了不少。如：
成化七年金臺魯氏所刻：《新編太平時賽賽駐雲飛》、《新編四季五更駐雲飛》、《新編
題西廂記詠十二月賽駐雲飛》〔註99〕，即全爲〔駐雲飛〕曲調之曲本，可與《野獲
編》、《客座贅語》之記載相印證，證實了此曲調在成化間的流行；嘉靖癸丑（三十
二年）書林詹氏進賢堂重刊之《風月錦囊》中也有〔駐雲飛〕、〔誇調山坡羊〕、
〔乾荷葉〕、〔皂羅袍〕等俗曲〔註100〕；萬曆間所刻《摘錦奇音》、《詞林一枝》、《八
能奏錦》、《大明春》、《徽池雅調》等曲選中，收有〔羅江怨〕、〔哭皇天〕、〔劈
破玉〕、〔掛枝兒〕……等曲調〔註101〕。這些都可作上述記載之輔證。而又在當時
文人如：趙南星、劉效祖、陳大聲、王驥德、沈青門等人作品中的收載或擬作〔註102〕；
及明末馮夢龍大規模蒐集〔掛枝兒〕、〔山歌〕之舉，可看出；俗曲確曾受到某些
文人的重視，不但欣賞，而且參與了擬作，這與後來的《霓裳續譜》所收曲詞中，
會有許多文人化的作品，應有其歷史上的淵源。

　　俗曲既然在明代已有如此的發展，進入了清代，在政治安定、社會繁榮的基礎上，
自然更迅速擴展，新曲調不斷繁衍滋生，萬錦紛陳，如：劉廷璣《在園曲志》云：

> 小曲者，別于崑弋大曲也。在南則始于〔掛枝兒〕……一變爲〔劈破
> 玉〕，再變爲〔陳垂調〕，再變爲〔黃鸝調〕，始而字少句短，今則累數
> 百字矣；在北則始于〔邊關調〕……再變爲〔呀呀優〕。〔呀呀優〕者
> 〔夜夜遊〕也；或亦聲之餘韻。〔呀呀喲〕如〔倒板漿〕、〔靛花開〕、
> 〔跌落金錢〕不一其類……。〔註103〕

有限公司，民國73年3月），頁35。
〔註98〕明，陳宏緒，《寒夜錄》，《筆記小說大觀》第六輯（臺北：新興書局，民國64年），頁
　　　　3761。
〔註99〕見故宮博物院藏本。
〔註100〕明，徐文昭編輯，《風月錦囊》，《善本戲曲叢刊》第四輯（臺北：臺灣學生書局，民國
　　　　76年11月據明嘉靖癸丑書林詹氏進賢堂重刊本影印）。
〔註101〕見《善本戲曲叢刊》第一輯所收各書。
〔註102〕羅錦堂，《中國散曲史》（臺北：中國文化大學出版部，民國72年8月新1版）第三章，
　　　　頁228～238。
〔註103〕清，劉廷璣，《在園曲志》，《新曲苑》第二冊（臺北：臺灣中華書局，民國59年8月
　　　　臺1版），頁291。

李斗《揚州畫舫錄》卷十一亦云：

> 小唱以琵琶、絃子、月琴、檀板合動而謌。最先有〔銀紐絲〕、〔四大景〕、〔倒板漿〕、〔剪靛花〕、〔吉祥草〕、〔倒花藍〕諸調，以〔劈破玉〕為最佳。……又有黎殿臣者，喜為新聲，至今效之，謂之〔黎調〕，亦名〔跌落金錢〕。二十年前尚哀泣之聲，謂之〔到春來〕，又謂之〔木蘭花〕。後以下河土腔唱〔剪靛花〕，謂之〔網調〕。近來羣尚〔滿江紅〕、〔湘江浪〕，皆本調也。其〔京舵子〕、〔起字調〕、〔馬頭調〕、〔南京調〕之類，傳自四方，間亦效之，而魯斤燕削，遷地不能為良矣！
> 〔註104〕

在此種背景下《霓裳續譜》所收曲調的其來有自，不煩贅言，而其繁複龐雜，正亦可為俗曲發展至當時的盛況，作一歷史性的有力註腳。

〔註104〕清，李斗，《揚州畫舫錄》（臺北：世界書局，民國68年10月再版），頁257。

第三章　曲牌研究

　　由於來源複雜，《霓裳續譜》中所收錄的曲牌種類及數量可說既龐大又繁複，僅據其中八卷加以統計，不包括附卷《萬壽慶典》，即有一百○二種之多〔註1〕，本章即以此八卷爲範圍，對其中曲牌進行統計分析與研究，至於《萬壽慶典》中的曲牌，有些或闕註曲牌，有些或疑改動牌名，且有專爲慶典所製之曲牌，性質較複雜，故另於第六章討論。

第一節　曲牌資料之統計凡例

　　附表一是《霓裳續譜》（不包括附卷《萬壽慶典》）中所有曲牌資料之全面分析、歸納與統計，乃筆者逐一核查各曲之實際情況而得，透過此表，盼能對《霓裳續譜》中所有曲數、曲牌種類、曲牌數目及各曲曲牌之組合型態等獲得確實的瞭解。但由於民間俗曲曲牌繁衍複雜，其結構及曲牌間組合型態也常與傳統文人所習用之南北曲有別，在統計時除共通原則外，也產生許多特殊問題，因此對筆者在表中處理這些共同或特殊問題的方式，必須有所說明，現即以幾點凡例，述明於下。至於各項實際統計之結果，請直接見附表一，不另作說明。

　　（一）曲數的統計，悉依「史語所藏本」中曲詞之實際狀況計數，對目錄中闕漏者，皆予以補入。

　　（二）曲牌種類的劃分採慎疑細分的原則：

　　1. 在總數一百○二種曲牌中，對同一類曲牌的各種不同變調，予以分開個別計數，但在表上排列時則將本調及其各種變調鄰接並列，以看出相互之關係。如：〔翦

〔註1〕詳細各類統計數字見附表一。

靛花〕一類，除本調〔翦靛花〕外，還有〔翦靛花便音〕、〔滿州翦靛花〕、〔翦靛花帶戲〕、〔慢翦靛花〕四種變調，表中則分計爲五種曲牌，但將此五種曲牌排列一處。

2. 有些曲牌，據其曲牌名稱，疑爲同一曲牌的諧訛，如：〔重疊序〕與〔重重續〕即是，因《霓裳續譜》中所收數量太少，無法予以斷然分辨，暫將之分計，以示存疑。

3. 《霓裳續譜》各曲所註之曲牌中，有些爲聲腔泛稱，但未註明其爲此聲腔中之何種曲調，表中將此聲腔視爲一曲牌，以便統計。如：〔吹腔〕、〔秦吹腔〕，實以爲管吹爲主要樂器之腔調泛稱！凡慣用吹管樂伴奏的曲調都可被稱爲〔吹腔〕〔註2〕。在《霓裳續譜》中，收有〔秦吹腔花柳歌〕、〔秦吹腔〕、〔吹腔〕三種曲調，前者已註明爲秦吹腔中之〔花柳歌〕曲調，自然可視爲一曲牌；後兩者則只註明聲腔而未說明屬其系統中何曲調〔註3〕？爲利於統計，在表中仍將〔吹腔〕、〔秦吹腔〕各視爲一曲牌。

4. 牌子曲中「同調頭尾」類〔註4〕，因其「曲尾」實際上與「曲頭」同一曲牌，只因當尾聲用，故加一「尾」字而已〔註5〕。因此，在曲牌種類劃分時，歸入與曲頭同一曲牌中〔註6〕。如：卷七「碧雲天黃花地」其「曲頭」所用曲牌爲〔寄生草〕，「曲尾」爲〔寄生草尾〕，在統計曲牌種類時，將〔寄生草尾〕視同〔寄生草〕，不另計爲一種曲牌。又如：卷四「和風細雨」，其「曲頭」所用曲牌爲〔平岔〕，「曲尾」爲〔岔尾〕，可知此〔岔尾〕即以〔平岔〕之末段作尾聲用，故將此〔岔尾〕視同〔平岔〕。又如：卷八「留神聽」，「曲頭」所用曲牌爲〔數岔〕，「曲尾」爲〔岔尾〕，雖與前一例同一名稱，但由其「曲頭」爲〔數岔〕，可知此〔岔尾〕是〔數岔〕末段作尾聲用的簡稱。故將之視同〔數岔〕。

〔註2〕 李家瑞，《北平俗曲略》（臺北：文史哲出版社，民國63年2月再版），頁52，云：「吹腔是以管吹爲主要樂器的腔調。北平戲園子裡有許多吹唱小曲的戲劇，大半都是這一類的吹腔。」；孟瑤，《中國戲曲史》（傳記文學出版社，民國68年11月再版，第二冊）頁422，亦云：「梆子腔與吹腔這兩個名詞之所以被引用得很濫的原因是由於它們使用的樂器。……凡用吹的管樂的，都可稱吹腔。」；徐扶明，《元明清戲曲探索》（浙江，古籍出版社，1986年7月）頁358，云：「在清代，吹腔有兩種，一種爲笛子吹腔。如：『販馬記』、『打櫻桃』之類；一爲嗩吶吹腔。如：『神州擂』、『快活林』之類。」。

〔註3〕 此可能因爲這種曲調已形成板腔體，而不用其曲牌名之故。

〔註4〕 見本章第三節。

〔註5〕 同前註。

〔註6〕 但在統計曲牌數目時則分計。見後述。

5. 牌子曲中「異調頭尾」類〔註7〕，雖僅二曲，但因其「曲頭」與「曲尾」之曲牌不同，不能依前條之例。此二曲之「曲尾」曲牌，在表中處理方式各爲：

（1）卷五「鄉裡親家我瞧瞧親家」之「曲頭」爲〔銀紐絲〕，「曲尾」爲〔秦腔尾〕，兩者曲牌不同，表中將此〔秦腔尾〕視爲〔秦腔〕。

（2）卷五「叫聲丫鬟」之「曲頭」爲〔呀呀喲〕，「曲尾」爲〔岔尾〕，兩者亦曲牌不同。在《霓裳續譜》所收牌子曲「同調頭尾」類中，「曲尾」稱〔岔尾〕的，其「曲頭」可能爲〔平岔〕、〔平岔帶戲〕、〔岔曲〕或〔數岔〕，此曲之所謂〔岔尾〕不知何指？在收入此曲之卷五中，大多以〔岔曲〕爲「曲頭」，故疑此即爲〔岔曲〕之末段用作尾聲，故姑且視同〔岔曲〕曲牌。

6. 「單支曲牌加尾」類〔註8〕，除前段之單支曲外，其後所加之「尾」，亦視同前段「單支曲」曲牌。此類《霓裳續譜》中僅兩曲，皆在卷六，其一之曲牌組合爲〔平岔〕→〔岔尾〕，此〔岔尾〕之曲牌在表中統計曲牌種類時，不另立一類，而歸入〔平岔〕中。另一曲之曲牌組合爲〔平岔帶戲〕→〔岔尾〕，此〔岔尾〕則歸入〔平岔帶戲〕類中。

7. 卷四「獨步閒遊」一曲爲牌子曲形式，其「曲頭」所用曲牌只註爲〔岔〕，疑爲〔平岔〕之闕漏，理由爲：

（1）曲詞句式與〔平岔〕相似。

（2）《霓裳續譜》全書所收牌子曲中，以岔曲類曲牌作爲「曲類」者，僅有〔岔曲〕及〔平岔〕兩種，而卷四中全不用〔岔曲〕曲牌〔註9〕，其用岔曲類曲牌作爲「曲頭」者只有〔平岔〕〔註10〕。

故暫將此〔岔〕，視爲〔平岔〕。

8. 卷六「相思害的實可嘆」曲牌組合形式爲〔北河調〕→〔白話〕。此〔白話〕疑非曲牌名，而指唸白，但無確證。楊蔭瀏《中國古代音樂史稿》將〔白話〕當成一曲牌〔註11〕，爲愼重計，暫從之。

9. 曲牌中有〔黃瀝調〕、〔單黃瀝調〕、〔雙黃瀝調〕。其中〔單黃瀝調〕疑即〔黃瀝調〕，乃是與〔雙黃瀝調〕之對稱，故加「單」字。然因《霓裳續譜》中所收僅一支，不能作客觀比對，故仍各計爲一種曲牌。

〔註 7〕同註 4。
〔註 8〕同註 4。
〔註 9〕〔岔曲〕曲牌除卷七有一曲曾使用外，其餘全收在卷五。
〔註 10〕參見本章第二節。
〔註 11〕楊蔭瀏，《中國古代音樂史稿》（臺北：丹青圖書有限公司，民國 74 年 5 月臺 1 版），第四冊，頁 14。

10. 曲牌中〔雙劈破玉〕、〔雙黃瀝調〕、〔雙疊落金錢〕，雖由曲詞句數比較，疑爲由兩支相同曲牌所疊成，但因其聯接界限已泯，且曲牌名也明稱〔雙×××〕，可知已合爲一個單位，故與帶過曲般，在曲牌種類劃分中計爲一種曲牌，並歸入「單支曲牌」類中。

11.〔怯音寄生草〕疑指用非北平口音演唱的〔寄生草〕曲牌〔註 12〕，雖所指爲口音之別，但不能確知在曲調上是否亦有變化？故暫以〔寄生草〕之變調視之，亦獨立算一種曲牌，不併入〔寄生草〕中。

12. 卷七有兩曲，曲牌皆用〔秦吹腔花柳歌〕，乃秦吹腔中的〔花柳歌〕曲調，在曲末附註云：「花柳腔尾有聲無詞。」〔註 13〕此蓋指此曲之末段音樂未終止前已無曲文，而非另加一「曲尾」，故本表將之歸入「單支曲牌」類。在計數曲牌種類及數目時，僅計〔秦吹腔花柳歌〕，不計〔花柳腔尾〕。

（三）曲牌數目的統計，在俗曲中，也有許多特別情況，本表之處理方式爲：

1. 有些曲牌其曲調結構是由一基本曲調作多次反覆而成，反覆次數常不固定，有類於板腔體，在實際演出時，其基本曲調並不單獨使用，必須反覆多次，故在統計曲牌數目時，不論其反覆幾次，合起來才算一支曲牌。如：〔翦靛花〕在《霓裳續譜》中，是由四句組成的基本曲調，作三次或五次反覆而成〔註 14〕。表中皆將之合計爲一支曲牌。又如：〔秧歌〕也是由四句組成的基本曲調作多次反覆而成，不論反覆幾次，表中皆將之合計爲一支曲牌。

2. 俗曲中常將由多支相同曲牌所連接組成，類似「重頭」式的曲調，依其內容而劃分成「段」或「落」，通常一「段」又可分數「落」，每落大致上由一支曲牌組成。《霓裳續譜》中，此類曲詞都祇在第一支曲牌前標明曲牌名，其後各支曲牌則未註明，而於分段或分落之處以「○」符號記之（但有些曲中，此記號也省略或闕漏）。表中則將此類曲牌予以各別分出計算，以確實統計所用曲牌數目。如：卷八「一更裡天」曲牌組合爲「重頭加尾」的形式，分段處記以「○」記號，每段又可分三落，但分落處則未作任何記號或註明。由句式比對句可知每落由一支〔邊關調〕組成，故每段用了三支〔邊關調〕，四段則共用了十二支〔邊關調〕。在表中即依此數目統計。至於此類曲中連分段或落之「○」記號皆未註明者，亦依該曲牌句式加以判別劃分。如：卷五「敲罷了暮鐘」，雖僅於曲詞起始時，標明使用〔慢岔〕曲牌，看起來似由一支曲牌組成之「單支曲牌」形式，但由句式比對可知，實際上應分三落，

〔註 12〕參見本章第四節。
〔註 13〕同註 11，頁 14。在計曲牌種類時除〔秦吹腔花柳歌〕外，另列一〔花柳腔尾〕曲牌。
〔註 14〕參見本章第二節。

每落使用一支〔慢岔〕。表中即據句式加以判明，而計爲三支〔慢岔〕，並歸入「重頭」的形式。

3. 有些使用「不全曲牌」〔註 15〕者，在曲牌數目統計時，仍予計爲一支。「牌子曲」中之「曲頭」、「曲尾」或部份「曲中」曲牌〔註 16〕、「單支曲牌加尾」中所加之「尾」〔註 17〕、「不全兩調循環」〔註 18〕及「不全異調相聯」中之「不全曲牌」〔註 19〕等皆屬此類。如：卷七「五月裡端陽炎熱天」爲「牌子曲」中「同調頭尾」類，曲牌之組合爲〔平岔〕→〔翦靛花〕→〔岔尾〕，其當「曲頭」之〔平岔〕僅三句，當「曲尾」之〔岔尾〕也僅四句，皆爲「不全曲牌」，但在曲牌數目統計時，仍各爲一支〔平岔〕。

（四）卷五所收多爲帶有腳色扮演的曲詞，在曲中有時夾有後場所彈有聲無詞，用來襯托曲中人物動作的曲牌，此種曲牌因僅有曲牌名，在表中雖亦予以列出（即「後場曲間彈」項），但在統計曲數、曲牌種類及曲牌數目時，則不予計入。

以上四點凡例，爲表一中各項統計資料編訂原則之說明。此外，由於表中所收曲牌種類繁多，筆者於表一之後另附一曲牌檢索表，以便檢索。

附表一：曲牌情況綜表

1. 本表之凡例說明，見第三章第一節。
2. 本表之末另附「曲牌筆劃檢索表」以利檢索本表曲牌。

型態／曲牌名	單支曲牌體			重頭體			聯曲體											q 後場曲間彈	合計	備註
	a 單支曲牌	單支曲牌加尾		d 重頭	重頭		牌子曲						m 兩調迎互循環	n 不全異調相聯	o 完全異調相聯	p 完全異調相聯加尾				
		b 單支曲牌	c 所加尾		e 加尾聲	f 加清江引	頭尾同調			頭尾異調										
							g 曲頭	h 曲中	i 曲尾	j 曲頭	k 曲中	l 曲尾								
1 西調	214			4										3					221	
2 慢西調														1					1	
3 西腔									2										2	

<hr>

〔註 15〕即指曲牌之句式並不完整，祇用了此曲的一部分，同註 4。
〔註 16〕同註 4。
〔註 17〕同註 4。
〔註 18〕同註 4。
〔註 19〕同註 4。

曲牌名 ＼ 型態	單支曲牌體 a 單支曲牌	單支曲牌加尾 b 單支曲牌	c 所加尾	重頭體 d 重頭	重加頭尾 e 加尾聲	f 加清江引	牌子曲 頭尾同調 g 曲頭	h 曲中	i 曲尾	頭尾異調 j 曲頭	k 曲中	l 曲尾	m 兩調迎互循環	n 不全異調相聯	o 完全異調相聯	p 完全異調相聯加尾	q 後場曲間彈	合計	備註
4 平岔	59	1	1	2			27	1	27						1			119	
5 平岔帶戲	2	1	1				1		1									6	
6 岔曲	1						8		8			1						18	
7 慢岔	6				6			2						3				17	
8 數岔	19						3		3		1							26	
9 起字岔	8																	8	
10 起字平岔	1																	1	
11 坎字岔	1																	1	
12 垛字單岔	1																	1	
13 西岔	1						1		1									3	
14 平岔帶馬頭調	3																	3	
15 馬頭調	3																	3	
16 寄生草	104			2			4	3	4						2	6		125	
17 寄生草帶尾	7																	7	
18 矮調寄生草	1																	1	
19 垛字寄生草	4																	4	
20 寄生草帶白	1																	1	
21 便音寄生草（寄生草便音）	3																	3	
22 怯（音）寄生草	7						1		1									9	
23 南寄生草	2						1		1									4	
24 北寄生草	3			2			1	2	1									9	
25 番調寄生草	2						1		1									4	
26 番調	1																	1	
27 倒番調	1																	1	
28 剪靛花	24						5	5	5									39	
29 剪靛花便音	2																	2	

型態／曲牌名	單支曲牌體 a 單支曲牌	單支曲牌加尾 b 單支曲牌	單支曲牌加尾 c 所加尾	重頭體 d 重頭	重加 e 加尾聲	頭尾 f 加清江引	頭尾同調 g 曲頭	頭尾同調 h 曲中	頭尾同調 i 曲尾	頭尾異調 j 曲頭	頭尾異調 k 曲中	頭尾異調 l 曲尾	m 兩調迎互循環	n 不全異調相聯	o 完全異調相聯	p 完全異調相聯加尾	q 後場曲間彈	合計	備註
30 剪靛花帶戲							1		1									2	
31 慢剪靛花								1										1	
32 滿州剪靛花	2																	2	
33 南疊落金錢	2														1			3	
34 北疊落金錢							2		2									4	
35 雙疊落金錢								2										2	
36 黃瀝調	1						11	3	11									26	
37 單黃瀝調	1																	1	
38 雙黃瀝調	3																	3	
39 玉溝調	7																	7	
40 玉溝調垜字	1																	1	
41 隸（歷）津調	2							4					2	4				12	
42 劈破玉	4																	4	
43 雙劈破玉	1																	1	
44 重重續	1						1		1									3	
45 重疊序															1			1	
46 銀紐絲						10		6		1	9							26	
47 邊關調						15												15	
48 倒搬槳	3							2										5	
49 呀呀喲										1								1	
50 倒推舡								1			1							2	
51 獨柳調								4										4	
52 粉紅蓮	3															1		4	
53 詩篇								5										5	
54 鎮南枝								1								4		5	
55 北河調	2														1			3	
56 南羅兒								4			1							5	

曲牌名＼型態	a 單支曲牌	b 單支曲牌加尾	c 所加尾	d 重頭	e 加尾聲	f 加清江引	g 曲頭	h 曲中	i 曲尾	j 曲頭	k 曲中	l 曲尾	m 兩調迎互循環	n 不全異調相聯	o 完全異調相聯	p 完全異調相聯加尾	q 後場曲間彈	合計	備註
57 玉蛾郎					4													4	
58 蓮花落				4												4		8	
59 尾聲				1												1		2	
60 南詞								3										3	
61 南詞彈黃調	1														1			2	
62 彈（攤）黃調	1							2										3	
63 秧歌	1							2						1				4	
64 羅江怨（悢）								3										3	
65 打棗竿	2																	2	
66 秦吹腔花柳歌	2																	2	
67 秦吹腔									1									1	
68 吹腔								1										1	
69 秦腔												1						1	
70 絃子腔								2										2	
71 揚子歌	2																	2	
72 一江風	2							1							1			4	
73 清江引					3										1			4	
74 兩句半	2																	2	
75 螺螄轉	1																	1	
76 盤香調	1																	1	
77 滿江紅								1										1	
78 河南調								1										1	
79 駐雲飛								1										1	
80 戲韻								1										1	
81 油葫蘆								1										1	
82 懶畫眉								1										1	

型態／曲牌名	單支曲牌體			重頭體			聯曲體										q後場曲間彈	合計	備註
	a 單支曲牌	單支曲牌加尾		d 重頭	頭尾		牌子曲						m 兩調迎互循環	n 不全異調相聯	o 完全異調相聯	p 完全異調相聯加尾			
		b 單支曲牌	c 所加尾		e 加尾聲	f 加清江引	頭尾同調			頭尾異調									
							g 曲頭	h 曲中	i 曲尾	j 曲頭	k 曲中	l 曲尾							
83 節節高							1											1	
84 垛字緊							1											1	
85 孝順歌							1											1	
86 老八板							1											1	
87 折桂令							1											1	
88 山歌兒															1			1	
89 京調											1							1	
90 白話															1			1	
91 山坡羊											1							1	
92 叠段橋															1			1·	
93 耍孩兒							1											1	
94 綉帶兒							1											1	
95 沽美酒							1											1	
96 江兒水							2											2	
97 雁（燕）兒落							3											3	
98 王大娘							3											3	
99 刮地風							1											1	
100 會親娘							1											1	
101 園林好							1											1	
102 桂枝香							2											2	
103 柳青娘																	1	1	
104 萬年歡																	1	1	
105 小開門																	1	1	
合計 曲牌數目	529	2	2	16	5	32	68	89	68	2	15	2	11	17	4	10	(3)	872	
合計 曲牌種類	51	2		5	2	4	15	45	15	2	7	2	5	9	4	4		102	
合計 曲　數	529	2		6	1	3	68			2			2	8	2	1		624	

表二：曲牌筆劃檢索表

筆　劃	序次	筆　劃	序次	筆　劃	序次	筆　劃	序次
一　劃		尾聲	59	倒番調	27	慢西調	2
一江風	72	八　劃		倒搬漿	48	慢岔	7
三　劃		兩句半	74	秧歌	63	慢剪靛花	31
山坡羊	91	刮地風	99	馬頭調	15	數岔	8
小開門	105	沽美酒	95	十一劃		蓮花落	58
山歌兒	88	怯音寄生草	22	絃子腔	70	銀紐絲	46
四　劃		怯寄生草	22	寄生草	16	十五劃	
王大娘	98	河南調	78	寄生草便音	21	盤香調	76
五　劃		油葫蘆	81	寄生草帶白	20	劈破玉	42
平岔	4	京調	89	寄生草帶尾	17	駐雲飛	79
平岔帶馬頭調	14	九　劃		清江引	72	彈黃調	62
平岔帶戲	5	垛字寄生草	19	剪靛花	28	十六劃	
北河調	55	垛字單岔	12	剪靛花便音	29	燕兒落	97
北寄生草	24	垛字緊	84	剪靛花帶戲	30	歷津調	41
北疊落金錢	34	柳青娘	103	十二劃		獨柳調	51
打棗竿	65	耍孩兒	93	楊州歌	71	十七劃	
白話	90	便音寄生草	21	雁兒落	97	隸津調	41
玉蛾郎	57	重重續	44	單黃瀝調	37	螺螄轉	75
玉溝調	39	重疊序	45	番調	26	戲韻	80
玉溝調垛字	40	南詞	60	番調寄生草	25	十八劃	
六　劃		南詞彈黃調	61	黃瀝調	36	鎖南枝	54
老八板	86	南羅兒	56	十三劃		雙黃瀝調	38
江兒水	96	南疊落金錢	33	萬年歡	104	雙劈破玉	43
西岔	13	南寄生草	23	園林好	101	雙疊落金錢	35
西腔	3	十　劃		叠段橋	92	邊關調	47
西調	1	起字平岔	10	綉帶兒	94	十九劃	
七　劃		起字岔	9	節節高	83	羅江怨	64
岔曲	6	秦吹腔	67	詩篇	53	羅江愿	64
坎字岔	11	秦吹腔花柳歌	66	矮調寄生草	18	懶畫眉	82
呀呀喲	49	桂枝香	102	會親娘	100	廿二劃	
折桂令	87	粉紅蓮	52	十四劃		攤黃調	62
吹腔	68	秦腔	69	滿江紅	77		
孝順歌	85	倒推舡	50	滿州剪靛花	32		

按：本表根據表一編成，以便檢索其中曲牌。所標序次即表一曲牌序次。

第二節　曲牌淵源及流衍舉述

《霓裳續譜》所收曲牌種類之繁多及數量之豐富，已見於前表一中，由其中數量之統計，可知各曲牌在當時北方一帶流行的程度，而由所分各類曲牌中，也可看出其中實保存了許多後代未見或罕見的曲牌。這些資料，使我們對當時北京曲部演出時使用曲牌的狀況，有較具體的瞭解。但每一曲牌都有其淵源流衍，有些起源於前代而極盛於當時；有些雖亦風行於前代，但至當時已走入日暮之途；有些繁盛於後代而萌茁於當時；也有些自當時崛興後，直至清末皆能傳唱流衍歷久不衰……。是故，對這些曲牌在當時的情況及其源流演變，似乎有加以探究的必要，筆者在撰述本論文期間，對此方面資料，也頗加留意蒐輯，本擬將《霓裳續譜》中所收俗曲曲牌，逐一考述其淵流衍，然因曲牌多達一百餘種，欲每種皆詳加考述，囿於篇幅及時間，勢所不能，故本節僅舉述其中幾種較重要或較具影響的曲牌，以明其一斑，餘者有待後日，另行撰文作一全盤考述。

一、西　調

《霓裳續譜》中計有二百二十二支，包括〔西調〕二百二十一支及〔慢西調〕一支。在全書所收錄的曲牌中，占了四分之一強，是數量最多的曲牌，且此一曲牌皆集中於前三卷中，此三卷疑是源自同一曲本，在編輯時因份量較多而分成三卷〔註20〕，可見是當時甚為流行的一種曲調。由其曲詞用語多具文人典雅作風及置於前三卷來看，則王廷紹〈序〉中所謂「足供諷詠者僅十之二三」盛安〈序〉所云：「今以其情詞兼麗者列之於前，可以供騷人文士之娛」者蓋即指此。

《霓裳續譜》中運用此一曲牌之曲詞大部份被用來描述男女相思之情，可見其曲調必甚哀怨感人，但由於多為歌詠此類內容，故往往被視之為「淫詞」，柳堂〈西調黃鸝調集抄序〉〔註21〕即為此而提出反駁說：「〔西調〕幽雅新奇，無一句不令人頓滌襟懷也，而時人不自責其愚駑不懈，反目為淫佚之詞，真天地間之大無術者哉！」

至於〔西調〕的句式結構，李家瑞在《北平俗曲略》中云：

> 〔西調〕每首都是八句，七、八兩句都是疊句，各句的拍子都不一樣，
>
> 可是總合起來，每首都定六十四拍。

李氏並引錄《六輩太福晉詞賦》中西調八八六十四板：

一（六）二（六）三（九）四（八）五（七）六（四）七（五）重七（四）正

〔註20〕參見第一章第一節。

〔註21〕見徐扶明，《元明清戲曲探索》（浙江，浙江古籍出版社，1986年7月），頁365所引。

八（七）重八（八）〔註22〕。

八句正句，加上兩疊句，實際上有十句，《霓裳續譜》中〔西調〕亦皆如此。如：

嬌滴滴春花艷；青鬖鬖春草鮮；綠陰陰春柳垂金線。一行行春燕繞庭前；一陣陣春風舞繡簾。處處賞春園；家家春酒筵。（疊）。樂歡歡春宵一刻金不換。（疊）。

除了此種單純基本十句外，大部份都另外再加「增句」〔註23〕，其中有加至數十句的，也有的僅加一、二句。「增句」皆加在各基本句中，有些加在各基本句中的「增句」句數都相同，非常整齊。如：

淚雙垂，雙垂淚。三杯酒，酒三杯。此一別相會難，難相會。愁眉不展，不展愁眉。腰圍瘦損，瘦損腰圍。為誰恨？恨為誰？心灰意懶，意懶心灰。（疊）。為多情，情多反被多情累。（疊）。

又如：

書離懷寄情詞，思一行征雁，無一行征雁。腰肢瘦不勝衣，怯一種春寒，捱一種春寒。人去知幾時還，只落得一聲長嘆，一聲短嘆。猛想起幽歡，敘一段牽連，寫一段牽連。情寂寂垂首無言，顰一寸眉尖，蹙一寸眉尖。惜春去，憑一回畫闌，倚一回畫闌。待月來，捲一半珠簾，放一半珠簾。（疊）。眼望將穿，等一日信斷，盼一日信斷。（疊）。

有些雖不見得如此整齊，但仍可看出十句的句式，如：

倚紗窗，掩翠袖，低聲咳嗽。啞謎兒偷向人投。寫的是月明人靜三更後。

〔註22〕李家瑞，《北平俗曲略》（臺北：文史哲出版社，民國63年2月再版）頁95。
〔註23〕徐扶明《元明清戲曲探索》（見註21，頁364）云：「所謂『增句』，亦稱『贈句』，就是在曲牌規定的句數以外，由作者自由增入的句子。」

$\overbrace{轉過迴廊，步花陰，渡水流。}^{4}$ $\overbrace{等郎君人在那綠楊亭下，白玉闌頭。}^{5}$

$\overbrace{莫差遲錯上妝樓。}^{6}$ $\overbrace{好隄防鶯眠芳徑，}^{7}$ $\overbrace{鷺睡萍洲。}^{8}$ 〔疊〕。 $\overbrace{怕只怕風流消息，}^{9}$

$\overbrace{輕被人窺透。}^{9}$ 〔疊〕。

　　近人徐扶明《元明清戲曲探索》認爲〔西調〕有「單」、「雙」疊體之別〔註24〕。其實由《霓裳續譜》及其他收有〔西調〕的資料來看，雖然「雙疊」（即十句中的第八、十兩句）是《霓裳續譜》中絕大部份〔西調〕的形態，但並非所有的均是如此，如卷一的一曲由四首〔西調〕組成的重頭式套曲「相伴者黃荊籃」雖各首亦皆由十句組成，可是其前三首即無疊句，末一首也僅爲末句帶疊的「單疊」。在《綴白裘》中《出塞》、《過關》、《打麵缸》諸劇、蒲松齡《俚曲》及《萬花小曲》等書中所收〔西調〕也幾乎都不是「雙疊」，而是無疊及「單疊」；相反的《霓裳續譜》中也收有重疊兩次以上屬「多疊」的作品，如：卷一「盼不到黃昏後」有三疊；「聽殘玉漏」有四疊；卷二「忽聽得中堂人語喧」也是四疊，「仙家幻」則多至八疊。可見「單」、「雙」疊形態並非所有〔西調〕都是如此，故以此來作爲〔西調〕體制的分別乎並不適當。

　　關於〔西調〕的起源，馮式權在〈北方的小曲〉一文中云：

> 我以爲西調大約起於明朝，是山西省產生的，在明朝山西的樂戶異常多，直到清朝雍正元年方始解除……這西調或者也是由山西之樂戶傳出，所以叫作「西」調。〔註25〕

這種說法雖然並無確實的證據，但清初陸次雲《圓圓傳》卷一中就有以下記載：

> ……進圓圓，自成驚且喜，遽命歌，奏吳歈。自成蹙額曰：「何貌甚佳而音殊不可耐也？」即命群姬唱〔西調〕，操阮、箏、擊缶，已拍掌以和之，繁音激楚，熱耳酸心。〔註26〕

此種將〔西調〕興起推至明末李自成時的說法，雖有學者疑其不可靠〔註27〕，但作者陸次雲爲清初人，可知當時已有〔西調〕，且演唱時是「操阮、箏、擊缶」並以

〔註24〕同前註，頁364。

〔註25〕馮式權，〈北方的小曲〉，《東方雜誌》第二一卷第六號（民國13年3月），頁71～72。

〔註26〕清，陸次雲，《圓圓傳》卷一，《香艷叢書》第九集（臺北：古亭書屋，民國58年4月景印初版），第五冊，頁2376。

〔註27〕同註21，頁361～362。另有人疑此〔西調〕爲〔秦腔〕，此說法不確。徐扶明《元明清戲曲探索》（頁367）中已詳加駁斥，可從。

拍掌來和，其曲調「繁音激楚，熱耳酸心」，甚是感人。筆者檢得有康熙甲子（二十三）年〈序〉的王正祥所纂〈新定十二律京腔譜凡例〉中亦云：

> 京腔獨無點板之曲譜，以致今人隨意下板。夫〔西調〕小令尚有一定
> 腔板，豈南北通行之曲而獨無一定之腔板乎？〔註28〕

可證當時不只有〔西調〕，而且已有一定腔板。另外，康熙年間成書的蒲松齡通俗俚曲裏也用了〔西調〕〔註29〕，這是首見的〔西調〕曲詞，分別被用在《禳妒咒》、《磨難曲》、《翻魘殃》三個作品中，《禳妒咒》中有十三支，《磨難曲》中有五支，《翻魘殃》中有三支，共用了二十一支，可見〔西調〕在當時已甚流行，所以蒲氏才會如此大量運用。由以上這些資料，我們可以確定：在清初，〔西調〕已廣泛流行，而一種民間曲調由起源至興起流行勢必經過一段醞釀的時間，以此而推，說〔西調〕始於明代，應該是可以確信的。

自清初以降至乾隆年間，是〔西調〕最風行的時候，以現存資料來看，雍正年間有人以當時流行曲調來改編《西廂記》，而《西廂記怡情新曲》一書，其所用曲調就以〔西調〕為主，其中甚至有以三、四支〔西調〕連用於一篇的形態出現〔註30〕。此種流行到了乾隆可說是最興盛，但也是盛極而衰的時候，乾隆初年有《西調百種》抄本〔註31〕；九年京都永魁齋刊行的《萬花小曲》中也有一套《西調鼓兒天》〔註32〕；三十五年梓行的《綴白裘》六集梆子腔《出塞》及《過關》兩齣及四十二年刊的《綴白裘》十一集（《外集》）梆子腔《打麵缸》中都收有〔西調〕，後者更用了四首《西調寄生草》〔註33〕；四十五年抄的《西調黃鸝調集抄》中也收了〔西調〕〔註34〕，一直到《霓裳續譜》，雖晚至乾隆六十年才刊行，但它所收的曲詞卻是當時年已七十餘的顏曲師將其畢生所習輯錄而來，實際上是包括了整個雍、乾年間流行曲調的概況，而其中竟收錄了二百二十二支〔西調〕，十足反映了〔西調〕在當時流行的盛況。同時在《霓裳續譜》卷八的一曲描述盲女人在街頭演唱〔老八板〕

〔註28〕清，王正祥，《新訂十二律京腔譜》，《善本戲曲叢刊》第三輯（臺北：學生書局，民國73年據清康熙甲子停雲室原刊本影印），頁63。

〔註29〕蒲松齡生於明崇禎十三年，歿於清康熙五四年。

〔註30〕同註21，頁363。

〔註31〕同註21，頁364。

〔註32〕清無名氏輯，《萬花小曲》，《善本戲曲叢刊》第五輯（臺北：台灣學生書局，民國76年11月，據金陵奎壁齋鄭元美梓行，書名全題為《新鐫南北時尚萬花小曲》影印），頁38～44。

〔註33〕清，玩花主人編選，《綴白裘》，《善本戲曲叢刊》第五輯（臺北：台灣學生書局，民國76年11月，據清乾隆四二年校訂重鐫本影印）頁2653～2655；2774～2777；4828～4833。

〔註34〕傅惜華，《西廂記說唱集》（臺北：明文書局，民國70年12月）頁62；66；67所選錄。

的牌子曲曲詞中也說：「……學會了幾點，將錢來哄，缺少個人〔西調〕兒奪弄，再把我添上，就大響了名。」可看出〔西調〕在當時受重視的情形！

　　至於〔西調〕最早的流行地域，自來學者們皆認為當出於山西、陝西一帶。例如：前面所引馮式權以為是來自山西樂戶；張庚、郭漢城的《中國戲曲通史》說〔西調〕是：「明末在山、陝一帶非常流行的民間歌曲。」〔註35〕李家瑞《北平俗曲略》也認為：「〔西調〕是從西方傳來的調子，大概出於山西、陝西一帶。」，並引清乾隆間翟灝的《通俗編》云：

　　　　今以山、陝所唱小曲曰「西曲」，與古絕殊，然亦因其方俗言之。〔註36〕

此「西曲」蓋指〔西調〕或其同類的小曲。此外，在《綴白裘》中用到〔西調〕的《出塞》、《過關》、《打麵缸》三齣戲曲，全都屬「梆子腔」，而「梆子腔」出於山、陝，更可作為〔西調〕出於此地域的輔證！

二、寄生草

　　《霓裳續譜》中收有〔寄生草〕及其各類變調共達一百六十七支之多（參見附表一），其中百分之八十（一百三十四支）為「單支曲解」形式。每支由七句組成，除了極少數例外以外，七句皆用韻，末句有些為重句。

　　《九宮大成南北詞宮譜》卷五仙呂調隻曲中有〔寄生草〕，其正格句法也是七句，但第六句不用韻〔註37〕。《霓裳續譜》所收俗曲〔寄生草〕，很可能即由此種北曲仙呂宮的〔寄生草〕發展而來〔註38〕，據明沈德符《萬曆野獲編》卷二十五云：

　　　　元人小令行於燕趙，後浸淫日盛……嘉、隆間，乃興……〔寄生草〕……自兩淮以至江南，漸與詞曲相遠……〔註39〕。

可見此種俗曲〔寄生草〕，在明嘉、隆間曾很盛行。到清代，乾隆初年姑蘇王君甫發行的絲絃小曲收有十三首〔註40〕，而收載此曲調最多的即是《霓裳續譜》，不但多達一百六十七支，而且衍變出多種變調來。在書中卷八「姐兒無事去遊春」一曲

〔註35〕張庚、郭漢城著，《中國戲曲通史》（臺北：丹青圖書有限公司，民國74年12月）第三冊，頁20。

〔註36〕同註22，頁94。

〔註37〕清，周祥鈺、鄒金生編輯，《九宮大成南北詞宮譜》，《善本戲曲叢刊》第六輯（臺北：學生書局，民國76年11月據清乾隆內府本影印），頁805。

〔註38〕上海藝術研究所、中國戲劇家協會上海分會編，《中國戲曲曲藝詞典》（上海：上海辭書出版社，1981年9月第1版），頁127。

〔註39〕明，沈德符，《萬曆野獲編》（臺北：新興書局，民國72年10月），頁647。

〔註40〕清，無名氏輯，《絲絃小曲》，《善本戲曲叢刊》第五輯（臺北：台灣學生書局，民國76年11月據姑蘇王君甫刊本影印），頁74～82。

中也云：

> 彈的是琵琶、筝、絃了（子）共月琴：唱的是〔寄生草〕……甚是精。

乾隆時編的《消寒新詠》，有問津漁者一詩，其〈序〉亦云：

> 若〔寄生草〕、〔剪靛花〕，淫靡之首，依腔合拍，所謂入烟花之隊，
> 過客魂銷；噴脂粉之香，遊人心醉者矣！〔註41〕

連當時的小說如《儒林外史》、《綠野仙踪》等，也引有此調〔註42〕，可看出在乾隆以前，此調必十分盛行。但到了嘉慶以後，由於各類新曲調的興起，〔寄生草〕終漸沒落，如：嘉慶年間范鍇《漢口叢談》云：

> 昔時妓館，競尚小曲如〔滿江紅〕、〔剪剪花〕、〔寄生草〕之類，
> 近日多習燕、齊〔馬頭調〕，兼工弦索。〔註43〕

另在成書於嘉慶九年的《白雪遺音》中，已不收〔寄生草〕，而收有大量〔馬頭調〕，經筆者比對，卻發現其中有許多曲詞幾乎完全與《霓裳續譜》中〔寄生草〕相同，由於〔馬頭調〕較晚興起，蓋即因〔寄生草〕漸沒落，〔馬頭調〕起而代之，不但在曲調上取代了前者，連曲詞也多改調歌唱，而被〔馬頭調〕接收了。

三、岔　曲

　　書中共有二百零二支，為卷四至卷八所收「雜曲」中數量最多的曲調，包括了多種變調，共計有〔岔曲〕、〔平岔〕、〔慢岔〕、〔起子岔〕、〔坎字岔〕、〔數岔〕、〔西岔〕、〔起字平岔〕、〔垛字單岔〕、〔平岔帶戲〕、〔平岔帶馬頭調〕十一種〔註44〕。其中〔平岔〕使用最多，達一百一十九支。〔平岔〕之句數有六句、

〔註41〕同註22，頁128所引。

〔註42〕同註25，頁70。

〔註43〕同註35，頁28所引。

〔註44〕各種變調之詳細數量見附表一。其中〔岔曲〕一名鄭振鐸在《中國俗文學史》第十四章中認為是一種「套數」，但筆者懷疑或許是〔平岔〕的泛稱，理由為（1）《霓裳續譜》中除卷七有一曲標明〔岔曲〕外，其餘稱〔岔曲〕者都收在卷五。（2）卷五中收有〔岔曲〕、〔慢岔〕、〔數岔〕等曲牌，但卻不收〔平岔〕，此種情況很特別，因為在《霓裳續譜》所收「雜曲類」（包括卷四至卷八）中，除卷五以外，其餘各卷皆收及〔平岔〕一調。（3）卷五中所收〔岔曲〕皆為牌子曲，其曲頭、曲尾之組合句數，大致上皆與〔平岔〕為曲頭、尾者相同。（4）《霓裳續譜》一書，是由許多不同曲本纂輯而成，據其編輯體例來看，可能其分卷即以原曲本為依據，故有可能卷五所收曲之原曲本，在輯收時即將〔平岔〕泛稱為〔岔曲〕。由以上原因，故筆者疑〔岔曲〕即〔平岔〕之泛稱。但又因卷七所收之一支「單支曲牌」形式的〔岔曲〕，其句法卻與〔平岔〕不盡相同，故不敢遽為論斷（卷七之〔岔曲〕，由於可能出自不同曲本，其與卷五之〔岔曲〕名稱雖同，但不一定亦為〔平岔〕，可能仍為某類岔曲之泛稱）。為謹慎起見，僅註記於此，在論文中，仍分視為不同之曲調。

七句、八句三種，七、八句者於第五句多不用韻；六句者則第四句不用韻。有時在第一句後會接「呀呀喲」虛腔，在倒數第二句上大多帶有「臥牛」〔註45〕。

此十一種變調之性質，據《昇平署岔曲》齊如山之《序》云：

> 其板眼大致分〔平岔〕、〔數岔〕、〔起子岔〕、〔西岔〕、〔岔尾〕等等。〔註46〕

此是就板眼而言，認為這些變調的差別主要在板眼。

至於「岔曲」命名的來源，說法紛紜，主要有以下三種：

1. 以為來自乾隆攻金川時軍中所用歌曲，由寶小岔（文小槎）所編，故名「岔曲」。主此說者最多，如：崇彝《道咸以來朝野雜記》云：

> 文小槎者，外火器營人，曾從征西域及大小金川，奏凱歸途，自製馬上曲，即今八角鼓中所唱之單弦雜排（牌）子及岔曲之祖也，其先本曰小槎曲，減（簡）稱為槎曲，後訛為岔曲，又曰脆唱，皆相沿之訛也。此皆聞之老年票友所傳，當大致不差也。〔註47〕

《昇平署岔曲》中故宮博物院文獻館作於民國24年雙十節之〈引言〉云：

> 岔曲為舊京八角鼓曲詞之一種，傳為清乾隆時阿桂攻金川軍中所用之歌曲，由寶小岔（名恆）所編，因名「岔曲」，又稱得勝歌詞，曲中以描景寫情者為多，詞句雅馴簡潔。班師後從征軍士遇親友喜慶宴聚，輒被邀約演唱，嗣後流傳宮中，高宗喜其腔調，乃命張照等另編詞句，由南府太監歌演，嘗於漱芳齋、景祺閣、倦勤齋等處聆之，蓋室內均有小戲臺，頗便演唱此類雜曲也。〔註48〕

《清宮述聞》卷六引清乾隆帝〈倦勤齋詩注〉云：

> 岔曲者，輦下小唱也。以八角鼓、三弦兩者廣之，寶小岔所創，故名。

岔曲厥後流傳禁掖，乾隆帝命詞臣就其腔調另編詞句，或描景，或寫情……

〔註45〕　《昇平署岔曲》所附北平故宮博物院文獻館之引言（國立北平故宮博物院文獻館編，北平，國立故宮博物院文獻館鉛印本，民國24年）云：「……乃係曲中一種腔調，名曰『臥牛』。蓋度曲至此處，一字重唱，故為頓挫，以便引起下文。」；《中國音樂辭典》（臺北：丹青圖書有限公司，民國75年5月臺1版），頁359。）云：「臥牛兒，曲藝音樂術語，常用於岔曲中。『臥牛兒』是『跌』（疊）一下的意思，是在曲調進行上安排的小轉折。使用方法是在岔曲後半段中某一下句唱詞的半句處，在演唱上處理成帶有半結束性質的下行句，唱腔稍作停頓，加上小過門後，再接唱下半句，接唱時多為重唱一個字。」

〔註46〕　同註45，序頁1。

〔註47〕　崇彝，《道咸以來朝野雜記》，《筆記小說大觀》第三十三輯第九冊（臺北：新興書局，民國73年5月），頁105。

〔註48〕　同註45，引言頁1。

皆極風雅，使聽者移情難名。〔註49〕

《中國音樂辭典》「岔曲」條云：

> 相傳清軍出征金川等地，士兵厭戰思鄉，以樹葉青黃爲題，歌唱季節
> 的變化，其曲調係根據當時民間盛行的高腔劇種中的脆白衍變而成，故稱
> 「脆唱」。據傳說，有一滿族士兵寶恒又名小岔的，唱得最好，於是脆唱
> 又被稱爲「岔曲」。〔註50〕

以上諸說，雖或不盡相同，但都認爲「岔曲」命名之由，來自寶小岔（或文小槎，
兩者應指同一人）。

2. 以爲歧岔崑曲高腔，故名「岔曲」。如：李鑫午〈岔曲的研究〉一文云：

> 前人解釋岔曲命名之由，每繫之於寶小岔，以「岔」字爲小岔之名，
> 謬矣！因岔曲之編製，非創始於斯人，若「黃昏卸得殘妝罷」一曲，乃
> 蒲氏《聊齋》原文，康熙時此曲已演唱，且乾隆時王廷紹《霓裳續譜》
> 中即采錄岔曲，是岔曲盛於乾隆之時，而未必源於是朝也。所謂「岔曲」
> 者，乃岔支於崑曲高腔之義，岔曲之「岔」，乃歧岔之字，非寶恒之名也。
> 〔註51〕

3. 以爲來自傳統曲中的「煞」。如：馮式權〈北方的小曲〉一文云：

> 有人說岔曲是出於清初軍中的凱歌，這種傳說……是不可靠的。按
> 唐、宋大曲內有〔煞袞〕煞正寫應作殺一遍。元人北曲以「煞」名的更多
> 了……至於〔隨煞〕、〔隔煞〕及〔煞尾〕，則差不多每一宮調裏都有。
> 南曲裏也有〔隨煞〕、〔雙煞〕、〔和煞〕……等。「殺」字，《說文》說：
> 「从殳，杀聲。」徐鉉《注》說：「杀字，相傳云音察。」此處讀去聲，
> 正與「岔」同音，或者「岔」就是「殺」或「煞」之誤寫。由此，我們不
> 能不認岔曲同南曲及北曲有直接或間接的關係，不過充分的證據，一時尚
> 未能找到。〔註52〕

上列三說中，第三說以「岔」爲「煞」或「殺」者，純屬臆測，故應以前兩說較屬
可能。《霓裳續譜》所收曲詞爲顏曲師平生所輯，其時代應含括雍、乾兩朝流行曲，
以其中所收〔岔曲〕來看，當時必早已盛行，才能有如此大量的作品及種類繁多的

〔註49〕章唐容輯，《清宮述聞》，《近代中國史料叢刊》第三五輯（臺北：文海出版社，民國58
　　　　年4月），頁521。
〔註50〕同註45，頁293。
〔註51〕李鑫午，〈岔曲的研究〉，《中德學誌》五卷四期（民國32年12月），頁670～671。
〔註52〕同註25，頁72。

變調，故筆者以爲「岔曲」一名的由來，或起於寶小岔或取於歧岔自崑曲高腔之義，實際如何？已不可考！但其曲調，應在乾隆以前就已產生。在乾隆時此曲調曾盛行於軍中，高宗喜聞此調，故命張照等另編詞句而由南府太監歌演〔註53〕，此可能亦是促成此調盛行的原因。後來〔岔曲〕又與民歌、小曲逐漸合流，而形成所謂「單弦牌子曲」之曲藝〔註54〕，直至清末皆甚流行。

四、剪靛花

《霓裳續譜》中收有〔剪靛花〕一類曲調四十六支，包括〔剪靛花〕三十九支〔註55〕、〔剪靛花便音〕二支、〔滿州剪靛花〕二支、〔剪靛花帶戲〕二支、〔慢剪靛花〕一支，共五種〔註56〕。

〔剪靛花〕在《霓裳續譜》中其曲牌是由四句組成的基本曲調，作三次或五次反覆而成，四句中，大部份第四句爲第三句之重句。如：卷四「閨中少婦不知愁」。

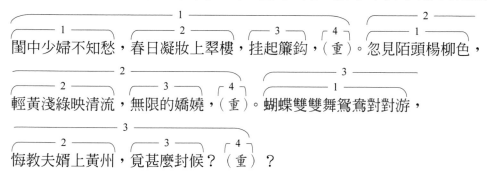

此曲即由基本曲調反覆三次而成，每次四句，第四句爲第三句之重句。後代〔剪靛花〕亦是四句組成一基本曲調，但在第三、四句間夾有「哎哎喲」的虛腔〔註57〕。據《曲藝藝術論叢》第五輯王正強〈蘭州鼓子淵源初探〉一文所引「北京單弦」與「蘭州鼓子」中之〔剪靛花〕譜例對照爲：

〔註53〕同註45及《清宮述聞》（見註49）。
〔註54〕《中國音樂辭典》（同註45），頁293。
〔註55〕三十九支中，包括被用作「曲尾」的〔剪靛花尾〕五支。
〔註56〕詳細曲牌形態見附表一。《北平俗曲略》（同註22，頁128）稱《霓裳續譜》中有〔剪靛花〕三十餘種，可能是指其所統計的〔剪靛花〕支數而言，實際上應僅五種，共四十六支。
〔註57〕同註22，頁128。

北京單弦

蘭州鼓子

提起　　　仙桃　　活
昏　昏　　沈沈　　懶

八　　百　　　　說　起　靈　丹
梳　　妝　　　　腰　細　瘦　弱

（靛花　開　）增　福　祝　壽　筵
面　焦　黃　　行　動　手　扶　墻

（哎　　喲　）增　福　祝　壽　筵
（哎　　喲　）行　動　手　扶　墻

上譜例中，雖然「北京單弦」與「蘭州鼓子」中〔剪靛花〕曲調稍有出入，但仍可看出四句組成的基本曲調結構及其三、四句間的虛腔，且第四句亦是第三句之重句；在音樂上，第四句的曲調則為第三句曲調的反覆，可見第四句之所以常為第三句之重疊，即是因曲調上的反覆所致。但此種第三句重疊一句的形態，李家瑞先生在《北平俗曲略》中云：「《霓裳續譜》所選均如此。」〔註58〕的說法並不正確，實際上在《霓裳續譜》中仍有多曲〔剪靛花〕，其基本曲調的第四句在曲詞上並非

〔註58〕同前註。

第三句之疊句，如：卷七「情哥門前一棵椒」：

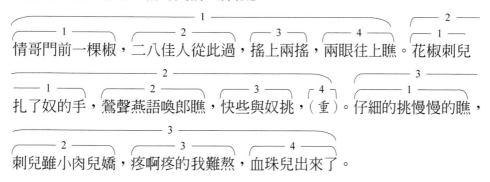

　　此曲除基本曲調的第二次反覆外，其餘第一、三次反覆之第四句皆非第三句之疊句。

　　〔剪靛花〕又名〔剪甸花〕、〔剪剪花〕、〔靛花開〕等，常隨各地或各類曲藝而有不同的別名或俗稱，如：揚州清曲中又叫〔花兒〕〔註59〕；陝西眉盧又叫〔尖尖花〕〔註60〕；鼓子曲中又稱〔茉莉新〕、〔碧桃鮮〕〔註61〕；而以下河土腔唱〔剪靛花〕又叫〔網調〕〔註62〕……等。劉廷璣在《園曲志》云：

> 小曲者……在北則始于〔邊關調〕……再變爲〔呀呀優〕……〔呀呀哟〕如《倒扳漿》、〔靛花開〕……不一其類。〔註63〕

可知〔剪靛花〕（〔靛花開〕）爲北方盛行之俗曲。此調最早見於《綴白裘》十編《占花魁》劇之《種情》一齣中〔註64〕，《霓裳續譜》也收有不少此曲調（見前述），在卷八「姐兒無事」一曲中云：

> ……遠遠望見霧裏遊湖的舡，盡都是俏郎君，（重），彈的是琵琶、箏、絃子共月琴，唱的是……〔剪剪花兒〕甚是精，引動了奴的心，再不想回程。

記載了演出時的伴奏用樂及其動人情況。乾隆間所編《消寒新詠》中有問津漁者一

〔註59〕《曲藝藝術論叢》第三輯〈揚州清曲〉一文（中國曲協研究部，1982 年，頁 98～99）云：「揚州清曲的曲牌……清曲早期所唱曲牌有〔花兒〕、〔草兒〕、〔豆兒〕之說，〔花兒〕即〔剪靛花〕。」。

〔註60〕王正強，《蘭州鼓子淵源初探》，《曲藝藝術論叢》第五輯（北京：中國曲藝出版社）。

〔註61〕張長弓，《鼓子曲言》（臺北：正中書局），頁 13。

〔註62〕清，李斗，《揚州畫舫錄》（臺北：世界書局，民國 68 年 10 月再版）卷十一，頁 257。《鼓子曲言》頁 13 亦云：「〔下河〕一名〔剪靛花〕，又名〔網調〕。」可知又因此而名〔下河〕。

〔註63〕劉廷璣，《在園曲志》，《新曲苑》，《中華國學叢書》（臺北：台灣中華書局，民國 59 年 8 月台 1 版）第二冊，頁 291。

〔註64〕同註22，頁 128 及《綴白裘》（同註33），頁 4433。

詩，其〈序〉亦云：

> 若〔寄生草〕、〔剪靛花〕淫靡之音，依腔合拍，所謂入烟花之隊，
> 過客魂銷，噴脂粉之香，遊人心醉矣！〔註65〕

可見在乾隆間確實極爲盛行，此情況直至嘉慶以後仍持續不衰，如：嘉慶時范鍇《漢口叢談》云：

> 昔時妓館，競尚小曲，如……〔剪剪花〕……之類。〔註66〕

在嘉慶九年（1804）開始編纂而出版於道光八年（1828）之《白雪遺音》第三卷中，也收有〔剪靛花〕三十五曲〔註67〕；嘉慶間北京鈔本《雜曲二十九種》〔註68〕之牌子曲中也有《甸花開》曲調。而道光二十一年出版的《十洲春語》卷下云：

> 院中競尚小曲，其所著者有……〔剪靛花〕……諸調，和以絲竹，如
> 裊風花，軟雨鶯柔，頗覺曼廻蕩志。〔註69〕

道光二十四年進士之方濬頤所撰《曉風殘月》〔註70〕一書全用俗曲曲調，其中四曲也用了〔剪剪花〕。咸豐以後，此曲調仍甚流行，如：咸豐八年成書之《眞州竹枝詞》云：

> 俗尚花鼓燈……所操皆本地時調，名〔剪剪花〕。〔註71〕

咸豐六年北京鈔本《百萬句全》所收牌子曲中，也夾有此調〔註72〕，直至民國張長弓所編《鼓字曲言》述「鼓子曲」中所用之牌子及雜調時，除亦有此曲調外，還包括了〔老剪剪花〕、〔小剪剪花〕等變調〔註73〕，而今存之許多地方曲藝、劇種，如：河南曲劇、揚劇、蘭州鼓子、陝西眉盧等中〔註74〕，也仍傳唱不歇。

五、馬頭調

　　〔馬頭調〕一名的來源，學者多顧名思義，認爲是流行於「碼頭」的曲調。如：

〔註65〕同註22，頁128所引，光按：《清代燕都梨園史料續編》亦收有《消寒新詠》此書，但卻不見此序。

〔註66〕同註43。

〔註67〕鄭振鐸，《中國俗文學史》（臺北：台灣商務印書館，民國70年11月台6版），頁446。

〔註68〕同註34，頁116。

〔註69〕清，二石生，《十洲春語》，《筆記小說大觀》第五輯第十冊（台北、新興書局，民國69年），頁5533。

〔註70〕清，方濬頤，《曉風殘月》，《方忍齋所著書》第二一冊，《明清未刊稿彙編初輯》（臺北：聯經出版社，民國65年）。

〔註71〕清，屬惕齋，《眞州竹枝詞》（臺北：中華叢書委員會，民國47年6月），頁26～27。

〔註72〕同註34，頁87、91。

〔註73〕同註61，頁11～13。

〔註74〕參見《中國戲曲曲藝詞典》、《曲藝藝術論叢》第五輯。

李家瑞《北平俗曲略》云：

> 〔馬頭調〕，即是水上馬頭的調子。〔註75〕

鄭振鐸《中國俗文學史》第十四章云：

> 〔馬頭調〕的解釋，也許便是「碼頭」的調子之意吧！乃是最流行於
> 商業繁盛之區，賈人往來最多的地方的調子。〔註76〕

楊蔭瀏《中國古代音樂史稿》亦云：

> 「馬頭」二字是「碼頭」二字的同音通假。碼頭的狹義，是指岸邊停
> 船的地點，那裡一般有斜坡或石級，便於人們上船下船。古代交通，全靠
> 河道。有河道，才有碼頭。交通便利的地方，更容易發展成爲商業都市。
> 因此碼頭的廣義，便引伸而爲「商業都市」，如今天的上海市，在過去，
> 也曾被稱爲「上海碼頭」。〔註77〕

齊如山先生在〈鼓詞小調〉一文中亦云：

> 何所謂〔馬頭調〕呢？即是沿官路之城站、碼頭中所唱之調也。例
> 如：由北京到漢口之大道，及由北京到揚州、鎮江河路、旱路之各驛站、
> 碼頭都是這類的小調。〔註78〕

可見〔馬頭調〕一名，不僅指在岸邊停船的「碼頭」所流行的曲調，也擴及於一般
商業都市〔註79〕、官路驛站。但「馬頭」一名之用於曲者，起源甚早，據《武林舊
事》所引宋官本雜劇段數中〔註80〕就有〔馬頭中和樂〕一名；但因今僅存此名，其
義已不可知，然而筆者另檢明張元長《梅花草堂曲談》中云：

> 魏良輔，別號尚泉，居太倉南關……轉音若絲……梁伯龍聞，起而效
> 之……謂之崑腔。張進士新，勿善也，乃取良輔校本，出青於藍，偕趙瞻
> 雲、雷敷民與其叔小泉翁，踏月郵亭，往來唱和，號〔南馬頭曲〕。其實

〔註75〕同註22，頁77。

〔註76〕同註46，頁438。

〔註77〕楊蔭瀏，《中國古代音樂史稿》（臺北：丹青圖書有限公司，民國74年5月台1版）（四），
頁30。

〔註78〕見《齊如山全集》第五冊，頁15。

〔註79〕例如：咸豐間玉魷生寫其上海所見所聞的「海陬冶遊錄」（《筆記小說大觀》五輯，頁2855）
云：「王耕莘，邑之富戶，家貲巨萬，素著揮霍……同時有丁某者，富與之埒，而又交
善，同以傾財挾妓相尚……好事者集其事譜諸管絃，號曰：『上海碼頭調』，至今曲罷酒
酣，每每唱之供笑樂，贏得豪名傳遍青樓矣！」可見商業都市的上海所唱曲調，也被稱
〔上海碼頭調〕。

〔註80〕宋，周密（題四水潛夫）輯，《武林舊事》，《東京夢華錄外四種》（臺北：大立出版社，
民國69年10月）頁509。

稟律於梁，而自以其意稍爲均節，崑腔之用，勿能易也。〔註81〕

此〔南馬頭曲〕，據所述可知，應爲崑腔之別派，其所以稱之爲〔南馬頭曲〕，蓋即因「踏月郵亭，往來唱和」之故。而所謂「郵亭」，即驛站館舍〔註82〕。此與齊如山先生之說正合，可見早在明代，即將在驛站中流行的曲調以「馬頭」名之。且由於張新亦與魏良輔等人同爲江蘇太倉人〔註83〕，地處吳中，其所踏月之處，自然爲江南吳中之郵亭，故冠以「南」字，而稱之爲〔南馬頭曲〕。清蘂珠舊史《京塵雜錄》卷四《辭華瑣簿》云：

> 南中歌伎唱〔馬頭調〕皆小曲……皆與京城〔馬頭調〕不同也。〔註84〕

可知清代流行的〔馬頭調〕，亦有南、北之分。另據《北平俗曲略》云：

> 《霓裳續譜》與《白雪遺音》，選錄〔馬頭調〕最多，都是京城〔馬頭調〕；蘇州刻本小曲裏有〔南馬頭調〕數種，上海沈鶴記書局《工尺大觀》有〔南馬頭調〕工尺譜。對照著看，兩種各有不同。〔註85〕

楊蔭瀏先生也曾拿輯於嘉慶間之俗曲集《白雪遺音》所附〔馬頭調帶把〕的工尺譜與《借雲館小唱》中所收各〔馬頭調〕比對，發現皆不相同，而云：

> 〔馬頭調〕這一名詞，係泛指在碼頭流行的多少曲調，並不是專指一個曲調，是多曲的類名，而不是單曲的曲名。〔註86〕

可見南、北之〔馬頭調〕，疑僅是地域之別的概稱，凡流行於驛館、碼頭的曲調，多以此名呼之，而南、北〔馬頭調〕中，可能各自又包含了多種不同曲調。故明代張新所創〔南馬頭曲〕與清代南方流行之〔南馬頭調〕，曲調上也許並不相同，但卻皆因流行場所相同，而同被賦予了「南馬頭」的稱呼。

《霓裳續譜》中僅收了三支〔馬頭調〕和三支〔平岔帶馬頭調〕，前者皆收在卷六；後者則收在卷四及卷八。可能乾隆時稱爲〔馬頭調〕的曲調，原本只流

〔註81〕明，張元長，《梅花草堂曲談》，《新曲苑》第一冊（臺北：台灣中華書局，民國59年8月台1版），頁158。

〔註82〕《漢書》卷八十三（傳第五十三）薛宣傳（後漢，班固撰，唐顏師古注，清王先謙補注，《漢書補注》一〇〇卷，《注疏本二五史》（臺北：藝文印書館影長沙王氏虛受堂校刊本，未註出版日期）（二），頁1475）云：「過其縣，橋樑、郵亭不修。」顏師古注：「郵，行書之舍。亦如今之驛及行道館舍也。」

〔註83〕據《萬曆野獲編》卷二四「縉紳餘技」條（同註39，頁627）云：「吳中縉紳，則留意音律。如：太倉張工部新……俱工度曲，每廣坐命技，即老優名倡俱皇遽失措，眞不減江東公謹。」可知張新爲太倉人。

〔註84〕清，蘂珠舊史，《京塵雜錄》四卷，《中國近代小說史料續編》（臺北：廣文書局，民國75年5月），頁6。

〔註85〕同註22，頁77。

〔註86〕同註77，頁31。

行於驛站、碼頭，在京師曲部間並不很流行，到了乾隆中期以後才逐漸興起，而
《霓裳續譜》所收曲詞乃輯顏曲師一生所習之曲而來，其時代縱貫雍、乾兩代，
故對此後興之曲調，所收自然不多。而成書於乾隆六十年李斗的《楊州畫舫錄》
卷十一云：

> 近來群尚〔滿江紅〕、〔湘江浪〕皆本調也。其〔京舵子〕、〔起字
> 調〕、〔馬頭調〕、〔南京調〕之類，傳自四方，間亦效之。〔註87〕

可知乾隆末年，〔馬頭調〕在南方畫舫間也已漸受歡迎，此所云之〔馬頭調〕或指
〔南馬頭調〕，但由「傳自四方」一語，也可能指傳自北方者。清陳蘭岡在《樗散
軒叢談》中，也收載了十一首於乾隆五十年與其友陳照林路過山東腰站，在旅店中
聽歌妓春根兒所唱的〔馬頭調〕〔註88〕，可證當時〔馬頭調〕確實指流行在交通要
衝、旅店館驛一類場所的曲調，而山東一帶的此類旅店，當時已極盛行。故至嘉慶
間，在華廣生輯自山東濟南一帶之俗曲集《白雪遺音》第一、二卷裏，所選的〔馬
頭調〕竟達四百三十八首之多〔註89〕。筆者另檢得嘉慶二十年作者袁潔〈自序〉之
《蠡莊詩話》卷九云：

> 山左齊河、茌平道上，向多歌者，行客入店，抱琵琶而來者踵相接
> 也。其所唱謂之〔馬頭調〕，余戲成有句云：「詩慚狗尾續，調聽〔馬頭〕
> 多。」〔註90〕

由此記載，不僅可輔證嘉慶時〔馬頭調〕之風行，且與《樗散軒叢談》般亦可證明
齊如山先生所謂〔馬頭調〕：「即是沿官路之城站、碼頭中所唱之調。」的說法；而
與明張新「踏月郵亭，往來唱和」的演唱於往來交通驛站的場所也正相符合。可見
在此等場合所唱之曲，自明以來確被稱為〔馬頭調〕，而且一直延至嘉慶時仍然如
此。另由此記載所云演唱地點在山左齊河、茌平道上〔註91〕，也被《樗散軒叢談》
所指同為山東旅店。可知，山東旅店即當時北方〔馬頭調〕流行的大本營，《白雪遺
音》中的大量收錄，即可作為證明。此外，嘉慶十八年成書之箇中生所撰之《吳門
畫舫續錄》卷下云：

> 未開讌時，先唱崑曲一、二齣……今則略崑曲，隨繼以〔馬頭調〕、

〔註87〕同註62，頁257。
〔註88〕王秋桂編，《李家瑞先生通俗文學論文集》（臺北：台灣學生書局，民國71年4月）頁
201。
〔註89〕此數目統計參見曾永義，《說俗文學》（臺北：聯經出版公司，民國73年12月第二次印
行），頁44。
〔註90〕清，袁潔，《蠡莊詩話》（臺北：廣文書局，民國66年1月），頁661。
〔註91〕齊河縣在山東濟南府；茌平縣在山東東昌府。

〔倒板漿〕諸小曲，且以此爲格外殷勤，醉客斷不能少聽者。〔註92〕

自前所述乾隆末〔馬頭調〕逐漸在南方畫舫間受歡迎以來，此時竟能取代崑曲，而達到全盛的情況。而且不只驛館、碼頭、畫舫如此，連妓館也開始風行，嘉慶間范鍇在《漢口叢談》中即云：

> 昔時妓館競尚小曲，如〔滿江紅〕、〔剪剪花〕、〔寄生草〕之類，近日多習燕、齊〔馬頭調〕。兼工弦索。〔註93〕

隨著此情況的發展，到後來〔馬頭調〕在妓館中，竟成了妓女主要演唱的曲調，如：百本張鈔本北平俗曲《烟花嘆》云：

> 嫖客進門把芳卿會……又令人將琵琶挈來懷中抱，十指尖尖定准了絲絃，唱的都是有情有景的〔馬頭〕小曲，嬌聲宛轉令人喜歡。〔註94〕

又如：百本張鈔本北平俗曲《走旱毀妓》亦云：

> 局兒上的姑娘兒，自從落水進院……學唱學彈，教了些個〔馬頭〕的時調。〔註95〕

直到宣統年間，待餘生在《愛國報》上發表《燕市積弊》一書，記西湖景的唱詞中尚云：

> 路南有座美人書寓，畫棟雕刻好門面……有幾個信人會彈唱，懷抱著琵琶定準絃，開口唱得是〔馬頭調兒〕，然後改了〔太平年〕。〔註96〕

可知當時〔馬頭調〕尚流行於妓院娼寮。在道光時〔馬頭調〕之流行正值顛峯，如《品花寶鑑》第八回寫友朋聚宴，在行酒令罰唱曲中，也唱了〔馬頭調〕〔註97〕，而藥珠舊史《京塵雜錄》卷四《瘲華瑣簿》亦云：

> 京城極重〔馬頭調〕，游俠子弟必習之，硜硜然、斷斷然，幾與南北曲同其傳授，其調以三絃爲主，琵琶佐之。〔註98〕

這時〔馬頭調〕在京城「幾與南、北曲同其傳授」，可知其受到相當的重視，唱時並以三絃、琵琶伴奏。在百本張鈔本中，有《馬頭調上趣單》一冊，其上所著錄，即有一百十六種，傅惜華在〈百本張戲曲書籍考略〉一文〔註99〕中分析此單所著

〔註92〕清，簡中生，《吳門畫舫續錄》（臺北：清流出版社，民國65年10月），頁3。

〔註93〕同註35，頁28所引。

〔註94〕李家瑞，《北平風俗類徵》（臺北：古亭書屋，民國58年10月台1版），頁375～376所引百本張鈔本子弟書。

〔註95〕同前註，頁381～382所引百本張鈔本〔馬頭調〕。

〔註96〕參見《北平俗曲略》頁77及《北平風俗類徵》頁363所引。

〔註97〕清，陳森，《品花寶鑑》，《中國學術類編》（臺北：鼎文書局，民國66年8月），頁84。

〔註98〕同註84，卷四，頁6。

〔註99〕傅惜華，〈百本張戲曲書籍考略〉，《中國近代出版史料》二編（上海：中華書局，1957

錄〔馬頭調〕之曲藝形式爲十三種：（1）代（帶）白的〔馬頭調〕。（2）代（帶）蘇白的〔馬頭調〕。（3）代（帶）白代（帶）戲的〔馬頭調〕。（4）代（帶）引子、白的〔馬頭調〕。（5）代（帶）引子的〔馬頭調〕。（6）代（帶）戲的〔馬頭調〕。（7）代（帶）牌子、白的〔馬頭調〕。（8）代（帶）引子、牌子、白的〔馬頭調〕。（9）代（帶）牌子的〔馬頭調〕。（10）〔馬頭調〕代（帶）〔邊關調〕。（11）〔馬頭調〕代（帶）〔五更兒〕。（12）〔馬頭調〕代（帶）白、〔五更兒〕、〔揚州歌〕。（13）〔馬頭調〕本調曲。由此分析，可知〔馬頭調〕不只本調流行，而且已繁衍出多種變調及組合形態。直到清末宣統間〔馬頭調〕仍流行不輟〔註100〕，可是到了民國以後，卻很快就消聲匿跡，不再有人演唱了！李家瑞在《北平俗曲略》云：

> 《霓裳續譜》、《白雪遺音》之外，百本張鈔本裡也有〔馬頭調〕二百四、五十種之多，可是最近刻本小曲裏就一本也找不到了，而且各落子館、各娼寮裏，也沒有唱〔馬頭調〕的了。〔岔曲〕裏有一本《八角鼓子弟規》，其中有一句說：「〔馬頭調兒〕有點兒失傳」，可知〔馬頭調〕的消滅，是近來的事。〔註101〕

民國崇彝《道咸以來朝野雜記》亦云：

> 〔馬頭調〕即……「大七句」，其曲甚長，並非只有七句，其腔調僅七個，倒換用之而已，不好聽，然唱者最費力，凡師之教徒，多以此爲課程，練習音與氣也。近來無唱者，以不受歡迎故耳。〔註102〕

〔馬頭調〕能風行南、北長達一百多年，其曲調自然不可能「不好聽」。但因其曲調有多種〔註103〕，或許崇氏所言之〔馬頭調〕確實不好聽，由其所云此調唱時費力，師授徒多用爲練音與氣之課程來看，筆者懷疑或許此調原來並非如此，乃因此調盛行，故曲師多以之作爲授徒的基本課程〔註104〕，時間一久，由於口傳之訛，加上既然用爲練音與氣之用，自必添加一些曲調上的高低、花簇等變化，就如同西洋學習

年）頁 326～327。

〔註100〕同註 96。

〔註101〕同註 22，頁 77～78。

〔註102〕同註 47，頁 63。

〔註103〕筆者懷疑：或許原本〔馬頭調〕爲指流行於商業都市、驛站、碼頭等地曲調之類名，凡流行於此等場所之曲調，皆可名之爲〔馬頭調〕，但到乾、嘉以後，由於其中某些曲調廣受歡迎而盛行不衰，故後來所稱之〔馬頭調〕雖有時也仍用於廣義的泛稱，但可能大多即指盛行的這些曲調而言。

〔註104〕此由前所引述《漢中叢談》、百本張鈔本烟花嘆及走旱毀妓中皆提及妓女多習此調，可證。

聲樂的發聲練習曲般，其目的偏重在鍛鍊演唱時所表現的聲樂技巧，對曲調的是否優美動人，反較不注重，如此經過長久演變，自然使人覺得「不好聽」了！此或即其走入衰竭之途的原因之一。

第三節　曲牌組合型態之分析

　　為了表達各類內容及適宜各種不同場合的演出，《霓裳續譜》所收各俗曲曲牌的組合，呈現了多種不同型態，可分為「單支曲牌體」、「重頭體」、「聯曲體」三類。「單支曲牌體」又分為「單支曲牌」及「單支曲牌加尾」兩種；「重頭體」又分為「重頭」及「重頭加尾」（包括以〔清江引〕作尾者）兩種；「聯曲體」則分為「牌子曲」、「兩調迎互循環」、「不全異調相聯」、「完全異調相聯」、「完全異調相聯加尾」五種，其中「牌子曲」份量最多，又可分為「頭尾同調」和「頭尾異調」。現將各種型態，分別分析於下：（參見附表一）。

一、單支曲牌體

　　所謂「單支曲牌」，指全曲單獨由一支曲牌構成，且此曲牌只使用一次者〔註105〕。以「單支曲牌」型態出現之曲體，稱為「單支曲牌體」。在《霓裳續譜》中又可分為「單支曲牌」與「單支曲牌加尾」兩種。

（一）單支曲牌

　　有五百二十九支，分屬於五十一種曲牌，其中以〔西調〕最多，約占全數五分之二，其次依序為〔寄生草〕、〔平岔〕、〔剪靛花〕、〔數岔〕、〔起字岔〕、〔寄生草帶尾〕、〔怯音寄生草〕、〔玉溝調〕、〔慢岔〕、〔劈破玉〕、〔垛字寄生草〕……等〔註106〕。在全部曲數〔註107〕中，此類單支曲佔了五分之四以上，可見當時顏曲師的曲部，平時在各場合演唱時，即以此為其使用最多的演出型態。此可能與曲部的性質〔註108〕及當時流行「摘唱」的風氣〔註109〕有關，但主要蓋由於單支曲牌形式雖然不如多曲牌組合般能有音樂上承接的變化，可是其

〔註105〕《中國音樂詞典》（臺北：丹青圖書有限公司，民國75年5月臺1版），頁474云：「凡不成套，單獨使用者，稱單支曲牌。」

〔註106〕見附表1。

〔註107〕以「一曲」，而非以曲牌為單位。

〔註108〕顏曲師之曲部疑為檔子班，雖不侑觴，但演出於宴客集會之間，其目的只在助興，每次時間不長，故所唱多為短曲，詳見第一章第一、三節。

〔註109〕見第五章第三節。

本身卻並不單純呆板，反而透過句中帶尾、墊字、帶白、帶戲……等變化，使得其演出時更呈現出多樣的變化，在《霓裳續譜》中，此種變調的曲牌，除了極少數被用來當牌子曲「頭尾同調」類的「曲頭」以外，幾乎全部都是單支曲，可證這些曲牌，都是爲了彌補原始單支曲牌的缺陷而產生的。此大概由於單支曲型態能適應各種演出場合而廣被使用，使得這些技巧變化也應運而生，相反的，也由於這些產生技巧變化的曲牌，豐富了原始呆板的演出型態，而促使單支曲牌型態更廣受歡迎。

（二）單支曲牌加尾

此與〔寄生草帶尾〕的形式不同，〔寄生草帶尾〕是曲中每一句後面帶一句由四字或五字組成的「尾」〔註110〕；而「單支曲加尾」則是由一支形式上完整且未加任何變化的單支曲，在此單支曲之後另外再加上一段由同一曲牌末段數句所形成的「曲尾」。因爲所加之「曲尾」實際上只是單支曲牌末段曲調的反覆，故將之歸入「單支曲牌體」中。

遠在金代諸宮調中已有了類似此種組合的方式〔註111〕，但在《霓裳續譜》中卻僅收錄了兩曲，可見在當時並不常用。其實若保留「曲尾」，而將前面原本形式完整的單支曲，取其曲首數句，並截去其餘而代以其他曲牌，則就成爲牌子曲中「同曲頭尾」類型態了！故疑此可能爲由單曲演化至牌子曲過程中的一過渡型態，在音樂承接上，自然不如牌子曲富變化，若將之與單支曲的各種變調相比，也略遜一疇，例如前面所舉〔寄生草帶尾〕，在由七句組成的〔寄生草〕句數中，每句後都帶了「尾」，也即是在一曲中就有了七次帶「尾」的變化。而「單支曲加尾」型態則僅是在原始單支曲後再加接一小段同曲牌末段的「曲尾」，在變化上自然大大不如，這恐怕是此種型態不被普遍採用的主因！

二、重頭體

所謂「重頭」，據《戲曲辭典》云：

凡用同調之曲，重複作兩首或兩者以上時，謂之「重頭」。〔註112〕

以「重頭」型態出現之曲體，稱爲「重頭體」。書中所收又可分爲「重頭」與「重頭加尾」兩種。

〔註110〕參見本章第四節。
〔註111〕金代諸宮調的基本組合方式中就有以一曲一尾爲一套者，但其「尾」是否在曲牌上與前一曲相同，則不可考。見葉德均，《戲曲小說叢考》（坊印本，未註出版日期）頁639。
〔註112〕王沛綸，《戲曲辭典》（臺北：臺灣書局，民國64年4月2版），頁285。

（一）重　頭

有六曲，包括以同一曲調反覆四次者一曲；反覆三者次者兩曲；反覆兩次者三曲。所用曲牌計有〔西調〕、〔慢岔〕、〔寄生草〕、〔北寄生草〕、〔平岔〕五種。都是《霓裳續譜》中所收較多的曲調，是當時爲民眾喜好而最流行的俗曲。曲調必甚悅耳動人，以之反覆詠唱，自然不會使人厭煩。

此種「重頭」的型態，與宋代鼓子詞相同，故又可稱爲「鼓子詞體」。「鼓子詞體」的組織方式有「橫排式」與「直敘式」兩種。前者是並列同性質的許多個故事，以同一曲調來歌詠。如：歐陽修的十一首《采桑子》；後者則僅描述一事的首尾經過，也是用同一曲調反覆詠唱。如：趙令畤《商調蝶戀花》〔註113〕。《霓裳續譜》中所收皆屬「直敘式」，其所以只收了六曲，大概即因當時「牌子曲」已甚流行，利用「牌子曲」，不但一樣可以描述事件表現曲情，且更具有音樂上的變化美，更能吸引人的緣故。

（二）重頭加尾

此型態是將「重頭」之末，加上一個具終結性質的「尾」而成，是較「重頭」更進一步的藝術形式。《霓裳續譜》中有四曲，除了一曲以〔尾〕作「尾」以外，其餘三曲皆用〔清江引〕作「尾」，此種形式在清初刊行之《萬花小曲》中即多次被使用。如其中〔西調〕《鼓兒天》一曲，即以「重頭」方式反覆了十八次，其末再加一〔清江引〕作「尾」；又如〔銀紐絲〕一曲，也是以〔銀紐絲〕曲調反覆了十七次，末再加一〔清江引〕作尾〔註114〕。可見此種「重頭加〔清江引〕」的型態，在當時必曾甚爲流行，但到了《霓裳續譜》時，則已風光不再，故僅收了三曲，其沒落的原因，可能也與前述「重頭」相同。

三、聯曲體

凡一曲全部唱腔由若干不同的曲牌聯綴而成叫「聯曲體」〔註115〕、《霓裳續譜》中此類型態有八十三曲，又可分爲「牌子曲」、「兩調迎立遁環」、「不全異調相聯」、「完全異調相聯」、「完全異調相聯加尾」五種。

〔註113〕孟瑤，《中國戲曲史》（臺北：傳記文學出版社，民國 68 年 11 月再版），第一冊，頁 58～60。

〔註114〕清，無名氏，《萬花小曲》，《善本戲曲叢刊》第五輯（臺北：臺灣學生書局，民國 76 年 11 月據金陵奎璧齋鄭元美梓行），頁 38～44；48～56。

〔註115〕上海藝術研究所中國戲劇家協會上海分會編，《中國戲曲曲藝詞典》（上海：上海辭書出版社，1981 年），頁 104。

（一）牌子曲

楊蔭瀏《中國古代音樂史稿》云：

> 明清以來，利用當時民間流行的小調，以一定形式聯接起來，成爲套
> 曲，用以演唱故事，稱爲牌子曲。〔註116〕

在《霓裳續譜》中，此類曲詞除了有部分「拆自戲曲」者，中間夾雜有原來戲曲中曲牌外，所用皆爲當時民間流行之俗曲曲牌。其組合形式，也皆爲具有「曲頭」、「曲中」、「曲尾」三部分之民間特有型態。此一型態全書共收有七〇曲，爲「單支曲牌」以外，使用最多者，現依其「曲頭」與「曲尾」之是否同一曲調，可再分爲：

1. 頭尾同調——此爲牌子體的基本形式，有六八曲。組合的結構是「曲頭」→「曲中」→「曲尾」。「曲頭」與「曲尾」所用爲同一曲調，大部分是截取一曲牌的前幾句作「曲頭」，而以末幾句作「曲尾」，中間則夾以其他若干支曲牌而成爲「曲中」。「曲頭」與「曲尾」加起來有些剛好是一完整曲牌，但有些則有參差，甚至也有「曲頭」即爲一完整曲牌，而「曲尾」是另加的，詳細分析見本章第五節，此處不贅述。這種型態的組合也常見於其他近代的一些地方曲藝中，如「鼓子曲」即以〔鼓子頭〕、〔鼓子尾〕作「曲頭」、「曲尾」〔註117〕；「單弦牌子曲」則以〔岔曲〕分成前後半作頭尾；「揚州清曲」把〔滿江紅〕分成前後半作頭尾〔註118〕；「四川清音」把〔月調〕、〔背工調〕、〔寄生調〕等拆開，用作頭尾〔註119〕。可見其被使用的廣泛與盛行。

2. 頭尾異調——此僅兩曲，皆收於卷五。「曲頭」與「曲尾」不同曲牌，其中「鄉裡親家」一曲之曲牌組合結構是：〔銀紐絲〕→〔秦吹腔〕→〔銀紐絲〕→〔銀紐絲〕→〔銀紐絲〕→〔京調〕→〔數岔〕→〔銀紐絲〕→〔銀紐絲〕→〔銀紐絲〕→〔銀紐絲〕→〔南羅兒〕〔銀紐絲〕→〔銀紐絲〕→〔秦腔尾〕；另一曲「叫聲丫鬟」則是：〔呀呀喲〕→〔倒推船〕→〔山坡羊〕→〔岔尾〕。兩曲皆有角色扮演，爲小戲形式，應爲改編或摘錄自當時流行小戲，「鄉里親家」一曲亦見於與《霓裳續譜》時代相當的《綴白裘》中〔註120〕。雖然曲牌的組合有差異，但由曲詞內容比對，《霓裳續譜》的曲詞較《綴白裘》有所刪節減省，而後者在起首另有一「引子」，

〔註116〕楊蔭瀏，《中國古代音樂史稿》（臺北：丹青圖書有限公司，民國74年5月臺1版），第四冊，頁98。

〔註117〕張長弓，《鼓子曲言》（臺北：正中書局，民國64年11月臺3版）。

〔註118〕同註116。

〔註119〕《民族音樂概論》（臺北：丹青圖書公司，民國75年3月），頁119。

〔註120〕清，玩花主人，《綴白裘》，《善本戲曲叢刊》第五輯（臺北：臺灣學生書局，民國76年11月據清乾隆四二年校訂重鐫本影印），第六編，頁2661～2684。

《霓裳續譜》中則無，故疑或者《霓裳續譜》所收此曲原本在相當於《綴白裘》中「引子」部分有一〔秦腔〕曲頭，但在改編或摘錄時則予省略刪除，以致使原為「曲中」的〔銀紐絲〕變成「曲頭」，而造成此種「頭尾異調」的現象。另一曲「叫聲丫鬟」其曲詞內容與《霓裳續譜》中同在卷五的「麗日融和」一曲（全曲用〔雙黃瀝調〕曲牌）有部分近同，所使用之曲詞語也有相同處，可見兩者取材來源相同，而前者在內容上，則僅取錄了後者的前一半而刪去了後半段，且用語也甚節略，可知此曲亦僅摘錄或改編了小戲中的一段，並非全齣，故疑在改編或摘錄時可能也被略去了原有的曲頭，而使原為「曲中」的〔呀呀喲〕變成曲頭。若如前述所疑，則此類型態在《霓裳續譜》中原本應不存在，而應歸入「頭尾同調」類，但為求謹慎，仍列此一類，以示存疑。

以上所述之「牌子曲」型態，在全曲組織上。有些類似傳統南北曲中常用的「集曲」，但兩者的區別除了所用曲牌之是否俗曲以外，最主要即構成「集曲」之諸曲調已融合為一新樂苗，而失去了其原有的獨立意義〔註121〕，「牌子曲」則不同，雖亦由多種曲調組成，但所組成之各曲調間，界限清楚，各曲調仍分別獨立，並未融成新樂曲。

（二）兩調迎互循環

在《霓裳續譜》中，此種型態由不同的兩支「不全」曲牌交互循環聯綴而成。所謂「不全」曲牌，是指曲牌本身句式是否完整而言。由於書中所收曲牌常有些是不完整的，只使用了原來整支曲牌的一部份，為使此種曲牌與使用整支曲牌者有別，故稱其為「不全」曲牌；反之，對後者，則稱為「完全」曲牌。前面所述「牌子曲」類中之「曲頭」、「曲尾」就大部份皆是「不全」曲牌。

此種兩調迎互循環的型態，有些類宋代的「纏達」，宋耐德翁《都城紀勝》「瓦舍眾伎」條云：

> 唱賺在京師日，只有纏令、纏達，有引子、尾聲為纏令，引子後只以兩腔迎互循環間用者為纏達。〔註122〕

《霓裳續譜》中也是「兩腔迎互循環」但所用為「不全」曲牌，且無「引子」。此類

〔註121〕李西安、軍馳編著，《中國民族曲式》（北京：人民音樂出版社，1985 年 2 月），頁 124云：「集曲……是將不同的獨立小曲根據內容的需要集合在一起，但所有的小曲只是取其片段，進行新的組合，構成一個新的樂曲，而其中各小曲的片段，在這已無獨立的意義。」

〔註122〕宋，耐德翁，《都城紀勝》，《東京夢華錄》外四種（臺北：大立出版社、民國 69 年 10月），頁 97。

曲不多，僅兩曲，可見並不常用。且此兩曲皆收在卷五，一爲錄自小戲；另一則拆自傳奇，故疑或爲摘錄改編時略去「引子」（「曲頭」）或「尾聲」（曲尾）所致。

（三）不全異調相聯

指由兩支以上不同曲牌所組成的聯曲體，其中有些（或全部）爲「不全」曲牌。此類型態有八曲，其中六曲由二支曲牌組成；另二曲則由三支曲牌組成。可見此類組合結構中的曲牌數並不多，而以二支相聯爲主。

（四）完全異調相聯

此型態在傳統南北曲中最常見，但在《霓裳續譜》中卻僅兩曲，可見民間曲部自有其獨特的曲牌組合型態，而與傳統文人戲曲不同。

（五）完全異調相聯加尾

此是在「完全異調相聯」之後再加上一〔尾聲〕，也是傳統南北曲常見之聯曲體，但《霓裳續譜》中卻也僅一曲，組合結構是：〔粉紅蓮〕→〔鎖南枝〕→〔鎖南枝〕→〔鎖南枝〕→〔鎖南枝〕→〔蓮花落〕→〔尾聲〕。

第四節　變調之變化型態研究

前一節所述是以每一曲爲單位，以見其中曲牌組合的型態，本節則針對曲牌本身的各種變化，試作析論。

除了原始型態（指未作變化的單支曲牌）外，俗曲在演出時，常具有多種不同的變化，呈現在《霓裳續譜》中的這種變化曲牌，大致可分爲以下幾種：

一、帶　尾

由形式上看，在一曲的各句之後，分別帶一短句，就形成了此種「帶尾」的型態，在《霓裳續譜》中，只有〔寄生草〕有此種變化出現，共收錄了七支，全是單支曲，所加帶的「尾」都由四字或五字句組成，也押同一韻。由內容上觀察，可以發現每一句（爲便於論述，以下稱「原句」）與其所帶「尾」之間，有著非常密切的關聯。「尾」雖然只有短短四、五字，但其作用卻是在爲其所接的原句曲文作結語，有些補充了語意，有些是在說明原句曲文內容所造成的結果。例如卷四的一曲：

〔寄生草帶尾〕$\overbrace{\text{石榴花開顏色重}}^{a_1}$，$\overbrace{\text{喜的是千層}}^{b_1}$。$\overbrace{\text{張生月下戲要鶯鶯}}^{a_2}$，

b_2 拷打小紅。a_3 呂洞賓懷抱牡丹春心動，壞了神通。b_3 陳妙嫦睡思夢想潘必正，a_4 未念眞經。b_4 呂布戲貂蟬在鳳儀亭，父子爭風。a_5 潘金蓮挑簾櫳勾引了西門慶，b_5 怕的是武松。a_6 賣油郎獨占花魁恩情重，嫖的有名。b_6 a_7 b_7

a 代表「原句」，b 代表「尾」，兩者的關聯極類似諧後語，陳子實先生在《北平諧後語辭典‧前言》〔註123〕中將「諧後語」依構造分成四類：（1）關連語：即上下語句具串連性，前後語的詞意上是有連帶關係，說話的人常將下半段話也同時說出。（2）聯想語：是話語帶有其他的意思，讓對方來意會。（3）同音語：「北平人講話愛用同音字，這同音字常常帶有含義，當地人一聽就懂。（4）轉借語：說話裡也是用諧音字，但是還有其他的意思，在講話的人不再多作解釋。若依此種分類，則前面所舉這曲中各句及其帶尾，應屬於「聯想語」類，以傳奇故事人物的某些著名事迹來使人聯想到其必然現象或結果，這和北平諧後語中的「劉備摔孩子——要買人心」、「武大郎兒顯魂——死的冤」等〔註124〕類似。又如卷四另一曲：

〔寄生草帶尾〕抖了抖紅綾懶去睡，緊縐著蛾眉。剔了剔銀燈自嘆一回，怕去入羅幃。看了看天，明月正與紗窗對，盼郎郎不歸。跺了跺腳，嘆氣倒在牙床睡，孤影兒相隨。凄凄涼涼好教我傷悲，淚珠兒雙垂。是怎的那世惹下的牽連罪？我卻一怨誰？狠了狠銀牙咬碎紅綾被，從今把心回！

此曲就應屬於「關連語」一類了！

「帶尾」的曲牌，《霓裳續譜》中雖收錄了七支，但在成書於嘉慶甲子（1804）的《白雪遺音》中，卻收錄了大量此類作品，雖然其曲牌大半爲〔馬頭調〕，且稱「帶把」而非「帶尾」，但取兩者相互比較則型態全同，在《霓裳續譜》所收錄的七支〔寄生草帶尾〕中，就有三支與鄭振鐸所選及汪靜之續選《白雪遺音》裡〔馬頭調帶把〕的曲文幾乎全同，可知所謂「帶把」即《霓裳續譜》中的「帶尾」甚至有

〔註123〕陳子實，《北平諧後語辭典》，《中國民俗叢書》之三（臺北：大中國圖書公司，民國58年3月），頁12～13。
〔註124〕同前註，頁198；311。

曲牌上並未標明為「帶尾」或「帶把」，但由曲文上可看出亦屬此類型態的，《白雪遺音》中〔嶺兒調〕就有一部分是此種作品，如：

> 獨坐黃昏誰是伴，默默無言。手掐著指頭算一算，離別了幾天？長夜如小年。念情人總不見書信，不知人見面，一陣痛心酸。走入羅幃難成夢，欲待要夢見，偏又夢不見，後會豈無罷。倒枕翻身，想起了前言，句句在心間。噯！我想迷了心，恨不能能變一隻賓鴻鴈，飛到你跟前。輾轉睡朦朧，夢見情人將手攢，醒來是空拳。〔註125〕

雖在曲牌上未明言，但在曲文中其所帶「尾」卻以小字另行標出。可知此種曲牌的變化技巧，並不隨著〔寄生草〕的沒落而消失，反卻被別種曲牌吸收而廣為運用，可見此種變化型態在當時是廣受歡迎的，由此亦可看出民間俗曲彼此間在曲文內容及曲牌運用技巧上的密切關係！

至於此種「帶尾」型態在當時實際是如何演出？李家瑞在《北平俗曲略》中云：

> 帶把者，帶白也，（百本張鈔本作靶）。〔註126〕

李家瑞先生《通俗文學論文集》所收李氏〈兩處馬頭調之比較〉一文中亦云：

> ……《白雪遺音》一首，於每一小節之下，有寫靠右邊之小字一句，這在〔馬頭調〕裏叫「帶白」，即是兩人合著彈唱時，有一人唱正文，其他一人於正文一息之時，插一墊句。〔註127〕

此種於演唱中間，由他人插一墊句的形式，很像一種「幫腔」。楊蔭瀏先生即云：

> 這類詞句，在內容上，常是引伸前面詞句的含義作一小結束，極適於運用「幫腔」去唱。這可能就是所謂「帶把」。「帶把」可能就是「幫腔」。〔註128〕

楊氏並引了一曲譯自嘉慶間所刊《借雲館小唱》中的〔馬頭調〕曲譜，就是這種「帶把」（即「帶尾」）的形式。現將之轉引於下，並將其中所帶之「尾」以小字標出，以見此一型態之實際演出狀況：

G調 2/4

($\underline{1 \cdot 2} \underline{3 5}$ | 2 —— | $\underline{5 \cdot 6} \underline{6 5}$ | 1 —— | $\underline{1 2}$ $\underline{3 5}$ | $\underline{2 3 5}$ $\underline{3 2 1}$ |

〔註125〕華廣生，《白雪遺音》（臺北：學海出版社，民國71年4月），頁92。

〔註126〕李家瑞，《北平俗曲略》（臺北：文史哲出版社民國63年2月再版），頁78。

〔註127〕王秋桂編，《李家瑞先生通俗文學論文集》（臺北：臺灣學生書局，民國71年4月），頁203。

〔註128〕楊蔭瀏，《中國古代音樂史稿》（臺北：丹青圖書有限公司，民國74年5月臺1版），第四冊，頁31。

未曾拆書先流淚自把胸搥。蹬蹬金蓮，咬定銀牙，揉揉秋波，緊絕娥眉，委曲訴與誰？想當初，佳期約定，桃紅柳綠重相會，話無推委到如今，碧雲慘淡，黃菊生輝，西風緊急，北雁南飛，相思只把人的心想碎

　　　　　　　　怕入　羅　　幃
1　——　｜1 2　1 6｜5・6｜5 ——）｜3 2　1 6｜5 1　　6｜
　　　　　　　　　　　　　　　　　　　　　　可　憐　我
6 2 1 1 6｜5・（6｜3/4 5 —）1 2｜2/4 3 2 3 2｜3 2　3 2｜3 2　3 2｜
廢　寢　　　　　忘餐，　意懶心灰，身子　消瘦，菱花　怕照，
3 2　3 2｜1 2　3 2｜5 3　3｜2 1 2 6 5｜1・（6｜1　——）｜
兩鬢　蓬鬆，朦朧　合眼，魄
2 3 5　3 2 1｜1 2　1 2｜3/4 3 2 1・｜2/4 2 1　3｜2　｜3 1　2｜
散　　　　　　　魂　　　　飛
2　1｜6 5　6｜1　1｜3 5　3 2｜1 ——｜（5　3 5 3 2｜
　　命　在　垂　危
1 6 1　2｜1 ——）｜3 2　3 2｜6　3｜2 1　6 5｜3/4 6 1 —｜
　　想是 你那　秦　樓
2/4 2・1 6｜1・6｜5・（6｜5 ——）｜1 2　3 2｜3 2　3 2｜
楚　館，　　　　　另有　一個　嬌嬌　滴滴
1 2　3 2｜3 2　3 2｜5 3　3｜2 1 2 6 5｜1・（6｜1　）｜
整整　齊齊 人兒　與你　成
2 3 5　3 2 1｜1 2　1 2｜3/4 3 2 1・｜2/4 2 1　3｜2　1 6｜1 ——｜
婚　　　　　　　配，
2　3 5｜2　1 2｜1 6　1 6｜5 ——｜6 5 3 5 2 3｜5 6 5　6｜
夫　唱　婦　隨　　　　　　　　　却
5 ——）｜1 6　1 2｜2 3 5 5 3 3 2｜1 2　3 5｜2 3 2 1 6 5 6｜1 2　6 1 6｜
　　　　　　花　前　月　下　海誓　山盟
5・（6｜5 ——）｜6　1 2｜5 3　6 5｜6　1 2｜5 3　6 5｜
人　不　回　來，　寄　封　書　信，　滿　紙　虛　詞，
6　1 2｜5 3　6 5｜6　1 2｜5 3　6 5｜3/4 1 6 1 6 1 6 2｜2/4 1 6　1・｜
你是盡把良　　　　　心　　　　昧
1 6 5 6　1 2｜6 1 6 5　3 5｜5 3　2　3｜5　6 6 6 5｜
4 5　6 5 6｜5 5　3 2｜3/4 3 3 2 1 —｜2/4（3　3｜2 3　2 1｜6　2 3 2｜
何異 王　魁？
i　——｜1 2　1 6｜5・6｜5 ——）‖

　　以上曲譜中原有數處疑有版誤，筆者已悉訂正。（　）中者為琵琶所彈之過門。
〔註 129〕

────────────────

〔註 129〕同註 128，頁 25～30。

二、垛　字

在《霓裳續譜》所收曲牌中明註有「垛」字的有四種，即：〔垛字寄生草〕四支、〔玉溝調垛字〕一支、〔垛字單岔〕一支、〔垛字緊〕一支，前三種皆爲「單支曲牌」，後一種則屬牌子曲「頭尾同調」類「曲中」〔註130〕部分之曲牌。

張長弓《鼓子曲言》云：

> 所謂加垛，是指原定曲譜之外，因文意不盡，而又垛入字句，插入曲譜，普通調子皆可以加垛。〔註131〕

《中國音樂詞典》「垛」字條云：

> 垛字，又名堆字、串字。指在民歌、曲藝、戲曲唱段的基本句式中，插入的若干個並列短語或詞組。垛字有二字、三字、四字、五字、六字、七字以及靈活運用的混合垛字等多種，以三字垛、四字垛較常用。垛字句在音樂上常具有字多腔少、節奏緊湊的特點。〔註132〕

可見「垛字」應是在原有曲詞中，另外再加入其他字句，主要目的在彌補因曲詞簡短而不足以表達文意的弊病。此種技巧在明末即已產生，據筆者所檢凌濛初在《南音三籟》之〈凡例〉中即云：

> 近來吳中教師止欲弄喉取態，便於本句添出多字，或重疊其音，以見簸弄之妙，搶岦之捷，而不知已戾本腔矣！〔註133〕

也可知此技巧起初產生於吳中。運用此技巧，在近世《鼓子曲》中，可垛入任意長短的辭句，其長者甚可至達數百言〔註134〕，但從《霓裳續譜》所收的此類曲牌來看，似乎所垛皆爲短句。由於無曲譜對照，不易看出其確實垛字所在，現由句式、韻腳等處試析所可能判斷出的當時垛字情況，如：卷八的一支〔垛字寄生草〕：

〔註130〕 按：〔垛字緊〕疑非曲牌名，《霓裳續譜》中只此一支，其在全曲組合中的位置是：〔數岔〕→〔垛字緊〕→《銀紐絲》→〔岔尾〕。由於此段〔垛字緊〕只有五句且句式整齊，皆爲七字句，而其前所接〔數岔〕之末段連續有十二句，也是七字句，故疑兩者有關？在名稱上也疑垛是〔數岔〕中所加入的「垛字」，而「緊」則或爲「緊板」之意，蓋是指演唱時垛入了此段曲詞，而又加快速度以「緊板」演唱，但因全書中僅此一例，且闕曲譜比對，謹於此置疑！

〔註131〕 張弓長，《鼓子曲言》（臺北：正中書局，民國64年11月臺3版），頁29。

〔註132〕 《中國音樂詞典》（臺北：丹青圖書有限公司，民國75年5月臺1版），頁359。

〔註133〕 明，凌濛初，《南音三籟》，《善本戲曲叢刊》第四輯（臺北：臺灣學生書局，民國76年11月據明原刊本配補清康熙增訂本影印），頁15。

〔註134〕 同註131。

$\overbrace{\text{聽說離別我的魂不在，}}^{a_1}$叮嚀著我那情人！$\overbrace{\text{囑咐著我那情人！你可早去早來！}}^{a_2}$

$\overbrace{\text{你去了留下相思你可教誰害？}}^{a_3}$$\overbrace{\text{害相思難割難捨多恩愛，}}^{a_4}$$\overbrace{\text{想當初喈們爺倆相}}^{a_5}$

$\overbrace{\text{交可是俺趕著你來？}}^{a_5}$$\overbrace{\text{可是你趕著俺來？}}^{b_1}$$\overbrace{\text{可是誰趕誰來？}}^{b_2}$$\overbrace{\text{爲什麼小小的人兒}}^{a_6}$

$\overbrace{\text{你把良心壞？}}^{a_6}$$\overbrace{\text{壞良心！頭上自有青天在！}}^{a_7}$

〔寄生草〕的基本句式是七句，每句押韻，在此曲中共押了九次韻，若每押一韻算一句，則有九句，可知多出的兩句應即垛字，再由曲詞的內容、性質及前後意義關聯來判斷；「可是你趕著俺來？」、「可是誰趕誰來？」疑即加垛所在。除此之外在第二句（a_2）中「叮嚀著我那情人」或「囑咐著我那情人」雖未押韻，但由曲詞前後意義的關聯來判斷，也疑其中有一或爲垛字。在《霓裳續譜》中「垛字」型態的曲牌大致上如此，其中有些甚至更不明顯，若曲牌上未註明「垛字」而僅由曲詞來判斷，則很容易使人誤以爲曲中所增入的僅是襯字。現歸納書中所有「垛字」曲牌，大致可看出以下幾個共通點：

1. 第一句之中或句後皆不加垛。

2. 所垛入的字句甚少，皆只一、二個短語，有些甚至僅數字夾雜在句中，不易分清，也未固定，此蓋所以稱垛「字」而不稱垛「句」的原因〔註135〕，也可見當時此種「加垛」的技巧尚未如後代般發達。

3. 由意義上來看，由於垛入的字甚少，對「補足詞意」並起不了大作用，如前引例中「可是你趕著俺來？」「可是誰趕著誰來？」對原曲詞來說，只是意義上的反覆加強，並未補充新的詞意，此與後世鼓子曲中一垛數百言，並藉以補充敘述不完的文意者稍有不同。筆者懷疑當時要用「垛字」的原因，可能主要並不是在於補足詞意，而是在於所垛入的曲譜，能使音樂上更加曲折、迴盪而更能吸引人，否則如此簡短的垛字，在補足詞意上來說，以「襯字」的技巧即可解決，何煩另加「垛」？

就曲詞來看，「垛字」、「襯字」、「帶尾」三者很容易使人混淆，但在實際演唱時應是涇渭分明；「襯字」是就原曲譜，僅多塡入曲詞，而「垛字」雖也增入曲詞，但所增的曲詞卻是以另外插入的曲譜演唱，兩者在音樂上是截然不同的。至於「垛字」

〔註135〕所謂「垛句」，據《中國音樂詞典》（同註132，頁61）云：「在兩句結構中，垛句常用在下句；在多句結構中，垛句常用在後半部分結束之前。」可見後代之所謂「垛句」，不但句型完整，且已常有固定位置，與《霓裳續譜》中之「垛字」相較，前者應是後者逐漸演進的結果。

與「帶尾」雖然都是以另行插入或衍出的曲譜演唱，在形式上卻有以下兩個主要區別：

（1）「帶尾」在曲詞中的位置固定，都接於每句之後，且每句都有「帶尾」；「垛字」則位置不定，也並非每句都有。

（2）「帶尾」皆為整齊的短句，每一尾都有押韻（甚少例外）；「垛字」則長短不定，雖然《霓裳續譜》中皆短句，但後世卻可衍為數百言的長篇，可見「加垛」在後代的運用中是很自由的！

三、帶　白

雖然在卷五中，收有多曲有唱又有白的曲調，但這些都是拆自傳奇或小戲，且都有角色，為舞台上以戲劇形式演出的作品，《霓裳續譜》中以單曲型態出現而在曲牌上註明「帶白」的僅有一曲，收於卷四中，曲牌是〔寄生草帶白〕，現引錄於下：

佳人悄立在柳蔭下，薰風透體，輪到我等個人，偏偏的遇見這麼好熱天，連一點風絲兒

也是沒有，真真的就似火發為等他，聽聽這還來什麼呢？譙樓蓁蓁打三下，那撒謊

的全不想臨行說的話。我說的話呀！他連一點也是沒有聽，不知流落在誰家？就晒了我！

我那人兒不得周全，瞧嘛！這月剩了半拉，等他來脫下花鞋，將他打幾下，

我去問著他：為個人必定叫人家打把幾下子就有了臉咧，啐！不害羞問你下次怕不怕？

由此曲，可看出以下幾點：

1. 此為單支曲，由曲詞內容可知全曲為一女子語氣，故其「唱」、「白」皆為同一人之自唱自白。

2. 所帶「白」在曲詞中的位置不定，有帶於曲文中者如第二句、第五句與第七句；也有帶於兩句曲文之間的，如第二、三句之間及第四、五句之間。

3. 「白」的長短不定，主要在補足因曲文簡短而未能充分表達的文意，故可長短自由，且其句式也不須完整，完全以配合曲文、烘襯曲文為目的，如第二句中所帶白：「輪到我等個人，偏偏的遇見這麼好熱天，連一點風絲兒也是沒有！」是在說明補充上段曲文「薰風透體」；而以「真真的」來引出下面的曲文「就似火發為等他。」

4. 此曲中所帶白並未押韻。

此種「帶白」的方式有些類於弋陽腔的「滾白」，皆是在補充闡述曲意，但不若

其整齊及多用韻，也不一定用於「聲情激越之處」〔註136〕，由於其句式參差及不押韻，故不是講究抑揚頓挫有韻律的「韻白」，應屬於用散文體唸出的「散白」，但與一般戲劇中分角色對話式的對白也不同，而類於戲劇中的「獨白」。《菊坡叢話》云：

> 北曲中有全賓、全白，兩人對說曰賓；一人自說曰白。〔註137〕

此蓋其所說的「白」。

除了此曲在曲牌上明註「帶白」外，其餘（非柝自傳奇或小戲者）雖未在曲牌上註明帶白，但由曲詞上可看出屬此種自唱自白型態的有兩曲，都是牌子曲型式，且皆出現於「曲頭」及「曲尾」的曲牌中，其「帶白」的方式與前引〔寄生草帶白〕相同，故不另贅述。

連曲牌上未註明「帶白」的兩曲算上，此種型態的曲牌只被運用在三曲中，在稍晚的《白雪遺音》裡，雖也有此種作品，但數量也很少，且所帶「白」的形式與《霓裳續譜》所錄也有差別〔註138〕，可見曲牌「帶白」的此種型態在當時並不流行，推其原因，筆者認為主要可能是此種曲多為形式簡短的清唱，其演出場合、時機、方式皆與一般戲劇有別，所要表達的功能也與戲劇迥異，戲劇著重在戲劇情節的複雜感人，不僅形式較長，且以科白來引領聽眾瞭解劇情、投入情感，故其中「賓白」甚為重要；但對形式短小的小曲來說，則並非如此，在短短的一曲中並無複雜的劇情，曲詞只要使人達意即可，不須作過份冗長的舖敘，聽眾所最在意的是曲調的優美與演唱者的演唱技巧，而此種「帶白」，雖使聽者產生不同的情趣，但卻使曲譜支離割裂，如前引〔寄生草帶白〕中就帶入了五段「白」，甚中甚至有三段是插入在曲文中，可見演出時必大大影響了音樂上旋律的流暢性，所以此種型態偶爾演出，能使人一新耳目，但若從廣泛運用來說，與注重曲調聯貫優美的「垛字」、「帶尾」等型態相比，顯然是較缺乏競爭力了！

四、便　音

此類曲牌共有五支，都是單支曲，包括三支〔寄生草〕及二支〔剪靛花〕，其「便音」二字，有些註明曲牌名上如〔便音寄生草〕；有些註於曲牌名下如：〔剪靛花便音〕。

由曲詞中無法辨別此種曲牌有何特徵？文獻中亦未見記載，不知「便音」之意為何？但由字面上疑「便」或為「變」之諧訛，若此，則可能是音樂上曲調的變化。

〔註136〕傅芸子，《白川集》，《中國學術類編》（臺北：鼎文書局，民國 68 年 7 月初版），頁 155。
〔註137〕李調元，《劇話》，《歷代詩史長編二輯》第八冊（臺北：鼎文書局，民國 63 年 2 月初版），頁 41。
〔註138〕皆帶於句與句間，且多押韻。

由於無曲譜可供研究，不能知其實際變化形式，故不妄論。

五、矮　調

　　此型態曲牌只有一支，收於卷八，曲牌全名爲〔矮調寄生草〕，其曲詞、句式、韻腳與一般〔寄生草〕無異，現引錄於下：

　　〔矮調寄生草〕我這相思害的我就難移步，眼汪著淚珠兒不敢哭，欲待要哭又恐爹媽問我因何故？欲待不哭我這一陣一陣忍不住，罵聲狠心公婆你這老糊塗！不娶俺倒把奴家的青春誤，若是娶了俺，蚤蚤也把小孩兒哺。

　　由曲詞形式上看不出「矮調」何意？但由內容的「眼汪著淚珠兒不敢哭，欲待要哭……欲待不哭……」來看，或許可能「矮調」是「哀調」的諧音，在民間俗曲中，常有隨曲詞內容所表達的感情而在曲牌前也冠上與此情緒有關之註明的，如《金瓶梅詞話》中就收錄了四曲在西門慶、潘金蓮死後月娘、春梅、玉樓前往哭祭時所唱的曲子，曲牌即爲〔哭山坡羊〕〔註139〕所以此曲由內容來看，「矮調」爲「哀調」或有其可能。

　　另外在山歌中有一種「矮山腔歌」，所謂「矮腔」許常惠《中國民族音樂學導論》云：

　　　　曲調優美、柔和、音域不寬，較少使用大跳音程，節奏較規律整齊，詞曲結合多爲一字對一音，結構比較短小精幹，一般極少用拖腔，多用眞聲（大嗓）演唱。〔註140〕

可見完全是指音樂上的變化，但《霓裳續譜》中「矮調」是否即此「矮腔」？則必須有曲譜才能確實分辨！不過若由曲譜與曲詞的配合關係來看，一般情緒激動富感情變化的曲詞也必配以音域較廣，曲調起伏跳動較大，節奏也自由而富變化的曲譜；而情緒平穩溫和的曲詞，其所配曲譜正相反，如此才能使曲詞、曲譜互相配合襯托出所欲表達的情感。「矮腔」的曲調屬於後者，但《霓裳續譜》所收此曲曲詞所表達的情感則應屬前者，兩者似乎無法配合，可見「矮腔」應不是「矮調」。

〔註139〕明，蘭陵笑笑生，《金瓶梅詞話》（日本，大安株式會社，據日光山輪王寺慈眼堂及德山毛利氏棲息堂兩處所藏明萬曆刊本配補，1963年5月），第九卷，頁188、189、196、202。

〔註140〕許常惠，《中國民族音樂學導論》，《中國民俗藝術叢書》（臺北：百科文化事業股份有限公司，民國74年2月初版），頁72。

六、數　落

　　書中此型態只見於〔數岔〕，共收二十六支，分析曲詞內容，幾乎全都是在數說某事、數落某人或數說其所見，曲詞皆甚長，可見「數」應是「數說」或「數落」之意。

　　「數落」早就被拿來當一種演出的形式，如「倒喇」曲藝的演唱即屬此類，明劉侗《帝京景物略》云：

　　　　倒喇者，搖撥數唱，諧雜以諢焉，嗚哀如訴也。〔註141〕

同書又在談燈市樂作時云：

　　　　……絃索則套數、小曲、數落、打碟子……。〔註142〕

這種「數落」技巧雖與一般小曲有別，但在明代已被妓女拿來演唱，《金瓶梅詞話》第六十一回中講申二姐善唱時興小曲時就說：

　　　　諸般大小時樣曲兒，連數落都會唱。〔註143〕

一直到清代盛行的「八角鼓」牌子曲、單弦牌子曲中，也夾有所謂〔數唱〕，同時此種技巧也被其他的民歌俗曲吸收利用，而成爲一種新的變調，如：顧啓元《客座曲語》：

　　　　〔山坡羊〕有沉水調、有數落……〔註144〕

《霓裳續譜》中的〔數岔〕應該也是如此。

　　後世流行的岔曲，已不再如《霓裳續譜》所收般細分爲〔平岔〕、〔慢岔〕、〔數岔〕……等，而只是由曲詞的長短來將之劃分爲長岔、小岔〔註145〕或大、中、小三種岔曲〔註146〕。此種岔曲的基本句數全都是六句，而大、中岔曲可於六句不足時加增所謂「數岔」。李鑫午〈岔曲的研究〉云：

　　　　　岔曲因爲字數的不同分爲大中小三種：句數方面全都是六句，像大岔
　　　　曲、中岔曲可於六句不足時加增「數岔」，相當於元曲北曲的組織，於四
　　　　折不足時加一楔子……相當曲中的襯字、詞中的領字一樣。〔註147〕

此種於曲中加所謂「數岔」的岔曲，應該就是指《霓裳續譜》中的〔數岔〕，由於後世已不再稱〔數岔〕，而將之與其他曲詞較長的岔曲併稱〔大岔曲〕或〔中

〔註141〕明，劉侗，《帝京景物略》，《北平地方研究叢書》第二輯（臺北：古亭書屋，民國59年11月影印初版），卷五，頁354。
〔註142〕同前註，卷二，頁104。
〔註143〕同註139，第七卷，頁5。
〔註144〕顧啓元，《客座曲語》，《新曲苑》第一冊（臺北：臺灣中華書局，民國59年8月臺1版），頁167。
〔註145〕同註126，頁106。
〔註146〕李鑫午，〈岔曲的研究〉，《中德學誌》第五卷第4期（民國32年12月），頁678。
〔註147〕同前註。

岔曲〕，但其中加入「數落」的技巧卻仍沿襲了下來，而以「數岔」稱之。

在今日流行的許多民歌俗曲中，其實也仍常運用「數落」的技巧，如山歌或秧田歌中有「趕句子」（又稱「搶句子」、「急口令」、「急古溜」或「急板山歌」）是在曲詞中間夾一段可長可短的疊句詞，演出時則以很快速度連念帶唱的朗誦出來〔註148〕此種急口令的數唱形式正與《霓裳續譜》中的〔數岔〕極類似〔註149〕。李家瑞先生曾將百本張鈔本〔趕板小孩語〕二種與《霓裳續譜》的〔數岔小孩語〕相對勘，證明兩者相同〔註150〕。可見「數岔」後來也被稱為「趕板」，而今存的此種「趕句子」（或「急板」）應即與「趕板」有密切的關聯。

除了以上六種曲牌的變化以外，還有一些或為演唱速度的變化，如〔慢剪靛花〕、〔慢西調〕；或為地域之別而造成的差異，如〔西岔〕（由曲詞知，此「西」指山西），〔滿州剪靛花〕等；其意義很明顯可由曲牌看出，不再贅述，至於〔起字岔〕，則懷疑或為一種帶過曲或犯曲而非某一曲牌的變調〔註151〕；〔坎字岔〕之「坎字」疑即「嵌字」〔註152〕……等此類型態因文獻不足，暫不論考！

另外，在曲牌上還有註明「帶戲」、「怯音」者，實際上是在說明演唱的性質或方式，而與曲牌本身並無關係，現亦附帶論述於下：

七、帶　戲

《霓裳續譜》所輯曲詞中，有一部份是拆自戲曲，此類作品雖然運用某些手法在曲詞上做加工改編〔註153〕，但卻很明顯的仍遺留了許多原戲曲的痕跡，其中有一些甚至將戲曲演出時為配合劇情而產生的科介動作也吸收了過來，就形成此種所謂

〔註148〕同註132，頁257。
〔註149〕《霓裳續譜》〔數岔〕中，即有一曲完全為繞口令形式，曲詞引錄於下：「聽我胡謅，攦攦我的舌頭，出門遇見兩條狗，咳呀！這條狗有些面熟！這條狗好像我大大爺家的大搭拉耳朵白鼻梁子撓頭獅子狗。這條狗瞅著那條狗，那條狗盯著這條狗。又不知我大大爺家裏白鼻梁子撓頭獅子狗咬我二大爺家的二搭拉耳朵撓頭獅子狗；又不知我二大爺家裏二搭拉耳朵白鼻梁子撓頭獅子狗咬了我大大爺家裏大搭拉耳朵白鼻梁子撓頭獅子狗。旁邊放著半塊土坯頭，拾將起來就要打狗。又不知土坯頭打了狗；又不知狗咬了土坯頭。旁邊放著半拉破油簍，拿將起來就要套狗，又不知簍套了狗；又不知狗咬了簍。六十六棵柳樹摟這麼六十六摟，像是這個樣兒的繞口令繞繞嘴了，若是一六不六捧瓜栽跟頭。」
〔註150〕同註127，頁219。
〔註151〕「起字」本身就是一種調名，清李斗，《揚州畫舫錄》（臺北：世界書局，民國68年10月，頁257）云：「其京舵子、起字調、馬頭調、南京調之類，傳自四方。」；在清道光間北京鈔本「時興雅曲」卷二中即收有此調，《白雪遺音》中也有〔起字呀呀喲〕。
〔註152〕因全書僅收一曲，無法分析比對。
〔註153〕詳細改編方式見第五章第三節。

「帶戲」的型態，這由《霓裳續譜》中共收了五支此種曲而卻全部皆爲「拆自戲曲」者可獲證明。

「帶戲」的形式對曲詞、曲譜而言，並無大的影響，所不同的是觀眾在實際演出時增添了視覺的感受。

除了《霓裳續譜》中收了五曲外，在今存當時輯錄的一些俗曲如：《萬花小曲》、《絲絃小曲》、《白雪遺音》……等中，也少見此種曲牌上註明「帶戲」的作品，可見此型態在清中葉以前並未廣泛流行。

由當時收錄的各種俗曲集來看，大半皆爲體製短小的作品，以簡短的曲詞，自然無法表達曲折的劇情，所以除了摘錄改編自當時流行的傳奇或小戲中某段者，因劇情早已家戶耳熟能詳而不庸贅述就能引人以外，大半的俗曲，都限於體製，無法作冗長的劇情陳述，故其曲詞的內容多以抒發情感爲主，自然無劇情可供「帶戲」，也無「帶戲」的必要，此蓋此型態未爲清初俗曲吸收利用的主要理由。但在百本張鈔本「馬頭調上趣單」中卻有「代（帶）白代（帶）戲」、「代（帶）戲」的〔馬頭調〕〔註154〕可見到清中期以後，由於演出形式多所改變，此一型態已常爲人所用。

至於所謂「帶戲」，除了戲劇中科介以外，演出者裝扮、佈景、道具等是否亦一併帶入？筆者認爲此可能要看實際演出時的場合而定，如堂會等正式隆重的場合或許會有，但若平時家宴消遣等場合，僅此短短一曲的演出似乎無此必要。但此只爲推測，留待以後再詳作考證！

八、怯　音

李家瑞《北平俗曲略》云：

> 北平人稱土曰『怯』（字每誤作竊），『怯調』即土調也。市俗上每遇外來不曾聽慣的調子，也都稱之爲怯調，故怯調又有外省的調子的意思。〔註155〕

朱介凡《五十年來的中國俗文學》中云：

> ……彼時北平人對凡非北平口音的都呼爲客口，客字讀作怯。〔註156〕

同時《霓裳續譜》卷五「鄉裡親家」一曲中有城市親家母罵鄉下來親家母：「鄉裡的怯條子！」可見「怯」有「土」義。不論「怯」字是「土」還是「客」的諧訛，都

〔註154〕傅惜華，〈百本張戲曲書籍考略〉，《中國近代出版史料》二編（上海：上海中華書局，1957 年），頁 327。
〔註155〕同註 127，頁 111。
〔註156〕朱介凡、婁子匡，《五〇年來的中國俗文學》（臺北：大立出版社），頁 263。

是指北平人對外來口音的稱呼，故用外地口音唱的大鼓就叫「怯大鼓」﹝註157﹞，京劇中帶方言味的白口也叫「怯口」﹝註158﹞，連今日之相聲中，也有一齣《怯講演》，即在表現各處方言的諧趣﹝註159﹞，可見《霓裳續譜》中的「怯音」，應該也是此種意義。

「怯音」性質的曲牌在《霓裳續譜》中共有九支，都是〔寄生草〕，分屬八曲，包括七曲單曲與一曲牌子曲。值得注意的是雖然收錄了八曲，但由曲詞來看竟存在著很大的相似性，除了卷六的一曲是拆自傳奇《紅梨記》以外，其餘大致可分成類型相似的兩組：一組曲詞首句開頭都是「紅綉鞋兒……」，此有三曲，全收在卷四中；另一組則是「相思害的……」，也有三曲，另外在卷七有一曲開頭是「想你想的……」雖用字不同，但語氣與「相思害的……」相似，故也可歸入此組，則此組有四曲。現舉前一組爲例於下：

〔怯寄生草〕紅綉鞋兒三寸大，穿過了一次送與了冤家，我那狠心的娘啊！今年打發我要出嫁，叫聲冤家附耳前來説句話：你要想起了奴家，看看鞋上的花，要相逢除非約定在茶蘼架，我與你那時同解香羅帕。

〔怯寄生草〕紅綉鞋兒三寸大，天大的人情送與了冤家，叫情人莫嫌醜來莫嫌大，對人前千萬別説送鞋的話。你可緊緊的收藏，瞞著你家的他，他若知道了，咳！你受嘟嚷我挨罵，那時節你纔知奴的實情話！

〔怯寄生草〕紅綉鞋兒剛沾地兒，穿過了一次送與了情人，送一隻無人之處你解解悶，到晚來輕輕隱藏在紅綾被。手摸胸膛摸一摸身子，你要想起了奴，看見那鞋兒你樂一回。若要相逢，除非是鞋兒湊成了對。

此三曲雖然曲詞中互有異同，但主題卻全是寫將紅綉鞋送與情人，而首句起始數字也都是「紅綉鞋兒……」。類似此種主題相同，用詞也相近的曲詞，在民歌中常有，一般學者多認爲此乃原出於同一曲詞，因流傳至各處，由於口頭相傳，且各地群眾爲適應該地風俗民情並配合聽眾需求而予加工改製所產生的結果，若如此，則這些曲詞應該是流行在不同的地方。《霓裳續譜》中註明「怯音」的曲牌幾乎全爲這種現象，正可作爲此種說法的證明！

至於「怯音」曲牌《霓裳續譜》中只收了八曲，其中七曲卻很巧合的可分成兩組相同的主題。王楷堂在〈序〉中說明顏曲師編纂此書經過時說：「三和堂顏曲師者，津門人也，幼工音律，彊記博聞，凡其所習俱覓人寫入本頭，今年已七十餘」，可見

﹝註157﹞ 見《中國音樂詞典》（同註132）頁292及《五〇年來的中國俗文學》（同前註）頁263。
﹝註158﹞ 《中國戲曲曲藝詞典》（上海：上海辭書出版社，1981年），頁116。
﹝註159﹞ 魏龍豪，《相聲》第二輯，榮豐唱片公司。

此書所錄應皆為顏曲師「所習」或「所聞」而來，但若其「所聞」，則以其近於一生的時間，所聞「怯音」應不只此數，也不應剛好都是「紅綉鞋兒」、「相思害的」這兩種曲詞，筆者懷疑此應是其「所習」，可能「怯音」的意義已不光只表示外地口音，而是已被曲部的優童用作為一種演唱的技巧，即是以同一主題或起句（如：「紅綉鞋兒」、「相思害的」等）模仿各地的口音來演唱，換句話說：此種曲詞是由於京華優童在演唱時的需要，選擇曲詞主題相似而流行於各地的作品，並模擬各曲詞原本流行地域的口音來演唱。此種同類曲詞而不同口音的演唱，演出時更能顯示出不同口音所產生的變化情趣，藉此變化型態更可吸引聽眾。否則以一支曲牌，不論其曲詞原由何處傳來，皆可將之改以北平音演唱，實無別稱「怯」的必要，且前舉那些「巧合」的現象，也難以獲得解釋。

　　上列論述大半只是集合各種現象而作的可能推測，由於各類記載中多未見此種演出記載，故對暫時無法證明者，僅於此提出質疑與「可能」！

　　歸納上述各型態曲牌變化，可知其功能主要有：

1. 使形式具變異，不致流於僵化。
2. 使內容更豐富，擴大了表現力。
3. 使曲調活潑有變化。
4. 使演出更生動感人。

第五節　牌子曲組織分析與研究

　　在《霓裳續譜》所收各種曲牌之組合型態中，以「牌子曲」型態出現者有七十曲，為全書中除了「單支曲牌」以外，使用最多的型態。由各類型態所佔比率來看，當時曲部演出時所用若不是「單支曲牌」，則幾乎就是此種「牌子曲」。此一型態也為民間俗曲所特具，而與傳統南北曲迥殊，後世的單弦牌子曲雖也同為此一型態，但「曲中」部份之曲數皆較多，也較長，與《霓裳續譜》中所收「牌子曲」多少還是有其差異，極可能後者即為前者萌芽蘊釀時的初期型態。故對於《霓裳續譜》所保留下來的這一大批「牌子曲」資料，實有值得深入研究的必要。

　　雖然在書中所收的「牌子曲」又可分為「頭尾同調」及「頭尾異調」兩種，但後者僅兩曲，且疑為改編或摘錄時略去原來「曲頭」所致〔註160〕，故本節僅針對「頭尾同調」一類，先作全面的組織分析，然後再透過分析所得，並配合其他相關資料，

〔註160〕見本章第四節所論述。

歸納成研究結果，使我們對當時「牌子曲」的組織情況，能獲得更確切地瞭解。

一、分　析

　　在六十八曲「頭尾同調」的牌子曲形式中，「曲頭」共用了〔平岔〕、〔岔曲〕、〔平岔帶戲〕、〔西岔〕、〔數岔〕、〔剪靛花〕、〔剪靛花帶戲〕、〔黃瀝調〕、〔寄生草〕、〔北寄生草〕、〔南寄生草〕、〔番調寄生草〕、〔怯音寄生草〕、〔北疊落金錢〕、〔重重續〕十五種曲牌，以下即分別分析此十五種「曲頭」及其「曲中」、「曲尾」的結構與彼此之間的結合情況。其中〔南寄生草〕、〔北寄生草〕、〔番調寄生草〕、〔怯音寄生草〕在曲詞本身的結構句式上雖全同於〔寄生草〕，但本節仍各別分析以示慎疑。

（一）以〔平岔〕為曲頭者

　　有二十七曲。組合情況有以下十八類：（括弧中為此類組合之曲數。下同）

  1. 〔平岔〕 → 〔詩篇〕 → 〔岔尾〕（4）

  2. 〔平岔〕 → 〔隸津調〕 → 〔岔尾〕（3）

  3. 〔平岔〕 → 〔王大娘〕 → 〔岔尾〕（2）

  4. 〔平岔〕 → 〔南鑼兒〕 → 〔岔尾〕（2）

  5. 〔平岔〕 → 〔羅江怨〕 → 〔岔尾〕（2）

  6. 〔平岔〕 → 〔剪靛花〕 → 〔岔尾〕（2）

  7. 〔平岔〕 → 〔慢剪靛花〕 → 〔岔尾〕（1）

  8. 〔平岔〕 → 〔寄生草〕 → 〔岔尾〕（1）

  9. 〔平岔〕 → 〔北寄生草〕 → 〔岔尾〕（1）

  10. 〔平岔〕 → 〔滿江紅〕 → 〔岔尾〕（1）

  11. 〔平岔〕 → 〔節節高〕 → 〔岔尾〕（1）

  12. 〔平岔〕 → 〔倒推舡〕 → 〔岔尾〕（1）

  13. 〔平岔〕 → 〔獨柳調〕 → 〔岔尾〕（1）

  14. 〔平岔〕 → 〔彈黃調〕 → 〔岔尾〕（1）

  15. 〔平岔〕 → 〔河南調〕 → 〔岔尾〕（1）

  16. 〔平岔〕 → 〔秧歌〕 → 〔岔尾〕（1）

  17. 〔平岔〕 → 〔絃子腔〕 → 〔岔尾〕（1）

  18. 〔平岔〕 → 〔絃子腔〕 → 〔吹腔〕 → 〔黃瀝調〕 → 〔剪靛花〕 → 〔銀紐絲〕 → 〔岔尾〕（1）

　　由所接「曲中」曲牌的不同，可分為此十八類組合，除第十八類「曲中」部分

為多曲牌（五支）組成（以下稱此類為「聯用多支」）外，其餘皆僅接一支曲牌（以下稱此類為「獨用一支」）。

「曲頭」有四句與三句兩種，四句二十五支，三句二支。四句中除三支第一句不用韻外，其餘二十二支各句皆用韻。在卷四中有一支屬四句者其第三、四句間夾白，另一支則於第四句與「曲中」之間夾白。

「曲中」共用了十九種曲牌，「獨用一支」所用曲牌除極少數例外（如第十二類的〔倒推舡〕只用了三句，為「不全」曲牌），其餘幾乎都用整支（完全）曲牌；「聯用多支」僅一曲，其中「曲中」曲牌使用情況正與「獨用一支」相反，皆只用了整支曲牌的一部分（「不全」曲牌）。

「曲尾」全用〔岔尾〕此應指〔平岔尾〕而言，多為四句，第一、三句多不用韻，第二句用「臥牛」，另有二支為三句，於第二、三句間夾有白。

（二）以〔岔曲〕為曲頭者

有八曲，分成八類組合：

1. 〔岔曲〕→〔北寄生草〕→〔岔尾〕（1）
2. 〔岔曲〕→〔剪靛花〕→〔岔尾〕（1）
3. 〔岔曲〕→〔倒搬漿〕→〔岔尾〕（1）
4. 〔岔曲〕→〔隸津調〕→〔岔尾〕（1）
5. 〔岔曲〕→〔西腔〕→〔岔尾〕（1）
6. 〔岔曲〕→〔王大娘〕→〔岔尾〕（1）
7. 〔岔曲〕→〔銀紐絲〕→〔南鑼兒〕→〔岔尾〕（1）
8. 〔岔曲〕→〔剪靛花〕→〔獨柳調〕→〔獨柳調〕→〔獨柳調〕→〔寄生草〕→〔岔尾〕（1）

「曲頭」有三句、四句、八句三種。「三句」有二支，各句皆用韻，第一、二句間皆夾虛腔「呀呀喲」；「四句」有五支，各句皆用韻，其中兩支於末句與「曲中」之夾白；「八句」有一支，除第六句外其餘各句用韻。

「曲中」用了十種曲牌，「獨用一支」者有六曲，「聯用多支」者兩曲，幾乎皆為「完全」曲牌〔註161〕，其中卷五「女大思春」一曲由五支曲牌組成，故曲文甚長，且於第二支曲牌開始處換韻，而第五支曲牌後與「曲尾」之間有夾白。

「曲尾」由三句組成，首句不用韻（僅一曲例外），二、三句皆用韻，八曲中有四曲於第二句用「臥牛」。

〔註161〕其中〔獨柳調〕只見本書引用，但皆為牌子曲，無法知其基本句式。

（三）以〔平岔帶戲〕為曲頭者

僅有一曲，一類組合：

〔平岔帶戲〕 → 〔孝順歌〕 → 〔岔尾〕（1）

「曲頭」三句，第二、三句用韻，第一、二句間夾「呀呀喲」虛腔。

「曲中」〔孝順歌〕為「完全」曲牌〔註162〕。

「曲尾」〔岔尾〕四句，末句用韻。

（四）以〔西岔〕為曲頭者

僅一曲；一類組合：

〔西岔〕 → 〔西腔〕 → 〔西岔尾〕（1）

「曲頭」有三句，皆用韻，第二、三句間夾有靠右小字「可是可是」疑為白〔註163〕。

「曲中」〔西腔〕有十八句，皆為七字體，各句後帶「哎呀哎呀呀」虛腔。

「曲尾」〔西岔尾〕有四句，第一、三句不用韻，第二句有「臥牛」。第一、二句間夾白。

（五）以〔數岔〕為曲頭者

有三曲，分成三類組合：

1. 〔數岔〕 → 〔垛字緊〕 → 〔銀紐絲〕 → 〔岔尾〕（1）
2. 〔數岔〕 → 〔秧歌〕 → 〔岔尾〕（1）
3. 〔數岔〕 → 〔老八板〕 → 〔岔尾〕（1）

「曲頭」三曲的句數都不同，其中二曲首句後帶「呀呀喲」虛腔。有一曲末句不完整。

「曲中」用曲牌四種，「獨用一支」一曲、「聯用多支」兩曲，各支曲牌皆為「完全」曲牌。

「曲尾」全用〔岔尾〕，皆四句，第三句皆不用韻。

（六）以〔剪靛花〕為曲頭者

有五曲，分成三類組合：

〔註162〕此〔孝順歌〕與雙調中〔孝順歌〕用韻，句數皆不同，但與「新訂十二律京腔譜」閏月律「本律慢詞體」中〔孝順歌〕相同（清，王正祥，《新訂十二律京腔譜》，《善本戲曲叢刊》第五輯，臺北，臺灣學生書局，民國73年8月據清康熙甲子停雲室原刊本影印，頁477～478）。

〔註163〕《霓裳續譜》中兩支〔西岔〕皆如此。

1. 〔剪靛花〕 → 〔南詞〕 → 〔剪靛花尾〕 （3）
2. 〔剪靛花〕 → 〔倒搬漿〕 → 〔剪靛花尾〕 （1）
3. 〔剪靛花〕 → 〔攤黃調〕 → 〔剪靛花尾〕 （1）

「曲頭」有八句、十三句兩種〔註164〕，「八句」三支，「十三句」一支，〔剪靛花〕的基本句式是每段四句，末句多為重句，在曲調上，每段為一基本曲調，故實際運用時多由兩段以上反覆詠唱以組合成一曲〔註165〕，故此「八句」之曲頭為兩段組成。「十三句」則由句式判斷疑為其中衍第十句之「重」字，若刪此句，則成十二句，正好可分成三段。

「曲中」用了三種曲牌，皆為「獨用一支」形式，以〔南詞〕用最多，各「曲中」曲牌皆為「完全」曲牌。

「曲尾」〔剪靛花尾〕，全為五句，其中三支末句為重句，此比基本曲調四句（一段）多出一句，故知為「不全」曲牌。

（七）以〔剪靛花帶戲〕為曲頭者

有一曲：

〔剪靛花帶戲〕 → 〔駐雲飛〕 → 〔剪靛花尾〕 （1）

「曲頭」十三句，第四、八句為重句，第十二、三句間有「哎喲」小字。〔剪靛花〕的基本句式如前所述四句為一段，第四句重句，可知此「曲頭」之前十二句為〔剪靛花〕三段，再加上第十三句，則為「不全」曲牌〔註166〕。

「曲中」〔駐雲飛〕基本句式應是十句，但此處多至十八句，故疑〔駐雲飛〕之後接有別曲牌而漏列了曲牌名。

「曲尾」〔剪靛花尾〕四句，第三、四句用韻。

（八）以〔黃瀝調〕為曲頭者

有十一曲，分成十類組合：

1. 〔黃瀝調〕 → 〔雁兒落〕 → 〔黃瀝調尾〕 （2）
2. 〔黃瀝調〕 → 〔耍孩兒〕 → 〔黃瀝調尾〕 （1）
3. 〔黃瀝調〕 → 〔折桂令〕 → 〔黃瀝調尾〕 （1）
4. 〔黃瀝調〕 → 〔沽美酒〕 → 〔黃瀝調尾〕 （1）
5. 〔黃瀝調〕 → 〔繡帶兒〕 → 〔黃瀝調尾〕 （1）

〔註164〕 「十三句」疑衍一「重」字，實應為「十二句」。
〔註165〕 參見本章第二節。
〔註166〕 此第十三句雖為大字，但由語氣來看，疑為一唸白，若為唸白，則此曲曲頭就應為「完全」曲牌。

6. 〔黃瀝調〕→〔一江風〕→〔黃瀝調尾〕（1）

7. 〔黃瀝調〕→〔江兒水〕→〔黃瀝調尾〕（1）

8. 〔黃瀝調〕→〔江兒水〕→〔會親娘〕→〔黃瀝調〕→〔園林好〕→〔雁兒落〕→〔黃瀝調尾〕（1）

9. 〔黃瀝調〕→〔黃瀝調〕→〔雙疊落金錢〕→〔雙疊落金錢〕→〔黃瀝調尾〕（1）

10. 〔黃瀝調〕→〔桂枝香〕→〔桂枝香〕→〔黃瀝調尾〕（1）

「曲頭」有三句、五句、五句半（第六句不完整，只能算半句）、七句、八句、九句六種。「三句」、「五句半」、「七句」各僅一支；「八句」二支；「九句」一支；「五句」最多，有五支。值得注意的是與「五句」的六支「曲頭」所接的「曲中」曲牌全爲南北曲曲牌，且全爲「雙調」中過曲。「五句半」所接爲〔繡帶兒〕，則屬「南呂」過曲。〔黃瀝調〕的基本句式是十一句，第四、五句之間多不用韻。此「曲頭」第四、五句間即多不用韻，可知爲其前五句。

「曲中」用了十二種曲牌，其中〔黃瀝調〕、〔雙疊落金錢〕、〔江兒水〕、〔雁兒落〕、〔桂枝香〕皆各用了兩次。「獨用一支」有八曲，「聯用多支」有三曲，此三曲中曲牌有相互之間或與「曲頭」之間重覆的現象，且其中較長兩曲中夾有「不全」曲牌。〔雁兒落〕、〔江兒水〕、〔沽美酒〕、〔折桂令〕等的曲牌，在南北曲中皆屬「雙調」；〔繡帶兒〕、〔一江風〕則屬「南呂」；〔桂枝香〕屬「仙呂」。

「曲尾」爲〔黃瀝調尾〕，有二句、四句二種，「四句」僅一曲，所接「曲中」曲牌爲〔桂枝香〕，屬「仙呂」，其餘皆爲「二句」，所接「曲中」之曲牌則皆爲「雙調」。

（九）以〔寄生草〕爲曲頭者

有四曲，分四類組合：

1. 〔寄生草〕→〔銀絲紐〕→〔刮地風〕→〔寄生草〕→〔寄生草尾〕（1）

2. 〔寄生草〕→〔銀絲紐〕→〔寄生草尾〕（1）

3. 〔寄生草〕→〔詩篇〕→〔寄生草尾〕（1）

4. 〔寄生草〕→〔羅江怨〕→〔寄生草尾〕（1）

「曲頭」有二句、四句、七句三種。「三句」有兩曲，其「曲中」皆接〔銀絲紐〕。其餘各皆一曲。〔寄生草〕的基本結構是七句，可知此「曲頭」七句者應爲「完全」曲牌。

「曲中」有五種曲牌，其中〔銀絲紐〕、〔刮地風〕爲「不全」曲牌，其餘爲

「完全」曲牌。組合情況分四類，除一曲爲「聯用多支」外，餘皆「獨用一支」。

　　「曲尾」爲〔寄生草尾〕，皆兩句，其中二曲的末句爲前句的重句，兩句全用韻。

（十）以〔北寄生草〕爲曲頭者

　　僅一曲：

　　〔北寄生草〕→〔平岔〕→〔銀絲紐〕→〔寄生草尾〕（1）

　　「曲頭」〔北寄生草〕四句。

　　「曲中」有〔平岔〕、〔銀絲紐〕兩種曲牌，前者爲「完全」曲牌；後者甚短，爲「不全」曲牌。

　　「曲尾」爲〔寄生草尾〕，三句組成，各句全用韻，末句爲前一句的重句。

（十一）以〔南寄生草〕爲曲頭者

　　僅一曲：

　　〔南寄生草〕→〔懶畫眉〕→〔寄生草尾〕（1）

　　「曲頭」〔南寄生草〕爲五句組成。

　　「曲中」〔懶畫眉〕爲「完全」曲牌，在南北曲中屬「南呂宮」。

　　「曲尾」爲〔寄生草尾〕僅一句。

（十二）以〔番調寄生草〕爲曲頭者

　　僅一曲：

　　〔番調寄生草〕→〔南鑼兒〕→〔番調寄生草尾〕（1）

　　「曲頭」〔番調寄生草〕爲四句組成。

　　「曲中」〔南鑼兒〕爲五句，第四句不用韻。

　　「曲尾」爲〔番調寄生草尾〕，三句組成。

（十三）以〔怯音寄生草〕爲曲頭者：

　　僅一曲：

　　〔怯音寄生草〕→〔油葫蘆〕→〔怯音寄生草尾〕（1）

　　「曲頭」〔怯音寄生草〕七句組成，爲「完全」曲牌。

　　「曲中」〔油葫蘆〕爲「不全」曲牌。此曲爲拆自傳奇《紅梨記》，與《納書楹曲譜續集》中所載比對可知此支〔油葫蘆〕曲牌全摘自傳奇，僅刪去末兩句。此曲牌在傳奇中屬「仙呂調」。〔註167〕

〔註167〕清，葉堂，《納書楹曲譜》，《善本戲曲叢刊》第六輯，（臺北：臺灣學生書局，民國76年11月），頁704。

「曲尾」〔怯音寄生草尾〕為一句組成。

（十四）以〔北叠落金錢〕為曲頭者：

有二曲，分二類組合：

1. 〔北叠落金錢〕→〔戲韻〕→〔叠落金錢尾〕（1）
2. 〔北叠落金錢〕→〔慢岔〕→〔叠落金錢尾〕（1）

「曲頭」為〔北叠落金錢〕，前一曲為三句，後一曲為二句。

「曲中」〔慢岔〕為「不全」曲牌，由第一句後所帶「呀呀喲」虛腔可知所用為前四句。〔戲韻〕書中僅此一見，也少見他書收錄，但所收曲詞甚長，且末句為前一句之重句，疑為「完全」曲牌。

「曲尾」為〔叠落金錢尾〕，兩曲皆僅一句，且其中都有叠字。

（十五）以〔重重續〕為曲頭者：

僅一曲：

〔重重續〕→〔鎖南枝〕→〔重重續尾〕（1）

「曲頭」〔重重續〕由七句組成，為「不全」曲牌，闕末一句。

「曲中」〔鎖南枝〕為「不全」曲牌。

「曲尾」〔重重續尾〕僅一句。

二、研　究

前面為「頭尾同調」類分析，本小節則以分條方式，歸納上項分析結果所能看出的一些現象，同時並配合其他各類組合形態及曲詞內容等資料，作綜合性的探究：

（一）全部六十八曲「頭尾同調」類中，「曲中」所接曲牌僅一支的（即「獨用一支」）有五十九曲，佔了絕大部分，其餘「聯用多支」類中，接二支的有四曲；三支的有二曲；五支的有三曲，所佔比率皆甚少。可以看出《霓裳續譜》中此類組合以「曲中」僅接一支曲牌的形式為主，此種組織應該也是當時優童演出小曲時最常使用的組合型態。由於《霓裳續譜》所收曲詞皆為清初至乾隆末年之間北方流行的俗曲，也可知牌子曲的此種型態在當時仍屬萌芽發展階段，與後來「單弦牌子曲」、「鼓子曲」等大半「曲中」所接曲牌由數支至十數支不等的組合型態有別。

（二）《霓裳續譜》所收各曲，除了極少數拆自傳奇或摘自小戲者外，各類型態的曲詞皆甚簡短，以「頭尾同調」類來說，「曲頭」、「曲尾」皆僅短短數句，「曲中」大部分僅接一支曲牌（此支曲牌，有些為「不全」曲牌），故合起來全曲不過相當於

兩支「單支曲牌」的長度，甚至少數其餘「曲中」由二支以上曲牌組合成的此類曲，其「曲中」所組合的曲牌大半也都夾用「不全」曲牌，所以雖然用了許多支曲牌，但實際上曲詞的長度卻仍甚簡短，如：卷四「崔鶯鶯倒在牙床上」曲牌組織為〔北寄生草〕（四句）→〔平岔〕（「完全」曲牌）→〔銀紐絲〕（僅兩句，為「不全」曲牌）→〔寄生草尾〕（三句）。此曲「曲頭」〔北寄生草〕與「曲尾」〔寄生草尾〕加起來正好是一支「完全」曲牌，所以全曲的長度僅相當於〔北寄生草〕、〔平岔〕各一支再加上〔銀紐絲〕中的兩句而已。又如：卷四「卸殘妝等候才郎」曲牌組織為：〔平岔〕（四句）→〔絃子腔〕（三句）→〔吹腔〕（四句）→〔黃瀝調〕（四句）→〔剪靛花〕（三句）→〔銀紐絲〕（三句）→〔岔尾〕（四句）。全曲除「曲頭」、「曲尾」外，「曲中」用了五種曲牌，但曲詞加起來卻並不長。此種組合曲牌雖多，但卻以「不全」曲牌來縮短曲詞的現象，其實普遍存在於《霓裳續譜》的「聯曲體」中。書中所收曲詞所以會如此簡短，應與演出的形態有關，點訂者王楷堂在〈序〉中明言此書所收為當時曲部優童所唱曲調，而優童唱曲即源自明代以來民間盛行的「小唱」，清史玄《舊京遺事》即云：

> 唐宋有官妓侑觴，本朝惟許歌童答應，名為小唱，而京師又有「小唱不唱曲」之諺，每一行酒止，傳唱上盞及諸菜，小吏技倆盡此焉。〔註168〕

可見主要演出場合在「侑觴」，而「侑觴」時也僅在上盞、上菜之間演唱，時間甚短，故不適合長篇演出，顏曲師之曲部雖疑為「清音」曲部，以演出而不以侑酒為主，但也是在宴席之間演唱〔註169〕，自然仍保留了此種短小的演出型態，此疑所以《霓裳續譜》中所收曲詞皆甚短，甚至連取自傳奇者亦加以改編縮減的原因。

　　（三）「聯曲體」各類型態中，少數由多支曲牌組成而曲詞也較長（比較而言）之曲，其所用曲牌皆有重覆出現的現象，如：卷五「王瑞蘭進花園自解自嘆」是屬於「牌子曲」之「頭尾同調」類，其曲牌組織為：〔黃瀝調〕→〔江兒水〕→〔會親娘〕→〔黃瀝調〕→〔園林好〕→〔雁兒落〕→〔黃瀝調尾〕。在此曲之中用作「曲頭」、「曲尾」的〔黃瀝調〕又重覆出現在「曲中」的正中間。又如：卷五「鄉裡親家」是屬「牌子曲」之「頭尾異調」類，其組成曲牌是：〔銀紐絲〕→〔秦吹腔〕→〔銀紐絲〕→〔銀紐絲〕→〔銀紐絲〕→〔京調〕→〔數岔〕→〔銀紐絲〕→〔銀紐絲〕→〔銀紐絲〕→〔銀紐絲〕→〔南羅兒〕→〔銀紐絲〕→〔銀紐絲〕→〔秦腔尾〕。全曲中〔銀紐絲〕間續的反覆達十次之多。所以會有這種現象產生，

〔註168〕清，史玄，《舊京遺事》，《筆記小說大觀》第九編（臺北：新興書局，民國64年9月），
　　　　　第八冊，頁5124。
〔註169〕參見第一章第三節。

疑應與全曲的統整性有關，蓋「聯曲體」的目的是使音樂有變化，但是若曲詞較長，所用曲牌也較多，則易流於散亂，爲了彌補缺失，所以以所用曲牌重覆出現的方式來造成前後的貫串，使全曲除具有曲調變化美以外，又能兼顧統整美。

（四）在前小節「頭尾同調」類分析中，常有「曲頭」或「曲尾」雖使用同一曲調，但句數卻有參差不齊的現象，如「曲頭」爲〔寄生草〕者有二句、四句、七句三種，又如：「曲頭」爲〔黃瀝調〕者有三句、五句、五句半、七句、八句、九句等六種，很不整齊。此種現象並非隨意組合而產生，筆者在分析時發現存在著兩共通性：

1. 同一曲牌「曲頭」的句數，與其所銜接的「曲中」曲牌有關，「曲中」曲牌相同，其銜接的「曲頭」句數也都相同（僅卷五中有一曲例外），如：「以〔剪靛花〕爲曲頭」之曲中，有三曲其「曲中」所接曲牌爲〔南詞〕，此三曲的「曲頭」皆爲八句組成。又如：「以〔寄生草〕爲曲頭」之曲中，有三曲所接「曲中」曲牌爲〔銀紐絲〕，此二曲的「曲頭」均爲二句組成。

2.「曲中」曲牌與「曲頭」銜接者，其所屬宮調影響「曲頭」使用句數。按：一般民歌雖無宮調可尋，但此乃指「徒歌」而言，若經入樂演出，爲求各樂器與人聲間之和諧配合，自必漸形成固定宮調，《霓裳續譜》所收爲優童演出實際曲本，乃是已入樂的曲詞，且在「聯曲體」中各曲牌爲能融洽組合，自然也必重視宮調。「頭尾同調」類的「曲中」曲牌，有些所用爲當時民間流行俗曲曲牌，有些爲南北曲中習用曲牌，前者所屬宮調由於記載闕乏已不易得知，後者則易於查考，利用後者資料，筆者發現在同一曲頭的各曲間，與「曲頭」銜接的「曲中」曲牌，其所屬宮調若相同，則各曲「曲頭」的句數也相同。如：以〔黃瀝調〕爲曲頭中，「曲頭」爲五句者有五曲，與此五曲「曲頭」相銜接的「曲中」曲牌有：〔雁兒落〕、〔江兒水〕、〔沽美酒〕、〔折桂令〕四種，此四種曲牌在南北曲中皆屬「雙調」。另有一曲「曲頭」爲「五句半」者，所銜接「曲中」曲牌爲〔綉帶兒〕，屬「南呂」，可知〔黃瀝調〕「曲頭」五句者，本應接「雙調」曲牌，但若要接別宮調，則必須於五句後加「半句」，此「半句」在實際演出時，可能爲無樂器伴奏的清唱或唸白，後場樂器乃利用前場演出此「半句」之空檔，準備好轉入別的宮調〔註170〕。如此，使轉入別宮調的演唱不會覺得突兀，伴奏也能有時間變換配合。

〔註170〕 明，王驥德，《曲律》，《歷代詩史長編》二輯，（臺北：鼎文書局，民國63年2月），頁128「論過搭」條云：「過搭之法……須各宮各調，自相爲次。又須看其腔之粗細，板之緊慢：前調尾與後調首要相配叶，前調板與後調板要相連屬。古每宮調皆有〔賺〕，緣慢詞（即引子）止著底板，驟接過曲，血脈不貫，故〔賺〕曲前段皆是底

又如：「以〔平岔〕爲曲頭」之曲中，與「曲頭」銜接的「曲中」曲牌爲南北曲中「南呂」者，其「曲頭」全爲四句。甚至由「曲尾」及與「曲尾」接合的「曲中」曲牌來看，也能看出此種現象，如：〔黃瀝調尾〕有二句、四句兩種，「二句」所接曲牌爲「雙調」；「四句」所接曲牌則爲「仙呂」。

　　結合上列兩共通點，得知「曲中」使用同一宮調的南北曲曲牌者，其銜接的同一種「曲頭」（或「曲尾」）句數皆相同；至於其餘使用民間俗曲者，雖不知屬何宮調，但相同曲牌所銜接的同一種「曲頭」句數也皆相同，可見與相同句數之同一種「曲頭」銜接的民間俗曲曲牌，其使用宮調也應相同。故可獲一結論，即是：「頭尾同調」類中「曲頭」與「曲尾」句數的多少，乃依其「曲中」銜接曲牌所屬宮調而定。由於「曲中」曲牌宮調的不同，而造成「曲頭」、「曲尾」有句數參差的現象。

　　（五）「頭尾同調」類之「曲頭」、「曲中」、「曲尾」各有性質不同的功能，大致上「曲頭」相當於「引子」，在曲牌上絕大部分爲「不全」曲牌，有些甚至僅短至兩句，其曲詞內容也多用來作概述或引起情懷導入主題之用，「曲中」則爲正曲，大半都用「完全」曲牌，在全曲曲詞比例上也較長，內容在表現主題，爲全曲的重心所在；「曲尾」相當於「尾聲」，大部分都較短，目的在輔助點明主題歸結全曲。由於「曲頭」、「曲中」、「曲尾」各發揮其功能，而使全曲成爲一個獨立完整能充分詠述本事，形同一齣濃縮劇本般的演出個體。

　　板，至末二句始下實板。戲曲中已間賓白，故多不用。」可見兩不同宮調要相接時，應有其過搭之法，否則會造成突兀不順。此處之「半句」（疑爲「清唱」或「唸白」）疑即是一種過搭之法。

第四章　內容研究

　　大凡動人的文學作品，除了形式的優美引人以外，最重要的就是要有眞實動人的內容。而這內容要能打動欣賞者的心靈，激起讀者情感的回響與共鳴。尤其是民間的文學作品，其內容必與其時代、地域及欣賞對象等，緊密地串連在一起，才能獲得當代的認同。而俗曲即是如此，它不只演出形式要變化新穎；曲調要悠蕩迷人；特別是所唱的內容，更要能深深攫住聆賞者的心靈，如此，才能受人歡迎而造成流行。《霓裳續譜》所收錄的曲詞，是清雍、乾時期北京優童用來演出娛客，以獲得打采纏頭的衣食來源，此種曲詞，其來源有些採自民間歌謠〔註1〕；有些來自地方曲藝；有些承襲自前代俗曲；有些拆自當時流行的傳奇戲曲；有些出自樂工伶人；有些則爲公卿大夫、文人士子涉跡風月或娛情解憂的作品。來源既雜，因此，不只在語言、形式等方面呈現多樣風格，在內容上更是百種千端，萬品雜陳，而優童們在演出時，也就能隨各階層、身分客人之需求，選擇適景、適情的曲詞來演唱。我們翻檢《霓裳續譜》中曲詞，可得知：由於曲部本爲以聲色娛人的團體，再加上男女間情感爲各階層客人所共有，故優童所唱自然多爲男女情詞，因此，此類作品佔了書中大半。此外，因當時不只雅部崑曲盛行，花部的各類戲曲也正興起，對一些耳熟能詳、家傳戶誦的戲曲曲詞，由於極易討好聽眾，也被曲部改編用來演唱，此種曲詞在書中也佔了很大比例，不容予以忽視。除去上列兩類，《霓裳續譜》中所剩曲詞，數量雖不多，但卻也包含了各種人生雜感、

〔註1〕在《霓裳續譜》中接近歌謠風格的作品以卷七及卷八所收最多，例如：卷七的「高高山上一廟堂」、「情哥門前一棵椒」、「八月十五那是敬月光」、「姐兒無事江邊搖」、「黃柏樹下一座廟」；卷八的「姐兒生的似雪花」、「姐在河邊洗菜心」、「送郎送在大路西」、「門樓兒高來」、「二月子二來三月柳兒三」、「二格媽媽」、「我好吃屈」……等曲，都非常純樸眞摯，流露出民歌的獨特風格。

趣事、寫景、記遊、生活所見……等與男女感情無關的作品，此種曲詞能充分表現出日常生活所見、所聞、所感的各類情趣。以上所述三類內容，皆為筆者在「務求切實」的原則下，逐曲分析歸類所得，希望能藉此顯現出書中全盤內容，使人對《霓裳續譜》一書，能有更確切的瞭解。

第一節　男女情詞類

由於此類作品數量的豐富，幾乎已包含了所有男女間感情所可能發生的各種情況與情緒變化，依各曲內容所欲表達的主題性質，及在書中數量之多寡為序，又可分為十二類：

一、表現思愁

在男女感情關係中，思愁似乎是人們最常吟詠的主題，《霓裳續譜》中不僅此類作品數量最多，而且所表現的思愁亦是千種萬端，其中有傳統文人化，以含蓄委婉方式表達淡淡思愁的作品。如：

〔西調〕春風起，吹透香閨，芳心撩亂。捲珠簾，輕移蓮步獨自向廳前。細聽那燕語鶯啼，百囀千聲，繞偏垂楊如線，雅妝翠黛，眉尖上幽恨向誰傳？卻教我一縷柔腸，繫不住薄倖人留戀在天涯。縱有那嬌紅嫩蕊開放林間，任憑那癡心粉蝶，尋花捉對舞翅蹁躚。（疊）。此一番，對著春光看見春光面。（疊）。　　（卷一）

有以淺顯語句、白描直寫的手法來表現思情的。如：

〔寄生草〕我想你來誰知道？我想你來對誰說？我想你只有哭來那有笑？我想你想你到今日，白日想你還有旁混者，到晚來一想，想你一個難兒叫。（重）。　　（卷四）

以上兩曲比較，明顯可見的，必出自兩個不同層面人物的作品，除了用語上有雕琢及白描之不同以外，前者的含蓄間接，委婉抒情；後者的質樸坦率，直抒胸臆，造成兩種截然有別的風格，但兩者表達的主題皆為「相思」之情，則是一致的。此外，也有表現相當濃烈思愁的作品，如：

〔劈破玉〕害相思，害的我，害的我，剛剛的止剩下一口游氣兒，斜傍著門，拄著一根拐兒，坐著一個草墩。咳咳喲！單等那順便的人，他與我捎書傳信。我的那病兒到有十分重，那裏等到了初六、七，自從冤家去後，思想直到而今，書信半點全無，悶的我沉沉昏昏。冤家若是來到，我的病

兒減去了十分，冤家若是不來，有一句話兒我就難云。閃的我一點什麼也

就不吃，最可憐一日只喝一口涼水！（重）　　（卷七）

害相思，此已到了成疾的地步，也可看出曲中人物在感情方面的專注與投入。

而人在相思之情長久無法獲得解除的情況，自然會產生自怨自嘆的心理，如：

〔寄生草〕望江樓兒，觀不盡的山青水秀。錯把那個打魚的舡兒，當作了

我那薄倖歸舟。盼情人的眼凝睛仔細把神都漏！暗追思愛情的人兒情無

殼。人說奴是紅顏薄命，奴說奴是苦命的丫頭。低垂粉頸，隨心的事兒何

日就？　　（卷四）

在怨歎之餘，也常有轉怨為恨，甚至遷怒他人或事物的，此種曲詞在《霓裳續

譜》中又可分三類：

1. 怨情人

〔劈破玉〕玉美人，在繡樓，在繡樓和丫鬟對坐。猛想起薄倖郎離別，怎

不管我死活？咳咳喲！雖然是有丫鬟，不能把我心事兒解破。越思越想我

可越添上煩惱。尋思起來，我的愁腸多。自從冤家去後，閃的我一似瘋魔。

清晨懶怠梳洗，烏雲恰像絲窩。菱花寶鏡無心照，梳妝打扮可待怎麼？搽

臉的宮粉往窗外撒，梳頭的柏油往樓下潑。床上的衾枕往床下摔，摔在樓

板著腳兒蹉。等他來，擰著耳朵打他一個嘴巴，恨也恨死一個人，咬他兩

口，看他怎樣着我？（重）　　（卷七）

此不只是思，而是怨恨的發洩了，將坦率而多情之女子心中那種敢愛敢恨的心

理，深刻的刻劃了出來。

2. 怨造化——怨天尤人，本為人情之常，尤其在抱怨情人的薄情外，對造成相

思的原因也常歸咎於冥冥中的主宰，而此「主宰」最常指的即是「老天」。如：

〔寄生草〕佳人獨自頻嗟嘆，狠心的人兒去不回還，他那裏野花閒花長陪

伴，奴這裏懨懨消瘦了桃花面。……怨老天怎不與人行方便，老天爺！怎

不與人行方便！　　（卷四）

除此之外，傳說中負責為有緣男女牽紅線的「月老」，也成為埋怨的對象。如：

〔寄生草〕孤燈閃閃，獨坐在羅幃帳，呆歆歆自思量，小金蓮輕輕放在腳

搭兒上，盼才郎叮量起來我無指望。提起來教我難受，我就哭他一場。恨

那月下的老老，天殺的他就把我忘，到多咯纏勾了這條子相思賬？　　（卷

五）

3. 遷怒他人或事物——在怨情人、怨老天都不起作用的情形下，心中鬱積的憂

悶無法宣洩，自然就會對周圍的人和事物也看不順眼，而在《霓裳續譜》中也有多

曲表達了此種直率的心理。其中有遷怒風鈴的，如：

〔平岔〕冷清清，佳人睡朦朧，昏沉沉夢兒裏見多情，喜孜孜雙雙兩意濃，熱撲撲軟玉溫香陽臺景，噹哴哴鐵馬一聲驚散了團圓夢。怒狠狠叫聲丫鬟，砸碎了那個風鈴。　（卷六）

有遷怒丫鬟的，如：

〔慢西調〕深閨靜悄，柳敗花殘，……〔慢岔〕睡正酣，夢見郎還，相親相愛並香肩，是錯把丫鬟當作男，含羞怒把丫鬟問，把我一場好事卻被你你驚散，你可爲什麼到我的床前……。　（卷五）

這些情緒的發洩與轉移，正是癡情兒女最爲平常的心理表現。又在當時男女婚姻必由父母作主的環境下，更有未婚的女子，在思情郎心切的情急之下，也大罵情人父母不來提親迎娶的，如：

〔矮調寄生草〕我這相思害的我就難移步，眼汪著淚珠兒不敢哭。欲待要哭又恐爹媽問我因何故？欲待不哭我這一陣一陣忍不住。罵聲狠心公婆，你這老婆塗，不娶俺倒把奴家的青春誤？若是娶了俺，蚤蚤也把小孩兒哺。　（卷八）

透過以上描述遷怒心理的作品，使我們感受到此類性情直率女子所表達的濃烈相思之情，相反的書中也收錄了另一種表現性格溫柔敦厚女子思郎情懷的作品，如：

〔剪靛花便音〕八月十五那是敬月光，手捧著金樽是那淚汪汪。思想我那有情的郎。（重）。去年與你是那同賞月，今年不知你可流落在何方？貪戀著那女紅妝。（重）。用手推紗窗，月兒明亮亮。一陣陣的金風，一陣陣的涼。郎你未曾帶著棉花裳。（重）。風刮的奴身上冷，就知道了郎身上涼。你冷我涼痛斷肝腸，哭的俺就淚千行。（重）　（卷七）

此曲充滿了關懷的愛意，與前面所述那種發洩怨恨情緒的作品相比，兩者具有截然不同的性格：前者顯露了民間女子那種敢愛敢恨的直率本質；後者則表現了傳統教養女子溫柔敦厚的美德。在此類作品中甚至有寧願自己忍受相思之苦，而不忍使情人憂心的，充分發揮爲愛犧牲的眞愛精神，如：

〔單黃瀝調〕正賦琴，猛聽得天邊雁叫。慌的奴開樓門四下裏觀瞧。上點手高聲語把賓鴻連叫。有封書信我央煩你，借重賓鴻把書捎。忙下拜，謝尊勞，賓鴻稍書情意兒高，未曾寫書我先流淚。你試聽著，到那裏休說奴這淒涼，願賓鴻，千萬只說我這裏好！（重）！　（卷七）

此種精神，正是傳統中國婦女所特具的美德，也是眞愛的最高表現。

　　由上舉各例可知，《霓裳續譜》一書中，已包含了各類型不同個性及不同程度的相思情懷，在這些思情盈溢的作品中，當然也少不了以寫情書來傳達思情的，較特別的是下面兩曲：

　　　〔平岔〕悲悲切切淚珠兒不斷絕，要與才郎下請帖，手摹著花箋懶怠寫。未曾提筆先忘字，要不畫上一箇正圈，倆半拉圈罷，不知我那情人解不解？你對他說罷！這個正圈是相逢，那倆半拉圈是別。　　（卷八）

　　　〔寄生草〕欲寫情書我可不識字，煩箇人兒使不的！無奈何畫幾個圈兒為表記，此封書為有情人知此意，單圈是奴家，雙圈是你。訴不盡的苦，一溜圈兒圈下去。（重）。　　（卷四）

　　此兩曲類同，皆以較特殊的方式來表達思情，使情人一看信，即能產生「無限情思，盡在不言中」的領會。在《墨憨齋掛枝兒》花底閒人評語中〔註2〕、《白雪遺音》〔馬頭調〕中〔註3〕及《兩般秋雨盦‧隨筆》裡〔註4〕皆收錄有近似的作品，由此也可看出此類曲在明、清之時是相當流行的。

二、男女訴情

　　對情人表明心中的愛情，是促進男女感情關係的橋梁，由表達性質的不同，也出現了多種訴情方式：有男女直接互訴衷情的，如：

　　　〔垛字單岔〕才子佳人，他在洞房裏明心。才郎說：「我愛你櫻桃小口，糯米銀牙。」佳人說：「我愛你風流俊俏，口巧舌能甚是會云。」才郎說：「我愛你三寸的金蓮，襯著羅裙。」佳人說：「我愛你才貌雙全，行事溫柔，天生成的身材兒俊。」才郎說：「我愛你水淩淩的杏眼，一瞟就引了我的魂。」　　（卷七）

　　有假借贈送禮物以表達彼此情愛的，如：

　　　〔寄生草〕情人送奴一把扇，一面是水，一面是山。畫的山層層疊疊真好看；畫的水曲曲灣灣流不斷。山靠水來，水靠山；山要離別，除非山崩水流斷。（重）　　（卷四）

　　也有透過實際上的關愛行動，來說明自己對情人的真情，如：

〔註2〕馮夢龍《墨憨齋歌》（臺北：學海書局，民國71年4月），頁6。「寄書」一曲後所附花底閒人評語中引及。

〔註3〕清，華廣生輯，《白雪遺音》（臺北：學海書局，民國71年4月），頁64所收「欲寫情書」一曲。

〔註4〕清，梁紹壬，《兩般秋雨盦隨筆》（臺北：臺灣商務印書館，民國65年5月），上冊卷二，頁4。

〔寄生草〕大雪紛紛朝下蓋，可意的人兒你從那裏來？渾身上凍的好似冰
凌塊，慌的我雙手拿被將你蓋，暖過你的肉兒，我可暖不過你的心來，細
想想誰人的性兒有我耐？（重）？　　（卷四）

此種作品，在文人化雕琢用典的曲詞中較爲少見，但在白描作品裏卻屢見不鮮，
其風格多清新感人，能使曲中人物的眞摯情愛，躍然於紙上。

三、女子思春

少女的思春情懷是最爲羞澀也最能表達純眞之情的，在《霓裳續譜》中此類作
品有十六首，大部份都非常生動逼俏。如：

〔寄生草〕閒來無事街前曠，猛擡頭瞧見一個俏皮姑娘，口啣著烟袋低著
聲兒唱，小金蓮擱在門檻兒上，見了人來躲躲藏藏，假害羞故意又把門關
上，關上了門又打那門縫裏望。　　　（卷四）

曲中把少女那種內心渴望見人，但表面上卻又表現出羞澀嬌怯的情形，活靈活
現地描繪了出來。此曲應是由男子立場所作的描繪，在書中另外也有許多是由少女
自身來發抒其思春幽怨之情的，如：

〔剪靛花〕姐在房中對菱花，自己的容顏自己誇：「俊俏不過喒；（重），
賽過當年西施女、酒醉楊妃，賽過昭君缺少面琵琶。（重）。櫻桃口，糯米
銀牙，這朵鮮花無人採，氣壞了奴家！」摔破了菱花。　　（卷八）

在當時婚姻全由父母作主的情形下，較爲含蓄的思春閨女，只有在暗中偷偷地
埋怨其父母，如：

〔剪靛花〕二月春光實可誇，滿園裏開放碧桃花，鳥兒叫喳喳。（重）。驚
動了房中思春女，若大的年紀不許人，背地裏怨爹媽，暗暗的恨爹媽，東
家的女，西家的娃，他們的年紀比我小，盡都配人家，去年成了家，急煞
了我，看見她懷中抱著一娃娃，又會吃呱呱，又會叫大大。傷心煞了我泪
如麻，不知道是孩子的大大──奴家的他，將來是誰家？落在那一家？
（卷四）

但也有些民間的少女，不若名門閨秀般保守含蓄而羞怯，她們大膽地向父母表
明態度的，如：

〔剪靛花〕姐兒房中正思春，思前想後暗傷心：「爹媽不疼人。（重）。十
三、十四該出嫁，十五、十六正當婚。（重）。」老身聞言把話云：「多麼
大個東西成了精？眞眞的是新文（聞）！（重）！」姐兒聞言淚紛紛，姐
兒說是：「媽媽手擎著一把小刀子，扎了奴家的心，立上一座孤女墳。（重）。」

（卷六）

甚至有個性開放的少女，不僅向父母表明態度，竟也有強爭硬吵的要父母幫她找婆家的，如：卷五「女大思春」一曲，就是將此種情況極為生動逼俏的表現出來，曲中有曲文、賓白，也分角色，可見在當時是以小戲方式演出，極為吸引人。

〔岔曲〕（正）女大思春，果是真撅嘴膀腮不稱心，扭鼻子扯臉就嘔死人。

（白）這孩子吃的飽飽兒的，不知往那裏去了！待我尋尋他煞。（小上）香閨寂靜悶昏昏，瞞怨爹媽老雙親（白）閨門幼女常在家，不見提親未吃茶，心想意念不由己，我那爹媽話口兒也不提！我呀！今年二月一十六歲，我阿爸在湖下使船，長上蘇杭來往，扔下我母女二人，長伴在家，教我等到多偺？

〔剪靛花〕阿二背地自沉吟，瞞怨阿爹老娘親，糊塗老雙親，耽悞我正青春！（正白）啊！你背地自言自語，敢是瞞怨我哩？（小白）不瞞怨你，瞞怨誰？（正白）我和人家說過幾次，人家都不要你，教我怎樣煞？（小白）不要我？我頭上腳下，人才比誰平常嗎？（正白）好！樣樣都是好的，人家就是不要你。（小）不要我？要你？要你？（正）人家要我這大老婆子做甚子？（小）要你燒火吃飯。（同唱）母女房中把理分，（正）茶飯不喫為何因？這兩日你短精神，瞪著兩眼光出神。（小）今年我二八一十六歲，那先生算我正當婚，怎不教我出門？那姑爹是何人？（正）媽媽開言道：「我那疼疼子你是聽！十五、十六還年輕，不該你出門，為娘害心疼。」（小）阿二開言道：「媽媽你是聽！我是秤鉈雖小壓千斤，我一定要出門，顧不的娘心疼。」（正）媽媽開言道：「我那疼疼子你是聽！怕在那裏啊哼哼！娘替你揪著心，那也都是利害人。」（小）阿二開言道：「媽媽你是聽！我是初生的牛犢兒不怕虎，滿屋裏混頂人，任憑他是什麼人？（正）媒婆子再來說，我就許了親。（小白）有理！（正）說家子人家跟他去，再也別上我的門，打斷了這條子根。（小）叫聲養兒的娘！我的老親親！時常走動來看母，我也報不盡娘的恩，我與你抱一個小外孫孫。（正白）什麼貓娃子、狗娃子，這麼現成的嗎？（小白）這不難，一年抱三個，抱五個何妨？（正白）人家孩子臉大，沒有我們孩子臉大、腦大、腦袋又大。（小白）腦袋大得煙兒吃。〔獨柳調〕（正唱）瞧瞧街坊家，看看兩隣家，誰家女孩不似過他？他又不害羞，臉有這麼大！〔前腔〕（小唱）諱晦老親娘，糊塗老人家！留在我家裏做什麼？我若狠一狠，可就偷跑了罷！跑去出了家，削去頭髮。（正白）當女僧不成嗎？（小唱）禪堂打坐，禱告菩薩，叫他保佑我尋一個好女婿罷！（正白）那菩薩管咱家務嗎？（正唱）〔前腔〕女大不中留！（小）留下咱，就結冤仇。（正）沒廉恥的呀！不害羞！替娘打盡了嘴，教人儘夠受！（正下）

〔寄生草〕（小唱）又哭又悲心酸慟，誖晦父母，不下雨的天！好傷感，我的命苦敢把誰瞞怨？那月老兒心偏？我那世裏惹的你不愛見？前思後想進退兩難，罷！罷！罷！尋一個自盡，我就肝腸斷，斷肝腸！閉眼伸腿把拳來搭！（正上白）這孩子爲想婆家得了瘋氣了！罷！罷！說嫁人裏，推遼去罷！（小白）你別哄我啊？（正白）我哄得你過麼？（小白）你哄過不是一次了！哄過好幾次了哪！（正）罷啊！隨我後頭吃個湯圓點心去罷！（正下小白）我媽媽這老娼根，等著我咬不動大豆腐，饞給我尋婆家。（唱）〔岔尾〕不論窮富，找一個主兒嫁，天招主，喫碗現成飯，又有地來又有田，終身有靠，樂了我個難。（下）

此種帶科白的曲詞雖可能是爲求得舞臺演出時，藉打諢的效果以引人，而改編得諧趣橫生，其目的或僅在供臺下一噱，且卻也反應出當時社會民情的開放。這種違反倫理傳統的思春激情，雖或仍不容於衛道人士，而造成此類俗曲的屢受禁制，但不容否認的，在當時民間，卻早已爲人所接受或認同。

四、悲歡離合

不論是悲淒或喜悅，男女感情發揮最極致的時機，就是離合。「離」是所有的有情男女懼怕而極欲避免的，但往往事與願違，也因此而產生許多哀怨感人的愛情篇章，在《霓裳續譜》中也收錄了離別的各種情狀。有還未離別就擔憂離別的敏感作品，如：

〔寄生草〕想不出個長遠計，免不得的不分離，想當初與你相交非容易，到而今兩次三番我憂慮，滿懷心事兒向誰題？盼你來，你未曾來我先愁你去！（重）！　（卷四）

有臨別前，千叮嚀萬囑咐，訴不盡的悠悠哀情及道不完的無限關懷，如：

〔平岔〕美滿的姻緣乍離了好難！無奈何執手叮嚀休掛牽，再與你漫香難上難！〔滿江紅〕忙忙去，蚤蚤的還，免的奴想念！奴怕你在外邊受些饑寒，衣衫破了來誰與你縫連補綻？出外人兒難！在外人兒難！旅店中的淒涼起蚤又睡晚。（重）。〔岔尾〕今日裏喜孜孜，歡娛嫌夜短，此一別又不知何日與你重見？郎呀！你這去到天涯幾時纔得還？　（卷六）

〔剪靛花〕送郎送在大路西，手扯著手捨不的懶怠分離，老天下大雨。左手與郎撐起傘；右手與他拽拽衣，恐怕濺上泥，誰來與你洗？身上冷多穿幾件衣，在外的人兒要小心，誰來疼顧你？那一個照著你？　（卷八）

曲中洋溢著女子對情郎無限的關愛與眞情，頗爲感人。

至於「合」，則是最爲人所企盼的，往日的相思愁腸，多少晨昏的哀怨情懷，都

將一掃而光，代之的是無限喜悅歡欣之情，如：

　　〔平岔〕也有今朝，呀呀喲！我把那往日相思一筆勾消，不由人喜氣上眉
　　梢，老天今日睜開了眼，又不知那陣風兒把你刮刮來到，怕的是我夢兒裏
　　相逢，待我細細的睄。　　（卷八）

見了情人，隨著喜悅而生的，就是平日鬱積難抒滿腔離情的傾訴，如：

　　〔寄生草〕一見情人心忙亂，滿懷的心事兒不敢言，手拉著手兒，眼含著
　　痛淚止不住搭搭搭的沾，隨我進房來訴訴離情表表心田，就死在陰曹也無
　　的怨。同坐在牙床倚靠著椅來肩靠著肩。自從那日離別後，心兒裏想來口
　　兒裏念。你今又回還，了卻奴的相思病。噯！稱了我的心頭願！　　（卷四）

　「離」與「合」所帶來的是截然不同的兩種感受，但這兩者卻常是循環接續而
來，有「合」自然有「離」，有「離」也可能會有「合」，在大自然的定律中，本是
一件最平常的事情，可是落到民間男女身上，卻變成能激盪起情感的波瀾，發而成
這些清新感人的愛情詩篇。

五、歡合燕好

　傳統文人對述及男女床第風情的作品，一直都視之爲「淫詞」，而刻意的鄙夷排
斥，但事實上在明、清兩代，以此爲內容的小說卻始終大量流傳在民間，尤以明末
清初爲甚，而此等小說所流傳的階層，又與俗曲重合，自然的在俗曲中也會有此類
風格的作品出現，在《霓裳續譜》中也有收錄，但皆甚爲含蓄，並無過份刻露猥褻
的作品，如：

　　〔寄生草〕最喜的黃昏後，並香肩上翠樓，牙床上錦被兒香薰透。喜今宵
　　好事兒天成就，金釵零落雲散雨收，羞答答銀牙咬住羅衫袖。（重）　　（卷
　　四）

　　〔寄生草〕燈下笑解鴛鴦帶，抖抖紅綾換上軟鞋，戲郎的手同把牙床上。
　　唵二人的恩情卻也說不盡，桃花口咬杏花腮，稱人的心。月光正照在紗窗
　　外，可人的懷，月光正照在紗窗外。　　（卷四）

也有述寫一夜風情過後之心理的，如：

　　〔平岔〕癡癡呆獃，換上了鳳頭鞋，躲離牙床傍粧臺，挽了挽烏雲，掩了
　　掩懷。對準了菱花把自己問，說是昨夜晚的風情你可愛愛不愛？是怎的含
　　著羞帶著愧？我說不出來！　　（卷八）

　在全書所收錄之曲詞中，此類作品幾乎全是如此含蓄委婉，並無過份猥褻露骨
的色情描繪，雖然在卷八中有一曲或可算是較接近色情的描寫，但卻以特殊的方式

作了處理：

> 〔平岔〕雲散雨收，呀呀喲！有一箇女孩在房簷底下溜瞅。口口聲聲叫水
> 牛，揀在手裏叫他長，說是：「牛兒啊！牛兒啊！你出來罷！媽媽帶來的
> 牛肝牛肉，牛兒啊！你先出觓角後出頭。」

此曲透過借譬隱喻的手法，使曲意以隱晦的方式表達了出來，使得乍聞者並不
覺其猥褻。可見《霓裳續譜》雖爲一部反映當時京華社會實情的俗曲總集，且其中
有大半爲描繪男女之情的作品，但卻能俗而不淫，保持了一定水準與風格，此應與
演出此書曲詞之曲部性質有關。〔註5〕

六、描繪姿容

「窈窕淑女，君子好逑」，美好的事物，原即爲眾人所追尋的目標，世間之佳人
美女，自然也爲人所樂見、樂道，《霓裳續譜》即收了此種曲詞，其中有描繪深閨中
女子的，如：

> 〔西調〕人在深深院，樓閣高半天，響雲環珮聲驚起穿簾燕。紅粉青銅鏡，
> 紫竹自玉闌。嬋娟迎風立，柳腰彎，櫻桃口，小金蓮。一陣陣的香風露滴
> 牡丹，溫柔襯花間，眉橫翠，遠春山，眼底下千百種的風流，斜插著一根
> 玉簪。（疊）。雲碧窗，分明照見梨花面。（疊）　　（卷三）

有疑爲妓女的，如：

> 〔西調〕花容玉貌天然秀，素手慇勤捧玉甌，佳筵半含羞，勸酒遮羅袖。
> 青梅敬客酒方休，因此上教他歌舞自搖頭，言語特風流，溫柔風流可以伴
> 王侯。（疊）。最妙處秋波一轉幽情透。（疊）　　（卷三）

也有以鄉村佳人爲對象的，如：

> 〔平岔〕好一個鄉村女嬌娃，手提著竹籃兒去採野花，笑盈盈露出一口銀
> 牙，面似過芙蓉，腰兒一搯，白布裙子相襯著藍布掛。你看他鬢邊斜帶一
> 枝山茶！　　（卷六）

由這些描繪，我們也可以得知當時的審美觀念及獲得一些服飾資料。

七、驚見佳人

此與前一類有別，「描繪姿容」是在描寫佳人容顏儀態，此類則是在描述男子突
遇佳人時所表現的驚異神態。有以男方立場來描繪驚見佳人時心理的，也有由女方

〔註 5〕筆者疑顏曲師之曲部爲「檔子班」（或稱「清音隊」），此種團體在演出時，雖以情詞爲
　　　主，但卻絕不過分淫褻，正與《霓裳續譜》所收之曲詞情況相符。（詳見第一章第三節）。

觀點來表達女子心態，甚至由女方角度來看男子於驚艷時戇態的，其中有幾曲甚為清新生動，如：

〔起字平岔〕上小樓，眼望著街頭，見了個人兒來往的走，他的兩眼不住的樓上瞅。姐兒見，倒轉頭，伸玉腕，扇遮羞，丫頭說是：「姑娘不必你害羞，索性探出身子，教他看看一個彀！教他那茶裏也是思想來，飯裏也是愁。　（卷八）

〔剪靛花〕連理枝頭花正開，二八佳人約幾個上樓臺。觀望長街，有一個書生在門前過，風流俊俏把頭抬，看了一個獃。咳！我要打你的孤拐！書生把頭抬，看見女裙釵，似醉如癡站不穩，他可跌倒在塵埃。哈！可憐他爬也爬不起來。　（卷六）

書中這一類曲詞不但寫得生動別緻，而且都帶著俗曲特有的諧趣風格，作者以近於詼諧的筆觸，處理了此種近乎尷尬的場面。大概優童們演唱此種曲詞，主要是在博君一笑，以獲纏頭罷！

八、男女偷情

凡是與情人相會而怕為人所知，都收入這一類，如：

〔南寄生草〕夜至三更你來到，既要相逢別把門敲，你來時窗櫺外面學貓兒叫，叫一聲奴在房中就知道，禪被著襖兒，花花花我去瞧瞧，開開門貓的一聲往裏跳，俏人兒來的輕巧去的妙。　（卷四）

《霓裳續譜》中的「偷情」，由於人物對象的不同，出現了幾種情況：

1. 少女偷情

〔平岔〕你說你獃，我心裏明白。眈著沒有人兒，你就溜進來，打牙逗嘴你眈著誰還白，一箇女孩家不招你，上頭撲面和我奪奪烟袋。二達子，別攪了你去罷！看我媽媽來。　（卷八）

2. 女子與有夫之婦偷情

〔怯寄生草〕紅綉鞋兒三寸大，天大的人情送與了冤家。叫情人莫嫌醜來莫嫌大，對人前千萬別說送鞋的話，你可緊緊的收藏，瞞著你家的他；他若知道了，咳你受嘟噥我挨罵，那時節你纔知奴的實情話。　（卷四）

3. 有夫之婦與人偷情

〔平岔〕教奴好惱，這箇事兒蹺蹊，奴家的花鞋少一隻，若是當家的知道豈不動疑？想必是昨晚上忙中失落，不知情郎拿拿去了！教奴心下不得明白就著急。　（卷六）

此類作品在明、清俗曲中甚多，可反應出當時民間風氣的淫靡。

九、愛情生活

此類包括了所有男女同處關係者，在日常生活中所發生的一些瑣事，而能反映兩人愛情悠閒生活的作品，例如有與情人下棋休閒的：

〔平岔〕簾外風凄凄，窗外的日影兒移。忽聽得燕語鶯聲，喚囀黃鸝，雙雙子燕未啣泥。春睡起佳人無心緒，喜只喜要與才郎同遊戲。咱們兩在碧紗牕前下上一盤棋。來不來？咱們自睹輸贏，不許著急。　（卷七）

有男女打情罵俏的，如卷二：

〔西調〕綠窗遲遲紅日上，佳人挽髮在牙床。輕匀粉臉，淡掃蛾眉，越顯出一番嬌模樣。啓朱唇叫情郎：「你聽賣花的聲兒轉過了東牆。」郎君有意戲紅粧，試問：「那昨夜晚你的自思量？（疊）？」羞的他秋波一轉出羅帳！（疊）！

有向情人道歉的，如：

〔寄生草〕我勸情人別生氣，方纔說話得罪了你，得罪了你我也不是特意兒的。失錯了一碗涼水潑在地，左收右收收也是收不起，笑笑罷！殺人不過頭點地。　（卷四）

甚至有受人欺侮，要情人幫其出氣的，如：

〔寄生草〕情人進門你坐下，街坊家出了油花，走過來走過去說奴的腳兒大，我是一個婦人家，怎肯出去認他的話？等他來時你去打他，你在外面打，奴在窗口洞裏幫著你罵。（重）。　（卷四）

十、責備情人

此類在書中只收了四曲，內容大致相同，都是描述女子對情郎在外貪歡酒醉歸來時的反應。表現了又氣又莫可奈何！又恨而又愛的心理，如：

〔平岔〕露滴香堦，月照花臺，帶酒的才郎轉回來，站不穩的身子，倒在奴的懷。〔南鑼兒〕也是我命活該，遇著這不成才，酒後顛狂有恩愛，終日裏貪盃好飲，故意的隨歪就歪。〔岔尾〕你今貪歡回來的晚，似這等更兒深人兒靜，卻教我倚定在窗櫺外，恨將起，脫上一隻花鞋，我要打，顫巍巍手腕兒發酸。咳！我打不下你來。　（卷八）

十一、愛情悲劇

在卷一中收錄了一組套曲，雖只有一套，但由十二首〔西調〕組成，內容是在

表達一段哀怨感人的愛情悲劇。大意爲：女子被男子勾引而心動，並與他約會偷情，此時此女已投下眞情，盼其情人也須眞心對待，不可負情，接著兩人的關係也漸公開，不須再於夜間偷情，完成了日夜相隨的夙願，過了一段「風光美滿，千金一刻不肯輕相換」的甜美愛情生活。後來不知何故，情人不別而去，女子因思念極切，而害起了相思病，雖然悔不當初，但仍對情人不能釋懷，尤其對情郎何以離去？百思不得其解。病情隨著哀思幽怨而日益嚴重，最後終於爲情而香消玉殞，留下了無限的幽恨！到了清明節，其情郎獲知此情，往其墓門祭拜，悲哀涕零「血淚洒衣襟」，情郎原以爲此女「抱琵琶容易隨人」沒想到她卻是個有冰霜操守的女子，感動傷心之餘，而發誓「願與卿生生世世無休無盡！」自此時起，情郎也病倒在床。某夜，女子的一縷幽魂回來，見病中的情郎「倚枕頻咳，一點燈昏，他爲我竟作了斷腸人！」，但苦於自己已是「秋林下鬼語啾啾哭墓門！」所以寄「願郎君早尋個山無窮，水無盡！」其情郎終於也一病不起，在彌留恍惚中，見其情人鬼魂「泪眼相迎」，回首浮生，不禁悲歎：「枉害了春花秋雨悲歡病！」

　　此段曲情甚爲感人，可能是取材於當時流行於民間的傳說或社會實事。由於曲詞甚長，僅略撮大意於上，不另贅引。

十二、其　他

　　在男女情詞類中，同一性質的曲詞，數量較多者除可歸納爲以上十一類以外，由於《霓裳續譜》所收內容甚複雜，涵蓋面甚廣，所以仍有許多性質各異的曲詞，無法歸入此十一類中，今將曲詞中所佔數量甚少而無法獨立成類者，合併於此，包括有表達與情人無法結合心理；女子招搖賣俏；表現女子愛美之情；婦女鼓勵丈夫上進，描述女子出嫁時心理；……等性質迥殊的作品，其中也不乏有清新動人的曲詞，例如描述女子出嫁時心理的有兩曲，就十分生動逼俏，其中一曲表現了新娘由花轎上門迎娶，一直到新郎家畫堂前的心理過程，喜悅歡欣之情，躍然紙上：

　　　〔平岔〕鼓樂聲喧，花轎到門前，想必是今夜晚婆婆家來娶喒，心眼裏喜
　　　歡，就樂了我個難。〔隸津調〕喜歡的我跳鑽鑽，心眼裏暗喜歡。梳頭洗
　　　臉，換上了大紅衫，換上了彩堂鞋，上扣著鴛鴦判。哥嫂把我攛，顧〔故〕
　　　意的就淚漣漣。爹媽後面也是傷慘！打發我上了轎，只嫌他走得慢，轎夫
　　　太不堪。（重）。正道兒不走，抬著我瞎轉彎，轎裏頭急了我一身汗。下轎
　　　到紅毡，來到畫堂前，偷看新郎貌似過潘安，俺倆做夫妻，趁了奴的願。
　　　我那可意的人，今日見了面。〔岔尾〕郎才女貌雙雙喜，一見新郎容貌勝
　　　似我多多一半，我與他做一對好夫妻，拆不散的並頭蓮。　　（卷八）

另一曲,則爲描述拜堂入洞房及鄰居來看新娘時,新娘的表現和心理,也是極爲生動:

〔平岔〕朝思暮想那軟玉溫香,郎才女貌正相當,雙雙鸞鳳入畫堂。〔節節高〕嬌滴滴的蘭麝香,我可偷看新郎,他就蓋世無雙。阿彌陀佛,燒著了高香,拜了高堂,俺就入了洞房。街坊鄰居來看新娘,我可顧〔故〕意的裝腔,我把臉來高揚,就美的我這心裏拿著那模樣。單等到黃昏,我就巧會駕鴦。〔岔尾〕俺二人吃罷合婚的酒,喜孜孜同入銷金帳。勸君莫爲狀元客,先做洞房探花郎! (卷八)

此兩曲同收於卷八,可能是出自顏曲師所輯若干曲本中的同一曲本〔註6〕,雖然在排列次序上並未相聯,且前一曲收錄於後,後一曲放置在前,但因《霓裳續譜》之編輯體例本甚紊雜,而由內容上看,前曲寫花轎迎娶至新郎家畫堂前,後曲則述自入畫堂至進洞房,兩曲恰可銜接,況在風格及用語上,兩曲也甚近似〔註7〕,故疑或摘自同一套曲。

第二節 生活情趣類

除了拆自流行之傳奇戲曲者以外,在《霓裳續譜》中內容與男女感情無關的曲詞共有一百二十曲左右,約占全書的五分之一,其中以全屬寫景、抒懷、記遊的最多,有五十八曲,其餘有文字遊戲、歲時節俗及喜慶歌、描繪人物特性或趣事,表現日常生活中瑣事,描述地方曲藝演出實況、滑稽歌、兒歌、繞口令……等。今依其內容主題的性質,及所收曲數多寡爲序,大致作以下歸類:

一、寫景、抒懷、記遊之作

此類中包括有純寫景、寫景兼抒懷或寫景兼記遊等作品,因性質相同,且有些曲詞常有連帶抒發的現象,故總歸爲一類。其所描繪之景,春、夏、秋、冬四季皆有,現舉春、冬兩景爲例,如:

〔西調〕乍長春晝,日暖寒食到。一處處鶯歌燕舞,一村村柳密花嬌,路映河橋,池邊野岸桃含笑。見了些王孫公子,蕩春情驄馬逍遙。有幾個玉美人兒,貪歡拾翠相逗相招。雛蝶兒蕩蕩飄飄,踏青人身惹香塵,歌唇唱

〔註6〕見第一章第一節。
〔註7〕如:「願意的裝腔」、「願意的就淚漣漣」;「俺二人吃罷合婚的酒」、「俺倆做夫妻」;「我可偷看新郎」、「偷看新郎貌似過潘安」……等語近同。

沉醉芳郊。（疊）。歸來時餘情未盡，斜陽晚照。（疊）　　（卷二）

此曲是寫春景。又如：

〔西調〕冰天凍地，雲霧迷離，江城一望如粉砌。長空飛柳絮，恰似醉
瓊灰。稀奇片片舞，朵朵催，千千落，萬萬垂。霏積臘梅，青山似玉堆。
笑殺長安古道名利呆癡，身披玉，搓手空回。（疊）。總不如一醉方休，
任憑那天花亂墜！（疊）！　　（卷二）

此則是寫冬景。在此類曲詞中，即以詠春、冬、兩季者數量最多。此外還有一
些抒懷、記遊的作品，如：

〔西調〕天空雲淨，月朗風清，休把那良宵辜負！年去年來，循環周轉，
能有幾日耍笑歡娛？歎浮生空自忙！終日裏東奔西馳，畫夜牽連，何苦來
奔波勞碌？全不想花謝重開。光陰似箭，青春榮辱，總不如我悶了來彈琴
賦詩、奕棋飲酒；再看上幾部閒書，萬事不如杯在手，靜思想功名富貴，
也不可妄想貪圖（疊）！壽夭窮通，離合悲歡，想來都是一定之數。（疊）。
　　（卷一）

不論是寫景、抒懷或記遊的作品，大多使用〔西調〕來演唱，且由其用語、
風格上來看，絕大部份為文人之作，甚少有真正俚俗淺顯的曲詞。此或與作者的
身份、階層有關，蓋一般販夫走卒、牽車引漿之流，每日須為衣食奔勞，故其所
發之吟詠，必多與實際生活有關。惟有公卿貴族或士子文人，才有閒暇歌風詠月，
寫景述懷，故此類作品多半出自於文人，而形成了文人階層所特具的內容與風格。

二、文字遊戲

不重內容涵義，只在逞現作者才學、舞文弄墨、炫耀技巧，是此類作品的特徵，
此種遊戲之作，歷來就有，尤以明代為盛行，不僅文人作品中如此，連民間俗曲中
亦所在多有，《霓裳續譜》中也收錄了此種作品，因為多不重內容，而僅著重文字技
巧，故於第五章表現技巧研究時再行討論，此處不多贅述！

三、節俗喜歌

我國特重節令及各項喜慶，在此佳期中，常有許多民俗活動或習俗，也成了吟
詠對象。此類曲詞中，就保存了很多當時民間賀節的習俗資料，甚具價值。又可分
兩類：

1. 敘述歲節時俗

共有四曲，分別描繪新年、元宵、端陽、送灶神的節日景況，例如卷七的一曲，

寫端陽節划龍舟的情景，不只描述細膩逼眞，而且加上了「咻咕囉咚嗆」的虛腔，充份發揮了民歌可表現聲色的特質，頗爲生動：

〔平岔〕五月裏端陽炎熱天，佳人遊玩到河邊。忽聽得鑼鼓叮咚音樂喧。
〔剪靛花〕小小的龍船兩頭兒尖，十二把樺楸咻咕囉咚嗆列在兩邊。（重）。三歲的娃娃在龍船上站，七歲頑童咻咕囉咚嗆後面打鞦韆。（重）。打了一個鯉魚把龍門來跳；打一回珍珠咻咕囉咚嗆倒捲珠簾。（重）。又打童子把觀音來拜；再打魁星戲斗咻咕囉咚嗆去點狀元。（重）。〔岔尾〕斜陽晚照回家轉，輕移蓮步，搖搖彩扇，怎見得他汗濕芳容，粉褪香殘！　　（卷七）

將端午節龍舟競賽時的情景作了逼眞的描述，使人有歷歷如繪的感覺。

2. 賀壽喜歌

此類也有四曲，皆爲祝壽慶喜之詞，如卷三：

〔西調〕壽星老兒在雲端坐，拍手打掌笑哈哈。眾八仙一齊都把生辰賀，擺下仙桃，供上壽果，唱的是壽詞，謳的是壽歌，壽酒儘量兒喝，福祿雙全壽字兒更多。（疊）。喜只喜壽活八百同歡樂。（疊）。

在喜慶場合，吉祥話是最受歡迎的，故將之編成喜歌，以應景歌唱，可增加不少喜慶的歡樂氣氛。

四、諧趣人物

此類曲詞，主要在描繪某類人物的特性，常能唯妙唯肖，入木三分，將此人物個性的特質，以充滿諧趣的手法揭露出來，其中有表現貪嘴女子之饞態的，如：

〔北寄生草〕賣豆兒的繞街上叫，有個饞大娘聽見了，欲要買腰中又無有錢和鈔，欲要賒又恐怕鄰居笑，尋幾子子頭髮換換睄。女孩兒叫聲：「媽呀！問他睡鞋兒要不要？他若是要，咱家還有一大抱。○賣豆兒的哈哈的笑！尊聲奶奶請聽著：「我的豆兒木犀玫瑰炮製的到。我不賒賣的，都是現錢鈔，先嘗後買還不許饒。」急的他雙腳兒站在門檻上跳！饞的他順著嘴兒口水兒吊！　　（卷五）

有描繪懼內者心理的，如：

〔數岔〕懼內的苦，呀呀喲！受盡了折磨無處裏訴！對著我的親戚朋友，訴訴苦處，未曾開言泪珠兒撲簌簌。我家的女人性兒可惡。清晨早起疊上了被褥，溫熱了臉水，他纔把頭梳。打發我不在家，又喝又賭。五十阿八達子波斯戶鴦達戶，坐在了坑上，擲骰子遊湖。我的房子是現錢租。揀糞掙來的銅箍轆，不會贏只會輸，那一日我喝了個醺醺醉，我們兩口

子打架，地下篕轆。我的小舅子，是個屁屎胡。回家告訴我的丈母，當
官治了我頓黑鞭子，私下打了我一頓牛肋棒骨。回到家，我女人他還不
依，把那糞餅子，擡了我個無無其數，教這猴兒蹄子官士，私下贏了我
個馬步全湖。　　（卷七）

　　另外還有描述嗜賭婦人的；有呈現山西人特性的……各形各色的人物性格，在
曲詞中刻劃的皆栩栩如生，諧趣盎然。

五、日常見聞

　　凡與男女感情無關，而在描述日常家居生活中所發生的一些瑣事或所見所聞的
曲詞，皆歸入此類。如有寫閑暇時下棋的：

　　〔寄生草〕打掃打掃堂前地，抹抹桌子擺下象棋，下棋的人個個都是有
　　緣的，輸了象棋萬莫要傷和氣！你有炮來我有車，連環馬我看你老將往
　　那裏去？　　（卷七）

　　也有敘述所聽到小販賣糖、賣花、賣雜貨等東西時吆喝聲的，如：

　　〔數岔〕樹葉兒嬌，呀呀喲！忽聽門外吆喝了一聲「酸棗兒糕！」吆喝的
　　好不奇巧！「聽我從頭說訴他的根苗：不是容易走這一遭，高山古洞深澗
　　溝濠，老虎打盹狼睡覺，上了樹兒搖兩搖，搖在地下用擔挑。回家轉把皮
　　兒剝，磨成麵羅兒，打了兌了糖做成糕。姑娘們吃了做針指，阿哥們吃了
　　讀書高。老爺吃了增福延壽，老爺太太吃了不毛腰。瞎子吃了睜開眼，聾
　　子吃了聽見了。啞吧吃了會說話，禿子吃了出長毛。又酸又甜又去暑，賽
　　過西洋的甜甜葡萄。這是健脾開胃酸棗兒糕！」　　（卷七）

　　此曲將當時小販在街頭販賣東西那種有趣動人，頗能刺激購買慾的吆喝叫賣
聲，生動的保留了下來！

六、民俗曲藝

　　《霓裳續譜》的曲詞中，有一部份是取自當時流行的曲藝，如：秧歌、蓮花落……
等。由於當時文人對民間曲藝，都存著鄙視的態度，所以在文獻中很少有此類曲藝
的記載，而《霓裳續譜》中，卻收錄了數曲，透過曲詞，可以使我們瞭解當時實際
演出的情況，保存了一份彌足珍貴的資料！如：

　　〔數岔〕鳳陽歌來了呀呀喲！粗肐膊跟著倒有一百多。紹興鼓兒鐃子鑼，有
　　人家請他上席兒坐著。先吃元宵後把茶喝，東家開言設擺下椅桌，四碟子
　　小菜擺在了四角，剩下的年菜攢了個火鍋，冰冷的饅頭片子餑餑。不用謙

讓，不用張羅，你奪我搶一齊都吃貨。鍾子快子得空兒拽著，酒醉飯飽就唱秧歌。〔秧歌〕緊打鼓，慢鋤鑼，消停慢來孤唱歌，古人名兒有幾段，將來我唱請聽著：「日頭出來紅似火，聽我唱個饞老婆。饞老婆，怎麼說？好吃嘴來懶做活，偷了小米換酒喝，偷了鷄蛋換餑餑。鍋裏煮的肥羊肉，竈火裏又把酒兒爛著。隔壁大嫂來掏火，問聲鍋裏是什麼？饞老婆，他會說：『溫點熱水漫漫我的腳！』忙把大嫂支出去，慌慌忙忙掀開鍋。酒兒肉兒吃了一個飽，躺在床上咳喲喲，男子嘆，回家轉，問聲妻兒：『是怎麼？』『忽然得了一個冤孽病，不知我心裏是怎麼？』男兒聞聽這句話，一出門來跺跺腳，跑到東莊請大夫，又來到西莊請師婆。那師婆，就來了！叫聲：『大哥你聽著，要得你妻兒病兒好，還得羊肉夾餑餑。』」〔尾〕唱了一個又一個，一連唱了到有七、八個，把個東家喜歡的笑哈哈！　　（卷七）

曲中將演唱鳳陽花鼓時受歡迎的盛況、演唱前東家的招待，及所演唱的曲詞……等狀況描述了出來，非常詳盡而有趣。

七、其 他

在「生活情趣」類中，除了上列六類外，尚有許多各形各類性質的曲詞，但因此等曲詞的數量每種都只有一、二曲，不足獨立成類，故以此「其他」一類來概括之。包括了：女子嘆命苦、兒歌、繞口令、詠述傳說人物事蹟、罵丫鬟……等。如：

〔數岔小孩語〕頑頑罷！踢圈兒打炎炎。喈們打夥商量，官兒官兒遞手牌，一遞遞了個羊尾巴。家家板上有甚麼？一個金娃娃？銀娃娃？喈們背著他！黃狗黃狗你看家，我到南園採梅花，一朵梅花無有採了，雙雙媒人到我家。喈們散打罷藏，悶歌要回家。耗子耗子你藏藏藏嚴著罷，隄防猫兒把你拿。　　（卷六）

此曲在中央研究院歷史語言研究所所藏張姓百本堂鈔本中也有〔註8〕，可見為甚流行之曲，由內容可知，應是一首當時兒童遊戲歌。又如：

〔寄生草〕三國志上英雄將，桃園結義劉關張，臥龍崗三請軍師諸葛亮。莽張飛三氣周瑜在蘆花蕩，火燒莘野，砲打襄陽，恨老天！既生瑜兒何生亮？　　（卷四）

此為歌詠古人事蹟。透過短短的曲詞，已將大半部《三國志》中英雄事跡，作了簡略的概述。

〔註8〕見李家瑞先生《通俗文學論文集》（王秋桂編，臺北、臺灣學生書局，民國71年4月，頁219）中，〈乾隆以來北平兒歌嬗變舉例〉一文。

此外，「其他」類中尚有多種不同內容之曲詞，大半也都寫得非常生動，能反應出當時社會情況，但因文長，此處不再贅錄。

第三節　拆自戲曲者

王廷紹在〈序〉中云：

> 其曲詞或從諸傳奇拆出，……

此類拆自戲曲的曲詞，在《霓裳續譜》中爲數不少，性質也與前兩類迥殊，皆取材自當時流行之花、雅兩部戲曲，而作各種不同的拆編〔註9〕。今將此類曲詞及其所出戲曲列表於下，以見其來源。表中所列，筆者皆盡力逐曲核對其所出之戲曲及齣目，但因有些雖可知其所出戲曲，不過在改編時卻已形態大變，不敢貿然臆斷其所出齣目；也有爲概括略述全本戲曲本事者，自然也不能劃屬其齣目，此類曲詞則於表中僅列其所出戲曲，而不註其齣目；也有部份曲詞，雖在改編時已有增衍變化，而由曲情隱約或仍可推斷其所出齣目者，爲示慎疑，雖註齣目，但於備註中以「※」記號註明此類；甚而有些曲詞，或因改編時變化很大，或因此戲曲今已不易見，不能直接比對，但由曲情仍可大致推判其所出戲曲者，亦於備註欄中以「？」記號註明。至於同一戲曲，或有不同翻改作品，筆者主要則依據《六十種曲本》及明、清曲選如：《摘錦奇音》、《樂府菁華》、《綴白裘》、《納書楹曲譜》、《集成曲譜》……等數本一起參校，若有與《霓裳續譜》所收曲詞較近同者，亦註於備註欄中，以作明其改編來源之參考〔註10〕。此外，在《霓裳續譜》曲詞中，也有些雖或夾用有戲曲中語，但其曲情與該戲曲並無關聯，甚或有一曲參錄數種戲曲語者，顯然此種曲詞乃隨口套用當時流行之戲曲語而成，並非特意拆自某一戲曲，故不予列入「拆自戲曲」類。

〔註 9〕拆編技巧詳見第五章第三節。

〔註10〕若大致各本相同則不註明，若曲選本與「六十種曲」同，則註「六十種曲」本。

附表二：「拆自戲曲」類曲目及出處一覽表

出　處		《霓裳續譜》中曲目		備　　註
劇目	齣　目	卷數	曲　　目	
西 廂	佛殿奇逢	四	隨喜到上方佛殿	近《北西廂》
	僧房假遇	八	豈有此禮	
	牆角聯吟	二	玉宇無塵	近《北西廂》
	牆角聯吟	七	小紅娘進綉房	
	白馬解圍	二	懨懨瘦損	
	白馬解圍	七	兵馬圍了普救寺	
	紅娘請宴	二	半萬賊兵	近《北西廂》
	紅娘請宴	四	隔窗兒咳嗽了一聲	近《北西廂》
	鶯鶯聽琴	二	雲斂晴空	近《北西廂》
	鶯鶯聽琴	四	步蒼苔穿芳徑	
	錦字傳情	二	殘春風雨過黃昏	※
	錦字傳情	二	相國行祠	近《北西廂》
	妝臺窺簡	二	風靜簾閒	近《北西廂》
	妝臺窺簡	二	閒庭寂寞愁無限	
	妝臺窺簡	七	鶯鶯腮含著笑	
	乘夜踰牆	二	你看那淡雲籠月華	近《北西廂》
	乘夜踰牆	二	對菱花晚粧罷	近《北西廂》
	乘夜踰牆	二	控金鈎簾不掛	近《北西廂》
	乘夜踰牆	四	嫩綠池塘藏睡鴨	近《北西廂》
	月下佳期	二	乍相逢	近《北西廂》
	堂前巧辯	四	紅娘哭的心酸慟	※
	堂前巧辯	五	暗中偷覷怎見鶯娘悶懨懨	
	堂前巧辯	五	暗中偷覷怎見鶯娘這幾日	近《北西廂》
	長亭送別	二	淋漓彩袖啼紅淚	近《北西廂》
	長亭送別	二	碧雲天黃花地	近《北西廂》
	長亭送別	二	西風起梧葉紛飛	
	長亭送別	二	碧雲西風	
	長亭送別	二	憶長亭送別時	
	長亭送別	二	合歡未已	

出　處		《霓裳續譜》中曲目		備　註
劇目	齣　目	卷數	曲　目	
	長亭送別	六	赴考的君瑞	
	長亭送別	七	碧雲天黃花地	
	草橋驚夢	二	望蒲東	近《北西廂》
	鄭恆求配	七	鶯鶯沉吟	※
	鄭恆求配	七	老夫人糊塗	※
	鄭恆求配	二	步蒼苔月朗風清	
		二	老夫人鎮日間	
		二	張君瑞收拾琴劍書廂	按：綜述本事
		四	半萬賊兵無人退	
		四	崔鶯鶯倒在牙床上	
		五	因為隔牆吟詩	
		八	鶯鶯紅娘閒談敘	
拜月亭（幽閨記）	曠野奇逢	六	兄妹逃難各失散	
	曠野奇逢	六	汴梁的瑞蘭來逃難	
	曠野奇逢	八	曠野奇逢	近《摘錦奇音》
	幽閨拜月	五	王瑞蘭進花園（一）	
	幽閨拜月	五	王瑞蘭進花園（二）	
	幽閨拜月	五	王瑞蘭移步進花園	
義俠記	萌　奸	六	潘氏金蓮	
	巧　媾	七	王媽媽開言	
	悼　亡	六	樹葉兒多	
	悼　亡	六	屈死了大郎	
孽海記	思　凡	二	俺雙親看經念佛把陰功作	
	思　凡	五	敲罷了暮鐘燒畢了香	
	思　凡	七	蘭房寂寞	
玉簪記	偷　詩	四	款步雲堂	近《納書楹曲譜》
	失　約	一	聽殘玉漏	
		八	高高山上有一廟	？

| 出　處 | | 《霓裳續譜》中曲目 | | 備　註 |
劇目	齣　目	卷數	曲　　目	
紅梨記	花　婆	六	賣花婆把花園進	近《納書楹曲譜》
紅梅記	鬼　辨	二	忽聽得中堂人語喧	
金印記	誥　圓	三	蘇秦魏邦身榮貴	
尋親記	出　罪	六	周食妻淚如麻	
西樓記	樓　會	七	終日懨懨身有恙	
牡丹亭	學　堂	四	小伴讀女中郎	
青塚記	送　昭	六	王昭君去和番	
琵琶記	賞　荷	三	新荷方綻	
牧羊記	望　鄉	七	高高山上一廟堂	
獅吼記	變　羊	七	陳操變羊	？

出　　　處		《霓裳續譜》中曲目		備　　　註
劇目	齣　目	卷數	曲　　　目	
全德記	拷打高童	八	沉沉睡	
虎囊彈	山　門	四	魯智深遊戲在山門外	
水滸記	活　捉	四	閻婆惜的魂靈到	
缽中蓮	雷　殛	八	本在村鄉	
漁家樂	端　陽	五	洋子江心	
探親相罵		五	鄉裏親家	按：以下不分齣，多出花部或地方小戲
楊排風演火棍		八	太君有命	
征西異傳		八	梨花含羞	？
王婆罵雞		七	罵雞王奶奶住在街西	？按：「今樂考證」所附燕京本無名氏「花部劇目」中有此劇目。〔註11〕
鵝兒赶妓		五	保兒報道說	？按：《清昇平署志略》所載道光三年皇太后萬壽時重華宮承應戲目中有此劇目〔註12〕

　　上表共列七十七曲，分別出自二十五種戲曲。由於拆編方式變化多端，且有些曲詞僅拆自戲曲中某段抒情曲詞，而無劇中人物、地域、情節等線索可供追尋，必須與當時流行之所有戲曲曲文逐曲核查，甚為不易，故趙景深在〈略談霓裳續譜〉一文中只舉了三十六曲例；傳惜華的《西廂記說唱集》收錄《霓裳續譜》中出自《西

〔註11〕清，姚燮，《今樂考證》，《歷代詩史長編》二輯第十冊（臺北：鼎文書局，民國 63 年 2
　　　　月），頁 184。
〔註12〕王芷章，《清昇平署志略》（臺北：新文豐出版公司，民國 70 年 2 月），頁 100。

廂記》者，也僅三十曲〔註13〕。因此，筆者雖盡量詳查，但限於時間，自然也或仍有闕遺，然相信上表所收應已蒐羅其中絕大部份，所遺者在總曲數的比例上當極少數，故依上表所計拆自戲曲的曲數當佔全書總曲數的百分之十二左右。

此類曲詞所出之二十五種戲曲，應皆爲當時民間正流行的戲曲，其中拆自《西廂記》者竟達四十一曲之多，佔了全部此類曲詞的一半。任二北先生在《曲諧》卷一云：

> 崔、張事迹，自元微之《會眞》一詩、一記後，文人播詠幾乎無體不備，宋人詞有秦觀《調笑》、毛滂《續調笑》、趙令時《蝶戀花》；宋人雜劇有鶯鶯六么；金人諸宮調有《董西廂》；元人雜劇有王、關之《西廂》、睢景臣之《鶯鶯牡丹記》；元人傳奇有《鶯鶯西廂記》；明人傳奇有季景雲之《崔鶯鶯西廂記》、崔時佩、李日華之《南西廂》、陸采之《南西廂》、盱江韻客之《昇仙記》；清人傳奇有卓珂月之《新西廂》、周垣綸之《鏡西廂》；清人雜劇有查伊璜之《續西廂》、碧蕉軒主之《不了緣》，其餘不著聞者殆難盡舉。……可謂有一種文體，即有一種《西廂》矣！崔、張事迹，固感發人心，一至于此也，可畏哉！雖然，賦崔、張事，引起後人興味最爲濃烈，而最爲普遍者，蓋莫不過于曲……亦復是有一種曲體即有一種《西廂》也！〔註14〕

在此種對《西廂》狂熱風行的背景下，《霓裳續譜》中會有如此多曲詞拆編自《西廂》，自然無足爲奇了！

〔註13〕傅惜華，《西廂記說唱集》（臺北：明文書局，民國70年12月）。
〔註14〕任中敏編，《曲諧》，《散曲叢刊》第四冊（臺北：臺灣中華書局，民國73年6月臺3版），頁11。

第五章　曲詞技巧研究

　　《霓裳續譜》所收錄的曲詞，不僅包含了各類內容；在曲詞的運用上也表現了多種不同的文學技巧，本章對其中較特殊及運用較廣者，分就內容、修辭、取材三方面析論於下。

第一節　內容上的技巧

　　本書的內容雖甚繁富，但大部份為描繪男女間情感〔註 1〕的作品，這些作品的性質雖然近同，卻能在內容上透過各種處理技巧來突顯各曲所要表達的情感。常用的有以下幾種：

一、以景起情

　　此方式多是在曲詞前段或各句之中描述景物，由曲中人物對景物的感受來帶起所欲表達的情感，這種技巧運用甚普遍，試舉例於下：

　　　〔寄生草〕金風吹的梧桐落，對景傷情怨奴的命兒薄。想當初惜玉憐香與
　　　你同歡樂，到而今暖被生寒奴獨自箇……。　　（卷四）
　　　〔寄生草〕三伏未盡秋來到，梧桐葉落水面漂搖，忽聽的天邊賓鴻孤雁
　　　叫，淒的奴對菱花照一照……。　　（卷四）
　　　〔起字岔〕春和景明，戲耍天晴，飛揚柳絮舞長空。你看那香几上亂紛紛
　　　風掃殘紅。似這等春光明媚暖氣從容。雙雙紫燕兒繞涼亭，對對粉蝶兒穿
　　　芳徑，郎你為何一去影無踪？撇的奴孤孤單單冷冷清清！　　（卷四）
　　此種技巧在《霓裳續譜》所收文人化曲詞中較為常見，雖然在民間風格的作品

〔註 1〕詳見第四章。

裏也不乏此類，但疑是受文人所影響或潤飾。在情感表現的深度上，此方式似乎顯得較含蓄委婉，曲中人物已「物」、「我」結合；「情」、「景」交融，故在感情宣洩的銳氣上不若全曲言「情」者來的尖厲露骨，較不能直接表現民間小兒女的原始情懷！因此明王驥德在《曲律》中即不留情的加以批評：

> 作閨情曲而多及景語，吾知其窘矣！此在高手持一「情」字，摸索洗發，方挹之不盡，寫之不窮，淋漓渺漫，自有餘力，何暇及眼前與我相二之花鳥煙雲？俾掩我眞性，混我寸管哉！〔註2〕

雖然如此，但總是表達了較含蓄一類的情感，且由於其使用的普遍，我們實不宜忽視。

二、以誤判顯情

人在強烈的情緒激盪下，常會依情感所趨而作出錯誤的判斷，尤其是女子思郎的情懷，更容易發生此種現象，在許多民歌作品中，就常加以利用來表現女子思情之純眞與殷切，如台灣民歌「望春風」以風吹門聲誤以爲情郎來，就是一個例子。《霓裳續譜》中利用此種技巧的曲詞也很多，如：

> 〔數岔〕好淒涼呀呀喲！情人留戀在他鄉，拋的奴家守空房……猛聽得窗外腳步兒響，有個不懂眼的丫鬟他走進了房，雙手捧定了茶湯把姑娘讓，是我錯把丫鬟叫了一聲：「郎！」。 （卷六）

> 〔平岔〕陣陣秋風，擺動簾櫳，姐兒只當情郎轉回程。慌的我手挽烏雲往外迎，輕移蓮步下瑤堦，連呼了幾聲，不見人人答應。羞的我嬌滴滴粉臉香腮霎時通紅！ （卷六）

> 〔寄生草〕獨自一個添愁悵，忽聽門外一派聲響，慌的奴步出香閨把門開放。無有人！教奴不知怎麼樣？哎！心哪！你再也別把他想。說不想，由的倚定門兒將他望，等他來和他算個清白帳。 （卷四）

三、以怨物敘情

利用曲中人物爲宣洩滿腹愁懷而轉對某些自然事物產生埋怨的心理，來突顯其心中所潛伏的感情。此種心理，接近心理學上所謂的「移置作用」（Displacement）〔註3〕，是一種爲舒洩心中怨恨所產生的自我防衛行爲。如：

〔註2〕 明，王驥德，《曲律》，《歷代詩史長編》二輯第四冊（臺北：鼎文書局，民國63年2月），頁159。

〔註3〕 陳雪屏主編，《心理學》，《雲五社會科學大辭典》第九冊（臺北：臺灣商務印書館），頁138云：「移置作用（Displacement）：將原對某人的情緒反應（通常是反感或憤怒），轉

〔平岔〕卸殘妝，等候才郎……〔黃瀝調〕野寺裏鐘聲把心敲碎，簷前鐵馬兒響叮噹，秋露兒到的我身上冷，繡鞋兒冰透頭頂霜……人兒不來奴的心兒裏也就無了指望哎呀天嘎！是怎的五更裏的風兒他就分外的涼！　（卷四）

〔寄生草〕心腹事兒常常夢，醒後的淒涼更自不同……偏與那不做美的風兒，吹的簷前鐵馬兒動。　（卷四）

「鐘聲」、「鐵馬」、「秋露」、「風兒」……等與人的感情原是毫不相關的兩碼子事，但在滿腹愁懷不得宣洩的情況下，卻成為抱怨的對象，藉此也表達了女子思郎久待不來時心中的那份哀怨和無耐。

四、以舉止見情

透過對曲中人物舉止動作的描繪，來顯現該人物心裏的情感。如：

〔寄生草〕幾番盼不到黃昏後，盼到黃昏又害羞。將身藏在燈兒後，燈兒後故意又把秋波漏（露）。暗漏（露）秋波不肯抬頭，不抬頭銀牙咬定羅衫袖，見他來半推半露半將就。　（卷四）

〔寄生草帶尾〕抖了抖紅綾懶去睡，緊皺著蛾眉。剔了剔銀燈自嘆一回，怕去入羅幃。看了看天明月正與紗窗對，盼郎郎不歸。踩了踩腳嘆氣倒在牙床睡，孤影兒相隨。淒淒涼涼好教我傷悲，淚珠兒雙垂。是怎的那世惹下的牽連罪？我卻一怨誰？狠了狠銀牙咬碎紅綾被，從今把心回！　（卷四）

前一曲藉著「將身藏在燈兒後」、「故意又把秋波露」、「不肯抬頭」、「銀牙咬定羅衫袖」等動作描繪，將女子雖然嬌羞萬分，但心中卻又無限想望的心情表露無遺；後一曲則藉「抖紅綾」、「緊皺眉」、「剔銀燈」、「望明月」、「踩腳」、「倒在牙床睡」、「銀牙咬碎紅綾被」等動作表現了女子盼郎不歸那種又怨又嘆、顧影自憐的心情。透過此種動作描繪，使人如見其人，如解其情，能使曲情變得格外生動感人。

五、幻　擬

所謂幻擬是以想像來的情況來表達感情。如：

〔寄生草〕得了一顆相思印，領了一張相思憑。相思人走馬去到相思任，相思城盡都害的相思病。新相思告狀、舊相思投文難死人，新舊相思怎審問？（重）？　（卷四）

移至另一比較不致引起問題之對象。」

〔剪靛花〕金絲荷葉水面漂，見了一次想一遭，相思害成癆。（重）。閻王
殿前告一狀：告你先肯後不肯，罪犯干條。（重）。閻王若是准了我的狀，
忙叫判官把票來標，差了牛頭也馬面，活捉你到陰曹。（重）先過了滑油
山，後過了奈河橋，望鄉臺上把手兒招，後悔也遲了！（重）　（卷八）

　　這些都是想像出來的狀況，不可能是真實的，但卻可以用來顯示所要表達的真
切情感。此種作品呈現了作者豐富的想像力，也是文人作品中少見，而具民間風味
的作品。

第二節　修辭上的技巧

　　《霓裳續譜》雖是一部俗曲集，但由其曲詞的性質來看，卻包括了文人雕鏤刻
劃以至里巷淺俗率真的作品，混雜了多種不同階層的風格，在修辭用語上，自然也
彙集了各種不同的技巧，呈現出各階層文學藝術的面貌。

一、譬喻

　　陳望道《修辭學》云：「思想的對象與另外的事物有了類似點，文章上就用那另
外的事物，來比擬這思想的對象的，名叫譬喻格。」〔註4〕，譬喻在明、清俗曲中
用得很多，且多為詭喻奇譬，常能出人意表，令聽慣文人曲者為之耳目一新。在《霓
裳續譜》曲詞中用的譬喻極多，大致可分明喻與隱喻兩種：

　　1. 明喻——是分明用另外事物來比擬文中事物的譬喻〔註5〕，此種譬喻在曲
詞中，常以「好比」、「好似」、「比作」等譬喻語詞連結起來，可以很明顯的判別
出來，如：

　　〔玉溝調〕掀著簾櫳觀飛雁，梧桐樹上落下秋蟬……奴好比織女牛郎在河
　　邊站，你住在河北，他住在河南……。　（卷六）
　　〔平岔〕思想情郎，惱恨爹娘……奴好似浪打的孤舟，在那長江裏漂搖搖
　　撓，似這等害不盡的相思，比那流不盡的水還長。　（卷六）
　　〔玉溝調〕蓮子花開蓮心動，……奴比作荷花，郎比作西風，算將起來，
　　荷花有定，風無定。（重）。　（卷八）
　　〔西調〕聽殘玉漏，展轉動人愁，……奴比作（疊）牆內的花兒，潘郎比
　　作牆外的遊蜂……　（卷一）

〔註4〕見朱自清，《中國歌謠》（臺北：世界書局，民國67年2月再版），頁203所引。
〔註5〕同前註。

2. 隱喻——曲詞中未明顯指明譬喻，也無「好比」、「好似」……等語詞連結，但由曲意上可知是迂迴的用某一形容或事物來暗喻某一件事。此技巧常能產生前面所謂「詭喻奇譬」的作品，如：

> 〔寄生草〕情人送奴一把扇，一面是水，一面是山。畫的山層層疊疊眞好看；畫的水曲曲灣灣流不斷。山靠水來水靠山，山要離別除非山崩水流斷。（重）　（卷四）

此是以扇上所繪山水的長遠密切，來隱喻與情人愛情的永恒不渝。又如：

> 〔倒搬漿〕小小扇子七寸長，一邊姐兒一邊郎。雖然隔著一層紙，如同隔著一長江，想壞了姐兒盼壞了郎，呀！想壞了姐兒盼壞了郎。　（卷六）

此以扇上正反兩面所繪人物的不得相聚，來暗喻男女思情的殷切，使人覺得清新脫俗，別出心裁。又如：

> 〔寄生草〕荷葉上的水珠兒轉，姐兒一見用線穿，怎能彀一顆一顆穿成串，不成望水珠兒大改變，這邊散了那邊去團圓，閃煞了奴，偏偏都被風吹散，後悔遲，見面不如不見面！（重）！　（卷四）

此以串水珠來暗喻與情人團圓的困難，及埋怨情人在他處尋歡的無情，此種比喻相當妥貼適切而生動。又如：

> 〔剪靛花〕夏日天長時候難熬，……〔南詞〕姐在房中繡荷包，只見一對蒼蠅鸞鳳交。雄的上面巍巍樂，雌的輕擺細細腰，他兩個正在情濃處苦煞哉！又被個蜘蛛兒驚散了！那裏去哉？啊哟哈！一個兒飛在梧桐樹，哪！一個兒飛在楊柳梢。一個兒害了相思病；一個兒得了早血勞，苦壞了兩個小嬌嬌……姐兒惱恨怎消，拿住了蜘蛛定打不饒……

此以蒼蠅交合及被蜘蛛驚散，來隱喻一對原本幸福的男女卻爲人所拆散，並以打蜘蛛暗喻對拆散者的怨恨。這類曲詞雖未如明喻般淺顯直率，但透過隱喻技巧卻反能更深刻的顯現出曲中人物的各類情懷，也帶給人清新出奇的感覺。

二、比　擬

又可分爲「擬人」與「擬物」兩種。

1. 擬人——所謂「擬人」就是將「物」比擬作人，雖保留了「物」的性格，卻給予擬人化，將它看成賦有人類生命的個體。如：

> 〔玉溝調〕雪花兒飄蕩蕩，梅花兒陣陣香，雪花兒一心要落在梅身上。梅見了雪，分外又把那精神放。梅愛雪白，雪愛梅香。他二人那情兒意兒全都是一般樣。（重）。　（卷六）

此是將「雪」與「梅花」看成有思想、有感情的人了！又如：

〔便音寄生草〕獨自一個燈兒下，燈兒燈兒燈光菩薩，昨夜晚咯三人說的什麼話？今夜晚有你有我無了他。抬了抬身子，剔了剔燈花，剔滅了燈，又害相思又害怕。（重）。 （卷八）

原本不具生命的「燈」，在曲詞中卻利用「擬人」的技巧，使它變成了一個能聽而且有生命的個體，藉此也烘襯出了曲中人物的無限思情。

2. 擬物——與「擬人」相反是「擬物」，亦即是將「人」比擬作「物」。此類技巧在《霓裳續譜》中大部份都不明言，有些類似「隱喻」，但「隱喻」是以某事來暗喻另一事，「擬物」則是以某物來比擬作某人，最常用的是將人比擬作「貓」，如以下幾曲：

〔平岔帶馬頭調〕摘頭換鞋，等候著郎來……貓兒那裏去？花花怎不來？說著說著我的貓兒來了！花兒來了！貓兒嗄！花兒嗄！你在那個背背背燈影裏等等波！小老鼠就出來。 （卷四）

〔寄生草〕我的貓兒誰偷了去？偷貓的人兒你是聽知：我的貓兒雪裏送炭實有趣，鞭打繡球四隻蹄兒是金鑲玉。貓兒哪！花兒哪！你流落在那裏？送出來兩下裏來著實有趣；若不送出來，彼此都要傷和氣！ （卷四）

〔平岔〕春色兒嬌，蝴蝶兒飄搖。他在那百花叢裏鬧吵吵。有個大膽的狸貓他偷著眼瞧。蝴蝶顛翻任著意飛，貓的眼睛珠兒不住的上上下下繞，他可滿心裏要撲撲也是撲不著。 （卷七）

此幾曲都是將人比擬作貓，主要是在利用「貓」愛吃腥、夜間活動、出沒無常及叫春等特性，來暗喻作偷情的男子或情郎。在《霓裳續譜》中另外即有一曲較明白的說明了這種比擬：

〔南寄生草〕夜至三更你來到，既要相逢別把門敲。你來時窗櫺外面學貓兒叫，叫一聲奴在房中就知道。禪被著襖兒，花花花我去瞧瞧！開開門貓的一聲往裏跳，俏人兒來的輕巧去的妙！ （卷四）

其實此種將喜愛偷情的男子當作貓的比擬，在明、清時非常流行，如：明萬曆間刊本《徽池雅調》中有兩曲以〔劈破玉〕曲調所唱之俗曲即如此，其一為「狸貓」：

狸貓兒本是個溫存獸，這兩日不見淚交流，卻便是割了我的心頭肉，你愛我也愛，不看他今夜裡無人伴。因甚的不回家？你在何處歡娛？也！貓到貪戀頑耍。〔註6〕

〔註6〕明，熊稔寰，《徽池雅調》，《善本戲曲叢刊》第一輯（臺北：臺灣學生書局，民國73年7月）卷二，中層，頁122～123。

其二爲「貓答」：

> 姐姐你休要言三語四，你貓兒並不曾在我家裡。姊妹們切莫要相疑！今晚倘
> 或不出來，明朝想必到家裡，還是你貓兒貪人家滋味。也！顛倒不係著你。

〔註7〕

又如《隔簾花影》第十三回中也有一曲〔貓兒山坡羊〕：

> 貓兒貓兒，你生得十分甚妙。幾日不見葷腥就嬌聲浪叫，你生得掛玉金鈎
> 雪裏送炭，實實的稀罕。又會得上樹扒牆，輕身的一跳。老鼠洞裏，你慣
> 使眼瞧；紅綾被裏，親近了我幾遭。你有些兒毛病，好往人家亂走，怕的
> 是忘了俺的家門錯走了路道。昨日裏喂得飽了，不知往誰家去了！你休去
> 竊肉偷雞，若得王婆子家吵吵，貓貓你口裏念佛偏喜這點腥臊，貓貓你早
> 早來家，怕撞著那剝皮的去賣了！〔註8〕

又如《履園叢話》卷二十一收有金陵一僧所作打油詩也云：

> 春叫貓兒貓叫春，聽他越叫越精神，老僧亦有貓兒意，不敢人前叫一聲！

〔註9〕

可見當時此種比擬是普遍被運用的。除了將人擬貓以外，《霓裳續譜》中也有別
種「擬物」作品，但數量甚少，如：

> 〔剪靛花便音〕茉莉花兒白如霜，採下幾朵送情郎：你可聞一聞香，他的
> 性兒溫涼，此花最怕那風寒冷，恩愛叢中分外香，倒有個熱心腸，真正的
> 好心腸。喚情郎！你可細細的參想，怕的是那狠心情人薄倖郎！把奴丟在
> 一旁，我可受不慣凄涼！　　（卷七）

此是將人擬花，以茉莉花的特性來比擬自己。

由以上各例可知，將人「擬物」的原因，都是在利用「物」的特性來顯現曲中
人物的性情或風格，此種技巧常能達到委婉而貼稱的效果，故爲人所樂用。

三、對　比

在書中此種技巧不一定如「對句」般工整，但在詞意上常以相反而大致對稱的
形態存在，如：

> 〔寄生草〕你來了奴的病兒去，你去了奴的病兒來。你來了憂愁撇在雲霄
> 外，你去了相思病依然在，……　　（卷四）

〔註7〕同前註，頁123～124。
〔註8〕清，無名氏，《隔簾花影》，《中國古艷稀品叢刊》第五輯（臺北：丹青圖書公司，未註
　　　　出版日期），頁251～252。
〔註9〕清，錢泳，《履園叢話》（臺北：大立出版社，民國71年），頁561。

〔寄生草〕新人說奴與舊人厚，舊人勸我把新人丟……　　（卷四）

〔寄生草〕……我想你你不想我，我可恨不恨？若是你想我我不想你，你可恨不恨？　（卷四）

〔揚州歌〕喜只喜今宵夜；愁只愁明日離別……　　（卷六）

〔隸津調〕……他那裏野草閒花朝陪伴；奴這裏懨懨卻瘦芙蓉面。他那裏成雙；我這裏孤單……　（卷六）

由以上各例，可知此技巧不但形成用語及詞意上的對稱，且藉著兩者的對比，可強調情感的對立性，刻劃出更深刻動人的情境！

四、顛　倒

所謂「顛倒」，指曲中各句用語皆與事理相反，此種顛倒歌在歌謠裏較多，但《霓裳續譜》中僅收一曲：

〔寄生草〕十冬臘月秋涼兒叫，六月三伏凍了冰霄。三更裏太陽出來把紗窗照，正午時架上的金雞還睡覺。梨樹上開花結下了櫻桃，想迷了心八月十五把元宵鬧。（重）。　　（卷四）

五、頂　眞

除第一句以外，曲中各句的首字用其前一句的末字，以此種技巧構成的曲體即「頂眞體」，又稱「聯珠格」。如：

〔西調〕恨東風，風吹落，落紅成陣。陣陣殘香，香三徑，徑鎖苔痕。痕路用松筠，筠圍無人，人移半韻。韻散幽窗，窗靜悼空。空極目，目斷行雲，雲懸巫山，山遙水遠。遠信虛，虛度芳春。春歸獨自，自比爲塵。塵埋鸞鏡，鏡裏花，花夢拈魂。（疊）。魂去覓知心，心依舊，舊愁難題，題添新恨。（疊）。　　（卷三）

此種技巧在明代早已廣爲文人所運用，如：明，惺惺道人《樂府》中有「效聯珠格」〔註10〕；《海浮山堂詞》稿卷三中有「頂眞敘情」二首〔註11〕；馮夢龍更輯有《夾竹桃頂眞千家詩山歌》一卷〔註12〕，可見此技巧被文人運用之廣泛，但在民

〔註10〕明，《惺惺道人樂府》，《夢符散曲》卷一，《散曲叢刊》第一冊（臺北：臺灣中華書局，民國73年6月臺3版），頁15。

〔註11〕明，馮惟敏，《海浮山堂詞稿》、《散曲叢刊》第三冊（臺北：臺灣中華書局，民國73年6月臺3版），頁36。

〔註12〕明，馮夢龍，《夾竹桃頂眞千家詩山歌》，《明清民歌時調叢書》（北京：中華書局，1959年）。

間歌謠中則甚少見，故《霓裳續譜》中運用此技巧之作品皆文人化，應也是出自文人之手。

六、遞　接

所謂「遞接」即後句起始的辭意襲用前句末尾的辭意，此種技巧與「頂眞」有些類似，但「頂眞」所用爲前句的末一「字」；「遞接」所承續的則是「辭意」，故文字不需要全相同。如：本章第一節「以舉止見情」類中所引〔寄生草〕「幾番盼不到黃黃昏」即屬此類。又如：

> 〔寄生草〕我勸情人醒醒罷！醒來之時吃杯香茶。吃罷茶趁著月色回家罷！不回家太爺太太心中掛，就是你那令政夫人也盼你回家。回家去千萬別說咯倆相好的話，說出來你受嘟噥我挨罵。　　（卷四）

七、倒　裝

即以兩句爲一組，將全曲各句分成若干組，每組中兩句的語意幾乎全同，但後一句爲前一句字面的顛倒重覆。如：

> 〔西調〕淚雙垂，雙垂淚。三杯酒，酒三杯。此一別相會難，難相會。愁眉不展，不展愁眉。腰圍瘦損，瘦損腰圍。爲誰恨？恨爲誰？心灰意懶，意懶心灰。（疊）。爲多情，情多反被多情累。（疊）。　　（卷三）

此種技巧早在元代文人作品中就有，如：《詞林摘艷》中就收有元劉庭信的多首作品〔註13〕。

八、引　諺

在曲中引用一句與此曲情相當，而在當時流行，人人皆懂的諺語，可使簡短的曲詞，表達出更深切的涵意，不但彌補了曲文過短的弊病，也借此點明了全曲主題，同時也可達到言有盡而意無窮的效果。如：

> 〔寄生草〕濛淞雨兒點點下，偏偏情人不在家。若在家任憑老天下多大，勸老天住住雨兒教他回來罷，淪溼了衣裳事小，凍壞了情人事大。常言說：
> 「黃金有價人無價。（重）。」　　（卷四）

引用了「黃金有價人無價」一句，可將對情人的無限關懷表達了出來。在民間戲曲中即常引用此種諺語或古人語，明，葉盛在《水東日記》中即云：

> 「天不生仲尼，萬世如長夜」兩語其來已久，而優人嘗以爲言，聞有

〔註13〕明，《詞林摘艷》（臺北：清流出版社，民國65年10月）上冊，頁130及143～145。

舉子卷中曾具此，考官遂以俳優語黜之，誤矣！又嘗見陳通政璉，作《隱
畊陳處士墓文》，述其題竹有：「常在眼前人不識，化龍飛去見應難」之句，
然予在嶺北時親見優人道此兩句，不知爲何人語也？」〔註14〕

九、覆 沓

所謂「覆沓」即曲中各句多爲同樣口氣曲詞的重奏反覆，魏建功在〈歌謠表現
法之最要緊者——重奏覆沓〉一文中說：「唱歌謠的人不是詩人一樣的絞腦汁，他們
大都用一樣的語調，隨口改換字句唱出來……所以重奏覆沓是歌謠的表現的最要緊
的方法之一。」〔註15〕，任二北《散曲概論》卷二，則稱以此種技巧構成的曲體爲
「重句體」〔註16〕。《霓裳續譜》中此種技巧使用得非常普遍，如：

〔寄生草〕熨斗兒熨不開的眉頭兒皺，剪刀兒剪不斷腹內的憂愁，對菱花
照不出你我胖和瘦。周公的卦兒準算不出你我佳期湊。口兒說是捨了罷！
我這心裏又難丟，快刀兒割不斷的連心的肉。（重）。　　（卷四）

〔西調〕亂紛紛落紅滿徑，撲剌剌宿鳥飛騰，顫巍巍花枝影兒頻移動……
（卷二）

〔西調〕熱撲撲的情合意，生擦擦阻隔離，懇切切的書信兒無人寄，悶懨
懨愁懷由不得我狐疑，癡獃獃的癡心盼想著歸期。眉蹙蹙把頭低，淚盈盈
濕透衣。（疊）。痛哀哀委曲煞我誰憐恤？（疊）？　　（卷三）

〔平岔〕冷清清佳人睡朦朧，昏沉沉夢兒裏見多情，喜孜孜雙雙兩意濃，
熱撲撲軟玉溫香陽臺景，噹哴哴鐵馬一聲驚散了團圓夢，怒狠狠叫聲丫鬟
砸碎了那個風鈴！　　（卷六）

以上幾曲都是利用某類同性質語詞的重覆出現來造成「重奏覆沓」的效果，如
「熨斗兒」、「剪刀兒」、「菱花」、「卦兒」、「口兒」、「快刀兒」等名詞；「亂紛紛」、「撲
剌剌」、「顫巍巍」、「熱撲撲」、「生擦擦」、「懇切切」、「悶懨懨」、「癡獃獃」、「眉蹙
蹙」、「淚盈盈」、「痛哀哀」、「冷清清」、「昏沉沉」……等形容詞；「熨不開」、「剪不
斷」、「照不出」、「算不出」、「割不斷」……等動詞。另外，造成「重奏覆沓」的方
式，也有些是各句中使用了完全相同的語詞，如：

〔西調〕莫不是雪窗螢火無閒暇？莫不是賣風流宿柳眠花？莫不是訂幽

〔註14〕明，葉盛《水東日記》（臺北：臺灣學生書局，民國75年6月第2次印刷）第一冊，頁
　　　　203。

〔註15〕見《歌謠週刊》第41號第5版（12年12月17日）。

〔註16〕任中敏《散曲概論》、《散曲叢刊》第四期（臺北：臺灣中華書局，民國73年6月臺3
　　　　版）卷二，頁25。

期錯記了茶蘼架？莫不是輕舟駿馬遠去天涯？莫不是招搖詩酒醉倒誰家？莫不是笑談間惱著他？莫不是怕暖嗔寒病症兒加？……　（卷一）

〔平岔〕我爲你情多，我爲你銷磨，我爲你搥床搗枕睡不著，我爲你手拿著針線懶怠做活，我爲你後花園中長禱告，我爲你戒酒除葷把齋齋喫過，我爲你手拿著素珠兒念了幾日佛。　（卷七）

以上兩例在各句中皆使用了同一語詞（「莫不是」或「我爲你」），使全曲各句間產生「重奏覆沓」的感覺，此種技巧也被稱爲「重疊調」〔註17〕，在民間各類俗曲中，使用甚多。

十、套　句

朱自清《中國歌謠》云：

> 歌謠中有許多常見的句子，可以稱爲「套句」……是歌謠裏常用的方便的表現。套句以起句爲最多；結句也常有，……吳歌中有云：「山歌好唱口難開」（《甲集》136頁），又蘇州的唱本中有云：「山歌好唱起頭難，起子頭來便不難」（顧頡剛先生引，見《甲集》166頁），可見起句是不容易的。這裏所謂起句，差不多專指起興而言；也有賦體的，但甚少，起興既不容易，便多去借用成句；好在這種句子，原與下文不聯貫，儘可移用。這是「同一起句的歌謠」的一個原因（用鍾敬文先生説，見《民間文藝叢話》64頁）。復次，歌謠雖爲個人所作，而無個性；他總用民眾習知習用的語句，來表現他們與他共有的情思，因此套句便多了！但這裏所謂套句，是就各異的歌謠而言……。〔註18〕

《霓裳續譜》中運用的「套句」多爲「起句」，最多見的是岔曲類中常以「樹葉兒……」作起句，如以下幾曲：

〔平岔〕樹葉兒多，呀呀喲！房簷底下一個雀兒窩……　（卷八）

〔數岔〕樹葉兒嬌，呀哎喲！忽聽門外么喝了一聲……　（卷七）

〔慢岔〕樹葉兒發，呀呀喲！姐兒打扮一枝花……　（卷七）

〔數岔〕樹葉兒多，呀呀喲！武松回家找哥哥……　（卷六）

其他曲調中，也有此種現象，如：

〔秦吹腔花柳歌〕高高山上一廟堂，姑嫂二人去燒香……　（卷七）

〔粉紅蓮〕高高山上有一廟，柳兒堂裏頭坐著陳妙常……　（卷八）

〔註17〕張長弓，《鼓子曲言》（臺北：正中書局，民國64年11月臺3版），頁119。
〔註18〕同註4，頁194。

〔玉溝調〕黃柏樹下一座廟，苦命的人兒把那香燒……　　（卷七）

〔岔曲〕夏景天，呀呀喲！姑娘二人要上陝兒山……　　（卷五）

〔平岔〕夏景兒天，呀呀喲！作買賣的人兒好像慌張三……　　（卷八）

此種「套句」的成因，有些或許是如前轉引鍾敬文先生所認為的：「起興既不容易，便多去借用成句。」但前引《霓裳續譜》所收以「樹葉兒○」作起句的四曲岔曲，其成因則可能與作曲者的背景有關。據齊如山《故都百戲圖考八角鼓》篇云：

> 夫凱歌者，乃國朝所遺之吉兆也。昔日阿將軍攻取金川時，營中駐守未曉春夏，惟見樹葉之青黃，方辨秋冬之節令，故凡作凱歌，多以樹葉為題者，乃我兵思家之情景也。〔註19〕

在李鑫午〈岔曲的研究〉一文中也引了一曲「樹葉兒黑……」〔註20〕；《中國俗曲總目稿》中也收了「樹葉兒黃……」、「樹葉兒青……」、「樹葉兒焦……」等曲〔註21〕可見岔曲中確實多以此為「套句」。若齊氏的說法正確，則此種「套句」雖其中或仍有些為借用成句，但最少有一部份則是作者「見樹葉之青黃」而來，與隨意借用成句者有別。

十一、疊　字

指曲中所用的重疊字而言，可分兩種，一為演唱時腔調上的重疊，另一為曲詞用語上的重疊：

1. 腔調上的重疊——屬於演唱時的一種技巧，又稱為「臥牛」，形成在某些曲調的固定某處，最常用此技巧的曲調是岔曲，據《昇平署岔曲‧引言》云：

> 乃係曲中一種腔調，名曰「臥牛」。蓋度曲至此處，一字重唱，故為頓挫，以便引起下文。〔註22〕

《中國音樂詞典》「臥牛兒」條也云：

> 常用於岔曲中，「臥牛兒」是「趺」（疊）一下的意思，是在曲調進行上安排的小轉折，使用方法是在岔曲後半段中某一下句唱詞的半句處，在演唱上處理成帶有半結束性質的下行句，唱腔稍作停頓，加上小過門後，

〔註19〕見李鑫午，〈岔曲的研究〉，《中德學誌》第五卷第四期（民國32年12月），頁66所引。

〔註20〕同前註，頁669。

〔註21〕劉復、李家瑞編，《中國俗曲總目稿》（臺北：文海出版社，民國62年2月），頁330；639；640。

〔註22〕國立北平故宮博物院文獻館編《昇平署岔曲》（北平，國立北平故宮博物院文獻館，民國24年鉛印本）。

再接唱下半句，接唱時多為重唱一個字。〔註23〕

此種技巧《霓裳續譜》中最常的曲調是〔平岔〕、〔慢岔〕、〔起字岔〕、〔西岔〕、〔數岔〕等各類岔曲，其餘〔南疊落〕、〔黃瀝調〕等曲調中也有。如：

〔平岔〕淚如梭，愁鎖雙蛾……今生孤單只是我 獨獨 自個，……　（卷六）

〔平岔〕清晨蚤起……肥皂胰子不知往 那那 裏去？……　（卷六）

〔數岔〕懼內的苦……塞了我個 無無 其數……　（卷七）

〔慢岔〕樹葉兒發……手裏又把 鞋鞋 扇兒納……　（卷七）

《南疊落》春光明媚好傷慘…‧等閒消瘦 芙芙 蓉面，……我與你今朝同步 宜宜 春院……　（卷四）

〔雙黃瀝調〕叫丫鬟吹滅了燈……總不如 請請 他進繡房……　（卷五）

此種疊字屬演唱上的技巧，不屬修辭用語的範圍，但為便與一般用語上的疊字相比較，故附述於此。

2. 用語上的重疊——此是一般修辭用語上的疊字，《霓裳續譜》中幾乎皆用作形容詞，且在同一曲中，常被連續使用。如：

〔剪靛花〕清明時節雨紛紛……站著一個嬌嬌滴滴、美美貌貌、俊俊俏俏、俏俏皮皮……　（卷四）

〔平岔〕和風細細……見幾個俏佳人，嬝嬝婷婷、整整齊齊……　（卷四）

〔平岔〕俺家住在楊柳青……〔岔尾〕丈夫拉短縴一去不見回，撇的奴家冷冷清清，孤孤單單獨自個……　（卷四）

〔起子岔〕桃兒尖尖，李兒圓圓，風兒陣陣，柳兒翻翻。鶯兒嚦嚦，燕兒喃喃。窗兒素素，影兒單單！淚兒連連！　（卷六）

疊字由於重疊之兩字字音相同，在演唱時容易含混清，故清徐大椿云：

　　唱疊字之音，則必界限分明。念完上字之音，鉤清頓住，然後另起字頭，又必與前字略分異同，或一輕一重；一高一低；一徐一疾之類。譬之作書之法，一帖之中，其字數見無相同者，則聽者確知為兩字矣！〔註24〕

此外，疊字也有雙疊與單疊之別，前舉例中「嬌嬌滴滴、美美貌貌……」等是雙疊；「桃兒尖尖、李兒圓圓……」等是單疊，在實際演唱時兩者也有區別！明魏良輔《曲律》云：

　　雙疊字上兩字接上腔，下兩字稍離下腔，如字字錦「思思想想、心心

〔註23〕《中國音樂詞典》（臺北：丹青圖書公司，民國75年5月），頁359。

〔註24〕清，徐大椿《樂府傳聲》，《新曲苑》第二冊（臺北：臺北，台灣中華書局，民國59年8月臺1版），頁337。

念念」，又如素帶兒「他生得齊齊整整、裊裊停停」之類。至單疊字比雙疊字不同，全在頓挫輕便，如尾犯序「一旦冷清清」之類，要抑揚，於此演繹，方得意味。〔註25〕

此雖指南曲、北曲而言，但《霓裳續譜》中此類曲詞，大致應也是如此演唱。

此種疊字的使用，不但加強了曲中情境的描繪，也使曲詞變得活潑生動，故使用得非常普遍。

十二、狀聲字

在描繪某一動作時，若加入一些模擬聲音的狀聲字，常可使人如見其景如聆其聲，增添不少曲詞的生動性。如：

〔寄生草〕玉美人兒嬌模樣……小金蓮 咯蹬咯蹬 把樓梯兒上…… （卷四）

〔忔寄生草〕相思害的我活受罪……起了怪風，刮的那磚頭瓦塊嗅嚕嗶啦唧哢咕咚砸碎了盆子罐子……街坊鴨子囉呷囉呷叫的我傷悲……

〔西岔〕說老西了……西北乾天下大雨唧哢哢刮搭搭都成了一堆泥……（卷八）

十三、嵌　字

指在各句中嵌入一、兩個性質或字面相同的字，藉此來突顯全曲的主題或次序。《霓裳續譜》所收曲詞使用此技巧的很多，其嵌入的字大多是在表現主題，僅極少部份用來代表次序，兩者功能各自不同，完全隨著在曲中使用的性質而定。如：

〔西調〕名花皓月多丰致，人為花月費神思，品題，燈前頻寫花月字。花開月正滿，月圓花滿枝，清奇，花搖笑臉，月照嬌姿。萬種溫柔，不由人不月醉花迷，花月令人癡。因看花起早，為愛月眠遲，因此上咏月吟花，玉人兒對月敲詩。（疊）。月知花知，花月主人偏得趣。（疊）。　（卷二）

所嵌為「花」、「月」兩字。又如：

〔平岔〕喜千秋，喜鳥兒在枝頭。喜酒兒拿來嘔幾嘔，喜花兒插滿頭。喜的是蟾宮折桂獨占鰲頭。喜的是年增歲月人人增壽，喜的是加官進祿萬里封侯。　（卷八）

嵌的是「喜」字。又如：

〔註25〕明，魏良輔，《曲律》，《歷史詩史長編》二輯（臺北：鼎文書局，民國63年2月），第五冊，頁6。

〔便音寄生草〕新**字**堪堪散，留下這想**字**兒我還更難。身**字**兒不能與你常陪伴，淚**字**兒牽牽連連流不斷。你**字**兒成雙我**字**兒孤單，離**字**兒容易見**字**兒難。我那愁**字**兒鎖上眉尖，要得我的病字兒好，還得你那人**字**兒長陪伴。（重）。　　（卷六）

嵌的是「字」字。又如：

〔平岔〕<u>一</u>間幽齋，<u>兩</u>扇柴門，<u>三</u>窗綉戶，<u>四</u>壁新。<u>五</u>色鮮花共瑤琴，<u>六</u>才子書在架兒上擺。<u>七</u>寶金爐把香焚盡，<u>八</u>尺牙床坐著一個<u>九</u>子寶成的玉美人。　　（卷六）

所嵌則是數字，此種以數字按順序嵌入同一文學作品句中的技巧在六朝時已有，如宋鮑照《數名詩》云：

　　　　一身仕關西，家族滿山東。二年從車駕，齋祭甘泉宮。三朝國慶畢，休沐還舊邦。四牡曜長路，輕蓋若飛鴻。五侯相餞送，高會集新豐。六樂陳廣坐，組帳揚春風。七盤起長袖，庭下列歌鍾。八珍盈彫俎，綺餚紛錯重。九族共瞻遲，賓友仰徽容。十載學無就，善宦一朝通。〔註26〕

一直到元人曲中使用的更是普遍，明王驥德《曲律》即云：

　　元人以數目入曲，作者甚多，句首自一至十，有順去逆回者。〔註27〕

可見此種「嵌字」的技巧，早就爲人普遍運用了。

十四、諧　音

以同音異字爲隱，叫做諧音〔註28〕。此在民歌樂府已普遍的使用。《霓裳續譜》中亦多所見。如：

〔西調〕雖然夢寐梅花帳，誰知情短藕絲長……。　　（卷三）

〔西調〕碧桃深院……藕斷絲連，從今再不敢把佳期盼……　（卷三）

〔玉溝調〕蓮子花開蓮心動……到而今藕斷絲連中何用……　（卷八）

以上三例皆以「絲」諧「思」；「藕」諧「偶」；第三例又以「蓮」諧「憐」。又如：

〔剪靛花〕小小的金刀兒帶在腰裏，又削甘蔗又削梨……梨字兒再也別提，怕的分離。　　（卷七）

此以「梨」諧「離」。又如：

〔註26〕見逯欽立輯校，《先秦漢魏晉南北朝詩》（臺北：木鐸出版社，民國72年9月）宋詩卷九，頁1300。

〔註27〕明，王驥德，《曲律》，《歷代詩史長編》二輯（同註25），第四冊，頁136。

〔註28〕見《中國歌謠》，同註4，頁21。

〔倒搬槳〕桂子桂花桂葉兒多，桂樹長在桂山坡，桂花還得貴人採，貴姐

還配貴哥哥……　　（卷六）

此以「桂」諧「貴」。

十五、雙　關

以同字別義爲隱，叫「雙關」。此種技巧在《霓裳續譜》中使用較少。如：

〔寄生草〕相思害的我難移步，叫丫鬟與我請大夫，那大夫一進門來忙醫

卜：「這病兒倒有些奇緣故，一回清爽，一回糊塗，要病好多吃醬油少吃

醋；要不好少吃醬油多吃醋。」　　（卷四）

此是以飲食的「吃醋」隱爲男女間的爭風「吃醋」。

「諧音」與「雙關」一般學者多合稱爲「雙關語」、「字眼游戲」或「諧音詞格」
〔註29〕。此種技巧的應用，早在《論語》中即有，〈八佾篇〉云：「哀公問社於宰我，
宰我對曰：『夏后氏以松；殷人以柏；周人以栗，曰使民戰栗』。」以栗樹之「栗」，
雙關爲戰慄的「慄」，可見當時已有此種雙關語的存在〔註30〕。自戰國以後，使用
越來越多，至南北朝時，更成爲樂府的特徵。唐以後在詩詞歌謠中皆時有所見，尤
其是民間歌謠中使用更多，鍾敬文先生說：「最大的緣故是歌謠爲口唱的文學，所以
能適合於這種利用聲音的關係的表現。」〔註31〕李素英〈吳歌的特質〉一文也說：
「雙關語是諧音詞格的一支，亦即隱語之一種，它的妙處是言在此而意在彼……歌
謠的弱點在于太率直，使人覺得沒有餘味可尋，若用雙關語來表現，則歌中情意變
得稍爲曲折和含蓄，聽者須以意會，和猜謎差不多，所以也頗有風趣。」〔註32〕可
見《霓裳續譜》中雙關語的使用是其來有自，也具有其特殊的功用。

第三節　取材上的技巧

《霓裳續譜》中的曲詞大部份取材於當時一般民眾在各項活動中所發生的事
件，其中尤以男女感情爲主，這些素材與民眾生活緊密的結合，因此能引起廣大民
眾的共鳴而造成流行。由於曲詞皆非常短小，所以多選定某一事件爲其取材的主題，
再配合內容、修辭等各方面技巧的運用而結合成一支能獨立演出的曲，而這些「事

〔註29〕見《中國歌謠》《歌謠的修辭篇》所引鍾敬文、朱湘、徐中舒等學者諸說，頁209。
〔註30〕以上參見蕭滌非，《漢魏六朝樂府文學史》（臺北：長安出版社，民國70年11月臺2
　　　　版），頁193。
〔註31〕見《中國歌謠》所引民間文藝叢話，頁210。
〔註32〕李素英，〈吳歌的特質〉，《歌謠週刊》二卷二期，（民國25年4月）。

件」的人物雖以青年男女為主，但也包括了老幼各階層；其種類雖以男女情詞為主，卻也涵蓋了生活上的所見、所聞、所感等各類瑣事，故此書所收錄之曲詞在取材技巧上實具備了實際化與普遍化兩大特質，此在內容研究一章中已可很明顯看出，茲不贅述。此外，雖有部份曲詞並非直接取材於當時，但卻也與當時民眾的活動有著密切的關聯，例如：改編自前代俗曲或傳奇、小戲者，這些原作品都是一直普遍流行於民間，廣受民眾之歡迎，實際已與民眾的娛樂活動結為一體，《霓裳續譜》中此類曲詞只不過在形式、用語上加以改編，以適合特定演出形態而已，至於內容則完全相同。又如：有些是集特定語詞或擴張古詩詞而來。前者的取材技巧在南北曲中屢見不鮮，所謂「特定語詞」不外是當代流行，民眾耳熟能詳的曲牌名、詩詞、諺語、劇名……等；而後者所據也是當時流行的一些古代名詩、名詞。以這些前代已有而當時流行的作品加以改編而成的曲詞，在取材上呈現出許多不同的改編技巧，由這些技巧不只可以看出當時民間藝人為求配合演出、提昇演出效果所作的努力，也可作為現代編劇、編曲的參考與借鏡，現分條略述于下：

一、集特定語詞

這是一種文字遊戲，但與前一節所述「嵌字」有別。「嵌字」只是在曲中各句嵌入一兩個同性質或同樣的字，主要用以突顯主題，而此類則是全曲匯集同性質的特定語詞而成，且所集用的特定語詞並不是在突顯主題，而是利用這些語詞的意義或諧音來綴合成具有曲情的作品，最常見的是集藥名、曲牌名、花名、雜劇名、諺語、古人名、詩詞……等，此種技巧六朝時已屢見不鮮，如：晉傅咸就有《孝經詩》、《論語詩》、《毛詩詩》、《周易詩》等〔註33〕，已開「集句」（此為集詩詞）之端，到了齊、梁，因受到自漢以來即甚盛行的離合詩體及六朝的隱語風尚、吳歌、西曲的諧音雙關等影響，也產生了集藥名的藥名詩〔註34〕，此種風氣到了唐代，更為盛行，例如：在敦煌寫卷《伍子胥變文》中，就有一段問答藥名詩，在短短三〇六字中，即集了五十九個藥名〔註35〕，此外，不只是集詩詞、藥名，也有了集曲牌名的作品，如：李羣玉〈贈琵琶妓〉詩云：

　　　　我見鴛鴦飛水上，君還望月苦相思，一雙裙帶同心結，早寄黃鸝孤
　　雁兒。〔註36〕

〔註33〕逯欽立輯校，《先秦漢魏晉南北朝詩》（臺北：木鐸出版社，民國72年9月初版），上冊，頁6032。
〔註34〕張瑞芬，《伍子胥變文及其故事之研究》（中國文化大學75年碩士論文），頁116、120。
〔註35〕同前註，頁99。
〔註36〕清聖祖御定，《全唐詩》（臺北：明倫出版社，民國60年10月出版），卷五百七十，第

其中「鴛鴦」、「相思」、「同心結」、「孩雁兒」皆爲曲名〔註37〕。敦煌曲中也有一曲上半截殘闕的曲：

> ……羊子遍野巫山，醉胡子樓頭飮宴，醉思鄉千日醺醺，下水船盞酌
> 十分，令籌更打江神。〔註38〕

已知〔巫山〕、〔下水船〕等爲曲牌名〔註39〕。在宋時這類技巧更是常見而且種類繁多，金院本「打略拴搐」中星象名、果子名、草名、軍器名、神道名……等〔註40〕應也屬此類；至元、明、清三代這類技巧不只文人、民間皆甚通行，且遍及多種文學作品，如：元孫季昌有套曲「四時怨別集雜劇名」〔註41〕、明陳大聲有「集曲名壽史癡」〔註42〕、陳秋碧有「集藥名題情」〔註43〕、金鑾有「風情集常言」四首〔註44〕、蘇子文有「集常談」五首〔註45〕，甚至連傳奇戲曲亦有整齣以此技巧組成的，如：沈璟「紅渠」以藥名、曲名、五行、八音等入調；鄧志謨「玉連環記」全劇皆用曲牌名、「瑪瑙簪記」全劇用藥名、「鳳頭鞋記」全劇鳥名、「八珠環記」全劇用骨牌名、「並頭蓮記」全劇用花名〔註46〕；若耶長老《香草吟》全劇用藥名〔註47〕……等，民間作品方面也使用很多，如：《風月錦囊・時興雅科法曲》中有集骨牌名、曲牌名、藥名、官名等多首小曲；《摘錦奇音》卷三有集曲牌名、骨牌名、藥名、紙牌名、骰子名、花名的〔劈破玉〕；《金瓶梅詞話》第三十三回也各收錄了兩曲《菓子花兒名》〔山坡羊〕及《銀錢名》〔山坡羊〕……等。可見此並非文人專利，也可證明所謂「文人」與「民間」實際上並非截然不同的兩體，兩者應是互相影響，互相取用的。

由於此種技巧屬文字遊戲性質，作者若無高深才情則易割裂曲情，故歷來學者

九冊，頁6612。

〔註37〕任二北，《敦煌曲初探》，《中國戲曲理論叢書》（上海：上海文藝聯合出版社），頁30。

〔註38〕見敦煌卷伯3911。

〔註39〕任二北，《敦煌曲校錄》（臺北：盤庚出版社，民國67年10月第1版），頁110。

〔註40〕元，陶宗儀，《南村輟耕錄》（臺北：木鐸出版社，民國71年5月初版），卷二十五，頁312。

〔註41〕明、陳所聞《北宮詞紀》（臺北：學海書局，民國60年5月），二卷，頁624。

〔註42〕見《南北宮詞紀》（同前註），二卷，頁411。

〔註43〕《南宮詞紀》（同註41），一卷，頁65。

〔註44〕明，金鑾，《蕭爽齋樂府》，《飲虹簃所刻曲》（臺北：世界書局，民國56年12月再版），下冊，頁25。

〔註45〕《南宮詞紀》（同註41），六卷，頁341。

〔註46〕董康，《曲海總目提要》（臺北：新興書局，民國74年11月），卷二十四，頁5379～5382。

〔註47〕清，李調元，《雨村曲話》，《歷代詩史長編二輯》（臺北：鼎文書局，民國63年2月初版），第八冊，頁27。

多主張謹慎爲用，如：明王冀德《曲律》論巧體云：

> 古詩有離合、建除、人名、藥名、州名……集句等體……今《紅渠》
> 用藥名、牌名、五色、五聲、八音及瀟湘八景、離合、集句等體，種種皆
> 備，然不甚合作，倘不能窮極妙境，不如毋添蛇足之爲愈也。〔註48〕

明，顧曲散人《太霞新奏》卷一亦云：

> 凡集曲名、牌名、花名、藥名作詞，須以己意鎔化點綴，不露痕迹方
> 爲作手，最忌牽強生拗。〔註49〕

清，梁廷枏《曲話》亦云：

> 集牌名成曲，最難自然。明珠記煎茶折長相思云：「念奴嬌，歸國遙，
> 爲憶王孫心轉焦……」運用自然情致。《春蕪記・阻遇》折偶一爲之，頗
> 覺新異，至《鳴鳳》之狀子、《精忠》之頌，雖皆集曲名而成，然支離牽
> 扯，不足數矣！〔註50〕

這些說法皆甚中肯，歷來文人作品中運用此種技巧而能「窮極妙境」的確不多見，
反而民間的此類作品能利用諧音雙關而有較自然的表現。

《霓裳續譜》所收此類作品又可分以下幾種：

1. 集曲牌名。如：

> 〔平岔〕手裏著打棗杆，呀呀喲！恨只恨那小靠山，他和我兩頭瞞。疊落
> 金錢被你誆了去，把一個黃鸝調兒砸了個七八瓣，你還背地裏欺負我的粉
> 紅蓮。　（卷八）

2. 集花名。如：

> 〔寄生草〕牡丹花兒春富貴，麝蘭香在繡幃，酒仙花吃的那麼薰薰醉。玉
> 美人獨自一個雙垂淚，叫聲海棠共臘梅，又不貪花，花郎多咎成雙對？又
> 不知多喒與他成雙對。　（卷四）

3. 集樓名或州名。如：

> 〔剪靛花〕姐在房中織棉紬，忽聽的才郎要兜兜，又添上一番愁！（重）！
> 你要兜兜奴這裏有，兜兜上面繡九州，聽我數九州、聽我表九州：六安州
> 出馬后，壽州緊對著梳粧樓，洪水淽泗州，這纏是三箇州。高郵州出美酒，
> 揚州梳的是好油頭。燕尾兒出在瓜州，這纏是六個州。走長州，過蘇州，

〔註48〕明，王冀德，《曲律》，《歷代詩史長編二輯》（同前註），第四冊，頁136。

〔註49〕明，顧曲散人，《太霞新奏》，《善本戲曲叢刊》第五輯（臺北：臺灣學生書局，民國76
　　　　年11日據明崇禎刻本影印），頁59～60。

〔註50〕清，梁廷枏，《曲話》，《歷代詩史長編二輯》（同註47），第八冊，頁375。

獅子回頭望虎坵，白蛇出在杭州，這纔是九個州。　（卷八）

4. 集諺語。如：

《寄生茸》事不關心，關心則亂；事到其間進退兩難。想當初，見面不如
不見面；到如今，欲待要斷割不斷。相隔咫尺，如隔萬山。恨老天不與人
兒行方便，這是你自誤了佳期，卻把誰來怨？　（卷四）

5. 集定格語詞。如：

〔寄生草〕琴棋書畫開文運，夜半黃昏春風秋雲，才子們詩詞歌賦把策
論。最可喜風花雪月佳人近，忠孝節義盡是名人。世間上妻財子祿人人奔。
（重）。　（卷四）

6. 集詩詞，即集句。如：

〔西調〕窗外叢菊秀，門前曲逕幽。小橋流水魚池皺。明月松間照，清泉
石上流。明眸！長空淨，晚景秋，梧葉落，樹影浮。數行歸雁，一段離愁，
星星白髮頭。幸喜那黃蘆汀上，紅蓼灘頭，孤舟任意淹留。（疊）。無憂！
清閒自在誰能夠？（疊）　（卷一）

7. 集傳說故事、名賢事跡。如：

〔番調寄生草〕高君保他把南唐下，提兵調將樊梨花。楊六郎獨把三關人
人怕，尉遲公刣馬單鞭去救駕。白袍征東轉回家。小燕青因爲打擂把梁山
下。　（卷八）

又如：

〔歷津調〕咱們開言先把賢孝歌兒唱：王祥臥魚救他的親娘。有個小丁
郎，因爲尋父他把行歌唱。有個李三娘，汲水挨磨把劉郎望，鋸樹留鄰爲
的街坊〔疊段橋〕有個賢良的房四姐。趙五娘，吃糟糠，斷機教子爲念文
章。有個孟女哭倒長城況。爲吃羊肚兒湯，惹下了活殃。張驢兒下藥害死
他親娘。要斬竇娥女，綁在了法場上，天理昭彰，大雪從天降。　（卷七）

　　前幾種中，仍時可見有較自然作品，末一種則多以一主題，雜纂組合傳說故事
或歷代名人事跡而得，已無整體聯貫之曲情可言；但此種形式在民間地方曲藝中卻
很多，《霓裳續譜》所收中有數曲〔秧歌〕、〔蓮花落〕也屬此（因文長不引），仍
是值得注意的一種形式。

二、擴張唐詩

　　此是將唐詩改以入曲，取一首唐詩，再添入若干字句，以適合曲的曲調演唱，
所添增的字句常能更生動的描寫出此作品的情境。《霓裳續譜》中有兩曲：

〔剪靛花〕**清明時節雨紛紛**，**路上**的**行人欲斷魂**。漸漸減精神，步步兒減精神。**借問酒家在何處裡有**？來了個**牧童**，頭戴著斗笠，身披著簑衣，斜跨青牛，口哨著短笛，跕立在山頭。**搖**（遙）**手一指**，你可往前行，步步兒往前行，轉過了小橋西，又到了紫竹林。柳陰之下，站著一個嬌嬌滴滴、美美貌貌、俊俊俏俏、俏俏皮皮，那不是桃花塢**杏花村**，草團瓢前有酒旗兒動。上寫著那：「開罈十里香」，還有狀元紅、葡萄露、八仙酒，還有甕頭春。客官！那就是賣酒的佳人，治酒的佳人。　　（卷四）

此是由杜牧詩「清明」擴張而來。（按：字下劃線者爲原詩句，下一曲同此）。

〔剪靛花〕**閨中少婦不知愁**，**春日凝妝上翠樓**，挂起簾鈎。（重）。**忽見陌頭楊柳色**，輕黃淺綠映清流，無限的嬌嬈。（重）。蝴蝶雙雙舞，鴛鴦對對游。**悔教夫壻**上黃州，**覓甚麼封侯**，（重）　　（卷四）

此曲由王昌齡詩「閨怨」擴充而來。以上兩曲皆擴自唐詩七絕，所用曲牌皆〔剪靛花〕，擴充的手法也甚相似，前兩句幾乎是照錄原詩的前兩句（前曲第二句多加一「的」字，可算襯字），三、四句爲「擴充句」〔註51〕，第五句又用原詩第三句，其後接多句「擴充句」，原詩的第四句（即末句）則被分離雜綴其中。所增的「擴充句」大半都是一些背景情境的形容詞，不只可作原詩意義的補充增衍，且生動的描繪出整個曲情。此兩曲在《霓裳續譜》中亦皆收於卷四，故極可能是出自同一改編者。

三、改編俗曲

在民間作品中常有取原有曲詞改調歌唱的現象，如：明顧曲散人所編《太霞新奏》中就收有一首以〔一江風〕曲牌來譜〔掛枝兒〕詞〔註52〕的作品。《霓裳續譜》裏也可發現此種現象，例如：卷六「初相會可意的人」一曲所用曲調爲〔平岔〕，但此曲早在明萬曆間《金瓶梅詞話》第六十一回中就已收載，所用則爲〔鎖南枝〕曲調〔註53〕；又如：卷四「荷葉上的水珠兒轉」用的曲調爲〔寄生草〕，明馮夢龍所輯〔桂枝兒〕中，有一曲「荷珠」與此近同〔註54〕。此類曲詞，雖錄自前代，但由於所詠之曲情具有共通性，並無時代之限制，在前代能引起共鳴造成流行，在當

〔註51〕所謂「擴充句」，指在原詩句數之外，另行添入的字句，這些字句不但與詩意有關，而且還具有補充說明，襯托情景的功效。
〔註52〕同註49，卷十四，頁779。
〔註53〕明，蘭陵笑笑生，《金瓶梅詞話》（日本，大安株式會社，據日光山輪王寺慈眼堂及德山毛利氏棲息堂兩處所藏明萬曆刊本配補，1963年5月），第七卷，頁8。
〔註54〕明，馮夢龍，《墨憨齋歌》（臺北：學海出版社，民國71年4月初版），頁18。

代亦然如此，故僅改換以當代流行的曲調，在曲詞上則大致皆襲自前代。這種現象，除了透過以上與前代俗曲之比對可獲知以外，在《霓裳續譜》自身所收錄之曲詞間，就可發現此一現象，例如卷六一曲：

〔隸津調〕佳人獨自頻嗟嘆！狠心的人兒去不回還。他那裡野草閒花朝陪伴，奴這裡懨懨卻瘦芙蓉面。他那裡成雙；我這裡孤單。淒涼煞！我咳喲！病兒懨懨，摘下琵琶我解解愁煩。咳喲！剛拿起又把絃來斷。淚兒漣漣。咳喲！羅帕去黏，左黏右黏黏又黏不乾。願老天與奴行方便！老天爺！怎不與人行方便？　（卷六）

卷四也有一曲：

〔寄生草〕佳人獨自頻嗟嘆！狠心的人兒去不回還。他那裡野草閒花長陪伴；奴這裡懨懨消瘦了桃花面，他那裡成雙；奴這裡孤單。〔隸津調〕淒涼煞了！我病兒懨懨，摘下琵琶解下愁煩，纔拿起又把那絃來斷，淚兒漣漣。（重）。左沾右沾沾也是沾不乾。怨老天怎不與人行方便？老天爺！怎不與人行方便？

這兩曲曲詞幾乎全同，前曲為「單支曲牌」形式的〔隸津調〕，後曲則曲詞前半段改為〔寄生草〕，後半段卻與前曲相同，也是用〔隸津調〕。兩曲何者在先？已不可考，但若由曲牌演進先有「單支曲牌」後有「聯曲體」的原則來看，後曲似乎是依前曲改編，不過也有可能兩曲都改編自同一來源的曲詞。不論如何，至少其中有一曲是改編而來。此外，在與同一時代的其他曲集間比較，此種情況更為繁見，如：《霓裳續譜》卷四「綉房緊靠書齋近」所用曲調為〔寄生草〕，同是清初的《萬花小曲》及《絲絃小曲》兩俗曲集中，也都收了此曲，但前者用的曲調是〔劈破玉〕；後者用的是〔掛枝兒〕。又如：《霓裳續譜》中有多曲〔寄生草〕在《白雪遺音》中則皆以〔馬頭調〕演唱〔註55〕按曲牌流行先後來看，可知《霓裳續譜》所收應在前，《白雪遺音》此類曲詞可能是改調而來。可證明此種改調演唱的技巧在俗曲中甚為普遍。

除了全曲幾乎全同的「改調演唱」以外，也有些只襲取了幾句，其餘則不相同，甚至有時所襲取的不只一曲，而是多曲，取多曲片段雜綴起來再添增一些曲詞，湊

〔註55〕如：卷四「孤燈閃閃」、「熨斗兒熨不開的眉頭兒皺」、「一輪明月天涯共」、「人兒人兒今何在」、「又是想來又是恨」、「情人送奴一把扇」、「事不關心關心則亂」、「掩綉戶剪銀燈」……等曲，皆亦見收於《白雪遺音》中，但收於《霓裳續譜》中者所用曲調為〔寄生草〕，收於《白雪遺音》中者，則皆用〔馬頭調〕。見清，華廣生，《白雪遺音》（同註54）。

組而成。如：《霓裳續譜》卷五有一曲：

〔寄生草〕（正）青山在，綠水在，（小）你的人兒不在。（正）風常來，雨常來，（小）他的書信不來。（正）災不害，病不害，我的相思常害。（小）花不戴，翠不戴，你的金釵懶戴。（正）茶不思，飯不想，（小）你可直盼著他來。（正）前世裡債，今世裡債，他留下的牽連債。（重）。——（簡稱「甲曲」。）

在明、萬曆刊本《摘錦奇音》卷一有一曲：

〔急催玉〕**青山在，綠水在，冤家不在。風常來，雨常來，情書不來。災不害，病不害，相思常害。**春去愁不去，花開悶未開，倚定著門兒手托著腮兒，我想我的人兒，泪（淚）珠兒汪汪滴滿了東洋海，（重）。——（簡稱「乙曲」。）〔註56〕

此曲亦見載於明、萬曆刊本《八能奏錦》及清初《萬花小曲》中〔註57〕曲詞大同小異，前者曲牌仍用〔急催玉〕；後者改爲〔劈破玉〕。此外，明、萬曆刊本《徽池雅調》卷一中也有兩曲：

〔劈破玉〕**花不戴，釵不戴，連環兒也不戴。**說人騃，笑人騃，我比人更騃……——（簡稱「丙曲」）〔註58〕

〔劈破玉〕百般病，比不得相思奇異……**茶不思，飯不想，**慽慽如醉……——（簡稱「丁曲」）〔註59〕

拿上列四曲比較，可得以下幾點：

1. 《霓裳續譜》所收曲（即「甲曲」）時代最晚。

2. 甲、乙兩曲的前半段（「青山在……相思常害」）幾近相同。

3. 甲曲的「花不戴，翠不戴，你的金釵懶戴」近似於丙曲的「花不戴，釵不戴，連環兒也不戴」。

4. 甲曲的「茶不思，飯不想」亦見於丁曲。

5. 乙、丙、丁三曲皆用第一人稱敘述，甲曲則分「正」、「小」兩角色，使用對

〔註56〕明，龔正我，《摘錦奇音》，《善本戲曲叢刊》第一輯（臺北：臺灣學生書局，民國73年7月景印出版，據明萬曆三九年書林敦睦堂張三懷刻本影印），頁43，上層。

〔註57〕明，黃文華編，《八能奏錦》，《善本戲曲叢刊》第一輯（臺北：臺灣學生書局，民國73年7月，據明萬曆書林愛日堂蔡正河刻本影印），頁64，中層；清，無名氏，《萬花小曲》，《善本戲曲叢刊》第五輯（臺北：臺灣學生書局，民國76年11月，據金陸奎璧齋鄭元美梓行本影印），頁22。

〔註58〕明，熊稔寰，《徽池雅調》，《善本戲曲叢刊》第一輯（臺北：臺灣學生書局，民國73年7月據明萬曆間福建書林燕石居主人刻本影印），頁24，中層。

〔註59〕同前註，頁25，中層。

唱形式。

歸納此五點,可知:

1. 甲曲之時代晚於其餘三曲甚久,應是承繼乙、丙、丁三曲而來。

2. 甲曲所襲以乙曲為主,亦雜取丙、丁兩曲之片段。

3. 不僅曲牌改用〔寄生草〕,且演唱方式亦變為分角對唱,曲詞也稍作改動以配合兩人對唱的語氣。如此一改,使得演出更富變化,已有些類於小戲,或者這正是民間小曲演變為小戲過渡形態的一個產品呢?〔註60〕

四、拆自戲曲

俗曲演出的內容,必須與民眾的喜好緊密配合,在當代民間流行而為一般民眾所好的傳奇戲曲,自然成了俗曲摘唱或改編的對象,且傳奇曲詞大都較長,在某些場合並不完全適宜,因此有「摘唱」產生,但「摘唱」時常斷章取義或造成曲情支離破碎,故又有了改編或加以補充修飾。這些現象都是藝人們為適合實際演出而作的一種應變措施,也是自然演變的結果。乾隆間李斗《揚州畫舫錄》卷十一即云:

> ……又有以傳奇中《牡丹亭》、《占花魁》之類譜為小曲者。〔註61〕

可見此種方式當時已甚流行。

「摘唱」之風,在清初就已盛行,李漁《閒情偶寄》卷四即云:

> ……作傳奇付優人,必先示以可長可短之法,取其情節可省之數折,另作暗號記之,遇情閒無事之人則增入全演,否則拔而去之,此法是人人皆知,在梨園亦樂於為此。〔註62〕

可知演出時僅摘取部份來演唱的方式,已為當時人所習用。至於對因「摘唱」而造成支離的弊病,李氏在同書中也提及補救的方法:

> ……減省之中又有增益之法,使所省數折雖去若存而無斷文截角之患者,則在秉筆之人略加之意而已,法於所刪之下折另增數語,點出中間一段情節,如云昨日某人來、說某話、我如何答應之類是也。或於所刪之前

〔註60〕此曲也被收在《白雪遺音》中,但卻又作另一種不同的改編,現引錄於下:〔起字呀呀喲〕薄命傷懷,盼想多才,慢款金蓮轉瑤階。秋風兒陣陣,北雁飛來。〔當調〕青山在,綠水在,你的人兒不在;風常來,雨常來,他的書信不來;災不害,病不害,你的相思常害;花不戴,翠不戴,你的金釵懶戴;茶不思,飯不想,只盼個人來。前世裡債,今世裡債,惹下了牽連債,惹下了牽連債。〔尾〕猛聽得寒蛩唧唧聲嘹亮,鐵馬兒輕敲把悲聲送,盼想那可意人兒,你為何不來?

〔註61〕清,李斗,《揚州畫舫錄》(臺北:世界書局,民國68年10月再版),頁257。

〔註62〕清,李漁,《閒情偶寄》,《歷代詩史長編二輯》(同註47),第七冊,頁77。

一折預爲吸起，如云我日當差、某人去幹某事之類是也。如此，則數語可
當一折，觀者雖未及看，實與看過無異。〔註63〕

李氏所言雖指自全劇中摘取數折，但同一原理也適合於自某折中摘出片段來，
《霓裳續譜》中就有許多此種「摘唱」或改編的曲詞，也呈現出多種編組技巧，現
就「整曲組織」及「各句摘編」兩方面詳細試作分析於下：

（一）整曲組織技巧

《霓裳續譜》中拆自戲曲的曲詞大半都是摘取戲曲原句綴合而成，小部分則不
取戲曲中句，而根據戲曲劇情作概括的敘述，或是據某處劇情，另行改編增衍成一
首曲詞。

甲、摘句綴合

1. 依摘句之順序分──由所摘句在原戲曲中的順序位置來分。又可分爲依序及
不依序兩類：

（1）依　序

即全曲各句所摘，皆依原戲曲順序，僅中間或有節略。如：卷二「你看那淡雲
籠月華」與《北西廂》比對於下：

《北　西　廂》〔註64〕	《霓　裳　續　譜》
〔喬牌兒〕你看那淡雲籠月華，似紅紙護銀蠟柳絲花朵垂簾下，綠莎茵鋪著繡榻。〔甜水令〕良夜迢迢，閒庭寂靜，花枝低亞。他是個女孩兒家，**你索將性兒**溫存，話兒摩弄，意兒浹洽，休猜做敗柳殘花。〔折桂令〕<u>他是個</u>嬌滴滴美玉無瑕，粉臉生春，雲鬢堆雅。<u>恁的</u>般受怕擔驚，又不圖甚浪酒閒茶，則被你那夾被兒時當奮發，（指頭兒告了消乏，打疊起嗟呀！）畢罷了牽挂。	〔西調〕你看那淡雲籠月華，似紅紙護銀蠟。柳絲花朵垂簾下，綠莎茵鋪著繡榻。涼夜迢迢，閑亭寂靜，花枝低亞。他<u>本</u>是箇女孩兒家，<u>須索要</u>性兒溫存，話兒摩弄，意兒浹洽，休猜作敗柳殘花。卻真是嬌滴滴美玉無瑕，粉臉生春，雲鬢堆雅。<u>似這</u>般受怕擔驚，又不圖你浪酒閑茶。（疊）。則<u>見他</u>加倍兒時當忿發，畢罷<u>那相思</u>牽掛。（疊）。

〔註63〕同前註。
〔註64〕毛晉編，《六十種曲》（臺北：臺灣開明書店，民國59年6月臺1版），第四冊，頁2706。

　　此表括號內者爲節略部份，以粗明體表示者爲改換語詞，以黑體字表示者爲另外增添的擴充字。此種方式幾乎是照錄戲曲曲詞，最爲簡易。

　　（2）不依序

　　所摘之句不依戲曲原來順序，而是隨意摘取雜綴而成。其中有些爲頭尾依序，中段不依序者，如：卷四「隨喜到上方佛殿」與《北西廂》比對：

《北　西　廂》〔註65〕	《霓　裳　續　譜》
〔節節高〕隨喜了上方佛殿，早來到下方僧院，行迴廚房近西，法堂北，鐘樓前面，遊了洞房，登了寶塔，把迴廊繞遍。數了羅漢，參了菩薩，拜了聖賢。〔旦引貼撚花枝上〕紅娘：和你佛殿上耍去來。〔生見旦科〕呀！正撞著五百年風流業冤。〔元和令〕顛不刺的見了萬千，似這等可喜娘臉兒罕曾見。引的人眼花撩亂口難言，魂靈兒飛在半天。他那裏儘人調戲……〔上馬嬌〕……呀！誰想這寺裏遇神仙，我見他宜嗔宜喜春風面……〔勝葫蘆〕……〔幺〕恰似嚦嚦鶯聲花外囀，行一步可人憐。……萬般旖旎，似垂柳晚風前〔貼〕姐姐！那壁廂有人，回去罷……〔后庭花〕若不	〔黃瀝調〕隨喜到上方佛殿，又來到下方僧院，參了菩薩，數了羅漢，拜了賢聖。遊罷僧房，登了寶塔，迴廊遶徧。行到了法堂深處闌干裏，幸遇見五百年前風流孽冤。誰知道此處遇著神仙，魂靈兒飛在半懸天。宜嗔宜喜春風面，欲行欲止小金蓮。嚦嚦鶯聲花外囀，陰陰垂柳晚風前，行一步可人憐，眼花撩亂口難言。香馥馥襯殘紅芳徑軟，嬌滴滴步香塵底兒淺，蘭麝香還在。呀！珮環聲漸漸遠，空留戀；好教我又害這透骨髓的相思，怎當得他臨去秋波那一轉？

〔註65〕同前註，頁2652。

《北　西　廂》〔註65〕	《霓　裳　續　譜》
——14—— 是襯殘紅芳徑軟，怎顯得步香塵底樣兒 ·14⌐ 淺？……〔柳葉兒〕……⌐15-〔寄生草〕蘭 ——15—— 麝香仍在，珮環聲漸遠，……〔賺煞〕 ——16—— 餓眼望將穿，饞口涎空嚥，空著我透骨 ——16—— 髓相思病染，怎當他臨去秋波那一轉？	

　　表中數字是代表所摘句在原戲曲中的次序。共自《北西廂》第一齣「佛殿奇逢」中摘了十六段，將《霓裳續譜》曲詞與《北西廂》比對，以《北西廂》的次序為準，則《霓裳續譜》摘取的次序為：1→4→3→5→2→6→9→8→10→11→13→12→7→14→15→16，可知除頭（1）尾（14→15→16→）次序與原戲曲相同外，其餘皆錯綜隨意摘取組成。

　　也有僅起頭依序，其餘皆不依序者。如：卷二「風靜簾閒」、「靜坐幽齋」等皆是，此類曲詞除末段不依序以外，其餘皆與前舉之例相似。也有除末段依序其餘各句皆不依序者。如：卷二「控金鉤簾不掛」與《北西廂》比較：

《北　西　廂》〔註66〕	《霓　裳　續　譜》
⌐1⌐ ⌐2⌐ 〔新水令〕晚風寒峭透窗紗，控金鉤繡 -2⌐ ⌐3⌐ 簾不挂。門闌凝暮靄，樓閣斂殘霞，恰 對菱花，樓上晚妝罷。〔駐馬聽〕不近喧 ⌐4⌐ 譁，嫩綠池塘藏睡鴨，自然幽雅。淡黃 ⌐5⌐ ⌐6⌐ 楊柳帶棲鴉，金蓮蹴損牡丹芽，玉簪抓 ⌐6⌐ ⌐7⌐ ⌐8⌐ 住荼蘼架，夜涼苔徑滑，露珠兒溼透了 -8⌐ 凌波襪。	⌐1⌐ 〔西調〕控金胸簾不掛，晚風寒透窗紗 ⌐6⌐ ⌐5⌐ ，玉簪兒抓住荼蘼架，金蓮蹴損牡丹芽 ⌐4⌐ ⌐3⌐ ⌐7- 。嫩柳池塘藏睡鴨，樓角抹殘霞，夜涼 ⌐7⌐ ⌐8⌐ 苔徑滑。（疊）。夜深沉露珠兒濕透凌波 —8— 襪。（疊）。

〔註66〕同註64。

此曲與《北西廂》的順序比對是：2→1→6→5→4→3→7→8 可知除末兩句（7→8）為依序，其餘不但不依序，而且有些類似反序摘取。

另有全曲各句皆不依序者，如：卷二「淋漓彩袖啼紅淚」與《北西廂》比較：

《北　西　廂》〔註67〕	《霓　裳　續　譜》
〔四邊靜〕霎時間盃盤狼藉……有夢也難尋覓……〔耍孩兒〕淋漓襟袖啼紅淚，比司馬青衫更溼，伯勞東去燕西飛，未登程先問歸期，雖然眼底人千里，且盡生前酒一盃。未飲心先醉，眼中流血心內成灰。〔五煞〕……〔四煞〕……老天不管人憔悴……見了些夕陽古道，衰柳長堤。	〔西調〕淋漓彩袖啼紅淚，伯勞東去燕西飛，老天全然不管人憔悴。夕陽古道，衰草長堤，只得眼中流血，心內成灰。眼底人千里，且盡樽前酒一盃。（疊）。到而今總有好夢難尋覓！（疊）！

此曲與《北西廂》順序比對是：2→3→6→7→5→4→1 完全不依序，是隨意組合而成。

2. 依增編之份量分——在「摘句綴合」的曲詞中，有些為全曲各句皆摘自戲曲，也有些除摘句以外，另再增編曲詞來補足曲意，「增編」部分或多或少並不固定，有短僅一句，也有長達十數句者，若由「增編」在全曲中所佔位置及份量來分，又可分為以下幾類：

（1）全摘句

即整曲句皆摘自戲曲，無任何「增編」句。如：前舉「控金鉤簾不掛」、「淋漓彩袖啼紅淚」等曲屬此。

（2）頭尾增編，中段摘句

〔註67〕同註64，頁2728。

此類最常見於「頭尾同調」而「曲中」僅由一個曲牌組成的牌子曲中。如：卷七「終日懨懨身有恙」：

〔南寄生草〕終日懨懨身有恙，時時刻刻想于郎，楚江情一紙相送，恰似波折樣。娘說淑業至，暫且請到西樓上，待奴家扶病整梳粧。〔懶畫眉〕夢影梨雲正茫茫，病不深秋懶下床，欣然扶病認檀郎。呀！果然可愛風流樣，甚的相逢看欲狂。〔寄生草尾〕見情人，令人纔把眉兒放。

將之與《西樓記》〔註68〕第八齣《病晤》中曲詞比對，知「曲中」的「〔懶畫眉〕夢影梨雲……看欲狂」曲牌與曲詞整段完全摘自《西樓記》，而「曲頭」（即〔南寄生草〕）及「曲尾」（即〔寄生草尾〕）的曲詞則是據該齣劇情（綜合曲文與曲白所得）概括編成，其作用在以簡短的曲詞約略介紹劇情，使整曲可形成一獨立單位，以彌補因「曲中」摘句所成斷章支離的弊病。

（3）頭尾摘句，中段增編

此是中間一段為原戲曲所無，乃另行增入衍出的曲詞，如：卷七「碧雲天黃花地」：

〔寄生草〕碧雲天，黃花地，西風緊，北雁南飛。曉來誰染霜林醉？秋江上的芙蓉，盡都是離人淚。〔詩篇〕猛聽得一聲去也，鬆了金釧，遙望見十里長亭，減了玉肌，眼前多少傷心事，咳！可憐此恨有誰知？**夫人先把長亭上，鶯鶯無奈下了香車，見張生在席上斜簽著坐，他悶懨懨無語蹙雙眉。**〔寄生草尾〕車兒投東馬兒向西，只落得一遞一聲長吁氣！

與《北西廂》〔註69〕第十五齣《長亭送別》曲詞比對，知頭尾為摘句，而中段「夫人先把長亭上，鶯鶯無奈下了香車，見張生在席上斜簽著坐，他悶懨懨無語蹙雙眉。」為另外增編。

（4）不定增編句

即在曲中不定處隨意插入增編句，此種「增編句」大半也是據原戲曲劇情而來，插在摘句間，目的在銜接各摘句，以連續曲情。如：卷二「雲斂晴空」：

〔西調〕雲斂晴空，冰輪乍湧，香塵滿徑，離恨千端，閒愁萬種。玉容深鎖繡幃中，暗想嬋娥廣寒宮內與誰共？**花下徘徊，耳邊忽响叮咚，把紅娘問一聲**：莫不是步搖的寶髻響？莫不是裙拖環珮聲？莫不是簷前鐵馬關？莫不是金鈎珊簾櫳？莫不是銅壺滴漏聲？**紅娘說**：這音聲好教我妾身真難辨！呀！原來就在粉墻東。**小姐聞言，側耳細聽**（疊）：卻原來西廂月下把

〔註68〕同註64，第八冊，頁4531。
〔註69〕同註64，頁2725。

琴音送。(疊)。

　　與《北西廂》〔註70〕第八齣《鶯鶯聽琴》曲詞比對，知「花下徘徊，耳邊忽聽響叮咚，把紅娘問一聲」、「紅娘說：這音聲好教我妾身真難辨」、「小姐聞言側耳細聽」為增編，其餘則皆摘自《北西廂》。

乙、概括劇情

　　曲中並無摘句，而是將戲曲劇情作概括描述，此種改編僅取戲曲之「義」而不取其「詞」。如卷二「張君瑞收拾琴劍書箱」：

　　　　〔西調〕張君瑞收拾琴劍書箱遊學，散悶來到蒲東，散步閑行普救禪林。遇見那小姐鶯鶯，借住西廂要與那人結秦晉。飛虎兵困，張珙修書求故人，慧明怒生嗔，一封書到，杜將軍兵退許成親。夫人變卦，小姐沉吟，寄柬傳詩，與隔院聽琴，恩愛情深。(疊)。拷紅娘問原因，草橋驚夢，衣錦榮歸，風流整頓。(疊)。

　　雖然僅祇一曲，但卻已綜述出全本《西廂記》的本事。

丙、改　編

　　即據戲苗某處劇情，改以俗語俚詞或地方土語配成曲詞，而不用原來戲曲中曲詞。此種改編不但使曲詞通俗化適合俗曲演出，而且常常能針對某處劇情深入發揮，作更細膩生動的描繪。如：卷七「小紅娘進繡房」

　　　　〔慢岔〕小紅娘，進繡房，一見了鶯鶯說是：「不好！」拍了拍巴掌！「姑娘啊！可有了飢荒。有個人兒本姓張，二十三歲未曾娶妻守空房。姑娘啊！他教我和你商量。」鶯鶯惱罵紅娘：「這個樣的事兒不知道，你可別和我商量。丫頭啊！你少要輕狂！」

　　又如：卷八「豈有此禮使不的」：

　　　　〔平岔〕豈有此禮？使不的！也是我紅娘臉蛋憨皮，張先生道（倒）虧是你。〔剪靛花〕君瑞一見笑嘻嘻，一見了紅娘深深的作了一個揖。(重)。：「學生今年二十三歲，只到如今不曾娶妻受孤恓。(重)。」小紅娘臉蛋憨皮：「誰問你娶妻不曾娶妻？誰來問著你？臊誰的皮？(重)？〔岔尾〕若是別人我不依，揪斷奴的香羅帶兒，紅綾褲兒圄侖著拿什麼繫？沒來由反道（倒）說人家著急！」

　　此種改編技巧比前述「摘句掇合」高明得多，真正能表現出民間俗曲俚俗生動的諧趣！

〔註70〕同註64，頁2691。

（二）各句摘編技巧

前面所述為整曲組織的技巧，而整曲是由各句組成，本小節則將曲中各拘摘錄或改編的技巧，提出再作進一步分析，希望藉著整體及局部結構的分析與探討，能對當時民間俗曲摘錄或改編戲曲的技巧，有更深入的瞭解。

由各句來看，摘編的技巧可分以下幾類：

1. 直　取

即直接摘取戲曲原句，絲毫不予增減變化。此類最為簡易，摘取者僅須注意各句間聯貫及韻腳即可，不須另花心思。《霓裳續譜》中使用甚多，如：卷二「你看那淡雲籠月華」一曲中之「你看那淡雲籠月華」、「似紅紙護銀蠟」……等各句；卷四「嫩綠池塘藏睡鴨」一曲中之「嫩綠池塘藏睡鴨」、「淡黃楊柳帶棲鴉」……等皆是。此外，有此為合戲曲中兩句的片段為一句者，或有些曲詞在字面上雖與所摘戲曲有出入，但很明顯可看出是諧音造成的別字異文或訛誤者，也皆應歸屬此類。前者如：卷二「玉宇無塵」一曲中之「廻廊下齊齊整整」乃合《北西廂》「廻廊下沒揣的見俺可憎」及「等待那齊齊整整」兩句而來；後者如：同一曲中的「心兒裡瞞昧著聰明」、《北西廂》則作「心兒裡埋沒著聰明」。又如：卷四「隔窗兒咳嗽了一聲」一曲中「單請你有恩有義賢忠客」《北西廂》作「單請你個有思有義閒中客」。

2. 縮　簡

將所摘句縮短簡化，如：卷二「懨懨瘦損」與《北西廂》第五齣《白馬解圍》曲詞比對，《北西廂》之「蝶粉輕沾飛絮雪」，《霓裳續譜》簡作「蝶沾絮雪」；「燕泥香惹落花塵」簡作「雁落花塵」；「繫春心情短柳絲長」簡為「柳繫春情」等。

3. 擴　充

除所摘句外，在不改變曲意之下，另外加入一些補充曲意的語詞或襯字、虛詞等，以適合俗曲曲詞。如：卷二「玉宇無塵」一曲中「我這裡拽起羅衫悄地潛行」《北西廂》僅作「我拽起羅衫欲行」；「半萬賊兵」一曲中「片時把烟塵掃盡」《北西廂》作「片時掃盡」；「對菱花晚粧罷」一曲中「控金鉤珠簾不捲低垂掛」《北西廂》作「控金鉤繡簾不挂」等。

4. 改　換

據原戲曲曲意，不照襲其句而將戲曲中句改換為較通俗或適合俗曲的語詞。有整句皆改的，如：卷二「閒庭寂寞愁無限」一曲中將《北西廂》「一緘情泪紅猶溼」改換成「一行行珠淚滿紙」；又如：卷五「暗中偷覷」一曲將《北西廂》第十四齣《堂前巧辯》中曲白「人而無信，不知其可也」改換成「人無信，事不齊」；「張生非慕

小姐顏色，豈肯建退軍之策」改換成「張君瑞若不爲想著小姐，怎得白馬將軍來解圍」；「既然不肯成其事，只合酬之以金帛，令張生捨此而去」改換成「既然不與他成婚配，就該酬謝，教他遠離」。也有僅改換摘句中一、二個語詞的，如：卷四：「隔窗兒咳嗽了一聲」一曲中將《北西廂》「老兄無伴等」改換成「先生無伴等」；又如：卷二「半萬賊兵」一曲中將《北西廂》「請老兄和鶯鶯匹聘」改換成「請先生合俺鶯娘匹配」。可見都是爲了適應各時代或地域、民間習稱所作的修改。

除此四類外，還有些是概括曲情及針對戲曲某一戲情而作的深入描繪，多屬整曲性質，已見前小節「整曲組織技巧」中。此處不另贅述。

綜括而論，在「拆自戲曲」的各種技巧中，應以「改編」一類最能表現民間藝術的特殊技巧，最吸引人，也最具價值，且早已爲民間曲藝所習用，如：明賈鳧西即以此種技巧將《論語》、《孟子》等經學作品改爲俗曲，現舉兩例，並對照於下：

《論　語》（出卷十一先進篇）	賈　氏　所　改　俗　曲
點爾何如？鼓瑟希，鏗爾，舍瑟而作。對曰：異乎三子之撰。子曰：何傷乎？亦各言其志也。曰：莫春者，春服既成，冠者五、六人，童子六、七人，浴乎沂，風乎舞雩，詠而歸。夫子喟然歎曰：吾與點也！〔註71〕	「點點你幹啥？」我正彈琵琶，聽到問，便慢彈，嘣的一聲才算完。站起來，忙問答：「俺可不像他們三。」夫子說：「怕什麼？各人的主意各人拿。」「三月裏，三月三，穿上我的大布衫，也有大，也有小，跳了河裏洗個澡，去乘涼，回來唱著梆子腔。」夫子聽了嘆口氣：「點點你眞可以，我的主意也像你。」〔註72〕。
孟　子（出梁惠王章句上）	賈　氏　所　改　俗　曲
晉國天下莫強焉，叟之所知也。及寡人之身，東敗於齊，長子死焉，西喪地於秦七百里，南辱於楚，寡人恥之，願比死者壹洒之。〔註73〕	晉國天下本來大，瞞不了你老人家。一輩一輩的傳到咱，東邊打了一仗，丟了一個大娃娃，西邊打了一仗，把天下丟了個多半拉，南方又被蠻子罵，提起來把寡人臊殺，恨不得把祖宗刨出來，一輩一輩的拿刷子刷。〔註74〕

〔註71〕《論語》，《十三經注疏》（臺北：藝文印書館民國70年元月8版），頁100。
〔註72〕齊如山，《鼓詞小調》，《齊如山全集》（齊如山先生遺著編印委員會，未註出版日期），頁23。
〔註73〕《孟子》（同註71），頁14。
〔註74〕同註72。

此種改編與《霓裳續譜》中此類技巧異曲同工，將原本較不易爲一般民眾所接受的作品，改成通俗口語，不僅使人人易曉，且配合運用時代性語詞，內容生動，趣味盎然，成爲不可多得的作品。

以上所述諸項改編技巧，皆是依照舊有材料加以改製增衍而來，其中拆自戲曲者就佔了全書曲數的百分之十二左右。此類作品不僅《霓裳續譜》所收曲詞中份量甚多，其實在許多民間曲藝中亦如此，甚至有更甚者，如：張長弓《鼓子曲言》，在論鼓子曲之體別時，稱此類爲「翻譯體」，其所佔份量竟高達鼓子曲曲目的十分之七〔註75〕。可見此類作品，在民間各類曲藝中一直都是大量的被吸收運用的！

〔註75〕張長弓，《鼓子曲言》（臺北：正中書局，民國64年11月臺3版），頁98。

第六章 「萬壽慶典」研究

第一節 導言

在乾隆本《霓裳續譜》中，除收有三卷「西調」及五卷「雜曲」外，另在卷首附有一卷「萬壽慶典」，雖在卷首註云：「乾隆五十四年備」，但在目錄中，則云：「慶典別有一本在內，乾隆五十五年」。可知此卷所收，應是用於乾隆五十五年高宗八旬萬壽慶典時之演出。而卷首所云：「乾隆五十四年備」蓋指此卷訂於乾隆五十四年，當時即開始籌備此次的演出。此外，在卷尾附有一詩，云：「排演慶典幾數年，乾隆辛未已為先，南巡山東、直隸處，在景換式朝聖顏。」其後並署云：「留詞人天津顏自德訂。」說明了顏自德即此卷曲詞之留詞者。王廷紹在《霓裳續譜·序》中所指出的輯曲者顏曲師，應即為此人〔註1〕，而此卷曲詞的演出者，自然也應是顏曲師所屬之曲部了！

在民國一、二十年左右，由北京大學所發起的歌謠徵集工作，正如火如荼的展開，《霓裳續譜》也即在此時受到學者的重視，其中八卷曲詞，一般學者多予極高評價，但對附卷「萬壽慶典」，則不盡如此，雖部份學者在著述中曾屢加引用〔註2〕，但多數學者對之則嗤之以鼻，如：章衣萍校點的《霓裳續譜》，竟不作任何說明而將此卷隨意刪去不錄；劉復在為章氏校點本（即：國學珍本文庫本）所作〈序〉中亦云：「至於卷首所載乾隆五十四年萬壽典的歌曲十八葉，那是道地的廟堂文

〔註1〕 參見第一章第二節。

〔註2〕 如李家瑞《北平俗曲略》在「攤簧」、「利津調」、「邊關調」、「大四景」、「老八板」、「銀紐絲」、「蓮花落」、「打花鼓」、「夯歌」等項中，皆有引及（臺北：文史哲出版社，民國63年2月再版），頁59、70、87、124、126、131、148、152、184等）。

藝，與民間文藝更不相干。」由於這種價值的認定，加上乾隆刻本的稀少，一般學者所易見者多為章氏所校點的國珍本〔註3〕，故歷來學者很少提及，少數提及者亦皆未加深究〔註4〕。但經筆者將「萬壽慶典」作了較詳細的分析以後，卻覺得此卷實具有以下幾項獨特的價值：

　　1. 曲詞中有部份幾乎完全取自當時流行之俗曲，僅稍改動幾處字句，以應景而已〔註5〕。

　　2. 所用曲牌多別處未見或少見者〔註6〕。

　　3. 含括了多種曲藝形式的演出〔註7〕。

　　4. 除了曲名、曲詞、曲牌外，「萬壽慶典」中並將演出次序、人物、彩扮、行頭、砌末、後場用樂及演奏提示等作了註記。此種記載方式為當時少見，不但保存了演出實況，且提供了後人研究當時曲部演出時彩扮、行頭、砌末及後場用樂情況的最直接材料。

　　基於以上所述價值，現分五節，對「萬壽慶典」的背景、曲詞、曲牌、曲藝、演出概況等，分別試作較深入的探究。

第二節　乾隆朝宮廷演戲及「萬壽慶典」演出場合

　　乾隆時代的宮廷演戲至為頻繁，一切戲曲演出皆由「南府」、「景山」負責。乾隆初年，太監在「南府」排戲，十六年高宗南巡帶回民籍伶工原住「景山」，其後亦及於「南府」。此後即有內、外學之分，太監為「內學」學生；民籍伶工及八旗子弟選入者稱為「外學」。前者皆在「南府」，後者則「南府」、「景山」皆有。兩者皆由南府景山管理事務大臣負責管理。當時凡在太后宮內與金昭玉粹晏戲時，皆為「內學」承應，至漱芳齋始有「外學」，寧壽宮及同樂園則為內、外合演〔註8〕。

〔註3〕1959年12月上海中華書局出版據集賢堂本校訂之排印本（收於明清民歌時調叢書中），雖然書末附有「萬壽慶典」，但因印行數量並不多（印數1～1650），並不普及。

〔註4〕潘深亮所撰〈故宮裡的小戲臺和曲藝演出〉一文（《曲藝藝術論叢》第三輯，北京，中國曲藝出版社，1982年，頁98～99），也僅提及「萬壽慶典」中收有「金錢蓮花落」、「太平鑼鼓」、「攤簧調」等曲藝形式演唱而已。

〔註5〕見本章第三節。

〔註6〕見本章第四節。

〔註7〕見本章第三節及第五節。

〔註8〕以上見王芷章，《清昇平署志略》第二章（臺北：新文豐出版公司，民國70年2月影印民國26年4月版），頁5～40及吳志勤〈昇平署之沿革〉一文，《文獻特刊、論叢、專刊合集》（臺北：臺聯國豐出版社，民國56年10月）。

「內學」所演戲，依其承應之不同，可分爲：

一、月令承應

清宮中各節令幾乎都有演戲，凡各節令所奏演其時典故，如：屈子競渡、子安題閣諸事之戲，稱爲「月令承應」〔註9〕。大致有元旦承應、立春承應、上元前一日承應、上元承應、上元後一日承應、燕九承應、花朝承應、寒食承應、浴佛承應、碧霞元君誕辰承應、端陽承應、關帝誕辰承應、賞荷承應、七夕承應、中元承應、北岳大帝誕辰承應、中秋承應、重九承應、宗喀巴誕辰承應、冬至承應、臘日承應、賞雪承應、賞梅承應、觀酺承應、祀竈承應、小除夕承應、除夕承應等。〔註10〕

二、慶典承應

又可分爲：

1. 法宮雅奏——於內庭諸喜慶事，奏演祥徵瑞應者，稱爲「法宮雅奏」〔註11〕。有定婚承應、大婚承應、皇子成婚承應、皇子誕生承應、洗三承應、彌月承應、恭上徽號承應、冊封妃嬪承應、大駕還宮承應、迎鑾承應、行幸翰苑承應、行圍承應、召試詠古承應、酒宴承應等〔註12〕。

2. 九九大慶——萬壽節、元旦、冬至爲清廷三大節，其中尤以萬壽節最受重視，於萬壽令節前後奏演群仙神道添籌錫禧，以及黃童白叟含哺鼓腹之戲，稱爲「九九大慶」〔註13〕。有皇太后萬壽承應、皇帝萬壽承應、皇后千秋承應、皇太妃壽辰承應、皇貴妃壽辰承應、皇子千秋承應、親王壽辰承應〔註14〕。在諸萬壽節中，以皇太后及皇帝之正誕萬壽最爲隆重，其時宮中及京師輦道所經之戲曲演出皆甚盛大，詳參後述。

3. 臨時承應——此是指於正項承應外，臨時加演小戲以爲娛樂。〔註15〕

以上爲「內學」所作的各類承應，至於「外學」的承應，由於乾隆一代此類檔案

〔註9〕清，昭槤，《嘯亭續錄》（臺北：弘文館出版社，民國75年11月），頁377「大戲節戲」條。

〔註10〕見《清昇平署志略》第四章（同註8）頁58～74及清于敏中等奉敕纂輯之《國朝宮史》（臺北：臺灣學生書局，民國54年11月影國立臺灣大學藏本）卷七乾清宮家宴儀（頁217～218）、乾清宮曲宴廷臣諸條（頁222～223）。

〔註11〕同註9。

〔註12〕《清昇平署志略》第四章，同註8，頁89～97。

〔註13〕同註9。

〔註14〕《清昇平署志略》第四章，同註8，頁97～130。

〔註15〕《清昇平署志略》第四章，同註8，頁131。

多已闕殘，僅能推知凡在漱芳齋、寧壽宮、同樂園所演出者中可能即有「外學」〔註16〕。

各種承應所演戲，由其演出排場大小或劇本長短來看，有些為「大戲」，排場至為盛大，如《簷曝雜記》卷一「大戲」條云：

> 內府戲班子弟最多，袍笏甲冑及諸裝具，皆世所未有，余嘗於熱河行宮見之。上秋獮至熱河，蒙古諸王皆覲，中秋前二日為萬壽聖節，是以月之六日即演大戲，至十五日止。所演戲率用《西遊記》、《封神傳》等小說中神仙鬼怪之類，取其荒幻不經，無所觸忌，且可憑空點綴，排引多人，離奇變詭作大觀也。戲臺闊九筵，凡三層，所扮妖魅，有自上而下者、自下突出者，甚至兩廂樓亦化作人居，而跨駝舞馬則庭中亦滿焉。有時神鬼畢集，面具千百，無一相肖者。神仙將出，先有道童十二、三歲者作隊出場，繼有十五、六歲；十七、八歲者，每隊各數十人，長短一律，無分寸參差，舉此則其他可知也。又按六十甲子扮壽星六十人，後增至一百二十人；又有八仙來慶賀，攜帶道童不計其數。至唐玄奘僧雷音寺取經之日，如來上殿、迦葉、羅漢、辟支、聲聞，高下分九層，列坐幾千人，而臺仍綽有餘地〔註17〕。

此排場之龐大，演員之眾多，實屬驚人。所指演出唐玄奘取經故事蓋即《嘯亭續錄》卷一〔註18〕。「大戲節戲」條所云之「《昇平寶筏》」，此類劇本另有《勸善金科》、《鼎峙春秋》、《忠義璇圖》等〔註19〕，演出時之排場與此應不相遠，此種演出之盛大感人，連當時來謁見乾隆皇帝祝壽的英國使者，都目瞪口呆而為之讚嘆不已，喬治‧馬戛爾尼所撰《英使謁見乾隆記實》於乾隆五十八年（1793）9月18日之日記中即云：

> 我們今早仍進皇宮參加盛會……戲劇由早上八時開演一直到正午停止……戲場中所演的戲劇時時變更，演完一齣又一齣……最後的一齣大軸戲可偉大了！是一齣神怪熱鬧的戲；演的是大地和海洋結婚的故事，開場時乾宅與坤宅各誇耀其豪富，先由大地盡出她所藏的寶物示眾，其中有龍、有象、有虎、有鷹、有鴕鳥，這都是動物；植物方面則有橡樹、松樹以及其他奇花異草。海洋方面也不甘示弱，盡出其富藏以與周旋，除常見

〔註16〕 見《清昇平署志略》第二章，同註8，頁8。據道光二年十一月二十九日總管祿喜上奏摺所云乾隆十九年正月初一演劇情況所推得。

〔註17〕 趙翼，《簷曝雜記》，《筆記小說大觀》第三十三輯（臺北：新興書局，民國72年5月），頁11。

〔註18〕 同註9。

〔註19〕 同前註。

的岩石、介殼、珊瑚等外，則有鯨魚、海豚、海狗及中巨型動物，都是優
伶扮演，舉動神情皆極酷肖。雙方的寶物盡顯露在戲台上，他們在左右兩
面各自繞場三次，然後混而爲一，接著就金鼓大作，雙方所有的寶物混合
在一起，同至戲台之前盤旋了好一會，又再分爲兩部份，中間現出一空隙，
使鯨魚上場站在中央做個司令官，由它代表向乾隆皇帝行禮，行禮時鯨魚
口中噴水，約有數噸之多，水直趨戲場地板，但地板並不因此而積水，那
是建造得法，水一到地，立即由板隙流下去了。〔註20〕

除了「大戲」外，又有較短小，用於內庭喜慶或酒宴承應之戲，甚至還有〔岔曲〕
等俗曲的表演，據《清宮述聞》卷六引《乾隆帝倦勤齋詩》注云：

　　倦勤齋建有小戲臺，乾隆時嘗命南府太監演唱岔曲于此。〔註21〕

可知乾隆時期倦勤齋小戲臺被用來作爲曲藝的表演。在當時此類小戲台除倦勤齋外，
還有在景祺閣內西間的小戲台，儲秀宮麗景軒內西面的小戲台、長春宮怡情書史室內
西間的小戲台及漱芳齋後殿西間的小戲台。其中景祺閣小戲台、麗景軒小戲台、怡情
書史小戲台今日皆已廢去〔註22〕，僅存倦勤齋及漱芳齋後殿西間兩座小戲臺。

　　今存之漱芳齋內小戲臺在臺前有乾隆御筆所書「風雅存」三字小額〔註23〕，上
下對聯爲「自喜軒窗無俗韻，聊將山水寄清音」，臺面約十坪米，高不過三米，由對
聯所云「清音」，知此處可能即以演出清音爲主〔註24〕，而臺面的大小也正適合此
類曲藝的演出。

　　倦勤齋則位於外東路貞順門之西，前爲符望閣，小戲臺在齋內西間〔註25〕，始
建於乾隆中葉（約三十七、八年之間），戲台坐西朝東，四柱一檐，一個台面，面積
與漱芳齋小戲台差不多，台上有一副：「壽添南極應無算，喜在嘉生兆有年」〔註26〕。
既然乾隆時在此嘗演出岔曲，自然也是其他曲藝所適合表演的場所。

〔註20〕喬治·馬戛爾尼撰，秦仲龢譯，《英使謁見乾隆記實》，《近代中國史料叢刊》第八八輯
　　　　（臺北：文海出版社，民國62年2月），頁192～194。

〔註21〕章唐容，《清宮述聞》，《近代中國史料叢刊》第三十五輯（臺北：文海出版社，民國58
　　　　年4月初版）卷六，頁521。

〔註22〕王聲和、魏世培合撰，〈清宮內廷戲臺考略〉，《文獻特刊、論叢、專刊合集》（臺北：臺
　　　　聯國風出版社，民國56年10月），頁65～67。

〔註23〕相傳乾隆晚年嘗召集詞臣於漱芳齋酬和，乾隆帝曾於此小戲臺粉墨登場！故有「風雅存」
　　　　匾額，此說待考。見於〈清宮內廷戲臺考略〉一文，頁67。

〔註24〕潘深亮，《故宮裡的小戲臺和曲藝演出》，《曲藝藝術論叢》第三輯（北京：中國曲藝出
　　　　版社，1982年），頁98。

〔註25〕同註22，頁66。

〔註26〕同註24。

三、「萬壽慶典」演出場合

《霓裳續譜》前所附《萬壽慶典》，是準備於乾隆五十五年高宗八旬萬壽慶典時演出的曲本，其演出的場合有兩種可能：

1. 召進宮內演出。若如此，則可能就在此五個小戲臺上舉行。由《霓裳續譜》曲詞及王廷紹〈序〉中可知顏曲師所屬曲部蓋屬於「清音」（又稱「檔子班」）團體，故在以演出清音檔子為主的漱芳齋內小戲臺演出的可能性最高。另據「《萬壽慶典》」後所附詩云：「排演慶典幾數年？乾隆辛未已為先；南巡山東直隸處，在景換式朝聖顏。」，知顏氏自乾隆十六年，高宗南巡時已參與排演慶典演出工作，直到乾隆五十五年已有近四十年的經驗，其間自然也參與不少次慶典的演出，故即使此次（乾隆五十五年）之萬壽慶典演出不在宮內，其他前幾次中也可能曾有被召進宮中而在這些小戲臺上演出的經驗。

2. 參與由西華門至圓明園，輦道所經數十里內祝嘏演戲亭臺的演出。在乾隆一朝六十年中，有四次萬壽慶典最為隆重，除乾隆十六年的太后六旬、二十六年太后七旬、三十六年太后八旬慶典外，就是五十五年的此次高宗八旬萬壽慶典。此四次慶典除了宮中演戲外，在京師鑾輿所經皆分段點景紮台，張燈結綵百戲並陳，顏曲師的曲部很可能也參與其中，據《簷曝雜記》卷一「慶典」條記載太后六旬盛況云：

> 皇太后壽辰在十一月二十五日，乾隆十六年屆六十慈壽，中外臣僚紛集京師舉行大慶，自西華門至西直門外之高梁橋十餘里中，各有分地張設燈綵，結撰樓閣；每數十步間一戲台，南腔北調，備四方之樂，侲童妙伎，歌扇舞衫，後部未歇，前部已迎，左顧方驚，右盼復眩，遊者如入蓬萊仙島，在瓊樓玉宇中，聽《霓裳曲》、觀《羽衣舞》也。……時街衢惟聽婦女乘輿，士民則騎而過，否則步行，繡轂雕鞍，填溢終日。〔註27〕

盛況之非凡，演劇之熱烈於此可見。其中所云「侲童妙伎，歌扇舞衫」筆者疑指的即檔子班一類曲藝的演出〔註28〕。而在乾隆二十六年太后七旬壽慶的點景演戲中，也有歌童承應小曲的表演，據乾隆二十六年十二月二十八日大學士傅恆、協辦大學士兆惠等所奏太后七旬萬壽時，所用外邊戲班及用費奏章云：

> 皇太后七旬萬壽慶典，所有西華門至高亮橋各段點設景物用過工料錢糧，業經奉旨派出大臣查核奏明，准銷銀七萬八千八百四十七兩五錢七分四釐，其臨時扮演彩戲、切末等項工飯零星費用，先經臣等奏明難為預為

〔註27〕同註17，頁9。
〔註28〕乾、嘉之檔子班優童，於演出時即將所歌之曲書於扇上。見：袁潔，《蠡莊詩話》（臺北：廣文書局，民國66年1月），頁387。及參本論文第一章第三節。

估計，統俟辦理事竣，詳細查核實用數目報銷等因各在案。今已事竣，所有承應彩戲大班十一班，每班雇價二百兩，計二千二百兩；中班五班，每班雇價一百五十兩，計銀七百五十兩；小班四班，每班雇價一百兩，計四百兩；歌童一百二十五班，每班雇價二十兩，計二千五百兩；雜耍等項人役五十二名，雇價銀三百九十四項。自八月初一日起，至十一月十五日，演習承應彩戲共二十次，每次用飯食銀一百五十一兩五錢，計錢三千三十兩；排演承應小曲雜耍共二十次，每次用飯食銀五十六兩四錢，計銀一千一百二十八兩；往返拉運行頭、車腳用銀八百十六兩三錢七分；戲班粘補行頭添辦切末銀三千六百九兩四錢九分；小曲添補行頭切末銀一千二百九十七兩一錢一分；雜耍人役添換衣帽銀一百六十八兩；奉旨恩賞各班承應人役銀九百五十四兩。以上通共實用銀一萬七千二百四十六兩九錢七分。為此謹具奏聞。〔註29〕

由此奏章不只可看出當時花費的龐大〔註30〕，最堪注意的是：其中歌童承應小曲竟多達一百二十五班，其演出時自然必與《簷曝雜記》所云：「侲童妙伎，歌扇舞衫，後部未歇，前部已迎，左顧方驚，右盼復眩」的情景相同，也可見當時此種歌童曲部的盛行。太后八旬及乾隆五十五年的高宗八旬萬壽，雖因檔案殘缺，無確切之演戲資料可查，但由《簷曝雜記》卷一〔註31〕及《國朝宮史》、《八旬萬壽盛典》〔註32〕中圖版、圖說等可知其盛況皆不減於前〔註33〕，故在此四次萬壽慶典京師輦道所

〔註29〕 《內務府慶典成案》，《近代中國史料叢刊續編》第六十三輯，（臺北：文海出版社，民國68年2月），卷二，頁131所收載。此奏亦見《清昇平署志略》，同註8，第四章，頁98引載藏於齊如山先生處奏紙。

〔註30〕 同註17，頁10，「慶典」條云：「皇太后壽辰在十一月二十五日，乾隆十六年屆六十慈壽……皇太后見景色鉅麗，殊嫌繁費，甫入宮即命撤去，以是辛巳歲皇太后七十萬壽儀物稍減。後皇太后八十萬壽，皇上八十萬壽，聞京都鉅典繁盛均不減辛未。」可見此次太后七旬萬壽是最儉省的了！但花費都已如此，其他三次花費之龐大可想而知。

〔註31〕 同註17。

〔註32〕 清，于敏中等奉勅纂輯，《國朝宮史》（臺北：臺灣學生書局，民國54年11月，影國立臺灣大學藏本）；清，阿桂等纂修，《八旬萬壽盛典》，《文淵閣四庫全書》史部政書類（臺北：臺灣商務印書館）。

〔註33〕 《國朝宮史》續編，同前註，第三冊，卷十三，頁1352云：「三十四年……越歲辛卯，既恭遇聖母皇太后八旬萬壽，璇聞慶典，亘古稀逢，朕將率天下臣民，臚歡舞綵，敬迓幾禧，自當聽衢巷謳歌，共展尊親之義。」同書，頁1366又云：「本年為朕八旬壽辰，內外臣工情殷祝嘏……昨諸恩慕寺、永寧寺拈香，始見道旁點景處所過於繁費……。」；《八旬萬壽盛典》，同前註，卷七十七，頁661，云：「乾隆五十五年秋八月，臣民恭舉慶典，自西華門至圓明園，輦道所經數十里內，備綵飾、奏衢歌、陳百戲。」並參卷七十七、七十八的圖版及卷七十九、八十的圖說。

經的無數戲臺迎鑾祝嘏活動中，可能顏曲師所屬曲部即爲其一。

第三節　曲詞研究

　　一般學者皆以爲「萬壽慶典」的曲詞不外文人歌功頌德，堆砌餖飣之作，研究價值不高，故歷來學者甚少論及，但經筆者分析比對，卻發現有以下幾點值得提出討論的：

　　1. 此與《萬壽衢歌樂章》全由文人大臣所作不同，其曲詞有些直接取自當時流行之民歌俗曲，僅將某些語詞改換成吉祥祝壽的字句而已。

　　2. 有些曲詞雖或專爲祝壽而編，但卻以民間曲藝形式編成，保留了該曲藝的曲詞形式。

　　3. 由各曲的性質可以看出民間藝人在萬壽慶典的演出中所欲呈現的是代表各階層、地域的綜合體，無形中也保留了各階層、地域當時流行而具代表性的曲藝曲詞。換言之，亦即「萬壽慶典」是匯輯了當時北方民間流行曲藝的精華。

一、曲詞來源

　　「萬壽慶典」的曲詞有一部分可能是專爲祝壽而創作的，如：「連相武曲」、「鄉老慶壽」、「合和壽慶」、「六合同春」等是。另一部分則是取當代民間俗曲曲詞改編而成的，其改編方式大多僅更動幾處語詞，以頌壽祥瑞字句加以代換，以應景演出。實際上大半的曲詞仍保留了原來俗曲的原貌，例如：將「四景長春」與《霓裳續譜》卷六的「春色兒嬌」試比對於下，以資參考：

《萬壽慶典》中「四景長春」（四段第五）	《霓裳續譜》中「春色兒嬌」（卷六）
〔南疊落〕一統萬年祝長生（重），吾皇萬壽享康寧，眾窈窕四景長春把把壽詞唪。 〔玉蛾郎〕春色嬌，麗容和，暖氣暄，景物飄飄美堪憐。花開三月天，嬌嬈嫩蕊鮮。草萌芽，桃似火，柳如烟，仕女王孫戲要鞦韆。萬姓歡，軍民瞻聖顏，最喜融和天，蝴蝶兒對對穿花把兩翅兒	 〔玉蛾郎〕春色兒嬌，日永兒和，暖氣兒暄，景物飄飄美堪憐。花開三月天，嬌嬈嫩蕊鮮。草萌芽，桃似火，柳如烟，仕女王孫戲要鞦韆。暗傷慘，春歸兩淚連，恨鎖兩眉尖，蝴蝶兒對對穿花把

兩翅兒搧。清明上禁園，和風吹牡丹，玉樓人酒醉在杏花天。（重）。○端陽節，鬥龍舟，水面上滑，鑼鼓兒叮咚響板兒砸。多採玉簪花，佳人偏喜他，採蓮船盡都是些富豪家。艾葉靈符鬢邊上插，罩青紗，沉李並浮瓜，新鮮玉蕊茶。水閣涼亭，對對佳人把採扇兒擎。三伏似火發，勳（薰）風透體紗，賞名園開敗（放）了海榴花。（重）。○七月七，織女共牽牛，一年一度巧成雙，天河兩岸廂，迴文織錦忙，賞中秋，歌歡舞喜興兒狂，風吹鐵馬响叮噹。雁成行，離人思故鄉，對景好淒涼。²梧桐葉兒飄飄起飛揚，金風透體涼，佳人恨夜長。飲菊酒家家都慶賀重陽。（重）。○十月節，朔風寒，景物悲。綉女停針觀看雪梅，臘風陣陣催，鵝毛片片飛，暖閣內，³煨紅爐掩香閨，獨宿佳人淚暗垂，臥寒幃，單枕共相隨，佳人倚翠幃。賞雪的人兒各貪歡飲玉杯，飄飄片片飛，離人⁴幾時歸？孟浩然踏雪去尋梅。（重）。
〔清江引〕一年四季十二個月，四時共八節。⁵好酒三兩瓶，醉倒西江月，只吃的醉薰薰回宮去也。

搧。清明賞禁園，和風吹牡丹，玉樓人酒醉在杏花天。○端陽節，鬥龍舟，水面划，鑼鼓兒叮咚响板兒查。多採玉簪花，佳人偏喜他，採蓮船盡都是些富豪家。艾葉靈符鬢邊插，著輕紗，沉李並浮瓜，新鮮飲玉茶。水閣涼亭，對對佳人把彩扇兒拿。三伏似火發，薰風透體紗，賞名園開徧了海榴花。（重）。○七月七，織女共牛郎，一年一度巧成雙，銀河阻隔郎，天河兩岸廂，賞中秋，歌還舞喜興兒狂，風吹鐵馬響叮噹。雁成行，離人思故鄉，對景柳將黃。²梧桐葉兒飄飄起非常，金風透體涼，佳人恨夜長。飲菊酒家家都慶賀重陽。（重）。○十月節，朔風冷，景物悲。綉女停針觀看雪梅，臘風陣陣催，鵝毛片片飛，煖³閣內，偎紅爐掩香閨，獨宿的佳人盼郎³回，守寒韓（幃），單枕共相隨，佳人倚翠韓（幃）。賞雪人個個貪歡飲玉杯，⁴飄飄片片飛，玉人幾時歸？孟浩然踏雪去尋梅。
〔清江引〕一年四季十二個月，四時共⁵八節。今日赴蟠桃，人人都歡悅，歌壽⁵詞，飲壽酒，壽山同也。

按：此曲另見於《萬花小曲》及清百本張鈔本，其曲詞約略也與此近同，但將

之互相比對，可知仍以《霓裳續譜》卷六所收曲詞之用語最接近「萬壽慶典」中之「四景長春」，故將之列表於上，兩者除了一些由於口頭相傳而造成的音訛別字及同義語詞代換外，可明顯的看出被改編過的曲詞有以下幾處：（1）將「暗傷慘，春歸兩淚連，恨鎖眉尖」改爲「萬姓歡，軍民瞻聖顏，最喜融和天」。（2）「對景好悽涼」改爲「對景柳將黃」。（3）「獨宿佳人淚暗垂」改爲「獨宿的佳人盼郎回」。（4）「離人幾時歸」改爲「玉人幾時歸」。（5）「好酒三兩瓶，醉倒西江月，只吃的醉薰薰回宮去也」改爲「今日赴蟠桃，人人都歡悅，歌壽詞飲壽酒壽山同也」。足見此曲其實僅是就原有的俗曲曲詞稍加改動，再於前加上一段引子（〔南疊落〕），以使此一演出成爲一完整個體，並藉以表明演出意圖是在祝壽而已。

又如「江山萬代」也見於《霓裳續譜》卷七，所用曲牌爲〔劈破玉〕，除末句將原「福共海天長，壽同山岳永」改成「萬國來朝，太平一統」以應景外，其餘字句幾乎全同。

又如「漁家歡慶」與《霓裳續譜》卷五的「洋子江心」比對，除將中段〔蓮花落〕曲詞換成〔疊字犯〕曲調，及將〔粉紅蓮〕曲牌名改成〔祝壽歌〕外，其餘也是僅改動數處曲詞而已。

由此可知，此類壽曲實際上是由當時流行的俗曲改編而來，而且仍保存了大部份俗曲的原貌。

二、作者與編者

「萬壽慶典」中並未註明曲詞的編、作者，但在末尾署「留詞人天津顏自德訂」。顏氏雖不識字，但以其自幼習曲，至當時已七十餘歲，且曾有數十年參與萬壽慶典時演出的排演工作〔註34〕來看，其經驗必極豐富；王廷紹並在〈序〉中稱其「幼工音律，疆記博聞，凡其所習俱覓人寫入本頭。」可見他也具有很強的記憶力。在經驗豐富而記憶能力又強的狀況下，雖不識字，但將其所記所習作一編纂綴合，再以口述方式請人代爲錄下的可能性卻很大。以下筆者透過對曲詞的分析，將其中所可找到的一些有關編者或原作者的訊息資料，分別列述於下：

1. 「蓮花生瑞」一曲中云：「民子民孫乃是山東人，家住在濟南府歷城縣義和庄內有家門。」明白的表明了作者的出處。

2. 「鄉老慶壽」一曲全以白描而帶諧趣的手法作成，作者應非文人，由全曲曲情來看，也應是專爲萬壽慶典而作，並非改自原有俗曲，也不是纂綴而成，可能是民間藝人，以平常創作俗曲的方式作成，但內容則針對此次慶典。

〔註34〕見第一章第二節。

　　3.「獨流鄉景」一曲應是改編而來，其曲詞中有「獨流的生活指著這個」、「每日裡織蒲蓆纏把那日子過」兩句亦見於《霓裳續譜》卷四「俺家住在楊柳青」中，而此兩曲都在描述獨流（柳）生活情況，可見「獨流鄉景」一曲應曾參考「俺家住在楊柳青」編（作）成，甚至可能兩曲皆出自同一人所作。且由內容中對獨流（柳）生活的詳細描繪，可見應是出自獨流人之手，才能如此瞭解獨柳生活，也才會以獨柳這種小地方作為曲詞的題材。獨流（柳）在今河北省靜海縣西北，為天津的一小鎮，筆者懷疑《霓裳續譜》之輯曲者顏自德可能即為此地人〔註35〕。若如此，則此曲很可能即顏氏所作，或是顏氏據其家鄉之流行俗曲改編成。

　　4. 在各曲曲詞中，常有許多用語雷同，如：「萬年長青」一曲中云：「橘芝瑤草獻瑞爭姸」、「花鼓獻瑞」中云：「瑞芝瑤草鮮」、「八方太平」中云：「瓊芝瑤草皆獻瑞」、「合和慶壽」中云：「北產瓊芝瑤草獻瑞呈詳」，此數句用語雷同，但卻分別出現在不同曲中；又如：「八方樂業」中云：「軍民皆賴福田廣」、「滿江豐泰」中云：「賀當今福田廣」、「鼓樂呈祥」中云：「賴著當今福田廣積仁德」、「蒲臺慶壽」中云：「願當今福田廣」、「桑農獻瑞」中云：「皆賴吾皇福田廣」、「六合同春」中云：「福田廣、壽與山長」也是如此；此外，如：「一統」、「大有」、「萬國來朝」、「神清氣爽」……等語詞更常出現在多曲中，可見曲詞的改編、修飾（或部份曲詞的創作）工作可能出自同一人之手，甚至其中有些也可能為纂綴以前原有的一些壽詞語句而來，才會產生這種多曲用語雷同的現象。

　　5. 如前「曲詞來源」小節所述，可知「萬壽慶典」中，有多曲為據民間原有的流行俗曲，只稍改一、二應景字句而成，而此種曲詞則多見於《霓裳續譜》的八卷中，即使另見他書收載，其曲詞用語，也以《霓裳續譜》所收錄者最接近，可知「萬壽慶典」中的這些曲詞，應是據《霓裳續譜》所錄或同一來源改編成。而《霓裳續譜》中曲詞則皆輯自顏曲師平生之所習。因此，此類改編自民間原有流行俗曲的作品，其改編者可能即顏曲師，即使不是他，最少顏氏也應是此類曲詞的提供者。

　　綜合以上五點，筆者以為「萬壽慶典」中曲詞之產生，可能有以下四種方式：

　　1. 有些曲詞為民間作者，運用民間原本創作俗曲的方式，針對皇會或慶典而作成。也即是除了曲詞內容在表現祝壽以外，其餘在所用曲調、語言風格、表現手法……等各方面，皆與一般民間流行的俗曲無異。此種曲詞由於是針對慶典而作，雖然不一定是此次慶典，但因所詠內容正相符合，故不須再經任何改編整補。如：「鄉老慶

<hr />

〔註35〕同註34。

壽」、「蓮花生瑞」等曲疑即此類。

2. 有些曲詞則據原有之俗曲改編而來。改編的方式又有多種不同：有些僅更動一、二字以應景，如：「四景長春」、「江山萬代」、「漁家歡慶」等曲；有些則可能雖也根據民間原有俗曲改編，但改編的幅度較大，僅保留了一部分原有的曲詞，其餘則為另行創作或雜綴以別曲詞。如：「獨流鄉景」、「花鼓獻瑞」、「鼓樂呈祥」等曲疑皆是。

3. 有些可能全曲為編者將其所習所記之曲詞雜綴組合而成，其來源不出於某一曲，而是由多曲所綴合，其間或許多少也雜進一些自創曲詞，但大半仍以綴合為主。此類曲詞因可能產生自同一人，且所用皆為慶壽之吉祥話，故容易造成用語雷同的現象。如：「萬年長青」、「合和慶壽」等曲疑屬此類。

4. 有些也可能為文人所擬作，但此類文人之擬作作品中，也可能摻有綴合自前代曲詞者，故與前一點較不易劃分。

由以上各分析，可知「萬壽慶典」曲詞之原作者可能為：

1. 河北、山東一帶之民間藝人，其中也包括顏曲師。

2. 文人。

而其編者，則可能為：

1. 顏曲師或曲部中其他曲師。

2. 文人。

不論是出自民間藝人所作，或改編自原有俗曲、或據舊有曲詞雜綴而來……其作者或改編者中，皆很可能即為顏曲師；此蓋即顏氏在卷末署為「留詞人」之原因。

三、表達性質

萬壽節在當時是全國最大的節日，尤其乾隆五十五年，正值高宗八旬壽慶，其慶典更為隆重，不祇在宮中演出各種場面盛大的大戲〔註36〕，且在京師輦道所經之處，也是戲臺連緜，樂聲不絕。「萬壽慶典」之演出者為顏曲師所屬之曲部，本為一民間表演團體，其所演出之性質自然與宮中大戲所演者截然有別，宮中大戲場面之龐大，佈景、砌末等之豪華耗費皆極驚人〔註37〕但顏曲師曲部所演出之「萬壽慶典」則完全不同。不僅各曲曲詞皆甚簡短，且前臺演出人數也甚少，由註記中可知最多不過八人，也有少至四人的，而其所用砌末及後場樂器編制也甚為簡易〔註38〕，可

〔註36〕見第六章第二節。

〔註37〕同前註。

〔註38〕參見附表四。

見「萬壽慶典」的演出，實際上仍保留了平日演出的形態，只不過稍加修飾、擴充以應時應景而已，此由其所用曲詞多改編自俗曲及其演出人數、樂器的編制等可獲證明，在此種演出中，所展現的不是排場的盛大，而是演出內涵上精緻的一面。由曲詞中可看出其所欲表達的層面甚廣，不僅含括了各地域、階層，且包容了多種不同的曲藝形態，大致可分為以下三方面：

1. 表現各地域——如「獨流鄉景」表現河北靜海縣西北獨柳一地、「蒲臺慶壽」表現山東武定府蒲臺一地、「美女採茶」表現山東蒙陰縣南蒙山一地、「蓮花生瑞」表現山東濟南府歷城縣義和庄一地。也有綜合表現全國各地祝壽之忱的，如：「八方樂業」、「八方太平」等是。此外，也含蓋了國外各地，如：「連相武曲」即在描述萬國齊來進壽供的情形。

2. 表現各階層——如：「五穀豐」表現的是農民、「漁家歡慶」表現漁人、「美女採茶」表現茶農、「桑農獻瑞」表現桑農、「鄉老慶壽」表現一般老幼鄉民。此外，也有在一曲中即代表了各階層的，如：「蒲臺慶壽」曲詞云：

> ……眾軍民與聖主齊來祝壽……眾鄉民與當今慶壽，保佑著五穀豐收；經商客旅來慶壽，為的是不息川流；漁家齊來祝壽，為的是順風行舟；樵子齊來祝壽，為的是柴薪無休；牧童齊來祝壽，橫笛把壽詞來謳，江湖子弟齊來上壽，為祝壽萬載千秋……

3. 表現多種民間曲藝——「萬壽慶典」除表現一般俗曲的演唱外，大致又表現了以下八種曲藝形式：

（1）太平鼓　　　如：「五穀豐」。
（2）連　相　　　如：「連相武曲」。
（3）採茶歌　　　如：「美女採茶」。
（4）花　鼓　　　如：「花鼓獻瑞」。
（5）八角鼓　　　如：「八方樂業」。
（6）金錢蓮花落　如：「蓮花生瑞」。
（7）秧　歌　　　如：「鼓樂呈祥」。
（8）攤　黃　　　如：「桑農獻瑞」。

此應是「萬壽慶典」中最有價值的部份，這八種有些在當時已成為流行的曲藝，有些則尚處於該曲藝之萌芽階段〔註39〕。

由以上三方面表達的性質來看，此卷「萬壽慶典」，實濃縮涵蓋了當時北方各地

〔註39〕另見本章第五節之述論。

俗曲及曲藝的精華，其目的雖原爲表達對清帝萬民歸心，舉國同慶的忠誠，但卻無形中爲後代保留許多研究當時各地習俗民情及各類曲藝形態的寶貴資料。

第四節　曲牌研究

「萬壽慶典」中曲牌及其組合形式，與《霓裳續譜》其餘八卷相較，雖所用皆以俗曲曲調爲主，但主要仍有以下差異：（以下論述參見表四）

1. 其中有專爲祝壽而製之曲牌。如：「吉祥瑞草」一曲中的〔萬壽祝〕；「漁家歡慶」中的〔祝壽歌〕；「鼓樂呈祥」的〔萬壽歌〕；「蒲臺慶壽」中的〔壽鄉詞〕等。由牌名上來看，皆爲他處所未見，且全爲頌壽字眼。若由表面上看，似乎是專爲祝賀聖壽而製之曲詞，但筆者懷疑其中或許有一部份，是取原本舊有曲調改換以頌壽應時之名稱而成。如：「鼓樂呈祥」一曲，所用曲牌標爲〔萬壽歌〕，其曲詞分五段，首段即云：「緊打鼓，慢鐧鑼，萬壽無疆太平歌，（萬）〔註40〕國來朝普天慶，鼓樂呈祥九如三多。」此與《霓裳續譜》卷七「鳳陽歌來了」一曲中〔秧歌〕之首段云：「緊打鼓，慢鐧鑼，消停慢來孤唱歌，古人名兒有幾段，將來我唱請聽著。」在用語、句式與用韻上皆類同。除此以外其餘四段皆由四句組成，也頗類〔秧歌〕〔註41〕。而演出者帶著「雙鑼雙鼓」，也正與秧歌演出時用樂相似〔註42〕，故此〔萬壽歌〕疑應即〔秧歌〕改名而成。

2. 有些曲調闕註曲牌名。有「碟舞昇平」、「花鼓獻瑞」、「江山萬代」、「八方樂章」、「蓮花生瑞」五曲，全曲皆未註明曲調之牌名；其他如：「五穀豐登」、「美女採茶」等，則亦有部份曲調未註明。此類曲調之牌名，有些可由句式或其他資料，加以推測，以下即爲原闕而筆者試予推測之疑似曲牌：

（1）「五穀豐」一曲爲套曲，其曲牌之組合結構爲：〔朝天子〕→闕牌名→闕牌名→闕牌名→闕牌名→〔千秋歲〕。此由中間四支闕牌名之曲調，句法皆爲33777五句，用語也頗類似，應屬相同之曲調。現抄錄比四支闕牌名之曲詞於下：

　　太平鼓，响叮噹，太平歌詞慶吉祥，太平天子朝元日，太平景象慶吾皇。

〔註40〕原闕字，據文意補入。

〔註41〕光按：由《霓裳續譜》卷七所收「鳳陽歌來了」、「鳳陽鼓鳳陽鑼」、「正月裡梅花香」三曲來看，疑當時的〔秧歌〕在演唱時即分數段（每段爲一基本曲調），首段〔秧歌〕頭由四句組成，其第一句，通常皆爲六字句，（此句似乎又可細分爲兩句，每句三字，如：「鳳陽鼓、鳳陽鑼」、「正月初、梅花香」、「緊打鼓、慢鐧鑼」等。），其餘各段亦皆四句，反覆詠唱，次數則不定。

〔註42〕參見本章第四節。

太平鼓，响叮噹，太平千秋永升恒，太平民歌太平世，太平萬福與天同。

太平鼓，舞金階，太平盛世萬國來，誠祝當今千秋歲，諸邦仰賴聖賢才。

太平鼓，响連天，太平軍民慶壽誕，豐衣足食家家樂，五穀豐登大有年。

四段曲詞中，皆屢現「太平」一詞，而其句法，也與〔太平年〕曲牌相同，現舉鼓子曲「借廂」中一支〔太平年〕曲牌之曲詞為例〔註43〕可資比對：

　　　　有法本，喜洋洋，尊聲先生坐禪旁，昨日老僧有躲避，先生莫要在心

上。〔註44〕

句法也是33777五句，雖然在格律上有所參差，但民間曲調原本就不注重格律，此由今存此調之鼓子曲或河南曲子等曲藝中之〔太平年〕格律多有差別可證明〔註45〕。故筆者疑此曲中所闕牌名即〔太平年〕。

（2）「美女採茶」一曲，其曲牌組合形式為：闕牌名（重頭八次）→〔清江引〕。此曲前面重頭之八支曲牌皆闕名，但由曲名「美女採茶」及各闕曲詞皆在詠述採茶，可知其曲調或為〔採茶歌〕的一種。蓋因在曲名上已說明在「採茶」，故一開始即不註牌名。

（3）「花鼓獻瑞」一曲中全未註曲牌名，其組合形式為：d→e→f（重頭三次）。

〔註43〕傅惜華，《西廂記說唱集》（臺北：明文書局，民國70年12月初版），頁130引載「鼓子曲存」所收。

〔註44〕〔太平年〕曲牌，在演唱時多由基本曲調反覆兩次或三次而成，如：今存「河南曲子」賢女興國記（胡豫鳳、卞連成主唱，女王唱片公司出版錄音帶 QCT8453）第一齣中有一支〔太平年〕曲牌，其曲詞為「夢中事，且不表，宣王狩獵走一遭，收拾鞍馬駕鷹犬（架鷹犬），糾糾武夫隨左右，（隨左右）。出帝鄉，佈圍場，群唱田歌張羅網，宣王只想夢中事，（夢中事），賢淑女子在何方，（在何方）。」即由兩段基本曲調組成，筆者將之記譜於下：

此曲在第五、六兩句後有重句，但有些鼓子曲中之〔太平年〕卻無此重句，可見可隨曲調之稍作變化而可重可不重。此一曲由兩段組成，不只每段句法相同，且在曲調上第二段亦是第一段的反覆，可見每一段，應即為〔太平年〕的一個基本曲調，演唱時可將此基本曲調反覆多次。

〔註45〕同前註。

其「d」之曲詞與《綴白裘》六集梆子腔《花鼓》一齣中一支〔仙花調〕〔註 46〕幾乎相同，只稍改動幾句語詞以應時而已。故疑此曲牌或即爲〔仙花調〕。全曲由曲名、曲詞及演出者裝扮來看，知應爲「鳳陽花鼓」曲藝，在《霓裳續譜》卷七中收有此種曲藝之曲，主要皆以〔秧歌〕曲調演唱，李家瑞先生即曾云：

> 《霓裳續譜》裡還選有鳳陽花鼓數種，也都是標題「秧歌」，可知稱爲「鳳陽花鼓」的這種打花鼓，在當時原是「秧歌」。〔註 47〕

《霓裳續譜》卷七「鳳陽歌來了」一曲中，「秧歌」一開始即有一段起頭：「緊打鼓，慢篩鑼，消停慢來孤唱歌……。」（按：前已引，此處不贅）與「花鼓獻瑞」中之「e」近同。故此曲之「e」、「f」疑皆爲「秧歌」〔註 48〕。

（4）「江山萬代」一曲爲單曲，也闕註牌名，但其曲詞與《霓裳續譜》卷七以〔劈破玉〕曲牌演唱之「江山萬代」比對，除少數幾句稍作改動以應時外，其餘完全相同，故疑此曲牌即〔劈破玉〕〔註 49〕。

（5）「蓮花生瑞」一曲，未註曲牌名，由曲名及曲詞中云：「蓮花落爲本，慶祝當今……。」疑爲「蓮花落」之一種曲調〔註 50〕。

由於無曲譜留存比對，以上僅是提出筆者推測所得，待後日有確實證據時，當再改訂。

3. 組合多爲傳統套曲形式，若單曲則必較長。《霓裳續譜》中所收曲多爲短小的單支曲或牌子曲，而「萬壽慶典」的二十一曲曲詞，都比較長，此蓋爲配合萬壽慶典演出之時間而特別選製。現將其組合型態列表於下：

〔註 46〕清，玩花主人，《綴白裘》，《善本戲曲叢刊》第五輯（臺北：臺灣學生書店，民國 76 年 11 月據清乾隆四二年校訂重鐫本影印），頁 2434。

〔註 47〕王秋桂編，《李家瑞先生通俗文學論文集》（臺北：臺灣學生書局，民國 71 年 4 月），頁 116。

〔註 48〕「秧歌」應不只一種曲調，而是一種曲藝形式，其大致習慣於開頭有一段相同的曲調（句法皆爲：33777），其後可接其他不同曲調，反覆詠唱。

〔註 49〕但也可能爲改調歌唱者。

〔註 50〕中國有部份民間曲藝，是吸收了許多民歌曲調而成，此種民歌曲調，一旦被此種曲藝吸收，似乎就失去原曲調名，而以該曲藝名概稱之，如：蓮花落、秧歌、八角鼓等蓋皆如此。故此處「蓮花落」應是一種曲藝，但有時也以此名調。

附表三：「萬壽慶典」曲牌組合型態表

組合型態	曲　名	曲數	備　註
完全異調相聯	連相武曲、花鼓獻瑞、八方樂業	三	
完全異調相聯加尾	獨流鄉景、漁家歡慶、合和慶壽	三	以〔清江引〕或〔尾聲〕作尾
重　頭	碟舞昇平、八方太平、滿江豐泰、鼓樂呈祥、桑農獻瑞	五	
重　頭　加　尾	萬年長青、美女採茶	二	以〔清江引〕作尾
引子、重頭加尾	五穀豐、吉祥瑞草、四景長春	三	以〔一江風〕或〔清江引〕作尾
單　支　曲　牌	江山萬代、蓮花生瑞、鄉老慶壽、蒲臺慶壽、六合同春	五	

第五節　演出曲藝

　　由於多元化的表達性質，使得「萬壽慶典」的曲詞中，不僅呈現了各地域及各行各業人的祝賀之忱，同時在演出上，也採用了多種流行於各地域與各階層之曲藝形式。這些均是當時正流行且深具代表性的曲藝，雖然在演出場面及用樂方面，可能都作了部份改編及擴充，但由其曲詞、曲牌依據舊有俗曲改編的方式來看〔註51〕，存真的比例卻非常的高。加以《萬壽慶典》在演出者彩扮、砌末、行頭、用樂等方面記載之詳實，使得這些曲藝的演出型態，成為學者研究當時各類曲藝的重要資料〔註52〕。故對這些曲藝的流行及當時狀況，我們必須也要有所瞭解，才能對其地位與價值，有較客觀的認定。以下即分別將「萬壽慶典」中所包括的八種曲藝，作一概述。

一、太平鼓

　　「太平鼓」一名，早在宋代即有，原以鼓、笛、拍板演奏於內外街市〔註53〕，

〔註51〕見本章第三、第四節。
〔註52〕如李家瑞《北平俗曲略》（臺北：文史哲出版社，民國63年2月再版）中即曾多次徵引。
〔註53〕宋，吳曾《能改齋漫錄》（臺北：木鐸出版社，民國71年5月初版），卷一頁16「蕃曲甃笠」條云：「崇寧、大觀以來，內外街市鼓、笛、拍板，名曰『打斷』。至政和初，有旨立賞錢五百千，若用鼓板改作北曲子，並著北服之類，並禁止支賞。其後民間不廢板之戲，第改名『太平鼓』。」

後來北京兒童不用笛、拍板，而於臘正日以棉裹袍，擊銕環太平鼓〔註54〕。明代元宵節燈市童子則是傍夕向曉的擊太平鼓，並在鼓聲中作跳繩遊戲〔註55〕，可見民間不論大人、小兒皆甚風行。此種型態一直保持到清代且邊跳邊唱〔註56〕，甚至巫人治病時亦擊太平鼓〔註57〕，故又稱太平鼓為「太平神鼓」〔註58〕，由於太過盛行，至清末被用來作惡，經清廷查禁，才遏止了此種曲藝的流行〔註59〕。

〔註54〕清，姚燮，《今樂考證》，《歷代詩史長編》二輯第十冊（臺北：鼎文書局，民國 63 年 2 月）頁 45 引宋沈括《夢溪筆談》云：「今北京臘正，小兒皆以棉裹袍，擊銕環太平鼓，無笛、拍。」

〔註55〕明，劉侗，《帝京景物略》，《北平地方研究叢書》第二輯（臺北：古亭書屋，民國 59 年 11 月影印出版），卷二頁 109 記元宵節燈市情景云：「童子捶鼓，傍夕向曉，曰太平鼓，二童子引索略地，如白光輪，一童子跳光中，曰跳白索。」

〔註56〕在清代許多文人詩詞中都有記載，如：王克芬，《中國古代舞蹈史語》（臺北：蘭亭書店，民國 74 年 10 月），頁 82 所引《松風閣詩抄》：「太平鼓，聲鼛鼛，白光如輪舞索童，一童舞索一童唱，一童跳入光輪中……。」；何耳《燕臺竹枝詞》寫太平鼓舞情景：「鐵振響鼓蓬蓬，跳舞成臺歲漸終，見說太平都有象，衢歌聲與壤歌同。」李家瑞，《北平風俗類徵》（古亭書屋，民國 58 年 11 月臺 1 版）頁 7 及頁 26 也引了以下幾條：皇太子〈詠太平鼓詩〉：「六街擊鼓散春聲，繭紙團圓熨貼平，不比花腔傳樂府，祇須信手打愁城，錫簫遠近來相和，竹馬前頭韻自迎，臘後大酺剛十日，果然兩雪落輕輕。」；錢載〈詠太平鼓詩〉：「鞔得圓椾繭紙輕，左持右擊伴童嬰，喧如答臘高低節，響徹衕衕內外城，白索戲連仍習俗，唐花催遍應昇平，那知燈市今年盛，燕九前頭不住聲。」（以上兩條引自《上書房消寒詩錄》）《京都竹枝詞》：「火樹銀花繞禁城，太平鑼鼓九衢行……。」（引《水曹清暇錄遊賞門》）。另外，徐珂，《清稗類鈔》音樂類（臺北：臺灣商務印書館，民國 72 年 10 月臺 2 版），頁 109）「太平鼓」條云：「海寧朱聲元貢生鍠詠太平鼓詩曰：『六街鼛鼛鼓聲徹，蠢者以動句者茁，其聲剛勁氣激揚，綴以錚錚幾環鐵，瓦腔革面古製移，煉鐵糊紙憑膠黏，非韸非䶀號曰鼓，金聲革聲齊奏之，紙作皮膚鐵為骨，下擬斗柄上滿月，羣星在掌光搖搖，耳畔蟄雷爭奮越，曾聽臘鼓知春生，況復土鼓迎時鳴，羯鼓催花石鼓獵，那及社鼓興耕氓。太平鼓擊擊且走，握之以左擊以右，一關鞭搰短簺聲，幾番高下小兒手，初疑方響梨園敲，旋兼中節銅丸拋，繁音颯颯舂然止，倏爾濤籟喧堂坳，朅來舞手復蹈足，日作嘔啞太平曲，何如擊壤康衢中，助汝含哺同鼓腹。』」

〔註57〕楊同桂輯《瀋故》（臺北：文海出版社，民國 56 年 5 月臺初版）卷四，頁 417 云：「薩瑪有男女土人深信之，以為能治病，必延請乃至，至則索香花、牧禮之類……乃請神，腰著裳幅，綴以鈴，手鼓大鼓即俗稱太平鼓者，聲蓬蓬然……。」

〔註58〕清，潘榮陛《帝京歲時紀勝》，《筆記小說大觀》第十二輯（臺北：新興書局，民國 65 年 6 月，頁 270）云：「上元佳節……打十不閒、盤槓子、跑竹馬、擊太平神鼓。」

〔註59〕《清稗類鈔》戲劇類「太平鼓戲」（同註56，頁 74）條云：「京師有太平鼓之戲，鐵條為廓，蒙以皮，有長柄。柄末綴以鐵環十數，且擊且搖，環聲與鼓聲相應。其小者如盌如鏡，為孩提玩物，更有大如十石甕者，羣不逞聚而擊諸市，所至鼓聲、環聲、喧笑聲、鬨鬧聲、耳為之震，道光時，有結為太平鼓會者，聚百數十人，著大羊皮袍，遇粲者則舁以袍圍之，裹而奔，婦女號，則眾鼓齊鳴，市人無聞者，遠近失婦女無數，抵暮，則挾至城根無人處，迭淫焉，往往至死……御史某知其害，奏禁之，復拘為首者數人，斬以徇，而太平鼓之風遂息。」

此種曲藝因無高深技巧，不須專門藝人，民間百姓甚至兒童皆會，故易於流行。「萬壽慶典」中「二段第一」的「五穀豐」在曲詞中云：「太平鼓齊喧」、「太平鼓響叮噹」、「太平鼓舞金階」、「太平鼓響連天」、「太平鼓聲聲應」，可知即為太平鼓曲藝，且其前場演出者人數及裝扮道具是：「小人五名，扮童採蓮，紅襖褲，身背青燈籠，內嵌穀穗二枝；風箏一個；絲絛一條；手舞太平鼓，每人一面。」身背青燈籠應即模仿燈節景象，而所用絲絛一條，想在演出時即作為跳繩，邊唱邊跳，手中且舞著太平鼓，此種景象正與當時各種記載相合。〔註60〕

二、連 相

「連相」即「連廂」，北方人又稱「打連廂」、「唱連廂」或「連廂搬演」，早在遼時就有，金仿之，至清依然流傳〔註61〕。清初毛西河即曾根據《連廂詞例》而仿作了「賣嫁連廂」與「放偷連廂」兩種〔註62〕。乾隆時，除「萬壽慶典」中「連廂武曲」外，在《綴白裘》六編梆子腔《花鼓》及十一集外編《連相》中都有此曲藝，直至清末民國，仍流行不輟。

「連廂」演出時有唱也有演，但原本唱者不演，只坐於座間司唱，而演者則不唱，而隨著唱詞作動作〔註63〕，後來漸漸產生變化，清初劉廷璣《在園曲志》云：

> 又有節節高一種，節節高本曲牌名，取接高之意，自宋時有之，《武林舊事》所載元宵節乘肩小女是也，今則小童立大人肩上，唱各種小曲，做連像（相），所馱之人以下應上，當旋即旋，當轉即轉，時其緩急而節湊之。〔註64〕

此是與「節節高」雜藝相結合，演唱者已不再坐於座間，而是立於另一人肩上，且

〔註60〕參見前幾註。

〔註61〕清，焦循，《劇說》，《歷代詩史長編二輯》第八冊，（臺北：鼎文書局，民國63年2月初版），頁97引《西河詞話》云：「古歌舞不相合，歌者不舞，舞者不歌……嗣後金作清樂，仿遼時大樂之製，有所謂『連廂詞』者，則帶唱帶演，以司唱一人、琵琶一人，笙一人，笛一人，列坐唱詞，而復以男名末泥、女名旦兒者，並雜色人等，入句欄扮演，隨唱詞作舉止……北人至今謂之『連廂』，曰『打連廂』、『唱連廂』、又曰『連廂搬演』，大抵連四廂舞人而演其曲，故云。然猶舞者不唱，唱者不舞……至元人造曲則歌舞合作一人，使句欄舞者自司歌唱，而第設笙、笛、琵琶以和其曲，每入場，以四折為度，謂之『雜劇』，其有連數雜劇而通譜一事或一劇，或二劇，或三、四、五劇，名為『院本』……。」

〔註62〕同註52，頁54。

〔註63〕同前註。

〔註64〕清，劉廷璣，《在園曲志》，《新曲苑》第二冊（臺灣中華書局，民國59年8月臺1版），頁291。

邊唱邊做動作，唱與演兩者已合而爲一〔註65〕。自此以後，演者多自唱而不須另一人司唱，如《綴白裘》所收連相，以至清末民國以來的演出，都已變爲此種走唱形式〔註66〕。

「萬壽慶典」中的「連相武曲」，與其前後時代之「連相」比較，有以下幾點異同：

1. 註明「小人四名行裝打扮，進貢式樣，合唱」，即云「合唱」且後場也未註有司唱者，可見是場上四人邊演邊合唱，此種演出方式與清初以前大不相同，而與《在園曲志》所載唱者兼演的走唱形式相似，但後者只一人唱，且演出時立於另一人上，「連相武曲」則有四人合唱，也非以「節節高」方式演出。《綴白裘》十一集外編《連相》中演出時也是四人（四旦）合唱，與「連相武曲」演出方式最相近，可知乾隆時期此種曲藝可能多即以合唱方式演出。

2. 後世在演出連相時，皆打霸王鞭，甚至有許多艱難的耍霸王鞭技巧〔註67〕，但「連相武曲」中演出人物並不舞霸王鞭，此與《綴白裘》所收及《在園曲志》、《毛西河詞話》之記載相同，可見乾隆以前的連相演出時並不用霸王鞭，但「霸王鞭」卻被用於「萬壽慶典」五段第一齣的「蓮花《生瑞》」中，是打蓮花落所用，而五段第五「鄉老慶壽」曲詞中也云：「霸王鞭響動就唱離京調」，可見唱〔離京調〕（即

〔註65〕 據《西河詞話》（同註 61），毛氏以爲金時連廂詞，後來變成元人雜劇及院本而歌舞合作一人。但此說近於推測，並無根據。

〔註66〕 同註 52，頁 55。引齊如山，《中國劇之變遷》云：「打連廂一戲，從前在光緒初年最爲時尚，其中三個丑角，四個旦角，打諢玩笑，也頗有趣。」齊氏在《國舞漫談》中（齊如山，《齊如山全集》，第五冊，齊如山先生遺書編印委員會，頁 104～105）也云：「說起連廂的歌詞來，總算很特別的……他們繞場走一圈後，一字排齊，往前一邊唱，唱詞是……。」由互相打諢玩笑，及邊走邊唱，可知清末演連廂時也是歌舞合一。

〔註67〕 清，藝蘭生，《側帽餘譚》，《清代燕都梨園史料續編》（臺北：傳記文學出版社，民國 63年 4 月），頁 1174 云：「範銅爲幹，約二尺許，空其中，綴以環，雜劇有打連廂者即此。蓋一、二雛伶喬扮好女郎，執檀板，且歌且拍，先置幹於指尖，旋轉自如，錚錚作響，繼移置唇語間，抑面注目，不稍欹側，復作勢一聳，跳至鼻端，技至此爲入神，於時翹足望凝神睨者不知凡幾，稍不謹細，即鏗然擲地，而惡聲隨之矣！方在眉宇間旋轉時，左手敲板，右手旋扇，口唱紅繡鞋曲，五官並用，汗出如漿。」可見演出時之艱辛與神乎其技。齊如山先生在《國舞漫談》（同前註）中也記載了民初時連廂演出時耍鞭技藝：「……初出場時只舞不唱，繞場約一兩週，只擊鞭與音樂呼應……時時望空拋擲，有時用一指尖頂鞭之頭，使鞭直立不倒，有時移於腕間、移於肘間、移於唇上鼻尖腦門上，都能直立不動，有時拋向空中，接到手時擊之，仍能中節；有時此擲彼接，到手之聲音亦不能脫板，其最難者，是將腿搬起朝天凳，使霸王鞭直立於腳尖之上，我一次還見過一會，所有小姑娘都踩蹻裝纖足，用纖鞋尖頂住鞭頭兀立不動，有時用纖足踢鞭之一頭，使鞭騰空高丈餘，落下來又使另一足踢之，左踢右踢，並用右足由左腿後踢之，或左足在右腿後踢之，種種踢法很多，而凡踢時之響聲，亦指能中節。」

〔瀝津調〕）時也用霸王鞭，筆者懷疑或是嘉慶以後，連相曲藝才仿別種曲藝而用霸王鞭演出，此後並在耍弄技術上續有創新發展，而將之當成一種特技般配合唱詞、動作來演出，達到演、唱、耍三者極高度精密藝術的顛峯！此與《在園典志》所載「連相」融合吸收「節節高」的技巧以演出的情況是相同的，也可看出「連相」此種曲藝的廣大包含性，而此種互相融合，取長補短，不斷融合，不斷變化創新的方式，也正是許多民間曲藝能長久流行不致僵化的原因。

3.「連相」所用樂器，據《西河詞話》所云金、元時是用琵琶、笙、笛各一人；清初毛西河之子毛遠宗記打連廂的樂器則為箏、笛、琵琶〔註68〕；清末齊如山《國舞漫談》中則記打連廂樂器為笙、笛、四胡等及鑼鼓隨之〔註69〕。在以上三種記載中皆有用「笛」。「連相武曲」所用樂器為琵琶、鼓板、絃子、胡琴四種，並不用「笛」，此可能與「武」曲有關，故加入鼓板以增強氣氛。

三、採茶歌

「採茶歌」原只是茶農們在採茶時所唱的曲調通稱，明末清初時劉繼莊在《廣陽雜記》卷四中即云：

> 舊春上元在衡山縣曾臥聽采茶歌，賞其音調，而於辭句懵如也。今又口（來）〔註70〕衡山，于其土音雖不盡解，然十可三、四領其意義。因之而歎古今相去不甚遠，村婦稚子口中之歌而有十五國之章法。顧左右無與言者，浩歎而止。〔註71〕

可見當時已有採茶歌，後來採茶歌與民間舞蹈相結合，而漸形成所謂「茶燈」的表演〔註72〕。李調元《粵東筆記卷》一云：

> 粵俗，歲之正月，飾兒童為綠女，每隊十二女，人持花籃，籃中然（燃）一寶燈，罩以絳紗，以綑為大圈緣之，踏歌，歌十二月采茶。有曰：二月

〔註68〕同註52，頁54所引。

〔註69〕同註52，頁55，云：「天橋、西安市場、什刹海等處都有演這打連廂的，不過都是附屬在十不閒班子裡……演的人數沒有一定，最主要的是一個醜女子，一個醜小子，二個俊俏旦角，四人各持小鑼一面，先出醜男醜女二人，擊鑼旋舞，司鑼鼓者擊鑼鼓助之，舞畢，各引出一旦角，四人又依樣合舞一回，又畢，各釋小鑼，二旦易以紙扇，醜男易以馬鞭……鑼鼓和之……卻已完全不用吹彈的細樂了。」可見到了後來，甚至完全不須吹彈樂，而僅用鑼鼓即可上場演出。

〔註70〕原「口」字，於義未通，今據張紫晨〈民間小戲的形成與民間固有藝術的關係〉一文（《民間文學論文選》，頁191）所引改。

〔註71〕清，劉繼莊，《廣陽雜記》（臺北：世界書局，民國68年10月再版），卷四，頁157。

〔註72〕譚達先，《中國民間戲劇研究》（臺北：木鐸出版社，民國71年6月），頁36。

采茶茶花芽，姐妹雙雙去采茶，大姐采多妹采少，不論多少早還家。有

曰……。〔註73〕

清吳震方《嶺南雜記》亦云：

潮州燈節，有魚龍之戲。又每夕，各坊市扮唱秧歌，與京師無異。而

采茶歌尤妙麗，飾姣童爲采茶女，每隊十二人或八人，手挈花藍，迭進而

歌，俯仰抑揚，備極妖妍。〔註74〕

此已是一種曲藝形式的表演，由於南方才產茶樹，故「採茶歌」多流行在南方，同時雖然此種曲藝多在節慶時演出，但其演出方式，卻非常受人歡迎，自然也就被職業曲藝團體所吸收，而拿上了舞臺表演，顏曲師之曲部雖在北方的京華，但在「《萬壽慶典》」中卻也收入了一曲「採茶歌」的曲藝表演，此原因可能爲：1. 在皇帝之聖壽佳節，爲表現萬民同歡之情，故除呈現北方流行曲藝以外，也取用了流行於南方的採茶歌曲藝。此由《萬壽慶典》中，兼收了表現各地域、各階層及各類曲藝之曲詞性質來看，可獲證明〔註75〕。2. 顏曲師所屬曲部疑即「檔子班」，此種曲藝團體即以優童在讌客集會時歌舞娛賓爲主要演出形態〔註76〕，而「採茶歌」之演出形式，正適合「檔子班」的需求，自然極易被其吸取作爲舞臺上的演出。

「《萬壽慶典》」中的「採茶歌」曲藝，是排在「三段第四」的「美女採茶」，前台演出情況是「小人四名，女扮採茶，彩衫、白裙、坎肩、汗巾，手提採茶籃鈎。」顏氏的曲部優童在演出時「一曲中之聲情度態……必極妍麗」〔註77〕，可見其實際演出時，必是手拿採茶籃鈎，邊唱邊舞，姿態妍麗迷人，此正與前面所引《嶺南雜記》所云：「飾姣童爲采茶女……手挈花籃，迭進而歌，俯仰抑揚，備極妖妍。」的描繪相符。雖然《嶺南雜記》所述演出人數是「每隊十二或八人」，而「萬壽慶典」中此曲之演出卻只有四人，此可能與演出時舞台的大小有關，在「萬壽慶典」所列二十一曲中，前場演出之人數，最多也不過八人〔註78〕，而此曲在演出時或許即因要「迭進而歌，俯仰抑揚」，自然所需舞台空間要較大，在空間固定的情形下，只好減少演出人數而僅以四人演出了！

「美女採茶」一曲，後場所用樂器有「笙、笛、琵琶、鼓板、絃子」，其配樂屬

〔註73〕清，李調元，《粵東筆記》（臺北：新文豐出版公司，民國68年5月），卷一，頁36。

〔註74〕張紫晨，〈民間小戲的形成與民間固有藝術的關係〉同註70，頁193所引。

〔註75〕見本章第三節。

〔註76〕見第一章第三節。

〔註77〕見王序。

〔註78〕「萬年長青」、「碟舞昇平」、「獨流鄉景」、「花鼓獻瑞」、「江山萬代」、「八方樂業」六曲皆八人。

於「崑曲」的系統〔註79〕，此蓋採茶歌雖在當時已形成一種曲藝，但卻因由徒歌發展而來，並未有固定伴奏用樂，故「美女採茶」一曲的演出並未另加入表現其特性的樂器。

「採茶戲」由民間歌謠演變為節慶時的民俗曲藝表演，也被吸取成為舞臺上入樂演出的曲藝形式，其後，也如一般民間藝術的演進過程一樣，漸走入了戲曲的界域。據廣西《容縣志‧風俗篇》云：

> 由元旦至下弦止，各鄉競為獅鹿採茶魚龍等戲，……法用喬裝男一女二，更唱迭和，從正月至臘月，逐月皆有茶歌。〔註80〕

可見此時已由姣童扮采茶女，演變為這種有男女腳色扮演的戲劇初型。《中國音樂辭典》「採茶」條云：

> 採花，……流行於我國南方各省。廣西稱「唱採茶」、「採茶歌」、「壯採茶」；江西稱「茶籃燈」、「燈歌」；湖南、湖北稱「採茶」、「茶歌」；福建、安徽稱「採茶燈」。各種採茶，內容和表演形式大體相同。通常由一男一女或一男二女表演，亦有多於三人以上的集體表演。舞者身穿彩服，腰繫彩帶，男的手持錢尺（鞭）作為扁擔、鋤頭、撐船竿等，女的手拿花扇，作為竹籃、雨傘或盛茶器具等，載歌載舞，氣氛活躍……。〔註81〕

此所記述，應指現今「採茶歌」在南方各地的演出情況，可看出在演出的形式上並無太大的變化，也可見此曲藝的風行，歷久不衰。

此外，除了據「萬壽慶典」可知在乾隆五十五年高宗八旬萬壽的慶祝活動中，曾演出「採茶歌」以外，在清代的歷次萬壽節曲藝節目表演中，可能也多有此一曲藝的演出，齊如山在《國舞漫談》中即云：

> 慶祝萬壽時，曾見過兩三班，大概都是南方人所辦的，都是用十幾個十餘齡之童子，扮為採茶之小姑娘。都是繡花褲，戴小抓髻，托長辮，極為美觀。每人手持一小籃及一小鈎竿，約長三尺餘，歌唱時有兩笛、兩笙、兩九音鑼、小鈸、鑼鼓等等隨之。所有歌詞都極雅潔……。〔註82〕

可見清末的萬壽節，確也曾演出「採茶舞」。

四、打花鼓

〔註79〕見本章第六節。
〔註80〕同註72，頁36所引。
〔註81〕《中國音樂詞典》（臺北：丹青圖書有限公司，民國75年5月臺1版），頁266。
〔註82〕齊如山，《國舞漫談》（同註66），頁90。

　　有關打花鼓的來源、演變、種類及各地演出方式等，李家瑞先生已考述甚詳〔註83〕，故本文僅就其中與《霓裳續譜》及萬壽慶典所收曲詞有關的「鳳陽花鼓」一類，略作引述，並補入一些相關資料，以見此類「打花鼓」之源流及概況。

　　「鳳陽花鼓」起源於「秧歌」，《霓裳續譜》卷七「鳳陽歌來了」、「鳳陽鼓鳳陽鑼」等，所用曲調即為〔秧歌〕可為明證。據明《帝鄉紀略》云：

　　　　泗州……插秧之時，遠鄉男女，擊鼓互歌，頗為混俗。

泗州明時屬鳳陽府，以所謂「遠鄉」，也應不出鳳陽府地。故這種「擊鼓互歌」的秧歌，當是最初期的鳳陽花鼓。其後因地方上屢次遇著饑荒水患，人民流離失所，而流散至各地者多以乞討為生，打花鼓就成了他們賴以要飯的技能。《綴白裘》六編梆子腔《花鼓》一齣中有一曲〔鳳陽歌〕云：

　　　　說鳳陽，話鳳陽，鳳陽元是好地方，自從出了朱皇帝，十年到有九年
　　荒（打鑼鼓介）。大戶人家賣田地，小戶人家賣兒郎，惟有我家沒有得賣，
　　肩背鑼鼓走街坊。〔註84〕

即說明了這種情況。而打花鼓的曲藝，也就流傳至各地。

　　此種鳳陽花鼓的曲藝，至清初，被搬上了舞臺，而稱「花鼓戲」。《清稗類鈔·戲劇類》云：

　　　　打花鼓本崑戲中之雜齣，以時考之，當出於雍、乾之際。蓋泗州既沉，
　　治水者全力注重高家堰，而淮患悉在上流，鳳、潁水災，於茲為烈。是劇
　　以市井猥褻之談，狀家室流離之苦，殆猶有風人之旨焉。歌中有曰：「自
　　從出了朱皇帝，十年倒有九年荒。」〔註85〕

可知鳳陽花鼓被演為戲劇，應始於清初，故至乾隆、嘉慶年間，此戲已甚普及。例如：《綴白裘》六編即收《花鼓》一齣〔註86〕；乾隆五十九年梓行之《納書楹曲譜補遺》卷四也收有花鼓〔註87〕；《燕蘭小譜》亦有《看花鼓戲詩》云：

　　　　腰鼓聲圓若播鼗，臨風低唱月輪高，玉容無限婆娑影，不是狂奴興亦
　　豪。〔註88〕

〔註83〕王秋桂編，《李家瑞先生通俗文學論文集》（臺北：臺灣學生書局，民國71年4月），頁
　　　　111～151，以下直接引述此文者，不另贅註。

〔註84〕清，玩花主人，《綴白裘》，《善本戲曲叢刊》第五輯，（臺北：臺灣學生書局，民國76年
　　　　11月據清乾隆四二年校訂重鐫本影印），頁2439。

〔註85〕同註56，〈戲劇類〉，頁75。

〔註86〕同註84，頁2431～2450。

〔註87〕清，葉堂，《納書楹曲譜》，《善本戲曲叢刊》第六輯（臺北：臺灣學生書局，民國76
　　　　年11月據乾隆五七至五九年納書楹原刻本影印），頁2325～2330。

〔註88〕清，安樂山樵，《燕蘭小譜》《清代燕都梨園史料》第一冊（同註67）頁120。

嘉慶間《吳門畫舫錄》卷上亦云：

> 陳桐香，字璧月，行三，浙之姚江人……工演劇，非崑非弋，俗謂花
> 鼓戲者是，浙東瀕海邑，厥風甚盛。〔註89〕

有嘉慶八年作者〈自序〉之《日下看花記》卷一亦有《詠伶人陳意卿演花鼓詩》：

> 荊釵更試小家妝，花鼓聲聲唱鳳陽，解得葫蘆依樣畫，風情原不在矜
> 莊。〔註90〕

可見當時花鼓戲之盛行與普及，甚至連其所唱曲詞，也成為固定曲牌，而為其他曲藝所吸收利用，如：嘉慶間北京鈔本《雜曲二十九種》所收八角鼓牌子曲的曲詞中，也夾用了〔打花鼓〕一調〔註91〕。

由於花鼓戲之曲詞，多較俚俗淫褻，其盛行情況，自也受到官方注意。以維護善良風俗的理由，嘉、道以後，曾多次受到驅逐或查禁。如：有道光五年〈序〉之《宋州從政錄》云：

> 戲子、男娼、女娼、花鼓戲……不分何等人家，俱不許容留。〔註92〕

《勉益齋續存稿》卷七所載道光十五年二月「禁演唱花鼓戲示」中云：

> 花鼓小戲，無非男女相悅之詞，長慝導淫，莫此為甚，最為人心風
> 俗之害，地方官自應隨時嚴挐重懲，本司近訪得長州縣地界西山一帶，
> 如花山、楊樹下、趙宅前三處地方，有開演花鼓女戲之事……徹夜連宵，
> 曲盡淫穢之態，招集各村民婦，成羣結隊，相率聚觀，男女混淆，喧嘩
> 擁擠……。〔註93〕

同書並引道光十八年閏四月「禁開場聚賭各條云」云：

> 花鼓淫戲宜禁也，淫詞艷曲最壞人心，其聲不堪入耳，其狀難以寓目，
> 而一經演唱，則娼妓聞風而至，賭博因此而興，男女混淆……淫女姣童，
> 遂桑間之約，傷風敗俗，莫此為甚。〔註94〕

此一類禁令甚多，直至清末皆然〔註95〕，不只可證花鼓戲之流行不輟，且由禁令描

〔註89〕 清，西溪山人，《吳門畫舫錄》（臺北：清流出版社，民國65年10月），頁7。
〔註90〕 清，小鐵篴道人，《日下看花記》，《清代燕都梨園史料》第一冊（同註67），頁181。
〔註91〕 傅惜華，《西廂記說唱集》（臺北：明文書局，民國70年12月初版），頁111及115。
〔註92〕 田仲一成編，《清代地方劇資料集》（東京：東京大學東洋文化研究所附屬東洋學文獻センター，昭和四三年十二月）第一冊〈華北篇河南地方〉，頁28。
〔註93〕 同前註，第二冊〈華南篇江蘇地方〉，頁5。
〔註94〕 同前註，頁6。
〔註95〕 《清代地方劇資料集》（同註92）中尚有多處引及有關對花鼓之禁令。如：第二冊頁6引「勉益齋續存稿」卷十六所載道光十九年十二月「禁陋習各條示」、頁8引江蘇省例所載同治七年「嚴槍船章程」、頁10引光緒十五年刊「得一錄」卷五「禁止花鼓串客戲

述中，也大致看出當時演出花鼓戲之盛況。

　　至於打花鼓的演出用樂，據李家瑞所引美國波士頓美術館藏明顧貝龍所繪《花鼓圖》及清初周鯤所繪《花鼓圖》等資料可知，明代及清初演唱打花鼓時，所用樂器均只有小鑼和兩頭鼓。至於後來演出時常配上其他樂器，筆者疑此或與打花鼓被搬上戲臺（或舞臺）有關，由於戲臺（舞臺）上的演出須具戲劇性及舞臺效果，自然要配上場面樂器，以烘托氣氛，而演出人數也隨著增加，「萬壽慶典」中「花鼓獻瑞」一曲由「小人八名扮鳳陽女式，穿毛藍布衫、彩褲，汗巾搭頭，四鑼回鼓。」場面樂器增入笙、笛、琵琶、絃子、鼓板〔註96〕。即因如此，其後不管是否正式在戲臺演出之花鼓戲，或簡易戲劇形式而流行於各地類於賣唱的花鼓戲，也常搭用了其他樂器，如：乾隆間楊光輔《淞南樂府》有云：「村優花鼓婦淫媒」，其自註云：

　　　　男敲鑼，婦打兩頭鼓，和以胡琴、笛、板，所唱皆淫穢之詞，賓白亦

　　用土語……曰花鼓戲。

咸豐間玉魫《海陬冶遊錄》卷一云：

　　　　又有花鼓戲者……演者約三、四人，男敲鑼，婦打兩頭鼓，和以胡琴、

　　篷、板，所唱皆穢詞褻譚……。〔註97〕

咸、同間范祖述《杭俗遺風》云：

　　　　過江年輕婦女，搽眉畫粉，穿著背心等衣，手持花鼓；又以男人扮小

　　丑模樣，手持戲鑼，對唱對做，亦有胡琴等樂器相雜成調。〔註98〕

可見到了後來，胡琴、笛、板已成爲花鼓戲較固定的配樂了。

五、八角鼓

　　八角鼓原爲一種打擊樂器的名稱，相傳爲滿族八旗的八位首領，各獻一塊最好的木料鑲嵌而成，象徵清室八旗的團結，因爲八木相拼可得八角，故名八角鼓〔註99〕。有人認爲乃乾隆時征大小金川，凱旋時軍中所唱以八角鼓彈擊伴奏的得勝歌〔註100〕。也有人認爲是前清定鼎時凱歌〔註101〕。甚至有人將之推至滿族牧居時

　　　　議」等。

〔註96〕此數種樂器爲該曲部之基本用樂，參本章第六節。

〔註97〕玉魫生，《海陬冶遊錄》，《筆記小說大觀》第五輯（臺北：新興書局，民國69年1月），頁2855。

〔註98〕范祖述，《杭俗遺風》，《小方壺齋輿地叢鈔》第六帙（臺北：廣文書局，民國51年4月），頁5259。

〔註99〕同註81，頁565，「八角鼓」條。

〔註100〕《天津文史資料選輯》第十四輯（天津，天津人民出版社，1981年3月）張鶴琴〈津門曲藝滄桑錄〉一文中云：「八角鼓的興起，始於二百多年前清朝極盛的年代，乾隆時

期已有〔註102〕。以時代來說，乾隆以前今存資料中並不見有關八角鼓的記載，可見即使當時已有，卻並不流行，大致到乾隆間才發展盛行起來。梁紹壬《燕臺小樂府八角鼓詩》云：

> 十棒花奴罷歌舞，新聲乃有八角鼓……〔註103〕

梁氏是嘉、道間人，即云八角鼓是「新聲」，可知流行不久。筆者語爲即因曾爲軍中凱歌所用，而造成流行，並發展爲一種曲藝，也因與自軍歌，故早期曲詞大都以吉祥、歌頌爲內容，後來因流行民間，且軍隊已漸腐化，才漸變爲典雅抒情的曲詞，更廣受歡迎，且以京師爲最盛。梁紹壬《燕臺小樂府八角鼓詩》云：

> ……演說無是兼子虛，虛中生實無生有……由來此戲五方同，不及京師技最工……。〔註104〕

藥珠舊史《京塵雜錄》卷四《癏華瑣簿》亦云：

> 內城無戲園，但設茶社，名曰雜耍館，唱清音小曲，打八角鼓、十不閒以爲笑樂。〔註105〕

由於此時流行甚廣，故記載甚多，連小說中也常提及，如《品花寶鑑》第五回〔註106〕、《風月夢》第十三回等，後者更詳述了演出情況〔註107〕。到了清末，此曲藝又演爲單弦牌子曲，也曾風行一時。

「萬壽慶典」四段第四「八方樂業」，演出者有八人「俱穿蓮襖、孩髮、手拿八角鼓，上嵌線穗。」，此疑即早期八角鼓的演出形態。曲詞分三段，皆未註曲牌名，但第一段僅六句，第二段長達二十餘句，末段也僅四句，疑或第一段爲「曲頭」，第三段爲「曲尾」，第二段爲「曲中」的牌子曲形式。此種形式《霓裳續譜》中極多，與後來盛行的單弦牌子曲比較，後者也是牌子曲形式，但「曲中」部分包括較多曲牌，而前者卻僅一首，此或即後者早期在萌芽發展時的初期型態。

清師征大小金川凱旋返京，軍中大唱得勝歌，制八角鼓彈擊伴奏。」
〔註101〕 陳錦釗，《快書研究》（臺北：明文書局，民國71年7月），頁1所引《逆旅過客都市叢談》「八角鼓」條云：「八角鼓者，相傳爲前清定鼎時凱歌之詞。」《北平風俗類徵》〈市肆門〉（同註56，頁438）也引《民社北平指南》：「八角鼓一門爲滿洲入關定鼎時之凱歌，故演八角鼓者，今仍以旗籍人爲多。」
〔註102〕 同註81，頁565「八角條」條云：「原爲滿族牧居時期的歌曲。」
〔註103〕 《北平風俗類徵》〈遊樂門〉（同註56）頁360。
〔註104〕 同前註。
〔註105〕 清，藥珠舊史，《京塵雜錄》，《中國近代小說史料續編》（臺北：廣文書局，民國75年5月初版），卷四，頁6。
〔註106〕 清，陳森，《品花寶鑑》，《中國學術類篇》（臺北：鼎文書局，民國66年8月），頁55。
〔註107〕 關德棟，《曲藝論集》（上海古籍出版社，1983年5月新1版），頁184。

六、蓮花落

「蓮花落」源出於隋末唐初僧侶募化時所唱的「落花」曲子，唐、五代時改稱「散花樂」，後來被一些窮人所取用，模仿其規式甚至動作，作為乞討糊口的工具，又經過時代變遷，輾轉繁變，而形成了晚近民間的「蓮花落」〔註108〕。

「蓮花落」既源出佛教募化警世，故宋代丐者所唱多以因果報應為內容，元、明以來漸有寫景、敘事之作，尤其是〔四季蓮花落〕，最為流行，如：朱棣御製《諸佛名經》及《名稱歌曲》兩書中，收有〔四季蓮花落〕的佛曲二百五十四支，而朱有燉《李亞仙花酒曲江池》及徐霖《繡襦記》第三十一齣《繡襦護郎》裡，也各有〔四季蓮花落〕。至清乾隆以後，為「蓮花落」最興盛時期，不僅出現了職業藝人，並廣泛流行於民間，而內容也成為演述民間故事的純娛樂性俗曲〔註109〕。此種已成為一種表演曲藝或戲劇的蓮花落，最常見的是「十不閑」〔註110〕，其次就是「金錢蓮花落」。後者據《北平俗曲略》云：

> 雜耍場中還有稱為「金錢蓮花落」者……相傳來自山東，所以也稱「山東金錢蓮花落」，是用一尺多長的木尺兩支，各釘銅錢數對，名「霸王鞭」，演著二人，各持一鞭，搖擺成聲。繼又相對旋舞，各以木尺擊掌、擊肘、擊肩、擊背，木尺上的金錢，就應擊發聲，適與曲中的板眼相合。〔註111〕

「萬壽慶典」中「蓮花生瑞」一曲，其曲詞中云：「『蓮花落』為本，慶祝當今……民子民孫乃是山東人，家住在濟南府歷城縣義和庄內有家門。」而於曲末註有演出人數、彩扮、砌末、後場：「小人六名，扮村女式，羈（霸）王鞭四塊玉結子。後場：琵琶、胡琴、絃子。」可見作者來自山東，且演出時拿著霸王鞭，其特徵正與「金錢蓮花落」相符，可知應即此種曲藝，由此也可知，此曲藝在乾隆時即已流行於北平。雖然後來此曲藝未能如「十不閑」般盛行，但其演出時的重要特色「霸王鞭」，卻也用於「連廂」曲藝，且作更艱深的特技演出〔註112〕；而其曲調也被一般蓮花落所吸

〔註108〕關德棟，〈散花源流及其他〉一文（同前註，頁154～167）及葉德均，《戲曲小說叢考》（坊印本，未註出版日期），卷下，頁647。

〔註109〕同註81，頁296，及《戲曲小說叢考》（同前註）。

〔註110〕同註81，頁296云：「十不閑，曲藝演唱形式的一種，『彩扮蓮花落』的別稱，又稱『十不閑蓮花落』。形成清代嘉慶年間，由歌者二、三人，分飾旦，丑二種角色，粉墨登場，如同戲劇。演唱中尤重插科打諢。所謂『十不閑』，是因演唱者各執竹板、小鑼、小鑔等樂器，另有一人專司其他各種樂器，如：單皮、堂鼓、鏡鈸、冬字鑼、疙瘩鑼等，唱的打的都閑不住，故名。」

〔註111〕同註52，頁147～148。

〔註112〕參見本節「連相」條。

收利用〔註113〕，一直到民國，仍時可見此曲藝的演出〔註114〕。

七、秧　歌

「鼓樂呈祥」一曲所用曲牌雖記爲〔萬壽歌〕，但由曲詞、用語、句式來看，皆與卷七「鳳陽歌來了」中〔秧歌〕相似，而前場演出者也帶著「雙鑼雙鼓」，與〔秧歌〕演出時用鑼、鼓相同，故疑此曲應即〔秧歌〕，其所以改稱〔萬壽歌〕，蓋爲應景賀壽討其祥瑞而已〔註115〕。

「秧歌」顧名思義，可知爲農民在田裡捕秧耕作時所唱的歌，我國爲以農立國的國家，故此類歌曲自然起源甚早，例如：唐劉禹錫有〈插田歌〉、北宋初年的王禹偁有〈畬田調〉五首……等都在描述農人邊耕作邊唱歌的情景〔註116〕。清吳錫麒〈新年雜咏抄〉認爲秧歌是由宋村田樂演化而來〔註117〕。但「秧歌」一名，據傳說最早則始於蘇軾。張世文〈定縣的秧歌〉一文云：

據定縣一般人傳說，秧歌是宋朝蘇東坡創編的。……在蘇東坡治定州的時候，看見種稻的農民在水田裏工作，非常勞苦。因此就爲他們編了許多歌曲，教他們在插秧的時候唱，使他們精神快活，忘了疲倦，這便是秧歌名稱的起源。〔註118〕

到了清代，秧歌更是盛行，清初屈大均《廣東新語》云：

每春時，婦子以數千計，往田插秧，一老撾大鼓，鼓聲一通，群歌競作，彌日不絕，是曰〔秧歌〕。〔註119〕

此種〔秧歌〕，隨著各地的流行，也被發展成集體歌舞的秧歌隊舞或秧歌戲，如：清楊賓《柳邊紀略》云：

上元夜，好事者輒扮秧歌。秧歌者，以童子扮三、四婦女，又三、四人扮參軍。各持刀尺許，兩圓木戛擊相對舞。而扮一持傘燈，賣膏藥者前

〔註113〕如：清咸豐間北京百本張鈔本蓮花落曲藝「十里亭餞別」中，即夾用了〔金錢蓮花落〕曲調（見「西廂記說唱集」，同註91，頁119）。
〔註114〕朱自清，《中國歌謠》（臺北：世界書局，民國67年2月再版），頁109，引《語絲》127期中云：「蓮花落現在各地尚行此調……歌時常爲二人，有時有樂器，以竹爲之，中空三節，貫以銅錢。歌時在身上擊打，先擊兩背，次舉足迎擊，次擊背心，歌末皆有疊字。」由用有霸王鞭演出，可知應爲「金錢蓮花落」。
〔註115〕參見本章第三節。
〔註116〕同註70，頁184～189所匡扶〈秧歌小考〉一文。
〔註117〕《中國古代舞蹈史話》（同註56）頁83。
〔註118〕王沛編，《戲曲辭典》（臺北：臺灣中華書局，民國64年4月二版），頁344所引。
〔註119〕同註70，頁186〈秧歌小考〉一文所引，李調元《粵東筆記》卷一亦引此說（同註73，頁37）。

導，旁以鑼鼓和之，舞畢乃歌，歌畢更舞，達旦乃已。〔註120〕

施閏章《愚山先生詩集·燈夕口號詩》云：

秧歌椎擊惹閒愁，亂簇兒童戲未休；見説尋常歌舞競，大頭和尚滿街遊。

自註云：

都下兒童，競唱秧歌，擊椎相應，又扮大頭和尚爲戲。〔註121〕

《毛西河詩話》也云：

康熙乙丑元夕，南海子大放燈火，臣民縱觀於行殿外……別有四兒，花裯襠，杖鼓拍板，作秧歌小隊，穿星戴焰，破箱而出……。〔註122〕

《竹葉亭雜記》卷一云：

圓明園宮門内正月十五放和盒，例也。即煙火盒子……小兒四人擊秧歌鼓唱秧歌，唱「太平天子朝元日，五色雲中駕六龍」一首。〔註123〕

可見清初此種曲藝及戲劇已甚盛行。在此背景下，「萬壽慶典」中有「秧歌」曲藝的演出，也就不足爲奇了。

八、灘　黃

「灘黃」又作「灘簧」「萬壽慶典」中「桑農獻瑞」一曲，全曲所用曲調爲〔灘黃〕調，此外，在《霓裳續譜》中也收有〔灘黃調〕、〔南詞彈黃調〕、〔彈黃調〕。〔灘黃〕、〔彈黃〕皆當即〔灘黃〕〔註124〕。今日所存「灘黃」種類繁多，有蘇灘、滬灘、杭灘、寧波灘等分別，以江、浙一帶最多，據《中國音樂詞典》「灘黃」條云：

蘇州灘黃歷史較久，約形成於清代乾隆（1736～1795）年間。其他各地灘黃則於清代同治、光緒（1862～1908）年間相繼產生。〔註125〕

若如此，則《霓裳續譜》及「萬壽慶典」中〔灘黃調〕所指應即指「蘇灘」而言。

「灘黃」之起源，說法不一，有以爲源於秧歌者〔註126〕、有以爲弋腔之變者〔註

〔註120〕同註118所引。《清稗類鈔》〈時令類〉（同註56，頁11）亦收載。

〔註121〕《北平風俗類徵》（同註56）頁340。

〔註122〕清，吳仲雲，《養吉齋叢錄》，《筆記小説大觀》第四十三輯（臺北：新興書局，民國75年9月），卷十三，頁157所引。

〔註123〕姚元之，《竹葉亭雜記》，《筆記小説大觀》第三十三輯（臺北：新興書局，民國72年5月），頁6。

〔註124〕同註52，頁59。周貽白，《中國戲劇發展史》（臺北：學藝出版社，民國66年4月），頁549。

〔註125〕同註81，頁291～292。

〔註126〕鍾敬文，《民間文學概論》（上海：上海文藝出版社，1980年7月），頁379云：「我國明、清之際，諸如……灘黃之類，都是在這種秧歌的歌舞基礎上發展起來的。」

〔註127〕清、顧鐵卿，《清嘉錄》卷一「新年」條（臺北：新興書局，民國49年7月），頁3807

127〕，有以爲演自崑曲者〔註128〕、有以爲彈詞衍出者，前者是據其演出之歌舞形式，後三者則爲就曲調、唱詞等而言。尤其最後一說，爲周貽白先生所提出，其所據論主要就是《霓裳續譜》中所收〔彈黃調〕及〔南詞彈黃調〕〔註129〕。

今存各地「灘黃」多爲晦淫之曲詞，惟有「蘇灘」又分「前灘」與「後灘」，其「前灘」曲詞多改編自崑曲；「後灘」則多爲玩笑劇〔註130〕。若如前所述，乾隆時期僅有「蘇灘」，則筆者有一懷疑，即依《清代地方劇資料集》（二）華中篇江西地方引錄葉玉屏令江西時所著，有乾隆二十九年序之《官幕同舟錄》卷上《作吏要言》云：

> 常聞離省州縣，城鄉市集，平日則有男婦同唱灘黃，皆淫詞蕩語，敗壞倫常之事……。〔註131〕

據此，不只可知乾隆二十九年以前「灘黃」即已甚爲流行，且知其曲詞「皆淫詞蕩語，敗壞倫常之事」，此與今存「蘇灘」之曲詞性質大不相同，此蓋有兩可能：

1. 「蘇灘」在當時之曲詞，本爲「淫詞蕩語」，後來由於屢受查禁，故部分藝人改用改編自崑曲之曲詞而成「前灘」，另外一些則改換以玩笑打諢的曲詞，而成「後灘」。至於原本所謂「淫詞蕩語」的灘黃，則在官方的不斷查禁令下，終成絕響。

2. 乾隆時期，除「蘇灘」以外，已發展出其他種類的「灘黃」。也即是後來的各地灘黃，並非晚至同治、光緒間才產生！而是早已形成。

「萬壽慶典」「桑農獻瑞」一曲，不僅使用了〔灘黃調〕，且註明了後場所用樂器爲洋琴、絃子、琵琶、鼓板、提琴。若依「萬壽慶典」中曲詞、曲調多改編及採用自民間俗曲的情況來看，則此樂器編制，應亦與當時民間演出灘黃時所用樂器相差不遠，最少此項曲藝平時演出時之特殊用樂，應該包括在內，可說是目前所存最早載及灘黃演出用樂的資料。此外，道光間刊本《清嘉錄》卷一「新年」條云：

> 灘黃，乃弋腔之變，以琵琶、絃索、胡琴、檀板合動而歌。〔註132〕

同治六年刊本范祖述之《杭俗遺風》「灘黃」條云：

> 以五人分生、旦、淨、丑腳色，用絃子、琵琶、胡琴、鼓板，所唱亦
> 係戲文，如《謁師》、《勸農》、《梳粧》、《跪池》、《和番》、《鄉探》之類，

云：「灘黃，乃弋腔之變。」
〔註128〕劉經菴、徐傅霖著，《中國俗文學論文彙編》（臺北：西南書局，民國72年7月再版），頁89～90所收徐傅霖〈中國民眾文藝之一斑——灘黃〉一文認爲：清帝駕崩國喪期間禁演戲，戲園爲謀生存，故有一錢姓者，將崑曲減去鑼鼓與笛，全用絲絃樂器，且不演戲，而改成清唱，借以迴避官方禁令，以維持衣食。
〔註129〕《中國戲劇發展史》第七章（同註124），頁547～552。
〔註130〕見《中國民眾文藝之一斑》（同註128）及《中國戲劇發展史》（同前註）頁552。
〔註131〕同註92，〈華中篇〉，頁33～34。
〔註132〕同註127。

不過另編七字句……。〔註133〕

《清稗類鈔》云：

> 灘黃者，以彈唱爲營業之一種也，集同業者五、六人或六、七人，分生、旦、淨、丑腳色，惟不加化裝，素衣，圍坐一席，用絃子、琵琶、胡琴、鼓板，所唱亦戲文，惟另編七字句，每本五、六齣，歌白並作，間以諧謔……。〔註134〕

以上記載所述灘黃用樂，大同小異，皆以絃索鼓板爲主，而絕無簫、笛等管樂，可見歷代用樂的變遷並不大。

第六節　演出概況析探

「萬壽慶典」中最特別，也最具價值的是：不僅存留了當時演出時之曲名、曲牌、曲詞，而且詳細註明了各曲演出人數、演出者彩扮、所穿行頭、砌末、後場〔註135〕及後場樂器在開場、間奏、結尾的演奏提示（參見附表四）。雖然這些註記在某些曲中有闕註情況，但此種記載方式能活現當時演出實況，幾乎近似於今日的田野記錄，也是在當時各類文獻資料中少見而彌足珍貴的。

由附表四中，已可清楚看出各曲演出的情況，現綜合各曲之各項註記，對全部「萬壽慶典」（二十一曲）的演出，作以下四方面的綜述，以明其互相關聯及全體演出之概況。

一、演出次序

由「五穀豐」至「六合同春」二十一曲中，每曲之曲名下皆註有序次。第一曲「五穀豐」爲「二段第一」，直至最末一曲「六合同春」爲「六段第四」，可知全部

〔註133〕同註98，頁5288。

〔註134〕《清稗類鈔》音樂類，同註56，頁26。

〔註135〕所謂「彩扮」也稱「彩唱」。《中國戲曲曲藝詞典》（上海藝術研究所中國戲劇家協會上海分會編，上海辭書出版社，1981年，頁668）云：「彩唱，也叫彩扮。曲藝的一種表演形式。演員以簡單的化妝作人物扮演。」；所謂「行頭」，同書（頁152）云：「行頭，戲曲腳色所穿戴的服裝的統稱。」；所謂「砌末」，同書（頁25）云：「一作切末，傳統戲曲所用簡單布景和大小道具的統稱。」；所謂「後場」，《揚州畫舫錄》（清，李斗，世界書局，民國68年10月，卷五，頁129）云：「後場一曰場面。」可知「後場」又稱「場面」。《中國戲曲曲藝詞典》（頁84）云：「場面，戲曲裡所用各種伴奏樂器的總稱，分文場和武場。文場指胡琴、二胡、三絃、月琴、笛、嗩吶等管絃樂器；武場指鼓板、大鑼、小鑼、鐃板、齊鈸、堂鼓等打擊樂器。」

應分六段，而第一段在「萬壽慶典」中並未收載，故實際上「萬壽慶典」只收了五段（二至六段）。每段之中又分有數曲，依序以「二段第一」、「二段第二」……等方式排列，其中「三段第一」、「三段第二」、「四段第三」為漏註或誤註，今依次序補訂。其所分之「段」疑或為演出時之小段落。由於每曲在演出時皆彩唱，又有行頭、砌末等必須依一定順序事先排練上場，不可能臨時不按序隨意演出，此六段每段又分數曲的排列次序，疑即演出時之順序。

二、演出人數

前場演出人數，除了七曲闕註外，其餘十四曲皆有明註，例如：「二段第一」「五穀豐」一曲註云：「小人五名」、「二段第二」「萬年長青」一曲註云：「小人八名……」。此「小人」當指優童而言〔註136〕。在註有演出人數之十四曲中：八人者六曲、六人者三曲、五人者一曲、四人者四曲。可知前場演出最多八人，而且以八人演出之曲數也最多，此或與慶祝高宗「八」旬萬壽有關。其餘六人或四人則亦皆取偶數以示吉祥。至於以五人演出之「五穀豐」一曲，其所以用五人，應與配合曲名有關。

後場（即場面）〔註137〕，雖未註人數，但卻註明了所用樂器，其中以「二段第二」之「萬年長青」一曲所用最多，計有笙、笛、鐺、堂鼓、拍、絃子、簫、鼓板八種樂器，若每種樂器保守的以一人演奏計，也要八人。

由以上統計可知，顏曲師之曲部在此次演出時，參與前後場實際演出的人員，最少應有十六人。若每曲之演出連貫不輟，則前台演出優童因妝扮換裝費時，勢必至少要分兩組輪演，則演出人數應又多於此數。

三、行頭砌末

前場演出者，各曲皆隨曲詞內容而分別作各類人物的扮演，在註記中也詳細說明了其行頭、砌末。其中唯「三段第一」「碟舞昇平」闕漏未註，但由曲詞云：「彩女們，舞瑤階，各奉壽詞都比賽……響叮噹彩碟飛舞……。」可知演出者中應有扮彩女、舞彩碟者，今據以補上（見附表四）。在二十一曲中，其彩扮行頭大致可分成四類：

1. 童扮——即所扮為童子。有五曲，包括「五穀豐」、「江山萬代」〔註138〕、「八

〔註136〕由王廷紹之序中可知《霓裳續譜》所收，皆為當時京華優童所唱之曲詞，而顏曲師之曲部即為其一，此「萬壽慶典」由顏曲師之曲部演出，故演出者應亦為優童。此外，周明泰所輯《清昇平署存檔事例漫抄》卷四亦有「小人演戲」一項，周氏註云：「按小人當係指幼年學生。」此所指為清末之宮內承應，兩者雖有別，但卻皆指年幼之兒童，可為一證。
〔註137〕同註135。
〔註138〕此曲註記作「扮同」，但其前一曲「花鼓獻瑞」所扮為鳳陽女，其穿著行頭皆與此曲之

方樂業」、「八方太平」〔註139〕、「六合同春」。其中四曲皆穿蓮襖褲；另一曲則爲道童妝扮，穿紅道袍。

2. 女扮——有十曲，包括「萬年長青」、「碟舞昇平」、「美女採茶」、「花鼓獻瑞」、「吉祥瑞草」、「四景長春」、「蓮花生瑞」、「滿江豐泰」、「蒲臺慶壽」、「桑農獻瑞」。所扮有麻姑、彩女〔註140〕、採茶女、鳳陽女、村女、採桑婦等。

3. 男扮——有三曲。包括「連相武曲」〔註141〕、「合和慶壽」、「鼓樂呈祥」。其中除「合和慶壽」所分爲合和二聖、劉海、東方朔以外，餘二曲皆行裝打扮〔註142〕。

4. 雜扮——有三曲。包括「獨流鄉景」、「漁家歡慶」、「鄉老慶壽」。所扮皆老幼鄉民或漁民。

在砌末方面，其舞臺佈景雖未詳註，但在「獨流鄉景」一曲中註「有水」、「漁家歡慶」一曲中也註「在水內」，此可能即指簡單的佈景而言。至於演出者所用道具，則註之較詳（詳見附表四）。其中有四曲前場演出者還拿著樂器，即：「五穀豐」一曲「手舞大平鼓，每人一面」、「花鼓獻瑞」一曲「四鑼四鼓」、「八方樂業」一曲「手拿八角鼓，上嵌線穗」、「鼓樂呈祥」一曲「雙鑼雙鼓」。這些樂器不僅可當道具，且亦爲伴奏之用，更可明顯表現了該曲所屬曲藝之特性。

四、場面用樂

「場面」即「後場」。對當時戲班場面情況及演出之記載，以《揚州畫舫錄》所載最爲詳盡，其卷五云：

後場一曰場面。以鼓爲首，一面謂之「單皮鼓」；兩面則謂之「靭薺鼓」，名其技曰「鼓板」。鼓板之座在上鬼門，椅前有小搭腳仔橙，椅後屏上繫鼓

「穿彩蓮襖褲」不同，可知此「同」應非同於前曲之「同」。由其穿著來看，與「五穀豐」、「八方樂業」、「八方太平」等曲扮童穿採蓮襖褲者相同，故知此「同」應「童」之諧訛。

〔註139〕 「八方樂業」、「八方太平」兩曲雖未註明「扮童」，但由皆註明「孩髮」及其所穿蓮襖可知應亦爲童子妝扮。

〔註140〕 此所謂「彩女」，由其穿著彩衫來看，應指穿彩衣的少女而言。

〔註141〕 此曲雖僅註「行裝打扮，進貢式樣」，但由曲詞可看出應爲男扮。

〔註142〕 所謂「行裝」似應指「行褂」、「行袍」、「行裳」之類而言，蓋皆爲出行時便於乘騎之服。《中國古代服飾史》第十四章清代服飾（周錫保，丹青圖書有限公司，民國75年臺1版），頁482）云：「行褂，比常服褂短，長與坐時齊，袖長及肘……行褂的形制，下達一般庶官以及扈行者都可穿著……。行袍，形制同常服袍，惟長比常服減短十分之一，右面的衣裾下短一尺，以便於乘騎之需，又稱之謂『缺襟袍』……這種行袍凡臣工扈行、行圍人員，都例服這種行裝，下達庶官也都穿著之……。行裳，左右各一片，如隨侍中甲裳之制，上用一橫幅以帶繫之，用氈或袷，冬用裘爲表，貴者用鹿皮、黑狐，扈從隨行者及庶官都用之。」

架。鼓架高二尺二寸七分，四腳，方一寸二分。……單皮鼓例在椅右下枋，
靭鞵鼓與板，例在椅屏間，大鼓箭二；小鼓箭一，在椅墊下。此技徐班朱念
一爲最，聲如撒米，如白雨點，如裂帛破竹……其徒季保官，左手擊鼓，右
手按板，技如其師……弦子之座，後於鼓板。弦子亦鼓類，故以面稱。弦子
之職，兼司雲鑼、鎖哪、金鐃，此技有二絕；其一在做頭、斷頭。曲到字出
音存時謂之「腔」；弦子高下急徐謂之「點子」。點子隨腔爲做頭；至曲之句
讀處如昆吾切玉，爲斷頭。其一在弦子讓鼓板，板有沒板、贈板、徹贈、撤
板之分，鼓隨板以呈其技；若弦子，復隨鼓板以呈其技。于鼓板空處下點子
謂之「讓」，惟能讓鼓板，乃可以蓋鼓板，即俗之所謂「清點子」也。……
笛子之人在下鬼門，例用雌、雄二笛……笛子之職，兼司小鈸。此技有二絕：
一曰熟；一曰軟。熟則諸家唱法，無一不合；軟則細緻縝密，無處不入。……
笙之座後于笛，笙之職亦兼鎖哪，笙爲笛之輔，無所表見，故多于吹鎖哪時，
較弦子上鎖哪先出一頭。其實用單小鎖哪若大江東去之類，仍爲弦子掌之。
戲場棹二椅四，棹陳列若丁字；椅分上下兩鬼門八字列。場面之立而不坐者
二：一曰小鑼；一曰大鑼。小鑼司戲中棹、椅、床、櫈，亦曰走場，兼司叫
顙子。大鑼例在上鬼門，爲鼓板上支鼓架子，是其職也。至于號筒、啞叭、
木魚、湯鑼，則戲房中人代之，不在場面之數。〔註143〕

其中所云鼓板、笙、笛、弦子……等樂器亦見於「萬壽慶典」中後場之註記，可見
兩者後場之情況應相差不遠。

　　在「萬壽慶典」的二十一曲中，有關各曲後場所用樂器的註記，除「八方樂業」
一曲以外，其餘二十曲皆有註明。現筆者將此二十曲樂器編配情況歸納爲附表五。
由表中，可看出以下幾點：

　　1. 各曲用樂，以「萬年長青」一曲用了八種樂器，爲最多；「蓮花生瑞」、「鄉
老慶壽」、「蒲臺慶壽」三曲則僅用了三種樂器，爲最少。

　　2. 在所用各類樂器中，以絃子（三絃）使用最多，在二十曲中用了十八曲（其
餘兩曲雖不用絃子，但卻用「絲絃」，而「絲絃」疑也屬絃子之一種，見〔註144〕）。
可見此曲部後場用樂，「絃子」實爲其最基本之必用樂器。

　　3. 在二十曲中，各曲樂器偏配，大致可歸納爲兩類：

　　（甲）以笙、笛、絃子（或絲絃）、琵琶、鼓板爲主的配置。此類共十二曲，其
中「碟舞昇平」、「獨流鄉景」、「美女採茶」、「花鼓獻瑞」、「吉祥瑞草」、「四景長春」、

〔註143〕《揚州畫舫錄》（同註135），頁129。

「漁家歡慶」、「滿江豐泰」八曲即由此五種樂器配成，另外四曲則稍作增減（「五穀豐」、「合和慶壽」兩曲少用琵琶；「萬年長青」亦少用琵琶，但增入簫、拍、堂鼓、鐺；「鼓樂呈祥」則少用笛子及鼓板，但增入板。）此種配置近似當時尚流行的崑曲用樂〔註144〕。故疑此類用樂之編配是受崑曲所影響。

　　（乙）將甲類中之笙、笛去掉，而以胡琴取代，有八曲。「連相武曲」一曲為此類配置之標準形式，其餘七曲，亦另稍有增減（「八方太平」少用鼓板，但增入笙；「蓮花生瑞」、「鄉老慶壽」、「蒲臺慶壽」三曲少用鼓板；「江山萬代」少用鼓板，但增入木魚；「桑農獻瑞」雖不用胡琴，但卻用同是拉絃樂器的提琴取代，且增入洋琴；「六合同春」一曲則少用琵琶，但增入拉琴、手鑼、小鈸。）。此種配置則近於後代的皮黃〔註145〕，此類用樂編配疑是受了花部的影響。

　　4. 在第三點所分甲、乙兩類中，除基本編配外，其餘各曲皆另有增減，而其增減之原因，疑與各曲曲情或曲牌的特質有關。如：「萬年長青」一曲，其曲詞中云：「各處生（笙）、簫、鼓樂聲。」而所用曲牌為〔邊關調〕，據劉廷璣《在園曲志》云：

　　……在北則始于〔邊關調〕，蓋明時遠戍西邊之人所唱，其辭雄邁，其調悲壯，本涼州、伊州之意。……明詩云：「三絃緊撥配邊關」是也。〔註146〕

可知此調演唱時，必雄邁悲壯，其所用樂器自然也必要以能襯托表現此種氣勢的。而此「萬年長青」之用樂於甲類配置中，因〔邊關調〕本多用三絃伴奏而不用琵琶，故去其琵琶。又由曲詞所述及〔邊關調〕之特性，而另加入簫、鐺、拍、堂鼓。尤其以堂鼓的加入，更能烘托出〔邊關調〕所具的雄邁特色。又如：「六合同春」一曲為「萬壽慶典」之最末一曲，為了熱鬧的結束及配合曲情中道童獻五福賀壽的吉祥喜慶氣氛，故用樂中增入了手鑼、小鼓。

　　5. 此二十曲所用樂器，大致可分為奏出旋律之旋律樂器及僅能打節奏的節奏樂器兩類。而旋律樂器中又可分為連續音樂器〔註147〕與斷續音樂器〔註148〕兩類，二

〔註144〕清，錢泳，《履園叢話》（臺北：大立出版社，民國71年，頁331）云：「近士大夫皆能唱崑曲，即三絃、笙、笛、鼓板亦嫻熟異常。」清，藝珠舊史，《京塵雜錄》（臺北：廣文書局，民國75年5月初版），頁6）卷一《長安看花記》云：「京師有集芳班，仿乾隆間吳中集秀班之例，非崑曲高手不得與……其中固大半四部中人也……所存多白髮父老，不屑為新聲以悅人，笙、笛、三絃、拍板聲中，按度制節……猶是先輩法度。」可知當時崑曲所用樂器即笙、笛、三絃、鼓板（或拍板）。

〔註145〕陳彥衡，《舊劇叢談》，《清代燕都梨園史料》第三冊（臺北：傳記文學出版社，民國63年4月景印出版），頁1555）云：「北京皮黃初興時，尚用雙笛隨腔，後始改用胡琴。」

〔註146〕清，劉廷璣，《在園曲志》，《新曲苑》第二冊。（臺北：臺灣中華書局，民國59年8月臺1版），頁291。

〔註147〕見註154。

十曲中，每一曲皆有此兩類樂器，疑樂器編配者或也注意及樂器有此種演奏特性存在，故在編配時每曲兩者都不缺少。如：「桑農獻瑞」一曲屬乙類配置，雖不用胡琴，但卻代以提琴，使此曲的用樂中，仍不缺連續音樂器。

由此五點可知「萬壽慶典」之場面用樂，不只反應了當時的戲曲發展情況，且能兼顧各曲的個別特性。

在後場的註記中，除了註明所使用樂器以外，最特別的是還加記了場面用樂在開場、間奏、結尾中的演奏提示。此種註記在二十曲中，僅註了五曲，即：

1. 「五穀豐」。註云：「吹打」，蓋為吹打樂，指笙、笛、鼓板合奏而言〔註149〕。所謂「過文」，據姚燮《今樂考證》所載浙江陳牧夫派《琵琶曲目》中有「霸王卸甲十段」，其順序為：「引子→頭段→二段→過文→三段→過文→四段→五段→小吹第六段→七段→八段→金色師子。」〔註150〕其中用了兩次「過文」，而此兩次「過文」並不包含在十段中，按：文，為微母；門，為明母。古讀微如明，方音、文、門同。可知「過文」當即「過門」〔註151〕。徐大椿《樂府傳聲》「定板」條亦云：

> 唯過文轉折之處，板可略為增損，所以便歌也。〔註152〕

可作輔證。至於「武鼓」，疑指鼓板之演奏方式而言，即以較雄壯之鼓板，以顯出此曲氣勢。此註記蓋提示曲中各段間「過門」時之用樂演奏情況。

2. 「萬年長青」。註云：「每節過文吹打。」可知蓋指於曲中各段「過門」時用吹打樂。

3. 「碟舞昇平」。註云：「開場吹〔海青〕；〔四扇板〕每截（節）一枝（支）；武鼓煞尾。」可知此曲在演唱前先奏〔海青〕；於每段間之過門則奏〔四扇板〕；而所謂「煞尾」據焦循《劇說》引《癸辛雜誌》云：

> 凡燕集初作，或用上字，或用工字，然必須眾樂皆然，是謂「諧和」；
> 或有一時煞尾參差不齊，則謂之「不和」。〔註153〕

〔註148〕見註155。

〔註149〕也可能指曲牌。《中國音樂詞典》（臺北：丹青圖書有限公司，民國75年5月臺1版），頁475）云：「〔吹打〕，曲牌。又名〔傍妝臺〕，俗稱〔工尺上〕。是戲曲常用的伴奏樂曲。凡迎賓、送客、朝拜、升帳、升堂、慶功等場面多用此曲牌。」

〔註150〕清，姚燮，《今樂考證》、《歷代詩史長編二輯》第十冊（臺北：鼎文書局，民國63年2月），頁63。

〔註151〕同註149，頁512云：「過門。戲曲、說唱、歌曲中與歌唱部分相聯接的器樂部分，如前奏、間奏、尾奏以及短小的聯接句等。」

〔註152〕清，徐大椿，《樂府傳聲》、《新曲苑》第二冊，同註136，頁340。

〔註153〕清，焦循，《劇說》，《歷代詩史長編二輯》第八冊（臺北：鼎文書局，民國63年2月初版），頁87。

此外，在南、北曲許多宮調中皆有〔煞尾〕曲牌，皆接於曲末，故此處之「煞尾」，疑指最末一曲調而言。若如此，則可知此曲之最後前之曲調，要使用「武鼓」。

　　4.「連相武曲」。註云：「〔老八板〕開場、煞尾。」可知此曲演出時其開場及結尾皆奏〔老八板〕曲調。

　　5.「吉祥瑞草」。註云：「每截（節）有過文。」可知此曲每段之間有過門。

　　所記雖只五曲，但其餘諸曲亦可由此推得。

　　由以上各類註記，使我們對當時演出的概況，增添了許多瞭解，面對著此歷歷如繪的註記，恍惚中當時演出的盛況又重現在眼前……。

附表四：「萬壽慶典」演出情況綜表

序次	曲名	曲牌組合狀況	演出人數	演出者、彩扮、行頭、砌末	後場樂器 種類	後場樂器 演奏提示	備　註
二段第一	五穀豐	朝天子 ↓ a （反覆四次） ↓ 千秋歲	5	扮童採蓮，紅襖褲，身背青燈籠，內嵌穀穗二枝，風爭一個，絲縬一條，手舞太平鼓，每人一面。	笙、笛、鼓板、絲絃	吹打過文武鼓。	1.所闕曲牌（a）疑為〔太平年〕（見：第六章第四節註五。）
二段第二	萬年長青	邊關調 （反覆七次） ↓ 清江引	8	扮麻姑，宮衣裙，翠娥手舞青松各一對，上嵌紅五福。	笙、笛、鐣、堂鼓、拍、絲子、簫、鼓板。	每節過文吹打。	
三段第（一）	碟舞昇平	b （反覆四次）	8	（扮彩女，舞彩碟）	笙、笛、琵琶、絲絃、鼓板。	開場吹海青，四扇板每截一枝，武鼓煞尾。	1.「三段第一」之「一」字原闕，今依序次補入。 2.「演出者、彩扮、行頭、砌末」欄原闕，今依曲詞所述補入。
三段第（二）	獨流鄉景	銀紐絲 ↓ 永清歌 ↓ 清江引	8	雜扮老夫婦、少夫婦、幼童、幼女。	笙、笛、琵琶、絃子、鼓板。		1.「三段第二」之「二」字原闕，今依序次補入。 2.原卷序次下註云：「有水」，疑為佈景。
三段第三	連相武曲	剪靛花 ↓ 進獻詞	4	行裝打扮進貢式樣，合唱。	琵琶、鼓板、絃子、胡琴。	老八板開場煞尾。	

序次	曲名	曲牌組合狀況	演出人數	演出者、彩扮、行頭、砌末	後場樂器 種類	後場樂器 演奏提示	備註
三段第四	美女採茶	c（反覆八次）	4	女扮採茶，彩衫白裙，坎肩汗巾，手提採茶籃鈎。	笙、笛、琵琶、鼓板、絃子。		1. 所關曲牌（c）疑爲〔採茶歌〕（見：第六章第四節所述）
四段第一	花鼓獻瑞	d↓e↓f	8	扮鳳陽女式，穿毛藍布衫，彩褲，汗巾搭頭，四鑼四鼓。	笙、笛、琵琶、絃子、鼓板。		1. 所關曲牌（d）疑爲〔仙花調〕；（e）、（f）疑爲〔秧歌〕（見：第六章第四節所述）
四段第二	江山萬代	g	8	扮同，穿彩蓮襖褲，齊眉線總，手捧暗八仙壽儀。	琵琶、絃子、胡琴、木魚。		1. 所關曲牌（g）疑爲〔劈破玉〕（見：第六章第三節所述）。
（四段第三）	吉祥瑞草	萬壽祝↓吉祥草（反覆三次）↓一江風		扮彩女，穿彩衫，手舞雙花按四季。	笙、笛、琵琶、鼓板、絃子。	每截有過文	1.「四段第三」原闕，今依序補入。
四段第四	八方樂業	j↓i↓h	8	俱穿蓮襖，孩髮，手拿八角鼓上嵌線穗。			
四段第五	四景長春	南叠落↓玉蛾郎（反覆四次）↓清江引		女扮，穿彩衣彩裙，各手拿扇子汗巾。	笙、笛、琵琶、鼓板、絃子。		
五段第一	蓮花生瑞	k	6	扮村女式，霸王鞭，四塊玉結子。	琵琶、胡琴、絃子。		1. 所關曲牌（k）疑爲〔蓮花落〕（見：第六章第四節所述）。
五段第二	八方太平	太平歌（反覆八次）	6	穿彩蓮襖，綵褲，腰繫，孩兒髮金箍，各手舞金牌二面，長一尺三寸，畫流雲百福，隨曲文扮八卦式樣。	琵琶、絃子、胡琴、笙。		

序次	曲名	曲牌組合狀況	演出人數	演出者、彩扮、行頭、砌末	後場樂器 種類	演奏提示	備註
五段第三	漁家歡慶	祝壽歌 ↓ 鎖南枝 （反覆四次） ↓ 疊字犯 ↓ 尾聲		扮老少漁翁、漁婆、幼童、幼女。	笙、笛、琵琶、鼓板、絃子。		1. 原卷於序次下註「在水內」疑為佈景。
五段第四	滿江豐泰	滿江紅 （反覆四次）		女扮，彩衫彩裙，汗巾坎肩。	笙、笛、琵琶、絃子、鼓板。		
五段第五	鄉老慶壽	寄生草		雜扮老幼鄉民。	琵琶、胡琴絃子。		
五段第六	合和慶壽	好事近 ↓ 千秋歲 ↓ 尾聲	4	扮合和二聖，劉海，東方朔。	笙、笛、鼓板、絃子。		
六段第一	鼓樂呈祥	萬壽歌 （反覆五次）	4	男扮，行衣，雙鑼，雙鼓。	琵琶、絃子、笙、板。		
六段第二	蒲臺慶壽	壽鄉詞	6	女扮，衫裙，汗巾搭頭。	琵琶、胡琴、絃子。		
六段第三	桑農獻瑞	攤黃調 （反覆四次）		女扮採桑婦，手提籃杆，彩衫彩裙，小坎汗巾。	洋琴、絃子、琵琶、鼓板、提琴。		
六段第四	六合同春	萬年歌		扮道童，身穿紅道袍，孩兒髮，金箍，各捧圓盒，內獻五福，蓋土，畫金壽字。	鼓板、手鑼、絃子、小鈸、拉琴、胡琴。		

附表五：「萬壽慶典」用樂配置表

樂器分類		曲名 →	五穀豐	碟舞昇平	景茶瑞草春慶泰／鄉採獻瑞長歡豐／流女鼓祥景家江／獨美花吉四漁滿	合和慶壽	萬年長青	鼓樂呈祥	八方太平	蓮花生瑞／鄉老慶壽／蒲臺慶壽	江山萬代	連相武曲	桑農獻瑞	六合同春	各樂器使用次數	備註
		所用曲數	1	1	7	1	1	1	1	3	1	1	1	1		
旋律樂器	連續音樂器 *1	笙	✓	✓	✓	✓	✓	✓	✓						13	請參見各附註及第六章第六節的論述
		笛	✓	✓	✓	✓	✓								11	
		簫					✓								1	
		胡琴							✓	✓	✓	✓	✓		7	
		提琴 *3											✓		1	
		拉琴 *4												✓	1	
	斷續音樂器 *2	絲絃 *5	✓	✓											2	
		絃子 *6			✓	✓	✓	✓	✓	✓	✓	✓	✓	✓	18	
		琵琶		✓	✓				✓	✓	✓	✓	✓	✓	16	
		洋琴 *7												✓	1	
節奏樂器		木魚									✓				1	
		拍					✓								1	
		板						✓							1	
		鼓板 *8	✓	✓	✓	✓	✓	✓				✓	✓		14	
		堂鼓					✓								1	
		鐺					✓								1	
		手鑼												✓	1	
		小鈸												✓	1	
		各曲所用樂器數	4	5	5	4	8	4	4	3	4	4	5	6		
		樂器配置歸納分類	甲							乙						

*1：所謂「連續音樂器」，指此類樂器演奏時出音延續不斷。吹管類之笙、笛、簫等；絃樂器中擦絃類之胡琴、提琴、拉琴等皆屬此。

*2：所謂「斷續音樂器」，指此類樂器演奏時出音斷續。絃樂器中彈絃類之三絃、琵琶、揚琴等屬此。

*3：清，葉夢珠，《閱世編》（臺北，木鐸出版社，民國71年7月初版），卷十，頁222云：「有楊六者，創爲新樂器，名『提琴』，僅兩絃，取生絲張小弓，貫兩絃中，相軋成聲，與三絃相高下。」「今樂考證」（同註150），頁57，引毛奇齡詞話云：「提琴起於明神廟間，有雲間馮行人使周王府，賜以樂器，其一即是物也。……太倉樂師楊仲修能識古樂器，一見曰（此曲字當是『曰』字。）：『此提琴也。』然按之少音，於是易木以竹，易蛇皮以鮑，而音生焉。時崑山魏良輔善爲新聲，賞之甚，遂攜入之洞庭，奏一月不輟，而提琴以傳。」以上兩説雖稍有出入，但可知此樂器至明代經改良，復經魏良輔所推廣而傳於世。故《中國音樂詞典》（同註149，頁548）云：「提琴，古代拉絃樂器。相傳明代嘉靖、隆慶年間（1522～1572），魏良輔用於伴奏崑山腔，明、清以來，主要用於伴奏崑曲清唱，也用於絲竹樂合奏。」

*4：即「軋箏」。薛宗明，《中國音樂史樂器篇》（臺北，臺灣商務印書館，民國72年9月初版），下冊，頁907云：「拉琴即軋箏。……軋箏首見於舊唐書音樂志云：『軋箏，以竹片潤其端而軋之。』……因話錄：『世俗有樂器而小，用七絃，名軋箏，今乃謂之秦。秦、箏以一名爲二物。』……今河北武安縣軋箏，仍用高梁塗松香拉奏，一般流行軋箏則以馬尾弓拉奏。」《霓裳續譜》卷八〈留神聽〉一曲中也提及盲女演唱時用此樂器：「有個女孩站在居中，手拿著拉琴，嘴裏念誦。」

*5：「絲絃」一詞，一般皆用爲絲絃類器的泛稱，甚至絲竹合奏也稱「絲絃」（光按：「絃」、「弦」通用。如：「萬壽慶典」中稱三絃爲「絃子」；《揚州畫舫錄》卷五則稱「弦子」），如：葉棟，《民族器樂的體裁與形式》，上海，上海文藝出版社，1983年2月，第二篇，頁127～138絲竹合奏」條云：「絲竹合奏的樂器，主要有：絲絃的揚琴、琵琶、三弦、月琴……。各地的絲竹合奏樂，又有『絲弦』、『弦索』……等等不同的稱呼。」但在「萬壽慶典」各曲後場所註記樂器中，除「鼓板」兼指鼓（單皮鼓或荸薺鼓。見〔*8〕及板以外，其餘所指皆爲某項樂器（如：笙、笛、胡琴、提琴……等各樂器），而非某類樂器之泛稱。且「碟舞昇平」一曲後場樂器中，也註有「琵琶」，若此「絲絃」泛指絲絃類樂器，則「琵琶」亦當包含於其中，不須另外註明。可知此「絲絃」應非泛稱，而是單指某一項樂器的專稱。但查各文獻所載，並無一項名爲「絲絃」之樂器。由於「萬壽慶典」之留詞人顏曲師並不識字，其所輯曲詞皆口述而請人代記（詳見第一章第四節），其所記自然難免或有諧訛。筆者疑此「絲絃」或爲「書絃」之訛。據薛宗明《中國音樂史樂器篇》（同*3，頁792）云：「三絃分大、小二種，大三絃又稱『大鼓三絃』或『書絃』，多用於大鼓書、單絃牌子曲、陝北説書、時調、呂劇等北方器樂合奏及説唱音樂中。」可知此樂器爲三絃之一種，且在北方常被用於牌子曲、時調等俗曲的演出中，正與顏曲師所屬曲部演出之特性相近。故今爲便於分析歸納，暫且視爲三絃（絃子）之一的「書絃」，若後日有新證據，當另修訂。

*6：即「三絃」。「閱世編」，同註*3，頁221～222云：「因考絃索之入江南，由成卒張野塘始……野塘……更定絃索音，使與南音相近，并改三絃之式，身稍細而其鼓圓，以文木製之，名曰『絃子』。」可知『絃子』乃稍作改良之一種三絃。《中國音樂詞典》，同註149，頁538云：「三弦，彈撥樂器。又名弦子。它的前身可能是秦代的弦鼗，元代始有三弦之名」《曲藝藝術論叢》第五輯中，馬紫晨《河南三絃書概説》云：「柳子、弦子、三弦指的本是同一種樂器，即桿稍長，鼓稍小的一種高音三弦（木鼓多於皮鼓）又名『小鼓三弦』或『小鼓弦』，別名『柳子』。」可知又稱「柳子」、「小鼓三弦」、「小鼓絃」。

*7：即「揚琴」。《中國音樂詞典》，同註149，頁559云：「揚琴、擊弦樂器，又名洋琴、打琴。相傳其前身是波斯（今伊朗）、阿拉伯一帶流行的古擊弦樂器。約在明、清時期傳入我國，最初流行於廣東沿海一帶，以後逐漸傳至內地，並廣泛應用於民歌、戲曲、曲藝伴奏，也用於器樂合奏和獨奏。」

*8：「鼓板」，據前引《揚州畫舫錄》卷五所云：「荸薺鼓與板，例在椅屏間……其徒季保官，左手擊鼓，右手按板，技如其師。」可知，應包括鼓與板。

第七章 「霓裳續譜」之價值

　　由前六章的分析考述，可明確的看出《霓裳續譜》這部書，所留存的是清代前半期流行於北方京華一帶的俗曲，由於其所收材料的豐富充實，及輯曲者、點訂者存眞的輯訂態度，使得此書眞正能反應當時俗曲的面目，更使其深具多方面之價值，茲分別條述如下：

一、呈現俗曲曲詞原貌

　　一部民間文學作品，其時代價值的認定，常決定在「存眞」與否？所謂「存眞」，是確實存留了當時當地此作品眞實的面貌。《霓裳續譜》輯曲者顏自德，本身即係一曲部之曲師，以當時已七十餘之高齡，其俗曲演出經驗之豐富自不待言。據點訂者王廷紹〈序〉云：

> 三和堂顏曲師者，津門人也。幼工音律，彊記博聞，凡其所習俱覓人寫入本頭。今年已七十餘，檢其篋中，共得若干本，不自秘惜，公之同好諸部，遂釀金謀付剞劂，名曰《霓裳續譜》。

可知此書所收爲顏曲師畢生所習，皆當時實際演出所用之曲詞。王〈序〉又述其點訂態度云：

> 不過正其亥豕之訛，至鄙俚紕繆之處，固未嘗改訂。

此種點訂方式，自然使曲詞充分保留了原貌。此外，《霓裳續譜》之曲詞中，兼收有俚俗純眞以至文人雕鏤之作，王〈序〉亦云：

> 其曲詞或從諸傳奇拆出，或撰自名公鉅卿，逮諸騷客，下至衢巷之語，市井之諺，靡不畢具。

此種曲詞用語、風格混雜的特性，正與其產生之背景相符。蓋此等曲詞既然來自京華曲部，而京華乃四方輻輳之區，各類身份、職業之人畢集，上自貴族公卿、文人

士族，下至引車賣漿、市井小民，皆爲曲部所賴之衣食父母。其演出曲詞，自也萬品雜陳，各投所好。故此種用語風格混淆的曲詞，正是當時實際情況的寫照，也正呈現了當時曲部所唱俗曲曲詞的原貌。

二、收錄民間文學珍品

由文學價值的觀點而言，雖然《霓裳續譜》所收雜有許多拆自戲曲或文人化雕鏤餖飣的曲詞，但不容否認的，另外卻也收載了許多語出眞摯、風格清新感人或表現民間自然諧趣的佳作。例如：劉半農在爲章衣萍重校刊之《霓裳續譜》（即國學珍本文庫本）所作〈序〉中，即舉出卷四的「濛淞雨兒點點下」、「情人送奴一把扇」、「這對書兒寫停當」等曲，認爲：

> 的確有如葛蘭坡〈跋〉語中所説：「如天籟之自鳴而止」可使人「神
> 動而天隨」……都是萬古不磨的好文字。〔註1〕

趙景深〈略談霓裳續譜〉一文也舉卷八「送郎送在大路西」、「姐兒生的似雪花」，卷七「罵雞聽知」、「鳳陽歌來了」、「鳳陽鼓鳳陽鑼」，卷六「朔風兒透屋」、「忒也不識頑兒」等曲，而給以「感情眞摯動人」、「能給人清新的感覺」、「頗有諧趣」、「顯出人民的智慧，大有民間故事的風味」、「很生動」、「可喜的」等佳評〔註2〕；鄭振鐸在《中國俗文學史》第十四章《清代的民歌》裡，也選錄了前三卷〔西調〕中「紅鋪間砌」、「菊枝香老」、「恨別後纖腰瘦損」、「黃昏後倚欄干」、「願郎君」、「啞謎兒」、「晚風前」、「乍來時」、「鬍首兒」、「莫不是雪窗螢火無閒暇」、「離別時」、「聽殘玉漏」、「盼不到黃昏後」、「相伴著黃荊籃」、「乍離別」、「俺雙親看經念佛把陰功作」等十六曲，而云：

> 在那二百十四首的〔西調〕裏，最大部分是思婦懷人之曲，其餘的一
> 小部分是應景的歌曲及詠唱傳奇小説裏的故事的，在其中，當然以懷人的
> 情歌寫得最好。〔註3〕

此外，鄭氏對《霓裳續譜》中〔寄生草〕尤爲推崇，除選錄了「三更月照湘簾外」、「望江樓兒觀不盡的山青水秀」、「心腹事兒常常夢」、「人兒人兒今何在」、「自然離別心憔悴」、「得了一顆相思印」、「熨斗兒熨不開的眉頭兒皺」、「一面琵琶在牆上掛」、「佳人獨自頻嗟嘆」、「相思牌兒在門前掛」、「一對鳥兒樹上睡」、「昨夜晚上燈花兒爆」等十二曲外，並云：

〔註1〕見新文豐出版社影國珍本前所附劉序。
〔註2〕趙景深，《曲藝叢談》（北京：中國曲藝出版社，1982年），頁21～23。
〔註3〕鄭振鐸，《中國俗文學史》（臺北：臺灣商務印書館，民國70年11月臺6版），下冊，
頁421～437。

　　〔寄生草〕的許多首，都寫得很成功，有許多逼肖〔掛枝兒〕，有許
多竟比〔山歌〕、〔掛枝兒〕和〔劈破玉〕等更溫柔敦厚，更富於想像
力，更有新穎的情語〔註4〕。

對於此類倍受稱揚的作品，《霓裳續譜》中確實收存不少，現僅略舉數曲於下，以作
印證：

　　〔寄生草〕荷葉上的水珠兒轉，姐兒一見用線穿，怎能彀一顆一顆穿成
串？不成望水珠兒大改變，這邊散了那邊去團圓。閃煞了奴，偏偏都被風
吹散，後悔遲！見面不如不見面。（重）　　（卷四）

　　〔寄生草〕相思牌兒在門前掛，買相思來來問咱，借問聲：「這相思你要
多少價？」「這相思得來的價兒大。」買的搖頭，賣的把嘴呸：「請回來，
奉讓一半與尊駕。」（重）　　（卷四）

　　〔北寄生草〕賣豆的繞街上叫，有個饞大娘聽見了。欲要買，腰中又無有
錢和鈔；欲要賒，又恐怕鄰居笑，尋幾子子頭髮換換睄。女核（孩）兒叫
聲：「媽呀！問他睡鞋兒要不要？他若是要，咱家還有一大抱！」
賣豆兒的哈哈的笑，尊聲：「奶奶，請聽著：我的豆兒木樨玫瑰炮製的到，
我不賒，賣的都是現錢鈔，先嘗（嚐）後買還不許饒。」急的他雙腳兒踮
在門檻上跳，饞的他順著嘴兒口水兒吊。　　（卷五）

　　〔倒搬槳〕小小扇子七寸長，一邊姐兒一邊郎。雖然隔著一層紙，如同隔
著一長江。想壞了姐兒盼壞了郎。呀！想壞了姐兒盼壞了郎。　　（卷六）

　　〔數岔〕懼內的苦，呀呀喲！受盡了折磨無處裏訴！對著我的親戚朋友，
訴訴苦處，未曾開言淚珠兒撲簌簌。我家的女人性兒可惡。清晨早起疊上
了被褥，溫熱了臉水，他纔把頭梳。打發我不在家，又喝又睹。五十阿八
達子波斯戶，鶯達戶坐在了坑上擲骰子遊湖。我的房子是現錢租。揀糞掙
來的銅箍轆，不會贏只會輸，那一日我喝了個醺醺醉，我們兩口子打架，
地下箍轆。我的小舅子，是個屁屎胡。回家告訴我的丈母，當官治了我頓
黑鞭子，私下打了我一頓牛肋棒骨。回到家，我女人他還不依，把那糞餅
子，擡了我個無無其數，教這猴兒蹄子官士，私下贏了我個馬步全湖。　　（卷
七）

　　〔剪靛花〕姐兒生似雪花，才郎一心要瞧他，沒有什麼拿。（重）。買了一
匣宮粉、兩朵綉絨花；稱了二勛螃蟹，買了半勛蝦，買了個大西瓜。（重）。

〔註4〕同註3。

一出門栽了個馬爬爬，洒了宮粉揉碎了花；爬了螃蟹跑了蝦，挼碎了大西瓜，再也不瞧他。

〔兩句半〕牙牀上的蛞蚤，（重），蛞蚤咬得我好不心焦。翻過來，吊過去，也是睡不著。叫鬟與我照，（重），拿著他送到當官定不饒。竹蓆蠅兒細捆了，槓子打他四十條。不知多昝又跳了！（重）！又跳了！

三、反應人民感情生活

《霓裳續譜》所收曲詞，雖然內容複雜多端，但除了拆自戲曲者以外，其餘大致可分「男女情詞」及「生活情趣」兩大類〔註 5〕，前者佔了曲詞的大半。蓋以男女間的感情，不論是情人之間或夫妻之間，都幾乎是每一個人皆會經歷的，由此類感情所蘊育出來的篇章，自然也最易引起大家的共鳴。故曲部優童所唱，爲廣求招徠，也就多以情詞爲主，《霓裳續譜》中，此類曲詞特多，經筆者分析歸納後，大致又可劃分爲：表現思愁、男女訴情、女子思春、悲歡離合、歡合燕好、描繪姿容、驚見佳人、男女偷情、愛情生活、責備情人、愛情悲劇、其他等十二類〔註 6〕。實已包含了男女間的各類情感，透過生動感人的曲詞，使當時兒女間的情懷，得到了充分的反應。

另外，「生活情趣」一類，所述雖非男女感情，但卻大部分也發抒了人民生活中的其他情感。例如其中「抒懷」一類，所反應的即是個人對人生或事務產生領悟後所生的情感；而「寫景」的作品，也常應用了「情景交融」的手法，在眼前景物的描繪中，兼抒了一己的情懷〔註7〕。總之，《霓裳續譜》中的曲詞，大半都具體或抽象的反應了當時人民的感情生活。爲研究當時人民感情的學者，提供了直接而確實的材料。

四、保存大量流行曲調

《霓裳續譜》除了卷一至卷八收了一百零二種曲調以外，附卷《萬壽慶典》中也另收了二十餘種曲調〔註8〕，此等龐大數量曲調的蒐集，爲今存俗曲集中所僅見。不僅可以使我們瞭解清代京華曲部所常用於演出的曲調種類，且由各曲調的使用次數，也可考知當時諸曲調的流行情況，尤其是其中收錄了許多曲調的各形各類變調，

〔註 5〕 參見第四章內容研究。
〔註 6〕 詳細內容見第四章。
〔註 7〕 同註 5。
〔註 8〕 因《萬壽慶典》中有多曲皆闕註曲調名，且註有曲調名中有些亦疑爲據舊調改名而來，情況複雜不易確數，（參見第六章第三節）故以概略記算。

如：〔寄生草〕一類中，除本調外就收了〔寄生草帶尾〕、〔矮調寄生草〕、〔垛字寄生草〕、〔寄生草帶白〕、〔便音寄生草〕、〔怯音寄生草〕、〔南寄生草〕、〔北寄生草〕、〔番調寄生草〕……等變調；〔剪靛花〕一類中，也收有〔剪靛花便音〕、〔滿州剪靛花〕，〔剪靛花帶戲〕、〔慢剪靛花〕……等變調；〔岔曲〕一類中，也收有〔平岔〕、〔平岔帶戲〕、〔起字岔〕、〔坎字岔〕、〔慢岔〕、〔數岔〕、〔起字平岔〕、〔垛字單岔〕、〔西岔〕……等變調。此類收錄對當時各俗曲曲調的繁衍變化，提供了詳細可貴的資料。此外，在《霓裳續譜》中，也收錄了非常少見或僅見的曲調，如：〔玉溝調〕、〔番調〕、〔倒番調〕、〔兩句半〕、〔北河調〕、〔螺螄轉〕、〔盤香調〕、〔獨柳調〕、〔絃子腔〕、〔河南調〕、〔吉祥草〕……等，難能可貴地保留了這些稀有曲調的資料〔註9〕。所以民國以來凡研究清代俗曲的學者，莫不憑藉徵引或據以考述。例如：民國13年，馮式權先生就據《霓裳續譜》所收曲調來研究北方小曲，而寫成〈北方的小曲〉一文〔註10〕；又如：李家瑞先生《北平俗曲略》中，也屢次引用《霓裳續譜》中曲調以證其在乾隆時之流行情況。在今存當時此類資料並不多見的情形下，《霓裳續譜》提供了如此豐富的資料，其價值之高，是顯而易見，無庸贅言了。

五、瞭解曲調組合型態

在《霓裳續譜》中，構成各曲的曲調組合型態，除了單支曲調、重頭形式及傳統套曲形式以外，還收了大量專屬於民間的牌子曲〔註11〕，此種牌子曲基本上由「曲頭」、「曲中」、「曲尾」三部份組成，型態甚為特別，由於「曲中」大多僅用一支曲牌（此支曲牌有些甚至為不完整的曲牌），因此就全曲而言，皆甚短小，與後來的「單弦牌子曲」、「鼓子曲」等之「曲中」所用曲牌多由數首至十數首組成者有所差別，蓋為此類牌子曲的早期型態，故根據《霓裳續譜》，我們可以深入探究當時此類牌子曲中各曲牌間之組合方式、組合原因、演出效果等，以瞭解當時曲部藝人所演出此類作品的實際組合狀況〔註12〕。

除此之外，由《霓裳續譜》中各曲之曲調組合型態可知：使用單支曲牌者有五百二十九曲；單支曲牌再接尾者有二曲；具「曲頭」、「曲中」、「曲尾」之牌子曲形式者有七十曲（包括「曲頭」、「曲尾」使用同一曲牌者六十八曲及「曲頭」、「曲尾」使用不同曲牌者二曲）；兩曲迎互相環者二曲；重頭者六曲；重頭後加尾者（此「尾」

〔註9〕 參見第三章第一節。
〔註10〕 馮式權，〔北方的小曲〕（東方雜誌第二一卷六號，民國13年3月），頁67～82。
〔註11〕 參見第三章第三節。
〔註12〕 詳見第三章第五節。

包括以〔清江引〕爲「尾」者）四曲；異調相聯者二曲；異調相聯並加尾者一曲；由不完整之異調相聯者（即「不全異調相聯」）八曲（詳見附表一）。此統計數目可以推知當時曲部所唱俗曲之曲調組合型態，以利用「單支曲牌」者最多，其次即爲「牌子曲」。而傳統文人所用南、北曲中常見之套曲形形式（包括重頭、重頭加尾、異調相聯、異調相聯加尾……等）反不多見。

六、明瞭俗曲編製技巧

不同來源、情感、內容、階層的作品，各自表達的方式自然也變化多端，展現出多種不同的編製技巧。雖然俗曲中，此種繁複的編製技巧，有部份是模倣或承襲自傳統的文學作品，但其中也有許多運用了民間特殊的手法，生出風格獨特，清新感人的作品。例如：在內容的表達中，運用「以誤判顯情」的技巧，能充分表現曲中人物眞摯的感情〔註13〕；在修辭用語上透過辟喻，比擬等技巧，可使全曲顯得格外委婉清新〔註14〕；在取材上也運用獨特的改編手法，使曲詞不僅俚俗易懂，而且生趣盎然〔註15〕。這些都可以供後人作曲或編製其他文學作品時所參考。

七、提供多種曲藝資料

《霓裳續譜》所收曲詞皆爲曲部優童所演唱的俗曲，不僅可供研究當時俗曲的曲詞、曲調；而且在曲詞中，也提供了許多有關俗曲流行曲牌、流行情況、演唱方式及各種曲藝的資料。例如：卷八「姐兒無事」中云：

> ……又來到萬松林，又過了接駕亭，遠遠望見霧霧裏遊湖的舡，盡都是俏郎君！（重）！彈的是琵琶、箏、絃了（子）共月琴；唱的是〔寄生草〕、〔劈破玉〕、〔萬年青〕、〔剪剪花兒〕甚是精，引動了奴的心，再不想回程。

同卷「手拿著打棗杆」一曲也云：

> 手拿著〔打棗杆〕，呀呀喲！恨只恨那小〔靠山〕，他和我〔兩頭瞞〕。〔疊落金錢〕被你眶了去，把一個〔黃鸝調兒〕砸了個七、八瓣。你還背地裏欺負我的〔粉紅蓮兒〕。

此種曲詞提供了多種流行俗曲曲牌資料，而由「引動了奴的心，再不想回程。」也可知這些俗曲的迷人。又如：卷五「夏景天」云：

> ……前行來到戲台後，噫呀呀！梆子、月琴響連天。

〔註13〕詳見第五章第一節。
〔註14〕詳見第五章第二節。
〔註15〕詳見第五章第三節。

　　此蓋指當時所流行梆子腔的演出〔註16〕。又如：卷七「鳳陽歌來了」、「鳳陽鼓鳳陽鑼」、「正月裡梅花香」、「郭巨埋兒」、卷八「太平年兒」、「留神聽」等曲，有些本身曲詞即為曲藝形式；有些則透過曲詞的敘述，再現了當時演出各種曲藝的情況。由於此類曲詞都較長，且前者已舉例於第四章，此處不贅。僅引錄後者之「太平年兒」及「留神聽」兩曲於下：

　　〔數岔〕太平年兒，呀呀喲！柳陰樹下一隻舡，紅粉佳人斜倚在闌干。船上的人見他會頑，拴著布棚打著傘。七寸盤子五奎碗，琵琶、絃了（子）歌著點，笙、管、笛、簫打拾番〔註17〕……。

　　〔數岔〕留神聽，呀呀喲！猪市兒口南一行，列位押靜聽我分明：有一夥子女人沒有眼睛，一個彈琵琶，一個抓箏，還有一個絃子那麼撥楞。有個女孩站在居中，手拿著拉琴，嘴裏念誦。也有圍著把他看；也有坐著儘自聽。我學他彈幾點，彈將起來更稀鬆。他彈的是：〔老八板〕光頭和尚淚汪汪，上殿去燒香。鐘鼓齊鳴響叮噹，口兒內碎咕噥。我佛如來坐中央，阿藍伽舍立兩旁，保佑我和尚跳過牆，娶個好妻房，一日三餐美酒共豬羊，從今再不當和尚，一輩和尚當殻了，再當和尚把心傷。祝讚已畢下了殿，就與師娘洗衣裳，光頭和尚。〔岔尾〕學會了幾點，將錢來哄，缺少個人〔西調〕兒奪弄，再把我添上就大響了名。

　　前一曲述說了船上打拾番鼓的情形；後一曲則詳細描繪了瞽女在街頭演唱俗曲的實景，連她們彈唱的曲詞都引錄了，此種曲詞，實提供了後人研究當時各類曲藝的寶貴資料。

　　此外，在附卷《萬壽慶典》所收錄的二十一曲中，也有多曲為曲藝演出形式，大致計有：「五穀豐」為「太平鼓」曲藝、「連相武曲」為「連相」曲藝、「美女探茶」為「採茶歌」曲藝、「花鼓獻瑞」為「鳳陽花鼓」曲藝、「八方樂業」為「八角鼓」曲藝、「蓮花生瑞」為「金錢蓮花落」曲藝、「鼓樂呈祥」為「秧歌」曲藝、「桑農獻瑞」為「攤黃」曲藝等八種〔註18〕。由於此卷所收之曲用於乾隆五十五年高宗八旬

〔註16〕《綴白裘》六編、十一編中即收錄了許多當時流行的梆子腔曲詞。

〔註17〕清，李斗，《揚州畫舫錄》（臺北：世界書局，民國 68 年 10 月再版），卷十一，頁 255云：「十番鼓者，吹雙笛，用緊膜，其聲最高，謂之悶笛，佐以簫、管，管聲如人度曲。三絃緊緩與雲鑼相應，佐以提琴。鼉鼓緊緩與檀板相應，佐以湯鑼。眾樂齊乃用單皮鼓，響如裂竹，所謂：『頭如青山峯，手似白雨點。』佐以木魚、檀板，以成節奏，此十番鼓也。是樂不用小鑼、金鑼、鐃鈸、號筒，祇用笛、管、簫、絃、提琴、雲鑼、湯鑼、木魚、檀板、大鼓十種，故名『十番鼓』……。」

〔註18〕詳見第六章第五節。

萬壽節時演出，故記載甚為謹慎詳實，其曲名、曲詞、序次、曲調、演出人數、彩扮、行頭、砌末、後場用樂之種類、狀況等皆所收載，不只記載方式為前少見，且成為後人瞭解當時曲藝演出情形的珍貴參考材料〔註19〕。

八、保留北方方言諺語

在王廷紹〈序〉所謂「下至衢巷之語，市井之諺」一類的曲詞中，使用了大量當時北方的方言俚語。例如：卷四「我不怕誰誰不怕我」一曲中之「寶貝子疙瘩」、「蝦蟆子咕」；「孤燈閃閃」中之「腳搭兒」、「叨量」、「月下的老老」、「天殺的」；「二月春光實可誇」一曲中之「急煞了」、「吃唖唖」、「叫大大」；卷五「鄉裡親家」一曲中之「急燥煞」、「葫蘆條兒只在荊藍裡挎」、「也麼」、「別行樣」、「稗子麵窩窩」、「窟窿」、「拿捏人」、「怯條子」、「嘴扎」、「怯根子」、「愛掛畫」、「小歪喇」、「擘畫」、「達子餑餑」；「女大思春」一曲中之「撅嘴膀腮不稱心、扭鼻子扯臉就嘔死人」、「疼疼子」、「秤鉈小壓千斤」、「初生的牛犢兒不怕虎，滿屋裡混頂人」；卷八「二格媽媽」一曲中之「嘴搭呱」、「遊湖」、「醉屁股」、「滿逢」、「雁孤」……等，實為研究當時北方方言俚語之寶庫。此外，在所收曲詞中，也夾錄保存了許多「市井之諺」。如：卷七「大河裡洗菜」一曲的「大河裡洗菜菜兒飄，見一遭來想一遭」、「人多眼雜難開口，石上栽花兒不牢靠」；卷四「事不關心」一曲的「事不關心，關心則亂」、「事到其間，進退兩難」、「相隔咫尺，如隔萬山」；卷五「靜坐幽齋」一曲中的「八達子求雨，就下不來臺」〔註20〕……等，也是研究者必須珍視的材料。

九、收載北方習俗資料

透過《霓裳續譜》的曲詞，也可以發現大量有關當時北方民情風俗的資料。例如：卷四「眼睛皮兒撲簌簌跳」一曲中之「眼睛皮兒撲簌簌跳」、「耳朵垂兒常發燒」、「未開門喜鵲不住喳喳叫」、「昨夜晚上燈花兒爆」、「茶葉棍兒直立著」；「昨夜晚上燈花兒爆」一曲中之「昨夜晚上燈花兒爆」、「今日喝茶，茶棍兒立著」；卷七「雙雙手兒捧玉鍾」一曲中之「鄰鵲喳喳報喜聲」、「昨夜燈花盞內爆」、「喜珠兒只在我的面前面前控」；卷七「正盼佳期」一曲中之「猫兒洗臉」、「喜鵲亂叫」……等，這些皆為當時

〔註19〕例如：「北平俗曲略」在討論各類曲藝時，就多次徵引此卷。

〔註20〕清，西湖安樂山樵，《燕蘭小譜》，《清代燕都梨園史料》（臺北：傳記文學出版社，民國63年4月），第一冊，卷五，頁147云：「友人言昔京伶八達子係旗籍，在萃慶部，貌不甚妍，而聲容態度恬雅安詳，大小雜劇無不可人意者，一時盛稱都下，于甲午年沃若而隕，今其名尚津津在人齒頰間。」可見「八達子」所指為當時名伶，其上臺是在演戲而非道士求雨，以之來求雨，自然不靈光了！此句蓋指「怎麼盼也是不可能的事。」

所述信會有喜事發生的徵兆。而此種迷信心理，不只表現在相信預兆上，連對於心中疑慮或期盼的事，也多透過占卜的方式來解決。如：卷四「噯喲喲實難過」：

〔寄生草〕噯喲喲實難過！半夜三更睡不著，睡不著披上衣服我坐一坐。盼才郎！脫下花鞋占一課，一隻卸著；一隻合著。要說是來，這隻鞋兒那麼著；要說是不來，那隻鞋兒這麼著。

同卷「熨斗兒熨不開的眉頭兒皺」一曲中之「周公的卦兒準算不出你我佳期湊」；「一輪明月當空掛」一曲中之「俏佳人，手拿著銅錢自問卦，保佑著在外的兒夫，教他回來罷」，「曾記得離別時」一曲中之「秉虔誠卜金錢，卦不准空自占」……等皆如此。同時，在曲詞中，也可看出當時人民生活中其他的一些習慣，如：卷四「手拿荷包長嘆氣」一曲中云：「口含烟袋淚珠滴」；「閑來無事街前逛」一曲中云：「猛擡頭睄見一個俏皮姑娘，口唧著烟袋，低著聲兒唱」；「相思害的如酒醉」一曲中云：「吃了袋香烟，我懶怠磕灰」；卷六「相思害的我活受罪」一曲中云「吃了袋青葉子，我可懶怠磕灰」；卷八「你說你獃我心裡明白」一曲中云：「上頭撲面和我奪奪烟袋」……等，可知當時北方人好吸烟葉，甚至女子也多嗜此而習以爲常。此與阮葵生《茶餘客話》卷九「詠煙詩」所云：

「煙」一名「相思草」，漢文曰「淡巴菰」。初出呂宋，明季始入中國，近日無人不用，雖青閨稚女，金管錦囊，與鏡奩牙尺並陳矣！〔註21〕

可相印證。又如：卷六「風流大姐」云：

風流大姐，打扮的一絕，百摺的羅裙把那窄盪捏，相襯梅花高低兒的大紅鞋，毛藍布衫正可體，粉臉桃腮白白似過雪，斜戴著一丈青，水淋淋的玉簪棒兒在鬢邊彆。

卷六「好一個鄉村女嬌娃」云：

好一個鄉村女嬌娃，手提著竹籃兒去採野花。笑盈盈露出一口銀牙，面似過芙蓉，腰兒一掐。白布裙子相襯著藍布褂，你看他鬢邊斜帶一枝山茶。

卷七「到城南」云：

到城南，呀呀喲！見一個鄉間的女子站在桑園，他的手內提著一個小荊籃，千般娘娜萬種溫柔。掐來了的野花兒俏在鬢邊。他的綾帕兒把頭慢，兩耳雙著假珠鐶，眼似秋水眉似月，鼻似懸膽真可觀，櫻桃小口腮含著咲，見人無語不敢言，柳腰兒襯著短衫，長裙遮住了小金蓮。挽翠袖放下荊籃，

〔註21〕阮葵生，《茶餘客話》（臺北：臺灣商務印書館，民國65年5月初版），卷九，頁22。

十指尖尖把樹稍搬……。

卷八「太平年兒」云：

> ……舡頭上站著一個小女孩，那個女孩他會頑。身穿一件素羅衫，漆
> 黑的頭髮挽著水鬆，鬢上帶上妙常冠，冠上礜著一根白玉簪。柳葉眉，杏
> 子眼，櫻桃小口那麼一點。雪白的臉賽過粉糰，對子荷包帶在兩邊，一邊
> 盛的阡張板，一邊盛的蒲城烟，……魚白汗巾帶在胸前，桃紅褲腿鴛鴦帶，
> 襯著一對小金蓮……。

由以上數曲，可瞭解當時人的審美觀，也對當時鄉村婦女的服飾裝扮，提供了
研究者寶貴的資料。

在風俗方面，《霓裳續譜》也保存了極為豐富的材料，如：卷六「頑頑罷踢圈兒
打朵朵」即為兒童民俗遊戲；至於有關歲節習俗的曲詞，則更收了不少。如：卷六
「春色兒嬌」描述了清明、端陽、七夕等節俗；「新年到來」描繪了家家戶戶過年時
景象；卷七「五月裡端陽炎熱天」描述了端陽節龍舟上雜耍百技的情景；卷八「臘
月二十三」詠述了年終民間祭灶送神上天的習俗……等。現舉「新年到來」及「臘
月二十三」兩例於下：

> 〔平盆〕新年到來，諸事安排。見家家貼著門神，掛錢對子，插著芝蔴稭，
> 爆張紙兒放的滿地白。新年新衣添新氣，不只見滿街上鬧鬧烘烘、拉拉扯
> 扯把把年拜。發萬金罷！太爺！不敢！太爺：好說！太爺：太爺新春大喜
> 就大發財。

> 〔數盆〕臘月二十三，呀呀喲！家家祭灶送神上天，察的是人間善惡言。
> 一張方桌擱在灶前，阡張元寶掛在兩邊，滾茶、涼水、草料俱全，糖瓜子、
> 糖餅子正素兩盤。當家人跪倒，手舉著香煙：「一不求富貴，二不求吃穿。
> 好事兒替我多說，惡事兒替我隱瞞。」祝讚已畢，站立在旁邊……。

這些寶貴的民情習俗資料，是今日研究的學者，所不應忽視的。

結　論

　　對一本文學集作「全面」而「深度」的研究實屬不易，往往窮數十年之功亦難
窺其堂奧。尤其像《霓裳續譜》這樣的一部俗曲集更爲困難。蓋因此書不但內容繁
雜、份量龐大，而且涵蓋的層面至廣，舉凡文學、音樂、戲曲、民俗⋯⋯等均所涉
及。所以想在有限的時間內，作一全盤徹底而深入的研究，眞是千難萬難。但爲了
能避免以偏蓋全的缺失，筆者乃盡竭力的針對《霓裳續譜》一書，試著作一全面性
的探研，其中採取了折中的方式：一方面對當中一些重要問題作確切而深入的分析
與探討；另方面亦儘量兼顧問題的整體性。亦即一方面先對此書作全面性分析，歸
納出其涉及的層面，再就這些層面分別加以研析探述，並對其中較重要或深具特色
與研究價值的問題，作一詳盡深入的考索與探研。總結上述各章，對於《霓裳續譜》
一書的研究，可以得到以下幾點主要結論：

一、版本方面

　　（一）《霓裳續譜》刊刻於乾隆六十年，同年之中曾兩次梓行，究其原因恐爲點
訂者王廷紹所造成。王氏雖爲此一被衛道者視爲「淫詞」曲集作了點訂，但仍恐爲
人所譏，其點訂完成後即曾因此「秘之篋中」，後經其友盛安的鼓勵才交付剞劂。透
過此一心態，我們可窺知，其付梓時可能亦不欲多示於人，故所刊數量極少，而造
成在同年中有再次重刊的必要。

　　（二）臺灣目前所僅藏的清刊本（藏於中央研究院歷史語言研究所傅斯年圖書
館）雖封面已脫漏，然持與「集賢堂」本細爲比對，可以驗明當亦是乾隆六十年的
集賢堂重刻本。

二、輯、訂者方面

（一）輯曲者顏自德，是一個當時的曲部曲師，由於僅爲一普通的民間藝人，其生平不詳，在所有文獻中，也無片紙隻字言及。透過對《霓裳續譜》及其所附王〈序〉、「萬壽慶典」等少數資料的仔細探尋，疑顏氏爲天津獨柳人。而其在北平所寓之三和堂，也疑在韓家潭極東道南。

（二）點訂者王廷紹之生平資料前人甚少提及，偶及者，亦皆未能深考。本論文利用《覺生詩鈔》、《覺生感舊詩鈔》、《國朝畿輔詩傳》、《贊皇縣志》、《澹香齋詠史詩序》、《楹聯續話》、《浪迹叢譚》……等所蒐重要資料，爲其作一儘量詳實完整的傳記考述。

三、演出者方面

顏曲師所屬曲部，應即是《霓裳續譜》及其附卷「萬壽慶典」的實際演出者，對其性質與種類，前人已推測應爲當時流行的「清音」（又稱「檔子」）團體。今綜合王廷紹〈序〉及曲詞的內容與性質等分析，並配合當時有關「清音」的一些文獻記載，足以提供作此一推斷的證明。同時對此種曲藝團體的沿革變遷及演出方式，也提示了許多明確資料。

四、曲牌方面

（一）《霓裳續譜》計收有一百零二種曲牌，其中份量特多、性質特殊且深具影響力者，經擇要的就其曲調之淵源流衍及當時情況、本身結構等方面加以考述，獲得不少新的發現和發明。例如：〔馬頭調〕，一般學者皆只知其爲流行於水上馬頭或商業繁盛之區的調子，齊如山氏則更進一步提出流行於驛站、碼頭的說法，而其曲調楊蔭瀏先生也透過曲譜的比對，指出〔馬頭調〕「係泛指在碼頭流行的多少曲調」，不是一個曲調的專稱，而是類名。在本論文的考述中，不只檢出新資料爲齊、楊兩氏的說法提供了印證，而且也發現此種將在驛站旅店演唱流行的許多曲調，泛稱爲〔馬頭調〕的作法，早在明代已有，且一直到清嘉慶以前仍然如此，而乾、嘉間的山東旅店驛館，更是當時〔馬頭調〕流行的大本營。

（二）在《霓裳續譜》所收曲牌中，除正調外，也收了許多變調，在各種變調中，也有一些發現。例如：「帶尾」（見第三章第四節），經過對曲詞的分析，發此類型的曲，其每句後所帶的「尾」，與各句之間有非常密切的關聯。其作用或爲各句補足語意、或作結語、或在說明該句曲文內容所造成的結果。此形式有些類似「諧後語」中的「聯想語」或「關連語」。而其演唱方式，可由實際曲譜得到一個明確詮釋。又如：「怯音」，不但由諸多證據可知此是北平一帶對外地口音的稱呼，更透過《霓裳續譜》

中此類曲詞的分析比對，發現很可能當時顏曲師的曲部，將相同內容而流行於不同地方的曲詞，有意的加以蒐輯，以便在演出時，將之串連在一起，以互見各地方音的諧趣，以作爲招徠聽眾的一種變化噱頭。此與今日魏龍豪在「相聲」表演節目中的「怯講演」有些類似。也可見此一形式在民間曲藝中，一直仍被沿用至今。

（三）通過對《霓裳續譜》中最具特色的曲牌組合型態——「牌子曲」的深入探究，可以得知：

1. 當時「牌子曲」型態尙屬萌芽階段，而未見有充分的增衍。

2. 絕大部分曲詞的簡短，正可與當時優童演唱的場合相印證，優童在宴席、堂會上演唱或侑酒的演出方式，正是曲詞簡短的原因。

3. 少數「曲中」部分較長的「牌子曲」，其在演出時，除注重音樂上的承接變化外，也顧及全曲之統整美。

4. 在牌子曲「頭尾同調」類的研究中，有一個很重要的發現，即此類型態的「曲頭」與「曲中」（或「曲中」與「曲尾」）的銜接，受到所用宮調的影響，同一曲牌的「曲頭」，若其句數相同，則所接「曲中」參差有別。可見當時曲部的此類「牌子曲」型態，在演出時各曲牌間的綴合，爲求得演出的諧和，已注意並利用宮調上的關聯，此與一般歌謠之不講求宮調者有別。

5. 「牌子曲」本身，不論在曲調上或曲詞內容上，都已是一個獨立完整的小個體，其「曲頭」、「曲中」、「曲尾」各有職司，彼此配合，使得整曲已形同一濃縮的小型劇本。

五、內容方面

透過詳密的分析、歸納，可發現《霓裳續譜》中，雖所收多屬男女情詞，但其他各方面也多所兼蓄。而其所謂「男女情詞」之作品中，卻無刻露猥褻的作品，此與當時「清音」演出的性質正相符，可作爲顏曲師所屬曲部爲「清音」的證明。此外，對「拆自戲曲」一類作品，經過逐曲的比對，將此類曲詞析出，並繪成一覽表，頗利學者研究參考。

六、技巧方面

在《霓裳續譜》所收份量龐大，性質繁雜的曲詞中，自然也包含了多種創作技巧。尤其其中「拆自戲曲」一類的拆編技巧，更具特色，透過逐曲的比對，吾人對當時拆編此類俗曲的技巧增加不少認知，更發覺此種技巧，實可作爲今日戲曲改編者的參考。

七、「萬壽慶典」方面

（一）從《霓裳續譜》及當時其他一些俗曲集間的比對，發現「萬壽慶典」的曲詞中，有些是直接改編自當時流行的俗曲，且多保留了原來絕大部分架構，僅稍換上幾處應景之曲詞；有些甚至完全以民間俗曲手法編成，只不過主題是在頌壽而已。在曲牌方面，也是如此，其中有些表面是專爲頌壽而製的曲牌名，實爲據原有之俗曲牌改名而來。此一發現使劉復在爲章衣萍所校點《霓裳續譜》（即國學珍本文庫本）所作〈序〉中所謂：「至於卷首所載乾隆五十四年萬壽慶典的歌曲十八葉，那是道地的廟堂文藝，與民間文藝更不相干。」的說法，有重新再作評估的必要。

（二）由「萬壽慶典」中詳細的註記，可知其演出時之彩扮、行頭、砌末、演出人物、場面用樂……等詳細情形。尤其是後場的用樂，因爲當時此類記載極少，此資料也就益顯得彌足珍貴了，筆者對此加以詳細分析後，發現其後場用樂編配大致可分爲兩個系統。其一爲以笙、笛、絃子（或絲絃）、琵琶、鼓板爲主的配置。近於當時仍尙流行的崑曲用樂；其二則將前一類中之笙、笛去掉，而以胡琴取代，此類編置疑是受了當時正快速興起的花部所影響，可看出「萬壽慶典」中的用樂配置，正是當時整個戲曲情況的反應。同時，也發現除了以上兩類基本的用樂編配外，配樂者也兼顧了各曲的個別差異，由所用曲藝形式及表現內容的不同，也各別摻用了具該曲藝或內容特性的樂器，凡此種種的發現，確實提供不少研究當時曲藝形態的重要參考。

徵引書目

一、由於所參書目繁多不及備載，此目僅以直接徵引者爲限。

二、爲便利檢索，不分書籍、期刊、論文、錄音帶一律以筆劃爲序。

二　劃

1. 《八旬萬壽盛典》，清，阿桂等纂修，《文淵閣四庫全書》，臺灣商務印書館。
2. 《十洲春語》，清，二石生，《筆記小說大觀》第五編，新興書局，民國 69 年 1 月。
3. （新訂）《十二律京腔譜》，清，王正祥，《善本戲曲叢刊》第三輯，臺灣學生書局，民國 73 年 8 月。
4. 《八能奏錦》，明，黃文華，《善本戲曲叢刊》第一輯，臺灣學生書局，民國 73 年 7 月。
5. 《九宮大成南北詞宮譜》，清，周祥鈺、鄒金生，《善本戲曲叢刊》第六輯，臺灣學生書局，民國 76 年 11 月。

三　劃

1. 《大明春》，明，程萬里選，《善本戲曲叢刊》第一輯，臺學生書局，民國 73 年 7 月。
2. 《大清宣宗成（道光）皇帝實錄》，華聯書局，民國 53 年 6 月。
3. 《大清畿輔先哲傳》，徐世昌，大通書局，民國 57 年 10 月。

四　劃

1. 《五十年來的中國俗文學》，朱介凡、婁子匡，大立出版社，未註出版日期。
2. 《五雜俎》，明，謝肇淛，《斷袖編叢談》，坊印本，未註出版日期。
3. 《六十種曲》，毛晉編，開明書店，民國 59 年 6 月臺一版。
4. 《日下看花記》，清，小鐵篴道人，《清代燕都梨園史料》，傳記文學出版社，民國 63 年 4 月。
5. 《元明清戲曲探索》，徐扶明，浙江古籍出版社，1986 年 7 月。
6. 《水東日記》，明，葉盛，臺灣學生書局，民國 75 年 6 月再版。
7. 《中國民族曲式》，李西安、軍馳，人民音樂出版社，1985 年 2 月北京第 2 版。

8.《中國古代服飾史》，周錫保，丹青圖書有限公司，民國 75 年臺 1 版。

9.《中國古代舞蹈史話》，王克芬，《中國舞蹈史初編三種》，蘭亭書店，民國 74 年 10 月。

10.《中國古代音樂史稿》，楊蔭瀏，丹青圖書有限公司，民國 74 年 5 月臺 1 版。

11.《中國民間戲劇研究》，譚達元，木鐸出版社，民國 71 年 6 月。

12.《中國民族音樂學導論》，許常惠，《中國民俗藝術叢書》，百科文化事業股份有限公司，民國 74 年 2 月。

13.《中國近代史》，汪大鑄，中國民族文化研究所，民國 57 年 7 月。

14.《中原音韻正語作詞起例》，元，周德清，《歷代詩史長編二輯》，鼎文書局，民國 63 年 2 月。

15.《中國音樂詞典》，丹青圖書有限公司，民國 75 年 5 月臺 1 版。

16.《中國音樂史樂器篇》，薛宗明，商務印書館，民國 72 年 9 月。

17.《中國俗文學論文彙編》，劉經菴、徐傳霖，西南書局，民國 72 年 7 月再版。

18.《中國俗文學概論》，楊蔭深，世界書局，民國 74 年 11 月 6 版。

19.《中國俗曲編總目稿》，劉復、李家瑞編，文海出版社，民國 62 年 2 月。

20.《中國俗文學史》，鄭振鐸，商務印書館，民國 70 年 11 月臺 6 版。

21.《中國散曲史》，羅錦堂，中國文化大學出版部，民國 72 年 8 月新 1 版。

22.《中國歌謠》，朱自清，世界書局，民國 67 年 2 月再版。

23.《中國戲曲通史》，張庚、郭漢城，丹青圖書有限公司，民國 74 年 12 月。

24.《中國戲曲總目彙編》，羅錦堂，萬有圖書公司，1966 年 6 月。

25.《中國戲曲史》，孟瑤，傳記文學出版社，民國 68 年 11 月再版。

26.《中國戲曲曲藝詞典》，上海藝術研究所中國戲劇家協會上海分會編，上海辭書出版社，1981 年 9 月。

27.《中國戲劇發展史》，周貽白，學藝出版社，民國 66 年 4 月。

28.《太霞曲語》，明，顧曲散人，《新曲苑》，中華書局，民國 59 年 8 月臺 1 版。

29.《太霞新奏》，明，顧曲散人，《善本戲曲叢刊》第五輯，臺灣學生書局，民國 76 年 11 月。

30.（新編）《太平時賽賽駐雲飛》，明成化七年金臺魯氏刊本，國立故宮博物院圖書館藏。

31.《內務府慶典成案》，《近代中國史料叢刊續編》，文海出版社，民國 68 年 2 月。

32.《心理學》，陳雪屏主編，《雲五社會科學大辭典》，商務印書館，未註出版日期。

33.《今樂考證》，清，姚燮，《歷代詩史長編二輯》，鼎文書局，民國 63 年 2 月。

五　劃

1.（新編）《四季五更駐雲飛》，明成化七年金臺魯氏刻本，國立故宮博物院圖書館藏。

2. 《白川集》，傅芸子，《中國學術類編》，鼎文書局，民國 68 年 7 月初版。

3. 《白雪遺音》，清，華廣生，學海書局，民國 71 年 4 月初版。

4. 〈北方的小曲〉，馮式權，東方雜誌，二一卷六號，民國 13 年 3 月。

5. 《北平風俗類徵》，李家瑞，古亭書屋，民國 58 年 11 月臺 1 版。

6. 《北平俗曲略》，李家瑞，文史哲出版社，民國 63 年 2 月再版。

7. 《北平諧後語辭典》，陳子實，《中國民俗叢書》，大中國圖書公司，民國 58 年 3 月。

8. 《北京梨園金石文字錄》，張次溪，《清代燕都梨園史料》，傳記文學出版社，民國 63 年 9 月。

9. 《北京傳統曲藝總錄》，傅惜華，中華書局，1962 年 1 月。

10. 《平圃雜記》，清，張宸，世界書局，民國 65 年 12 月。

11. 《民族音樂概論》，丹青圖書公司，民國 75 年 3 月。

12. 《民族器樂的體裁與形式》，葉棟，上海文藝出版社，1983 年 2 月。

13. 《民間文學概論》，鍾敬文，上海文藝出版社，1980 年 7 月。

14. 《民間小戲的形與民間固有藝術的關係》，張紫晨，民間文學論文選。

六　劃

1. 《伍子胥變文及其故事之研究》，張瑞芬，中國文化大學，民國 75 年碩士論文。

2. 〈百本張戲曲書籍考略〉，傅惜華，《中國近代出版史料二編》，中華書局，1957 年。

3. 《先秦漢魏晉南北朝詩》，逯欽立輯校，木鐸出版社，民國 72 年 9 月。

4. 《全唐詩》，清聖祖御定，明倫出版社，民國 60 年 10 月。

5. 《西廂記說唱集》，傅惜華，《民間文學資料叢刊》，明文書局，民國 70 年 12 月。

6. 《西諦書目》，鄭振鐸，《書目類編》，成文出版社，民國 67 年 7 月。

7. 《在園曲志》，清，劉廷璣，《新曲苑》，中華書局，民國 59 年 8 月臺 1 版。

8. 《竹葉亭雜記》，清，姚元之，《筆記小說大觀》第三三輯，新興書局，民國 72 年 5 月。

9. 《曲律》，明，王驥德，《歷代詩史長編二輯》，鼎文書局，民國 63 年 2 月。

10. 《曲律》，明，魏良輔，《歷代詩史長編二輯》，鼎文書局，民國 63 年 2 月。

11. 《曲海總目提要》，董康、新興書局，民國 74 年 11 月。

12. 《曲話》，清，梁廷枏，《歷代詩史長編二輯》，鼎文書局，民國 63 年 2 月。

13. 《曲諧》，任二北，《散曲叢刊》，中華書局，民國 73 年 6 月臺 3 版。

14. 《曲藝論集》，關德棟，上海古籍出版社，1983 年。

七　劃

1. 〈岔曲的研究〉，李鑫午，中德學誌，民國 32 年 12 月。

2. 《夾竹桃頂眞千家詩》，明，馮夢龍，《明清民歌時調叢書》，中華書局，1959 年。

3.《吳門畫舫錄》，清，西溪山人，清流出版社，民國 65 年 10 月。

4.《吳門畫舫續錄》，清，箇中生，清流出版社，民國 65 年 10 月。

5.〈吳歌的特質〉，李素英，《歌謠週刊》，民國 25 年 4 月。

6.《李家瑞先生通俗文學論文集》，王秋桂編，臺灣學生書局，民國 71 年 4 月。

7.《快書研究》，陳錦釧，明文書局，民國 71 年 7 月。

八 劃

1.《孟子》，《十三經》，疏注藝文印書館，民國 76 年元月。

2.《昇平署岔曲》，國立北平故宮博物院文獻館編，國立故宮博物院文獻館鐫鉛印本，
民國 24 年。

3.《昇平署之沿革》，吳志勤，《文獻特刊論叢專刊合集》，臺聯國風出版，民國 56 年
10 月。

4.《長安看花記》，清，藝珠舊史，《京塵雜錄》，廣文書局，民國 75 年 5 月。

5.《長安客話》，明，蔣一葵，《筆記小說大觀》第三五輯，新興書局，民國 72 年 10
月。

6.《雨村曲話》，清，李調元，《歷代詩史長編二輯》，鼎文書局，民國 63 年 2 月。

7.《東京大學東洋文化研究所漢籍分類目錄》，東京大學東洋文化研究所，汲古書院，
昭和 56 年 3 月。

8.《武林舊事》，宋，周密輯，《東京夢華錄外四種》，大立出版社，民國 69 年 10 月。

9.〈河南三絃書概說〉，馬紫晨，《曲藝藝術論叢》第五輯，中國曲藝出版社。

10.《杭俗遺風》，范祖述，《小方壺齋輿地叢鈔第六帙》，廣文書局，民國 51 年 4 月。

11.《兩般秋雨盦隨筆》，梁紹壬，《筆記小說大觀》第二八編，新興書局，民國 68 年 7
月。

12.《金瓶梅詞話》，明，蘭陵笑笑生，大安株式會社，1963 年 5 月。

13.《京秩王公大小官員每歲俸銀考》，佚名，《近代中國史料續編》，文海出版社，民國
68 年 2 月。

14.《京都大學人文科學研究所漢籍目錄》，人文科學研究協會，同朋舍，昭和 56 年 12
月。

15.《明清民歌選甲集》，蒲泉、群明，上海出版公司，1956 年 1 月。

九 劃

1.《風月錦囊》，明，徐文昭，《善本戲曲叢刊》第四輯，臺灣學生書局，民國 76 年
11 月。

2.《度曲須知》，明，沈寵綏，《歷代詩史長編二輯》，鼎文書局，民國 63 年 2 月。

3.《春冰室野乘》，李岳瑞，《近代中國史料叢刊》第六輯，文海出版社，民國 56 年 5
月。

4. 《帝京景物略》，明，劉侗，《北平地方研究叢書》第二輯，古亭書屋，民國 59 年 11 月。

5. 《帝京歲時紀勝》，清，潘榮陛，《筆記小說大觀》第十二輯，新興書局，民國 65 年 6 月。

6. 《品花寶鑑》，清，陳森，《中國學術類篇》，鼎文書局，民國 66 年 8 月。

7. 《英使謁見乾隆記實》，喬治·馬戛爾尼，《近代中國史料叢刊》第八八輯，文海出版社，民國 62 年 2 月。

8. 《南北宮詞紀》，明，陳所聞，學海書局，民國 60 年 5 月。

9. 《南村輟耕錄》，元，陶宗儀，木鐸出版社，民國 71 年 5 月。

10. 《南音三籟》，明，凌濛初，《善本戲曲叢刊》第四輯，臺灣學生書局，民國 76 年 11 月。

11. 《南亭筆記》，清，李伯元，上海古籍書店，1983 年 2 月。

12. 《南詞敘錄》，明，徐渭，《歷代詩史長編二輯》，鼎文書局，民國 63 年 2 月。

13. 《客座曲語》，明，顧起元輯，《新曲苑》，臺灣中華書局，民國 59 年 8 月臺 1 版。

14. 《客座贅語》，明，顧起元輯，《百部叢書輯成》，藝文印書館，民國 58 年。

15. 〈故宮裡的小戲臺和曲藝演出〉，潘深亮，《曲藝藝術論叢第三輯》，中國曲藝出版社，1982 年。

16. 〈津門曲藝滄桑錄〉，張鶴琴，《天津文史資料選輯》第十四輯，天津人民出版社，1981 年 3 月。

17. 《相聲》，魏龍豪，榮豐唱片公司錄音帶。

十　劃

1. 《袁中郎文鈔》，明，袁宏道，《袁中郎全集》，世界書局，民國 67 年 2 月。

2. 《袁中郎尺牘》，明，袁宏道，《袁中郎全集》，世界書局，民國 67 年 2 月再版。

3. 《眞州竹枝詞》，清，厲秀芳，中華叢書委員會，民國 47 年 6 月。

4. 《能改齋漫錄》，宋，吳曾，木鐸出版社，民國 71 年 5 月初版。

5. 《宸垣識略》，清，余集，《近代中國史料叢刊》第七六輯，文海出版社，民國 61 年 4 月。

6. 《納書楹曲譜》，清，葉堂，《善本戲曲叢刊》第六輯，臺灣學生書局，民國 76 年 11 月。

7. 《海陬冶遊錄》，清，玉魷生，《筆記小說大觀》第五輯，新興書局，民國 69 年 1 月。

8. 《海浮山堂詩稿》，明，馮惟敏，《散曲叢刊》，臺灣中華書局，民國 73 年 6 月臺 3 版。

9. 《浪跡叢談》，梁章鉅，漢京文化事業有限公司，民國 73 年 6 月。

10. 《茶餘客話》，阮葵生，商務印書館，民國 65 年 5 月。

十一劃

1. 《梅花草堂曲談》，明，張元長，《新曲苑》，臺灣中華書局，民國 59 年 8 月臺 1 版。

2. 《清代史》，孟森，正中書局，民國 49 年 11 月。

3. 《清代地方劇資料集》，田仲一成編，東京大學東洋文化研究所附屬東洋學文獻セン
   タ一昭和四三年十二月。

4. 《清代歌謠雜稿》，澤田瑞穗，天理大學學報第五八輯，1968 年 3 月。

5. 〈清代伶人的社會地位〉，Colin P. Mackerres，馬德程譯，《文藝復興月刊》六三期，
   民國 64 年 6 月。

6. 《清史稿》，趙爾巽等，香港文學研究社出版，未註出版日期。

7. 《清宮述聞》，章唐容輯，《近代中國史料叢刊》第三五輯，文海出版社，民國 58
   年 4 月。

8. 〈清宮內廷戲臺考略〉，王聲合、魏世培，《文獻特刊論叢專刊合集》，臺聯國風出版
   社，民國 56 年 10 月。

9. 《清昇平署志略》，王芷草，新文豐出版公司，民國 70 年 2 月。

10. （增校）《清朝進士題名碑錄附引得》，哈佛燕京學社引得特刊十九，成文出版社，
    民國 56 年。

11. 《清詩匯》，徐世昌，世界書局，民國 53 年 5 月。

12. 《清昇平署存檔事例漫抄》，周明泰輯，《近代中國史料叢刊》第七〇輯，民國 60
    年 10 月。

13. 《清稗類鈔》，徐珂，臺灣商務印書館，民國 72 年 10 月臺 2 版。

14. 《清嘉錄》，清，顧鐵卿，《筆記小說大觀》正編，新興書局，民國 49 年 7 月。

15. 《國史論衡》，鄺士元，里仁書局，民國 68 年 12 月。

16. 《國朝鼎甲徵信錄》，清，閻湘蕙編輯，《明清史料彙編》第八集，文海出版社，民
    國 62 年 3 月。

17. 《國朝宮史》，清，于敏中等，臺灣學生書局，民國 54 年 11 月。

18. 《國朝畿輔詩傳》，清，陶樑，道光十八年刊本，國立中央研究院歷史語言研究所傅
    斯年圖書館藏。

19. 《國舞漫談》，齊如山，《齊如山全集》，齊如山先生遺著編印委員會，未註出版日期。

20. 〈略談霓裳續譜〉，趙景深，光明日報第二八〇期，1959 年 9 月 27 日　又、收入《曲
    藝叢談》，中國曲藝出版社，1982 年。

21. 《粵東筆記》，清，李調元，《零玉碎金集刊》，新文豐出版公司，民國 68 年 5 月。

22. 《都城紀勝》，宋，耐德翁，《東京夢華錄外》四種，大立出版社，民國 69 年 10 月。

23. 《販書偶記續編》，孫殿起，漢京文化事業有限公司，民國 73 年 7 月。

24. 《許紹南先生贈書目錄》，蔣振玉編，新嘉坡大學，1966 年。

25. 《陶庵夢憶》，明，張岱，漢京文化事業有限公司。

26.《側帽餘譚》，清，藝蘭生，《清代燕都梨園史料續編》，傳記文學出版社，民國 63 年 4 月。

十二劃

1.《絲絃小曲》，清，無名氏，《善本戲曲叢刊》第五輯，臺灣學生書局，民國 76 年 11 月。

2.《閒情偶寄》，清，李漁，《歷代詩史長編二輯》，鼎文書局，民國 63 年 2 月。

3.《惺惺道人樂府》，元，喬夢符，《散曲叢刊》，臺灣中華書局，民國 73 年 6 月。

4.《雲間據目抄》，明，范濂，《筆記小說大觀》第二二編，新興書局，民國 67 年 9 月。

5.《敦煌曲校錄》，任二北，盤庚出版社，民國 67 年 10 月。

6.《敦煌曲初探》，任二北，上海文藝聯合出版社，1954 年。

7.《詞謔》，明，李開元，《歷代詩史長編二輯》，鼎文書局，民國 63 年 2 月。

8.《詞林一枝》，明，黃文華，《善本戲曲叢刊》第一輯，臺灣學生書局，民國 73 年 7 月。

9.《詞林輯略》，清，朱汝珍輯，《清代傳記叢刊》，明文書局，民國 74 年 5 月。

10.《詞林摘艷》，明，張祿輯，清流出版社，民國 65 年 10 月。

11.《寒夜錄》，明，陳宏緒，《筆記小說大觀》第六編，新興書局。

12.《道咸以來朝野雜記》，清，崇彝，《筆記小說大觀》第三三輯，新興書局，民國 73 年 5 月。

13.《畫舫餘譚》，清，捧花生，《香艷叢書》第十八集，古亭書屋，民國 58 年 4 月。

14.《散曲概論》，任二北，《散曲叢刊》，臺灣中華書局，民國 73 年 6 月臺 3 版。

15.《尊行日記》，清，姜炳璋，中華叢書委員會，民國 44 年 9 月。

16.《揚州畫舫錄》，清，李斗，世界書局，民國 68 年 10 月再版。

17.《揚州清曲》，《曲藝藝術論叢》第三輯，中國曲協研究部，1982 年。

十三劃

1.《鼓子曲言》，張長弓，正中書局，民國 64 年 11 月臺 3 版。

2.〈鼓詞小調〉，齊如山，《齊如山全集》，齊如山先生遺著編印委員會，未註出版日期。

3.《萬花小曲》，清，無名氏，《善本戲曲叢刊》第五輯，臺灣學生書局，民國 76 年 11 月。

4.《萬曆野獲編》，明，沈德符，新興書局，民國 72 年 10 月。

5.《圓圓傳》，清，陸次雲，《香艷叢書》第九集，古亭書屋，民國 58 年 4 月。

6.《楹聯叢話》（續話、三話），清，梁章鉅，世界書局，民國 59 年 8 月。

7.《隔簾花影》，清，無名氏，《中國古艷稀品叢刊》第五輯，丹青圖書公司，未註出版日期。

十四劃

1. 《說俗文學》，曾永義，聯經出版社，民國 73 年 12 月再版。

2. 《漢書》，漢，班固，《注疏本二五史》，藝文印書館，未註出版日期。

3. 《漢魏六朝樂府文學史》，蕭滌非，長安出版社，民國 70 年 11 月臺 2 版。

4. 《摘錦奇音》，明，龔正我，《善本戲曲叢刊》第一輯，臺灣學生書局，民國 73 年 7 月。

5. 〈歌謠表現法之最要緊者——重奏覆沓〉，魏建功，《歌謠週刊》第四一號第五版，民國 12 年 12 月 17 日。

6. 《臺灣公藏普通本線裝書目書名索引》，國立中央圖書館特藏組，國立中央圖書館，民國 71 年元月。

7. 《蓬山密記》，清，高士奇，《滿清野史》第四編，文橋書局，民國 61 年 6 月。

8. 《綴白裘》，清，玩花主人，《善本戲曲叢刊》第五輯，民國 76 年 11 月。

9. 《夢梁錄》，宋，吳自牧，廣文書局，民國 75 年 5 月。

十五劃

1. 《賢女興國記》（河南曲子），胡豫鳳、卞連城主唱，女王唱片公司錄音帶（QCT8453）。

2. 《閱世編》，清，葉夢珠，木鐸出版社，民國 71 年 7 月。

3. 《養吉齋叢錄》，清，吳仲雲，《筆記小說大觀》第四三編，新興書局，民國 75 年 9 月。

4. 《樂府傳聲》，清，徐大椿，《新曲苑》，臺灣中華書局，民國 59 年 8 月。

5. 《廣陽雜記》，清，劉繼莊，世界出版社，民國 68 年 10 月再版。

6. 《閱微草堂筆記》，清，紀曉嵐，文光圖書有限公司，民國 66 年 5 月。

7. 《履園叢話》，清，錢泳，大立出版社，民國 71 年。

8. 《論語》，《十三經注疏》，藝文印書館，民國 70 年元月。

9. 《隨園詩話》，清，袁枚，宏業書局，民國 76 年 3 月再版。

10. 《畿輔通志》，清，黃彭年等，華文書局，民國 57 年 12 月。

11. 《劇說》，清，焦循，《歷代詩史長編二輯》，鼎文書局，民國 63 年 2 月。

12. 《劇話》，清，李調元，《歷代詩史長編二輯》，鼎文書局，民國 63 年 2 月。

13. 《墨憨齋歌》，明，馮夢龍，學海出版社，民國 71 年 4 月。

十六劃

1. 《曉風殘月》，清，方濬頤，方忍齋所著書，《明清未刊稿彙編初輯》，聯經出版社，民國 65 年。

2. 《澹香齋詠史詩》，清，王廷紹，清抄本，國立中央圖書館藏。

3. 《霓裳續譜》，清，顏自德輯，王廷紹點訂，乾隆六〇年集賢堂重刻本，東京大學東

洋文化研究所藏。

4. 《霓裳續譜》，清，顏自德輯，王廷紹點訂，清刊本（按：經比對應爲集賢堂重刻本），國立中央研究院歷史語言研究所傅斯年圖書館藏。論文中所引各曲例。

5. 《霓裳續譜》，清，顏自德輯，王廷紹點訂，《明清民歌時調叢書》，上海中華書局，1959 年 12 月。

6. 《霓裳續譜》，清，顏自德輯，王廷紹點訂，章衣萍校訂，國立北京大學中國民俗學會民俗叢書，東方文化供應社，民國 59 年，又、新文豐出版公司收入零玉碎金集刊第十三種，民國 67 年 9 月。

7. 《霓裳續譜》，清，顏自德輯，王廷紹點訂，《明清民歌時調全集》，上海古籍出版社，1987 年 9 月。

8. 《燕蘭小譜》，清，安樂山樵，《清代燕都梨園史料》，傳記文學出版社，民國 63 年 4 月。

9. 《燕臺集艷》，清，播花居士，《清代燕都梨園史料續編》，傳記文學出版社，民國 63 年 4 月。

十七劃

1. 《徽池雅調》，明，熊稔寰，《善本戲曲叢刊》第一輯，臺灣學生書局，民國 73 年 7 月 1。

2. 《戲曲小說叢考》，葉德均，坊印本，未註出版日期。

3. 《戲曲辭典》，王沛綸編，臺灣中華書局，民國 64 年 4 月 2 版。

4. 《嘯亭雜錄》，清，昭槤，弘文館出版社，民國 75 年 11 月按附嘯亭續錄。

5. 《蕭爽齋樂府》，明，金鑾，飲虹簃所刻曲，世界書局，民國 56 年 12 月再版

十八劃

1. （新編）《題西廂記詠十二月賽駐雲飛》，明，成化七年金臺魯氏刊本，國立故宮博物院圖書館藏。

2. 舊京遺事，清，史玄，《筆記小說大觀》第九篇，新興書局，民國 64 年 9 月。

3. 《舊劇叢談》，陳彥衡，《清代燕都梨園史料》，傳記文學出版社。

4. 《濟故》，楊同桂輯，《近代中國史料叢刊》第六輯，文海出版社，民國 56 年 5 月。

5. 《叢書子目類編》，文史哲出版社，民國 75 年 6 月再版。

6. 《鴻雪因緣圖記》，清，麟慶，《筆記小說大觀》第四二編，新興書局，民國 75 年 3 月。

十九劃

1. 《贊皇縣志》（河北省），清，周晉墀等編修，成文出版社，民國 58 年臺一版。

2. 《藤陰雜記》，清，戴璐，《筆記小說大觀》第十四編，新興書局，民國 72 年 10 月。

3. 《簷曝雜記》，清，趙翼，《筆記小說大觀》第三三編，新興書局，民國 72 年 5 月。

二〇劃

1. 《覺生詩鈔》，清，鮑桂星，清嘉慶二五年（序）刊本，國立中央研究院歷史語言研究所傅斯年圖書館藏。

2. 《覺生感舊詩鈔》，清，鮑桂星，清刊本（附覺生詩鈔後），國立中央研究院歷史語言研究所傅斯年圖書館藏。

二一劃

1. 《霽華瑣簿》，清，蘂珠舊史，《京塵雜錄》，廣文書局，民國 70 年 5 月。

2. 《蘭州鼓子淵源初探》，王正強，曲藝藝術論叢第五輯，中國曲藝出版社。

3. 《蠡莊詩話》，清，袁潔，廣文書局，民國 66 年 1 月。

書影一：中央研究院歷史語言研究所傅斯年圖書館所藏清刊本霓裳續譜。（經比對知應為集賢堂刻本）

霓裳續譜卷之一

西調

徘轉取皇九十春光從頭又到旭日東升、和風乍暖臚雲傘金消策憂悶游西郊觀不盡嫩柳斜蝪桃英茂笑本待聚洛酒詩妓怎奈這閨人天氣春興無聊似遠等美景良辰玉人見在何處喜孜孜醉賞花朝打點詩叢付與霜毫為不出千縷愁懷人有何心再過孫流水小橋登不如歸去好只等到柳陌陰濃前求春風起吹透香閨芳心撩亂捲珠簾輕移蓮步獨自

書影二：東京大學東洋文化研究所所藏集賢堂重刻本霓裳續譜。

霓裳續譜卷之一

西調

徘轉取皇九十春光從頭又到旭日東升、和風乍暖臚雲傘金消策憂悶游西郊觀不盡嫩柳斜蝪桃英茂笑本待聚洛酒詩妓怎奈這閨人天氣春興無聊似遠等美景良辰玉人見在何處喜孜孜醉賞花朝打點詩叢付與霜毫為不出千縷愁懷人有何心再過孫流水小橋登不如歸去好只等到柳陌陰濃前求春風起吹透香閨芳心撩亂捲珠簾輕移蓮步獨自

書影三：漱芳齋屋內小戲台

漱芳齋毗隣重華宮，乃乾隆為皇子時之居處，晚年常於此召集詞臣演劇酬和，其為常臨幸之處可知，屋內有戲台一座，相傳為乾隆粉墨登場處，證以台前乾隆御書風雅存之小額或不誣也。

書影四：清乾隆六十年北京文茂齋原刻本霓裳續譜。

書影五：中央研究院歷史語言研究所傅斯年圖書館所藏清刊本（集賢堂本）霓裳續譜附卷「萬壽慶典」。

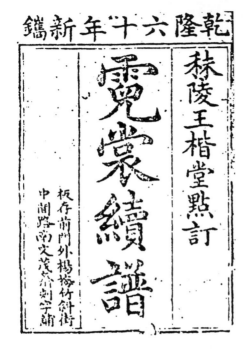

右上：

寶笈綜詞　卷二

清江引

旨特把吾皇見祝長生駕祥光齊把蓬萊仙境謁奉王母

右小人八名粉麻姑宮衣裙翠娥手舞青松路　二

後場　笙　笛　鐄　堂鼓　拍　絃子　簫
對上嵌紅五福

鼓板　每節過交吹
蝶舞昇平　三段第一

到春來壽筵開彩女們舞踏階各奉壽詞都比賽祥雲祥瑞現玉砌銀堆皆一統瓊琚漫舞滿碧天這樣美律絲管應聖主紅粉佳人整鳳吹彈歌舞人樓臺丁當當彩碟飛舞樂昇平　賜飲開懷○到夏來其目　長繁榮萬里歸回雁秋江上英蓉開放又來到黃菊綻邊邊○到冬來雪漫漫山共水都一般錦乾坤又把織女牛郎重會卻一才子遇與吟詩句漁翁泊舟小橋沉李浮瓜吃得日潛歸○到秋來秋風美聲間喧火池內荷花透水香萬樓飲酒開懷黃水盤尖浮瓜

右小人八名

後場　笙　笛　琵琶　絃絃　鼓板　開場吹

○○○○○○

左上：

寶笈綜詞　卷二

海青四扇板每載　挺武鼓煞尾

獨流對別三段第二　有水

銀紐絲

豐樂太平五穀收土產萬靖在獨流勝似大秋五日一集求長週寶些錢和鈔買魚又沽酒衣足食神天佑草鞋推綠輪一家大小莫要汇湖偷叫舉長青見暖哆抱薪干咱把溝來破

神織蒲蓆絲把那日子過淀池不暢波重重紅綠聽漁歌留罔無容載得滿船過荷花馥馥香鄉村太平歌獨淀的生活指著過個每目爭研滿地塘荷頃君有道絲得坐上湖秋桂枝香

永浦歎

右小人八名都歡暢賜太平景象萬國來朝學歌舞昇平
吾皇旦汗秋萬壽無疆家鄉民叫祝皇恩蕩
右上皇軍樂民安太平

後場　笙　笛　琵琶　絃子　鼓板
連相武曲三段第三

前錄花

○○明重家國聞旨祝萬壽各備壽儀來供奉須乘
答聖明揆開得勝馬到成功忠心赤膽把炯塵掃報
更誠重路途遠又逢夜住曉行加賴頓纔整整齊齊
關關烘烘趙都京怎敢消停重越府又過縣一程又

右小人八名雜扮老夫婦少夫婦幼宜幼女

　　　　　　　　　四

霓裳續譜 一卷

一程則見中華處處錦綉人烟湊集衣帽堂堂與外
邦大不相同盛世與隆

進獻詞 萬國齊來進壽供壽無疆萬萬
毗定一雙蔡花鎦進的是吉祥如意進的是一統太
平當今樂昇平嵩山獻壽海河清聖壽無疆萬萬
齡保護蒼生人民歡慶五穀豐登重祝吾皇壽與山
齊德同地久與天同慶

右小人四名行裝打扮進貢式樣合唱

後場　琵琶　鼓板　粒子　胡琴　老八板開

場絞尾

美女採茶三段第四

春和壽山藏花開手提竹藍到萬壽藝採收早蓮池
壽藝同與賞今祝壽來一壽樹長青年年祀仁君慈
德壽同天台一統江山萬萬代黎民們頓聖駕來二
春分夏至壽大長前山喬獻壽無疆千秋共戴民年
年慶盛世興年慶吉祥三蒙山壽萬萬齡今吾
茶的聖水出在洋子江民女採茶把搏薩供托願聖
吾皇永享安康四秋分八月永升恒壽比南山福二
安寧蒡採仙處求來山同代代長青不老松庶民安恭賀天慶
長生壽蒡採仙處求來山同代代長青不老松庶民安恭賀天慶

霓裳續譜 一卷

慶的是萬載千秋五穀豐登六中秋戴張八月共祝
壽無疆正十三萬國水朝求進貢傢操壽疆直至二
七天下感念聖明福全仁君臣清民自安採取新茶
來慶壽祝壽長生不老萬壽疆

長求把生辰叩顧吾皇永安康萬壽無疆

右小人四名女扮採茶彩衣稱以肩斤的手趣

採茶藍鈞

後場　笙　笛　琵琶　鼓板　絃子

清江引 民女採茶慶壽辰特來賀平秋年年皆如

花鼓獻瑞四段第一

花鼓獻瑞手提鑼誠心祝壽朝見活佛齊唱萬壽歌
進了京都兩腳快如梭逢八開口問皇會何處說
何去瞧瞧心疲樂御路攃簇人烟也應多攃博增
德前去瞧瞧我的天可哩囉哩囉○緊打鼓慢
鏘鏘慢唱無疆太平歌祝壽言詞誦一遍列位雅靜
請聽著○好一個豐收年重記又樂求民又安聖明
祐慶萬壽總把那皇賀求辦重各樣的
蒙致列在兩邊萬壽山捧壽桃那是白猿獻重好個
鏘鏘慢把那皇賀求辦重各樣的
劉海獻金錢行步步撒金錢脚踹著金蟾子又把那
丹來獻重瑞芝瓊草鮮重一望無遊那麼看得完果

真是昇平世今日總得見連雅靜無人言再忽聽一

陳細樂聲喧擁護着仁聖君後穿着龍鳳扇重我這

襄跪拜磕頭在壽筵前卻觀着聖明君經

把那佛求念童

右小八名扮鳳陽女式穿手藍布彩褲汗巾

搭頭四皴四鼓

後塲　笙　笛　琵琶　絃子　鼓板

江山萬代四段第二

江山萬代四海昇平泉慧仙皆來祝願歡勢東來

祥生兩合中郡是些　鶴鳳齊鳴蓬壺見聚財源

樂發卻原來王母娘娘來赴蟠桃會跟隨着玉女共

仙童脚駕祥光鸞引路又求了南極老壽星更後西

蔡擁着宋仙翁漢鍾離搖動龍鬚扇手捧蟠桃笑

盈盈洞寶賓定雄雄劍俊跟着佇門柳樹橋舊國身

鬖動雲陽板念的是松栢永長齡拐李的葫蘆生瑞

彩瑞氣盤旋滿碧空張果老騎定神驢兒走漁鼓簡

板唱道情藍采和留奏鈞天樂吹的是海宴與河清

何仙姑的花籃是無價的寶海市庭葉在內生湘子

的花藍雙手捧盛的是奇花異草共仙靈這才是一

年一次齊下逢來同祝慶萬國來朝太平一統

右小八名扮同穿彩蓮秋褲齊眉線總手捧暗

八仙壽儀

後塲　琵琶　絃子　胡琴　木魚

吉祥瑞草

家天荅皇恩似天小愚民叩佛誠虔萬壽無

驅常康慶仁德君聖意安然臣賢民感沾大德天地

共連

萬國求朝把壽慶君樂民安四海昇平小愚

民叩佛誠虔把靜詞本願當今永享千秋長壽供福

如東海壽與天同喜只應軍民齊歡萬籌令重　○慶

賀豐年國淸泰萬年青壽與天齊長長在仙人掌上芙蓉開

永與泰萬壽萬喜卓前抱聖明拜頌　○八仙慶壽都來到

捧佛手萬壽異草偏世界你看那富貴長春

白猿捧果赴蟠桃又有那劉海戲蟾蜍哈哈笑南極子

如意太極祥瑞繞長壽仙丹葫蘆盛着泉神仙萬壽

山前雲樂道逢迊歌長生調君樂民歡笑鼓樂獻鑾

與擁族聖明樂道駕求到誠虔把佛朝　更壽比南山高願

當今萬載千秋長生不老

霓裳續譜　八

右小人　名扮彩女穿彩衫手舞雙花按四季
後場　笙　笛　琵琶　鼓板　絞子　每截有
過文

八方樂業　四民第四

普天慶祝長生蓮衆歡童庚誠藝盈盈誠心共把
壽詞頌○八月中秋慶吾皇手捧着鼓兒响叮噹樂
業八方重軍民皆頓福田秉彝忠武勇報君恩位列
朝綱通漁樵耕讀士農工商永享安寧昇平世國泰
民康壽壽與天齊亘古無雙花甲常周永綠綿萬古

右小人八名俱穿蓮祓移彩手拿八杴鼓上截線
穗

後場
四景長春　四段第五

一統萬年祝長生蓮吾皇萬壽無疆泰衆紛
宛四景長春把把壽詞喏
春色嬌麗容和暖氣煦景揚飄飄美堪憐花

右小人　名女扮穿彩衣彩裙各手拿扇子汗巾

後場　笙笛　琵琶　鼓板　絃子

蓮花生瑞　五段第一

國正天順安泰黎民大清代代都是聖明君輔佐的
都是清正臣我們收倉畢後老守家門聞聽人說又
關也不枉一世為人蓮花落為本慶祝當今說了個
有新文說是聖主慶萬壽曉諭黎民上京去曉諭報
大清國泰世與隆風調雨順享太平交武羣臣多清
是山東人家佳在濟南府歷城縣義和庄内有家門
正天下民安樂昇平吉語開言且休論民子民孫乃
問隱吾皇慶萬壽圖永大小進了京城一路上進貢

多熱鬧無邊物色樣樣新天下督撫提鎮來進貢處
處奇花與珍公侯王侯求祝壽者壽香見列
行見行來到了萬壽山前齊跪拜聖因皇圖皆賴著
大聖人祥雲繚繞香陣陣慶賀在萬壽南
極救生求祝壽手捧著仙桃喜笑迎九天仙女求祝
相付蒂玉女共仙童自猿獻果壽三多九如
朝漢春和合二聖求祝壽各樣仙草共仙靈玉毋娘娘東赴蟠桃
神仙求祝壽各樣仙草共仙靈玉毋娘娘東赴蟠桃
飲仙酒仙桃進佛算各添壽籌齊叩首大清國萬代
作明君祝壽巳畢回家轉再等來年把把壽慶快些

走罷火氣晚了看關了城門、

右小人六名扮村女式彆王鞭四塊玉結子

後場　琵琶　胡琴　絃子

八方太平　五段第二

太平年萬國來朝祝聖誕年太平〇壬癸水
清一統西北角乾為天日月周流長往還普照萬方
應北方福如滄海永綿長江湖安定清波靜太平〇
皆頓吾皇得吉祥年太平〇東北方民為山蒼松不
老齊延年瑤芝瑤草皆獻瑞太平年柴薪無休永綿
綿年太平〇震為雷在東方順風調雨家富俗生

萬物成顆粒太平年〇載得皁都春君王年太平〇巽
地位居東南歲歲風調萬姓安漁樵耕讀皆喜慶犬
平年恭祝當今壽延年年太平〇坤六斷應西南夏種秋收亞穀全
穀豐收仰太陽聯耀八方昇平批太平萬民歡暢
慶無疆年太平〇丙丁火廟南方五
田園地潤賀厚土太平年〇
應兌象在正西潤澤溫柔與寶合誠慶大有年當今無疆
壽太平年永享延年錦華綿各
右小人六名穿採蓮袄綵裡腋絲孩兒奏金鐃各
手舞金輝二面長一八三寸蓄流雲百福蓮曲

右頁

書　影

盤繩又得杆集去把糧食籮現放着武藝內裝着覇
王顢勁就唱離京調老頭子說弓着倭瓜就扛被
套路逶遁又雞過了盧溝橋緊趕慢趕進城門又關了
壽不着豆腐房宿了一個五道廟天明起來早進城
與一遭兩眼似離鷄四下裏觀睄來到順城門怎麼
後沒看見一遭廣些花花物無見活佛到賬的餓了
大衣架放的搁着道睜眼往前瞧果然鬧開兩邊景
又瞧了動問聲你老重城門倒底是那裏對着他說
往西拐就是進城的道進了城了樂裏我了穿街越
慈又出了城了到了高堯橋呪了我一大跳誰家的
肚子裏餓了懷中掏出又子火燒稻且充充飢等着
活佛到說是求了雅菂靜悄見跪着他也跪着聽
見笙笛响果然活佛到偷眼往前瞧把頭來低着黃
登登房子教人抬着正是一座活佛廟阿彌陀佛今
日我繼知道

好慧近

右小人　名雜扮老幼鄉民

後場　琵琶　胡琴　絃子

合和慶壽五叚第六

燦爛飛揚堯天舜日際昌期萃土民歡娛欣歡歌海
萬壽慶無疆奇花鋪錦開放祥雲瑞彩紛紜

──

壽與山長

右小人四名扮合和二聖劉海東方朔

後場　笙　笛　鼓板　絃子

鼓樂呈祥　火叚第一

美甘露際錦繡山河北產瓊瑤獻瑞呈祥
慶吾皇世無雙供奉蟠桃萬載揚願福如東海
河清海晏仰頼君聖臣良
　　　　　　宴河清海晏仰頼君聖臣良
　　　　　　壽無疆豐收逢大有普天下承慶吉祥名表
　　　　　　誠願吾皇神清氣爽康國清泰入謙讓和風

趙天慶鼓樂呈祥九如三多○當今萬壽不老松存
國誠祝世昇平臣幸軍民齊來慶願吾皇祝清寧歡
永享安寧○萬民祝壽秉誠虔一齊謳詞祝萬縣歡
松不老長生在壽比南山樂延年○聖德廣大掌出
河君樂民安世和合一統華夷天心順皆着堂今
福田廣積仁德○壽山壽海壽字全壽冷壽妙壽尊
鮮壽崔壽鹿猿獻泉慶吾皇永享平秋萬萬年

右小人四名男扮行衣雙鑼雙鼓

後場　琵琶　絃子　笙　板

蒲合慶壽六叚第二

霓裳續譜　卷

求祝壽上等的壽延前盡都是些三公伯王侯　咳咳嘞
齊祝壽願當今福田廣兆萬民永護萬壽齊
亂舞執爐寧扇擁提爐明福明廣大眾輦臣絕
掛印封侯眾願今福其與當今聖壽保佑著五穀豐收經
誠願當今福其海天永長久、
商客旅來慶壽為的是不息川流漁家齊來祝壽為
的是順風行舟樵子齊來壽詞來謳江湖子弟齊來上壽
童齊來祝壽橫笛把壽詞來謳江湖子弟齊來上壽
為祝壽萬載千秋這經是慶祝長生年豐大有虔

右小人六名女扮彩裙汗巾搭頭、

後場・琵琶　胡琴　絃子

桑農獻瑞六段第三

【耍孩兒調】脊城無處不飛花花滿天地帝王家家豕樂
業界平世世產嫩愁捧仙菜青虫腹滿力要加力
縱橫絲娕麻皆賴吾皇福田廣絲成桑民做生涯〇
四月清和雨乍晴壽如寶絮御香熱壽燭輝煌光燦〇
爛軍民誠慶冲碧空歌壽曲奉仙靈壽葉採得侮萬歲
養蠶其把絲綿奉巧匠能工綉蟠龍〇秋月揚輝得桂
一枝子粒皆成太平時五穀豐收普天樂國滿餘穀

盡是食桑農嘉蒲酒厄慶祝吾皇丹墀國泰民安歌
大有雨順風調天下知〇一封朝奏九重天萬壽無
疆慶延年菽樂離喧笙歌秦軍民拜舞萬萬壽山秉虔
誠瞻聖顏叩願君樂萬民安永享昇平長樂業壽與
山齊萬萬年

右小人　名女扮採桑婦手提籃杆彩衫彩裙　小

坎汗巾

後場　洋琴　絃子　琵琶　鼓板　提琴

六合同春六段第四

於聖世慶無疆重軍民共享昇平昇平象風
調順雨萬姓樂業皆仰賴國泰安康萬國來朝歌
統黎苟道臣清正盡是忠民望願恭安荊龍飛鳳舞華歌
泰御路兩葵似這般德同天地久福田廣壽與山長
六合同春歡福蠶壽頌慶吉祥八旬蟠桃萬歲

右小人　名扮道童身穿紅道袍孩兒髮金槌
體圓盆內獻五福蓋土蕃金壽字

後場　鼓板・手鑼　絃子　小鈸　拉琴　胡
琴

霓裳續譜卷之

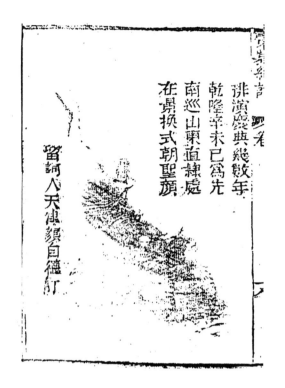

書影六：清高宗「八旬萬壽慶典」圖版（收於「四庫全書」史部）。